女帝

卷九

第一章　祖孫之情

洛鴻城內，因為白卿言率大軍而來，氣氛陡然緊張了起來。

秦尚志如今是被太子和皇帝最為倚重之人，負責洛鴻城的布防。

秦尚志曾經同白卿言一同征戰南疆，知道白卿言此人算無遺策……打仗方面難逢敵手。

更何況，白家軍戰鬥力之悍勇，世間少見……

白卿言當初以兵微將寡的兵力打得西涼片甲不留，大樑一戰……用的是朔陽烏合之兵，還有樑國降卒都將樑國給滅了，若是讓白卿言用上白家軍，秦尚志連想都不敢想。

秦尚志可以說是謀士，更可以當做治國大才來用，但若論行軍打仗，又如何能敵得過百年將門出身的鎮國公主。

「報……」

正與諸位將軍圍在洛鴻城城防圖前，重新安排布防的秦尚志聞聲抬頭，只見一小兵匆匆進門，單膝跪地朝著秦尚志與諸位將軍稟報：「稟報秦大人，敵方將軍林康樂在城門外叫嚷，稱叛賊鎮國公主要見秦大人。」

秦尚志聞言一怔，見眾將士紛紛看向他，秦尚志緩緩直起身，喉頭輕微翻滾。

而此時的洛鴻城外，烈日當空，遠遠望去大周國的黑甲將士列陣而立，最前排的重甲騎兵，如同黑色潮水一般，甲冑熠熠生輝泛著懾人的寒光，立在隨風獵獵的黑帆白蟒旗下蓄勢待發，如同匍匐蓄力隨時準備撲食獵物的巨獸。

那樣的陣勢，給洛鴻城牆之上還在頑抗的將士帶來了極大的衝擊，除了被調過來協助修渠的將士們之外，這裡守城的要麼就是臨時被徵召來修渠的，要麼就是牢房之中的囚徒，看到大周訓練有素，動靜如出一轍的重甲銳士，他們怎麼能不心生寒意？

明明還是一樣的烈日豔陽，明明前一刻這空氣還帶著陣陣熱浪，此刻卻讓洛鴻城上的守城將士脊背寒意叢生，不由心生懼意。

白卿言騎著一匹白馬，從重甲列隊之中緩緩朝著洛鴻城的方向前進。

立在城牆之上的守門小隊長高呼：「弓箭手準備！」

城牆之上的弓箭手，連忙回神，搭箭拉弓瞄準白卿言的方向……

而那遠處黑帆白蟒旗之下的大周將士，不知道聽到了什麼命令，陡然發出震天動地的「呼和」聲，重甲兵邁著整齊的步伐上前，隨著白錦繡再次一聲令下，重甲之後的床弩車被緩緩從重甲騎兵之後推了出來，整整齊齊停在重盾兵之後。

城牆之上頑抗的晉卒，哪一個看到這樣的陣仗心裡不生寒意。

這哪裡是大周女帝要見秦大人，分明就是大周在恐嚇他們這些晉國頑抗兵卒。

林康樂跟隨在白卿言身邊，見洛鴻城古老又沉重的大門緩緩打開，身穿戰甲的秦尚志身後跟著兩位晉朝將士，騎著馬緩緩從洛鴻城內出來。

白卿言見狀勒馬，從馬背之上下來。

秦尚志遠遠看到下馬立在那裡等著他的白卿言，一夾馬肚速度快了些，直到與白卿言相隔十丈之距，才勒馬停下。

「秦先生，別來無恙……」白卿言朝秦尚志淺淺笑著。

秦尚志下馬，朝著白卿言長揖行禮：「見過鎮國公主。」

再見白卿言秦尚志心中生出幾多感慨來，記得他剛剛遇到白卿言時……白家危如累卵，白卿言直言請秦尚志指點，而如今白卿言滅樑之後已經稱帝了。短短不到三年的時間，這需要何等心智，何等氣魄，何等籌謀，才能推著白家走到今天這一步？

「秦先生不必多禮。」白卿言朝著秦尚志身旁的兩位將軍看了眼，「沒想到秦先生還能領兵拒敵。」

「在鎮國公主面前班門弄斧了！」秦尚志並無任何自謙之意，對白卿言他心中只有敬服。

「今日，在這樣的狀況下，請秦先生出來一見，是為了曾經你我的協定，秦先生是君子……曾經與白卿言擊掌立誓，若來日卿言肩能扛起白家軍大旗，以女兒身在那廟堂之高占一席之地，自當掃榻以待，故而……今日白卿言前來，希望先生不棄，能與白卿言攜手共肩，匡翼天下萬民。」

白卿言是重諾之人，曾經與秦尚志有過這樣的諾言，所以在今日……白卿言明知道以秦尚志的心性怕是不會背叛太子，還是約他城下一敘。

秦尚志望著眉目清朗，眸色分明的白卿言，回憶起曾經白卿言身穿一身孝服在大都城門外與他說這番話時的情景。

那時，白卿言家中突逢大變，滿門男子皆死，可她依舊有匡扶晉國的大志，激得秦尚志熱血澎湃，故而他與白卿言擊掌為誓，只是沒有想到最後白卿言果真如她所言……

如今的白卿言何止在朝堂之上有一席之地，白卿言已經稱帝。

「秦尚志愧對鎮國公主，怕是要食言了！」秦尚志眉目含笑，望著白卿言的眸子濕紅，他先是朝著白卿言長揖一拜，而後又緩慢跪下，朝著白卿言一叩首，道，「既然秦尚志已經選了太子，這條路哪怕是荊棘遍地泥濘不堪，哪怕是死路……都要走下去，半路換主，有違秦尚志的為人準則，秦尚志只能……愧對鎮國公主了！」

這個結果雖然在意料之中，可白卿言不免惋惜，像秦尚志這樣的大才若是能為大周出力，能夠相助多少百姓：「秦先生何苦一直跟隨太子，太子是個什麼樣的人，先生想必已經很清楚，若是太子繼位……也不會是明主，如今的太子還在替皇帝徵召一千孩童為皇帝煉丹，這樣懼怕君上糊塗到對錯不分，黑白不分的儲君……先生又何苦呢？」

「秦某人知道太子很可能是個昏君，可秦尚志既然認太子為主，哪怕是只有萬分之一能匡正太子的機會，使太子成為賢主，秦尚志都願意一試。」

秦尚志從胸前拿出曾經白卿言贈予他防身的匕首，雙手捧著匕首舉過頭頂，那架勢分明就是要將匕首還給白卿言：「與鎮國公主的諾言，秦尚志只能來生……再來完成了。」

「這匕首曾經是白卿言贈予先生防身的，今日便還留給先生，若是先生隨時改變主意，大周朝廷的門，永遠為先生敞開……」白卿言說著對秦尚志長揖行禮。

而後，白卿言一躍上馬，扯住韁繩看著還跪在地上，眸子濕紅的秦尚志：「秦先生，保重！」

秦尚志目送白卿言用力一扯韁繩，調轉馬頭離開，心裡說不出的滋味。

明知道……晉國大勢已去，將來白家大姑娘定然要帶領大周朝去一統天下，建立不世功勳。

可秦尚志卻仍不能捨下太子。

直到看著黑帆白蟒旗下的重盾兵讓開一條路，讓白卿言與林康樂回到大周隊伍之中，秦尚志這才緩緩站起身來。

他用力攥緊了手中匕首，垂眸，輕撫著匕首上的雕花紋路，又動作緩慢將匕首放回胸前。

跟在秦尚志身後的將領上前：「大人……我們該回去了！」

秦尚志點了點頭一躍上馬，調轉馬頭回了洛鴻城內。

秦尚志剛一入城，就見皇帝身邊的大太監高德茂帶人在城門之內等著他，他攥著韁繩的手收緊，下馬朝著高德茂行禮：「見過高公公。」

高德茂剛才在城樓之上也算是看到了白卿言所帶來的銳士，那陣勢的確是震懾人。

此時的高德茂，已經沒有了往日的笑意，望著秦尚志問道：「不知道鎮國公主請秦大人出去一會，都說了些什麼？」話音一落，高德茂又朝著秦尚志頷首行禮：「秦大人勿怪，陛下聽聞鎮國公主要見大人，便派老奴過來瞧一瞧，畢竟秦大人現在可是掌握著洛鴻城的兵馬布防，所以老奴多嘴一問。」

「也沒有說旁的，曾經秦某人還一事無成之時，有幸得鎮國公主相助，鎮國公主想要秦某人效忠，秦某人拒絕了，故而向鎮國公主拜別。」秦尚志說得坦蕩，「若是公公不信，大可問問隨同秦某人一同去的兩位將軍！」

那兩位將軍忙朝著高德茂點頭：「秦大人所言屬實。」

高德茂頷首，又對秦尚志說：「秦先生辛苦了，鎮國公主已經答應了今夜入城……秦先生務必要做好準備。」

秦尚志手心一緊，表情錯愕，白卿言今夜要入城？

秦尚志睿智，又怎麼會不知道皇帝和大長公主要白卿言入城是為了什麼，他能看出來白卿言也必能看出來，白卿言為什麼還要來，為什麼剛才不曾明言?他還以為，白卿言在兩軍對壘之際突然約他在洛鴻城外見面，是因今夜不入城，在即將攻城之前約他一見而已。

見秦尚志愣住，高德茂又喚了一句：「秦大人？」

秦尚志回神，朝著高德茂行禮：「高公公放心，事關陛下和太子的安危……秦尚志必竭盡全力。」

高德茂甩了下手中拂塵帶著一眾太監轉身離去，剛走出不遠便對身邊的小太監低聲道：「盯著秦尚志，如果有什麼異動立刻來報！」

「是！」那小太監領命離去。

高德茂微微仰頭瞇眼望著如火盆似的烈日，忍不住歎氣，晉國的氣數……已經盡了，偏偏皇帝還一心撲在煉丹之上。

大長公主不知道的是皇帝已經下了死命令，只要鎮國公主入了這洛鴻城，就再也沒有辦法出去了，大長公主……又被陛下騙了。

而如今太子身邊那個小太監正在勸太子，太子似乎已經被勸動了想要留白卿言一命，高德茂走得時候，就見太子和那個小太監立在皇帝的寢宮外，猶猶豫豫要不要去覲見皇帝，但……高德茂心裡清楚太子也絕不會如同陛下答應大長公主那般讓白卿言成為權臣。

高德茂真正擔心的不是鎮國公主，是他自己……

就算是殺了鎮國公主，外面還有白錦繡，還有白家其他幾位姑娘，到時候鎮國公主要真的死在洛鴻城內，白錦繡一怒之下必定攻洛鴻城，若是城破，陛下定然沒有活命的機會，他們這些做奴才的更是不知道還能活幾天。

半晌之後，高德茂收回視線，眼前是一片綠影。

高德茂在心中暗暗下了一個決心，一個為了活命……不得已而下的決心。

若是太子沒有勸得動陛下，陛下真要殺鎮國公主，高德茂得設法保鎮國公主一命，只有鎮國公主活著他才有活命的機會。

高德茂伺候陛下這麼多年，自然也不忍心看著晉國滅亡，可晉國明顯大勢已去，不論鎮國公主死活……晉國都要滅亡了，若是認不清楚這一點，就只剩死路一條了。

高德茂歎了口氣，帶著太監們緩緩離去。

高德茂剛走，太子身邊的人便來請秦尚志，說太子殿下請秦先生過去有要事商議。

太子在皇帝寢宮外一直拿不定主意，還是全漁勸太子派人來找秦尚志商議。

太子和秦尚志碰過面之後，將皇帝想要趁今夜白卿言來洛鴻城，要了白卿言命的事情告訴了秦尚志，秦尚志大驚，忙說服太子前去面見皇帝，阻止皇帝這荒唐的念頭。

可秦尚志也明白，現在的皇帝除了他的九重台，求仙丹，求長生不老之外，什麼都不在意了，不管是太子這個兒子，還是偌大一國。

所以秦尚志叮囑太子，去見了皇帝之後，將勸說皇帝的重點放在九重台和丹藥上。

秦尚志反覆叮囑，太子反覆背誦之後，這才由全漁陪著一同去見了皇帝。

皇帝就歪坐在被金鉤勾起的明黃色織錦垂帷之後，單手手肘枕著隱囊支撐著身體，就著熱水吞下丹藥之後，拿過宮女黑漆描金方盤裡擱著的帕子，擦了擦嘴，垂眸睨著太子：「此事不必再議。」

太子跪在面色蠟黃的皇帝面前，叩首懇求：「兒臣為鎮國公主求情，並非是為了鎮國公主，而是為父皇考慮，父皇想一想，若是真的殺了鎮國公主……那麼那些樑國降將說不定會直接反了，晉國暫時穩定的狀態分崩離析不說，就那城外的白錦繡能不為鎮國公主復仇嗎？」

皇帝聽太子如此說，眉頭緊皺，手指輕撫著隱囊上的精緻繡花，垂眸思索。

太子見皇帝沒有繼續出言訓斥，又道：「如今洛鴻城之內的這些將士們，戰鬥力哪裡比得上鎮國公主手中那些戰鬥經驗豐富的兵卒？若是鎮國公主出事……白錦繡再不顧及大長公主，用不了兩天必定會攻破洛鴻城，到時父皇……怕是我們都沒有辦法活命！」

全漁見太子將秦尚志與太子分析的話都說給了皇帝聽，懸在嗓子眼兒的一顆心總算是放了回去。

全漁在被白卿言的人送到洛鴻城，與秦夫人白錦繡短暫的接觸之中，已經聽秦夫人說了，樑國投降的三皇子已經被鎮國公主封了王，讓其留在韓城。

聽到這個消息，全漁不禁在想，若是太子能夠降，或許鎮國公主也會封太子一個王，讓太子從此平安終老，如此就算是太子最好的結局了。畢竟全漁也承認，鎮國公主有些話說得極對……太子無才無志，若是肯聽人勸諫或許還能勉強成為一個守成之主，可偏偏這位太子耳根子極軟。

在大都城時，很多事情都已經決定了，可那紅梅枕頭風一吹，立馬就又變了。

「而且，只有鎮國公主活著……父皇才能儘快到達九重台，儘快召集齊一千童男童女！鎮國公主已經同意入城……那就是說願意俯首稱臣，父皇又何必做趕盡殺絕之事？起了戰火……即便是我們僥倖能逃出城去，那也只會離九重台越來越遠，這想必不是父皇願意看到的結果。」太子道。

皇帝想到自己的九重台，再想到自己日漸糟糕的身體，也知道不能再拖下去了……

梁王那個畜生不如的東西綁了他逃出大都城之時，只給他拿了一盒丹藥，卻沒有將天師帶出來，現在他的丹藥已經耗盡了，他也發現自己的身體一日不如一日。

皇帝調整了坐姿，視線落在太子身上，太子說得對啊……再這麼拖下去，他的身子拖不起了。

「既然太子求情，那朕今晚就親自去洛鴻樓見一見白卿言，若是她肯，等回到大都城，父皇登上九重台之後這江山就是你的，她是你的臣……你想怎麼用都是你自己的事情，若是她不肯……你就別怪父皇辣手無情了。」皇帝身體略微前傾望著這段時間，被梁王折磨的幾乎瘦脫形的太子。

太子如釋重負，忙朝著皇帝叩首，抬起凹陷的眼睛望著皇帝：「父皇放心，鎮國公主既然選擇了入城，就斷然沒有違逆父皇的意思！」

高几上搖曳的燭火映著太子暮氣蒼蒼的五官，不見了原先的周正之態，不過一月……看上去竟然像蒼老了十歲。皇帝敷衍的擺了擺手，示意太子下去，人又沒骨頭似的靠回隱囊閉目。

太子行禮告退，全漁亦是朝著皇帝行禮，規規矩矩跟在太子身後往外退。

皇帝抬眸朝著全漁看了眼，眸子眯起。

太子從皇帝臨時寢宮一出來，仰頭望著刺目的烈日暈出一圈圈光圈，再收回視線，長長呼出一口氣，走出下一階臺階，腦子裡又回憶起那日……他當著百官的面對梁王搖尾乞憐，尿濕了褲子的模樣，悔的腸子發青，恨不能現在就找個地洞鑽進去。

「殿下小心！」全漁上前扶住太子，聲音柔細，「這會兒日頭還正烈，殿下這麼仰頭看，仔細傷了眼睛。」

太子扶住全漁的手腕，想到全漁對他的不離不棄……大老遠從大都城奔赴而來，太子望著全漁心中陡生暖意。

只是可惜，太子妃和小皇孫沒有能跟著一起來，他到現在都沒有太子妃和小皇孫的消息。

不過……全漁到洛鴻城的時候就同他說過，大都城內沒有任何小皇孫的消息，這應當說明了太子妃和小皇孫不在白卿言的手中。

若是太子妃和小皇孫在白卿言他們手裡，他們早就用太子妃和小皇孫來要脅交換大長公主了，何苦因顧及大長公主不敢攻城而以圍城方式僵持在這。

太子估摸著……太子妃和小皇孫，可能已經遭了梁王的毒手，想到此處他眼眶一瞬便紅了，鼻翼微微煽動，眼淚險些滑落。

全漁就這麼靜靜陪在太子身邊，見太子忍回淚水，長長歎了一口氣，抬腳往臺階下走，全漁才叮囑了一聲讓太子小心腳下。

誰知兩人剛走出去沒有幾步，就有小太監從臺階上追下來：「太子殿下請稍候，陛下有旨……請太子身邊這位公公前去問話。」

全漁一怔，看向太子。

只見太子眉頭緊皺：「父皇因何召見全漁？」

那小太監低著頭，恭敬回話：「回太子殿下，奴才不知……」

太子想了想，同全漁說：「你去吧，父皇若是問你關於孤的事情，你照實說就是了，早點兒回來。」

全漁應聲朝著太子行禮，而後跟著那位小太監一同離開。

太子看了眼全漁，轉身離開……

全漁跟隨那位小太監邁著小碎步跨進大殿的時候，紗帳垂帷自檀木橫梁上垂了下來，隱隱可見裡面軟榻之上歪著氣勢極盛的皇帝。

聽到全漁行禮的聲音傳來，皇帝這才緩緩開口：「聽說是白卿言送你來洛鴻城的？」

全漁心裡咯噔一聲，這位皇帝一向多疑，約莫是在懷疑他。

「回陛下，鎮國公主曾讓奴才留在身邊伺候，可奴才自小跟在太子殿下身邊，那時奴才不過剛入宮，太子殿下本來能選的小太監多的是，可太子卻選了倍受欺凌的奴才，奴才不論如何也不能在這個時候棄太子於不顧，故而懇求鎮國公主賜駿馬，讓奴才前來洛鴻城尋太子殿下，伺候太子殿下！」全漁老老實實說完，朝著皇帝一叩首。

「或者……你是受了白卿言的命令，回來監視太子和朕的。」皇帝說到這句話的時候語聲顯露狠意。

全漁連忙叩首：「回陛下，太子殿下對奴才恩同再造，奴才就是死……也絕不會背叛太子殿下，求陛下明鑒！」

「既然如此，朕就給你一個表忠心的機會。」皇帝慵懶從軟榻上起身，負手朝著全漁的方向走來，全漁全身緊繃不敢抬頭，只隱隱看到紗帳之後一雙繡著祥雲的履鞋。

皇帝略顯枯槁的手挑開紗帳垂帷，垂眸望著全漁，緩緩開口：「今日白卿言入城……在洛鴻樓上，若是白卿言不願意替朕徵齊這一千童男童女，朕要你親自將毒酒，送到白卿言的手中。」

全漁惶恐抬頭，正對上皇帝平靜卻又瘆人的目光，寒意陡然攀爬上他的脊背：「陛下……」

「若是今晚不盡如人意，那杯毒酒……要麼你喝，要麼白卿言喝！」皇帝說完，便撒開帳子道，「你去吧！不必回太子那裡，直接去洛鴻樓候著就是了。」

皇帝根本就不信白卿言會有這麼好心，將太子身邊一個無關緊要的太監送到太子身邊來。

這個全漁要麼就是白卿言送來監視他這個皇帝和太子的，甚至是要這個全漁藉機行刺。

要麼……就是白卿言可以收買的人心，若是這洛鴻城久攻不下，白卿言便會挾恩求報……讓這個叫全漁的小太監勸說太子出城投降，畢竟他這個兒子……耳根子可是軟的很。

但不論是白卿言出於何種因由將全漁送回太子身邊，她都不會對這個小太監有所防備。

戌時，餘暉燃盡，天際只剩一絲垂死掙扎的暗淡霞色。大長公主立在洛鴻城景色最好的洛鴻樓高臺之上，洛鴻樓重簷掛著紅色燈籠，燈火輝煌，十分巍峨。

看著婢女將每隔十步臺階設立的銅製仙鶴燈逐一點亮，遠遠望去洛鴻樓如同一片暖色盡頭。

大長公主望著遠處漸漸被夜色吞噬的霞色終於消失乾淨，心中卻是百轉千迴滋味萬千。

她說服皇帝派沈天之去見白卿言，為的就是告訴白卿言這是鴻門宴，讓白卿言做出選擇。

入城，則為臣。

攻城，則為王。

可真的知道自己的孫女兒選擇入城之時，大長公主心中更多的卻是難過，替孫女兒有她這麼一個祖母難過，也難過……為何孫女兒學不會成為真正帝王那樣，擇利……而非選情？

大長公主緩緩閉上眼，淚水順著眼角滑落。

還帶著熱氣的風吹拂著大長公主鬢邊的銀絲，半晌之後，大長公主長長歎了一口氣，轉身回到洛鴻樓內，倚著隱囊在軟榻之上坐下，手中撥動著佛珠。

洛鴻城的大門大開，白卿言帶著不到百人的一隊騎兵將士緩緩從正門而入。守城的洛鴻城將士們低著頭，不敢去看威勢逼人的白卿言，只有高德茂在遠處眉目含笑與以往一般在恭候白卿言。

洛鴻城內晉軍手中高舉著火把，火苗隨風高低亂竄，映得人影也胡亂飄搖。

白卿言帶著一百將士入城之後，洛鴻城的城門便緩緩闔上……

跟隨白卿言而來的一百將士嚴陣以待，各個手握佩刀，拇指抵著刀柄，宛若利刃會隨時出鞘。

白卿言從馬背上一躍而下，見高德茂邁著碎步上前行禮，隨手將馬鞭丟給護衛，笑著道：「高公公許久不見！」

「鎮國公主的身子看起來是好了，果真是上蒼庇佑。」高德茂笑容還是那般淺淡得體，讓人看不出這句話的真假。

「不知道祖母如今在何處？」白卿言含笑問。

「鎮國公主請隨老奴來……」高德茂恭敬側身讓開，請白卿言隨他前往洛鴻樓。

高德茂腳下邁著碎步，走得略快在白卿言身邊低聲道：「這洛鴻城最好的景兒，就是洛鴻樓的夜色，只是洛鴻城的美酒佳餚的確不值得稱道。」

白卿言不動聲色，卻聽明白了高德茂的暗示……

登上洛鴻樓看景兒就是了，美酒佳餚不要碰。

高德茂能如此提點，想來是皇帝騙了祖母，皇帝約莫是對祖母說只要白卿言放棄攻城，能入城來對林氏皇權繼續稱臣，便化干戈為玉帛。然而，實際上……皇帝卻想要了白卿言的命。

「多謝高公公提點。」白卿言笑著同高德茂道，在心裡承了高德茂這分情。

高德茂淺笑朝白卿言頷首。今日秦尚志回來之後，高德茂回到皇帝身邊，正巧碰到太子從皇帝那裡出來，於是……高德茂便也知道了皇帝已經打算好了，若是今夜白卿言不答應替皇帝弄到那一千童男童女來煉丹，皇帝就要讓那個叫全漁的小太監給白卿言送毒酒。

皇帝利用的……是白卿言曾經對這個叫全漁的小太監施過恩這一點，想著白卿言便不會太防備全漁，所以才讓全漁送毒酒，如今這個小太監被皇帝扣在身邊。

高德茂就怕這個小太監沒有腦子，為了在皇帝跟前保命，真的將毒酒送上來，若是白卿言果真因為送酒的小太監是全漁而未曾防備喝下酒出了事……那白錦繡定會攻入城替白卿言報仇，皇帝活不成了……他們這些做奴才的才真是小命休矣。

以前高德茂不知道這位秦夫人的厲害，自從見過白錦繡帶著遠平大軍攻破大都城，圍困皇城之後，似乎所有人才意識到，白家不僅僅只有鎮國公主和高義郡主會打仗，白家的子嗣不論男女各個都會打仗，只是平常的時候不顯山露水。

那秦夫人白錦繡出生在百年將門，早年又是隨鎮國公沙場征戰過的，即便不如鎮國公主那般厲害，但尋常將領也絕不會是白錦繡的對手。

洛鴻樓是依靠著洛鴻城城北的一座小山而建，洛鴻樓就在石階盡頭的燈火輝煌處。

高階之下重兵把守，將白卿言隨行的一百將士攔住。

高德茂笑著同白卿言道：「鎮國公主，您帶來的這一百將士……怕是不能一同進去。」

「怎麼，高公公難不成還怕我會害自己的祖母？」白卿言側目看向高德茂。

「並非如此，今日陛下也在，所以將士們難免謹慎了些，還請鎮國公主隨行的這些將士在此處等候，鎮國公主以為可否？」高德茂賠著笑臉道。

白卿言帶來的這些將士也都有自己的任務，他們是此次助白錦繡攻城的奇兵，白卿言也未曾打算將這一百將士帶進去。

她視線落在守衛洛鴻樓的這些佩刀將士身上，約莫能猜出……若是洛鴻樓裡有變，皇帝必然會讓這些將士，殺了她帶來的將士們，便道：「既然不讓你們進去，你們也不必都守在這裡，想去哪裡看看便去哪裡看看，一個時辰後回來。」

「是！」白卿言帶來的一百將士齊齊應聲，氣勢駭人。

沈天之就立在洛鴻樓一旁的燈下陰影裡，遠遠見白卿言朝著他的方向看來，他淺淺朝白卿言頷首，讓白卿言放心。

如此，白卿言心裡就有數了，看來沈天之已經將這洛鴻樓周圍控制了起來。

帶兵守在洛鴻樓高階下的將軍抬眼朝高德茂看去，畢竟他們得到的命令是……若是沒有談妥，要將鎮國公主帶來的人全部斬殺一個不留，可強行讓鎮國公主帶來的人留在這裡，怕皇帝還未和鎮國公主開始談就要結束了。

說實在的他們這些原本被派來修渠的將士們，戰鬥力本就不如那些身經百戰的將士，更別說這些將士還是在戰無不勝的白卿言麾下，他們心中如何能不害怕。

高德茂又哪能不知道白卿言已經瞧出這裡面的貓膩，不動聲色對那位將軍頷首，示意其不要將事情鬧大，讓鎮國公主在這裡生疑。

「鎮國公主請……」高德茂笑盈盈對白卿言做了一個請的手勢。

白卿言頷首，隨高德茂一同朝高階之上燈火通明的洛鴻樓走去。

洛鴻樓內，大長公主聽聞白卿言已經進城，手指悄然蜷縮，輕輕攥住繡著雲紋的黛藍裙裾，抬眸望著立在她面前的皇帝，眉目間波瀾不驚，自帶著一股子皇家嫡出公主居高臨下的傲骨之態。

「皇帝這意思，若是我那孫女兒不答應助陛下登九重台，不答應為陛下集齊這一千童男童男女，皇帝就要在這洛鴻樓裡……當著老身的面，要了她的命？」

大長公主語速緩慢又低沉，如炬的目光卻如同刀鋒一般凌厲：「看來，林氏江山在皇帝心中並不重要，九重台重要！長生不老重要！」

此時門扉緊閉，皇帝和大長公主兩人，閉門密談。

皇帝頭一次看到自己這位姑母如此疾言厲色的模樣，藏在袖中的手隱隱收緊，克制著自己的殺氣：「朕……很感激姑母為了朕和太子，心甘情願隨梁王來這洛鴻城，現在白卿言兵臨城下朕也感激姑母願意出面穩住白卿言這個亂臣賊子，朕願意給白卿言這個不拖累白家盛名的機會，也是看在姑母的面子上！可姑母不要忘了……朕是皇帝！這晉國……是朕的晉國，這國應當是朕說了算！」

大長公主唇瓣抿著，竭盡全力在忍耐，忍得眼仁上布滿了紅血絲，擱在裙裾上的手指收緊，指節發白。她當初怎麼就鬼迷心竅，覺得眼前這個畜生會是個明君?!

偌大的洛鴻樓內，只餘沙漏簌簌的落沙聲，安靜的針落可聞。

被安置在殿內半個人高的青銅香爐，飄著縷縷輕煙，讓這洛鴻樓內彌漫著清淺的香氣。

「姑母神色瞧著憔悴不少，若是姑母不好對白卿言說，那……朕就親自來說。」

皇帝用混濁的眸子睨著大長公主，透出唯我獨尊之意。

「皇帝的意思，不讓陛下去登那個九重台，皇帝連江山社稷都不要了，勢必要魚死網破了。」

大長公主抬起下顎，唇角勾起笑意，眉目間盡是老辣的笑意，「皇帝若是打得這個主意，老身倒是覺得皇帝可以歇了這分心思……」

不等大長公主說完，皇帝便已冷笑著朝著那立在兩盞二十三頭纏枝花燈間的屏風方向走去：「那就看看……歇了心思的是朕，還是白卿言那個亂臣賊子。姑母可別忘了……白卿言一入城，萬事可就不是姑母能夠控制的，至少在這個洛鴻城內還是朕這個皇帝說了算！」

大長公主餘光睨著皇帝，竟然沒有意料之中的勃然大怒，神色反倒漸漸恢復尋常。

雖然大長公主吃齋念佛這麼多年，眉目間彷彿都帶著慈悲，可生於皇室又能平安長大……甚至於在雲詭波譎的皇宮後庭能站穩腳跟的大長公主……皇室嫡女，怎會是個心慈手軟之人？

大長公主敢讓白卿言入城，自然就敢保證自己孫女兒的性命，那位被白卿言指派到燕沃的燕沃太守沈天之，早已經入了孫女兒白卿言的麾下，否則……在不能確保孫女兒性命的情況下，大長公主哪裡就敢讓孫女兒入城。

原本啊，大長公主是真的想要為大晉皇室再努力一把，可如今……並非她不幫這大晉皇室，而是大晉皇室已經腐朽，即便她這把老骨頭拼盡全力也撐不起來了啊！

大長公主閉了閉眼，她只能愧對父皇的託付了。

算起來，阿寶身上流著她的血脈，也算是……皇族後裔，可她的阿寶學不會何為帝王無情，這可如何是好？

有婢女邁著碎步進來，朝著大長公主行禮：「大長公主，鎮國公主已經隨高公公往洛鴻樓來了。」那婢女規規矩矩行禮，雖然不是宮中婢女標準姿態，卻也算是調教的很好了。

大長公主連眼皮都沒有掀，慢條斯理端起面前的熱茶：「知道了，去吧……」

良久，那屏風後傳來皇帝極為低沉的聲音：「希望姑母能勸得動白卿言，可別讓朕……親自出面勸，那個時候可就不好看了。」

大長公主神色在燈下顯得晦暗，瞧不出任何情緒，只慢條斯理的喝著茶，似乎已經不再將皇帝放在眼中。

大長公主背後敞開的雕花窗櫺外，月亮半面都已經被隱在雲翳之中，很快迷迷濛濛的月色便被全部遮住，四下安靜無聲，只剩星辰閃爍，夜蟲低鳴。

很快大長公主聽到腳步聲，雕工精良的木門被這麼一推開，屋內的燭火陡然一暗，隨即又左右亂擺的亮了起來。

大長公主抬眸，看著正從門口進來的白卿言。

她未曾佩劍，脫了靴子，白色裡襪踩在被擦得油亮的木質地板，一身銀甲被這洛鴻樓內的燈火輝煌映得熠熠生輝。

大長公主許是老了，竟然已經想不起來他們祖孫倆有多久未見，感覺才一恍神的功夫，阿寶分明還是曾經那般，清豔的五官沒有絲毫變化，皮膚蒼白透明，顯得弱不勝衣，可那雙眼……透著毫不掩飾的深沉和漆黑，尊貴強大，堅韌又從容，完全不似那個曾經趴在她腿上含笑與她玩笑的小阿寶。

或許，是因為曾經她是阿寶最最親近的祖母，所以……哪怕阿寶極為早慧，也會在她面前顯露孩子氣。

而如今她們祖孫二人，終於還是站在了對立面。

又或許，白家遭遇巨變……阿寶要撐起白家，早已經在她無從察覺之中，褪去稚嫩和柔腸，成為能夠撐起白家……甚至撐起一國的女兒郎。

大長公主眼眶濕熱，霧氣模糊了她的眼眸，讓她只能看到白卿言頎長纖細的骨架輪廓，大長公主一向驕傲心氣兒又高，不願意當著孫女兒的面擦眼淚露了軟弱之態，只靠單手手肘撐在隱囊之上淺淺對白卿言笑著。

她想起曾經宮宴之後，大樑的四皇子曾經對白卿言的評價，美麗強大兼具一身，真真兒是半分都沒有説錯。

她何嘗不知道，白卿言之所以入了這洛鴻城，是為了給她們的祖孫情一個交代，她的孫女兒像極了白威霆……但凡是他們擱在心上的親人，他們能付出任何代價，不懼怕任何艱險。

相較之下她這個祖母，實在是……太不稱職了。

屏風後，皇帝亦是朝著白卿言的方向看去，隔著紗屏……皇帝隱隱約約看到白卿言挺拔修長的身形，她在高德茂恭敬帶領下跨入洛鴻樓，步伐平穩，哪裡有一點將死之人的狀況……

什麼將死，不過是……為了迷惑他和太子的障眼法。

若真是將死之人，稱什麼帝？

全漁就立在皇帝身旁，手裡捧著的黑漆描金方盤內放著一杯毒酒，全漁的手一直在抖。

從皇帝派人將他叫過去到現在，他一直被人看管著根本就沒有機會給白卿言送信，他想要告訴白卿言千萬不要來赴這場鴻門宴，可白卿言還是來了……

全漁垂眸看著翠玉酒杯內的毒酒，他是不論如何都不能讓鎮國公主喝下這杯酒的，他還得找機會將周圍設伏的事情告訴鎮國公主，讓鎮國公主心中有所準備，哪怕是……挾持皇帝呢！

全漁想到這個餘光偷偷瞅了皇帝一眼，心中懼怕，手抖得更厲害了。

他當了一輩子的奴才，對皇帝和太子這些皇家人，哪怕是在心裡最深處都從來沒有過半點不敬，可今日他竟然膽大妄為，想到讓鎮國公主挾持皇帝。
光是這個，都能讓全漁驚出一身冷汗。
「祖母……」白卿言對大長公主行禮。
「阿寶……來！」大長公主笑著同白卿言招手，「來祖母身邊。」
白卿言立在洛鴻樓正中央，油亮的地板上映著微微搖曳的火苗，她深沉幽如深潭平靜的黑眸四下瞧了一眼，有意略過那屏風：「聽高公公說，皇帝也在……」
大長公主點了點頭，卻沒有在意的意思，只笑著朝白卿言招手：「來……」
白卿言聞言朝著大長公主的方向走去，十分乖巧在大長公主一側跪坐下來。
高德茂見婢女送來熱茶，上前接過，抬眸仔細打量了那婢女一眼，確定沒有問題，這才邁著碎步上前親自送到白卿言面前的桌几上，又退到一旁。
大長公主忍著鼻頭酸澀之意，笑盈盈上下打量著自己的孫女，愛憐地抬手摸了摸白卿言束在頭頂的長髮，又伸手摸了摸白卿言巴掌大的精緻小臉，一如曾經在白府那般笑著同白卿言說話：「更瘦了！」
「行軍打仗是清苦了些，祖母放心……過些日子就能養回來。」
坐在屏風後的皇帝聽著這祖孫倆的閒話家常，心中有些不耐煩，可一想到自己的九重台還是耐著性子等著。
「阿寶，你明知此次入城，赴的是鴻門宴還是來了……」大長公主輕輕攥著白卿言的手，語聲和藹慈悲，「阿寶是打算接受祖母的意見，展現最大誠意俯首做一個權臣？」她的孫女兒要是不來多好啊，阿寶若不來……她心裡雖然難免會落寞，可也不會如此這般愧疚。

白卿言看著祖母含笑的目光，搖了搖頭：「我來……是因為得給祖母一個交代，祖母是我的祖母，更是晉朝的大長公主，祖母維護林氏皇權與我們姐妹諸人維護白家沒有區別。」

她深深凝視著眼前將滿心的悲涼深藏眼底，面露笑靨的白髮老人：「祖母與我本應該是世界上最親近的人，如今因立場不同……背道而馳，祖母心中亦是如鈍刀割肉，所以……孫女兒必須來，好讓祖母知道不論立場如何不同，祖母與我之間的血脈親情做不了假。」

大長公主聽到白卿言這話，淚水陡然如同斷線，老淚縱橫，再高的心氣兒，再大的驕傲……都抵不過孫女兒這句話。鹹澀的淚水流入口中，對孫女兒深深的歉疚就在嘴邊，她硬是咽了回去，枯槁的手抬起，輕撫著白卿言的頭頂，又落在白卿言的肩甲上：「阿寶啊，你若是真的反了，自立為大周女帝，將來史書工筆……可就是亂臣賊子了。」

「祖母，平心而論，祖母以為現在的皇帝也好，還是現在的太子也好，您不求他們做一個開疆拓土，以天下一統為己任，又有雄心壯志的君王，就單單讓他們守住這晉國偌大的家業，他們守得住嗎？」白卿言坦誠布公對大長公主說，「祖母……心懷萬民者，能王天下！可這位君主是這樣的王嗎？燕已經滅魏南境無憂，下一步便要著手一統天下之路，祖母以為晉國皇帝和晉國太子，能夠守多久？又能夠堅持傳至幾代而亡？」

「皇室之所以高高在上，能夠得百姓恩養，是因為百姓指望著皇室能夠擔當得起護民之責，而如今的皇室，又做到了護民愛民嗎？強搶孩童送往九重台為皇帝煉丹，不將孩童送去，便連坐鄰里，強徵百姓在期限之內到達九重台，否則便是殺！為一己私慾施暴政，致使多地造反。」

「祖母……林氏皇權已經走到了盡頭，即便不是白卿言……也會有李卿言、王卿言、趙卿言起義，兵弱於外，政亂於內，此亡國之本，孫女兒不過是順勢而為罷了！」

見大長公主唇瓣囁喏，白卿言又道：「祖母或許會說，白家可以鼎力匡扶林姓國君，可祖母……祖父難道沒有鼎力匡扶晉國這位皇帝嗎？可我們白家落得了什麼樣的下場？君主沒有雄心，臣子志向過大，必定會走到君疑臣則臣必死的地步！所以……只有大權在握，才能不受掣肘，不受威脅，實現白家世代一統天下的志向。」

「祖母曾言，這個世道並不存在什麼天公地道，人生來就有貴賤高低之分，如今這個世道的確是如此，可阿寶願竭盡畢生所能給百姓一個太平公道的世道！」

坐於燈下的白卿言，目光清明堅韌，彷彿永遠不會被擊垮一般，氣場雄厚且沉穩：「為君者……食百姓恩養，就要擔起掌控一國決策和推動一國發展之責，朝宰文官食百姓賦稅，就要承擔百姓生計謀劃的安民之責，將士食百姓恩養，就必須當起戍衛邊境，護百姓不受戰火紛擾之責，將軍食百姓恩養，擔起為將者不使將士白白捨命枉死之責！阿寶要這個世上……不論是士、農、工、商，人人都能安居樂業得享太平，人人都能求一個公道，這是林氏皇權沒有辦法給的！」

屏風內的皇帝，心頭怒火中燒，但因為沒有底氣……顯得惶惶不安，如坐針氈。

一統天下，一個小小女子，心怎麼生得這麼大？

若是白卿言真的如此決絕，那他便不留白卿言了。

「白家世代忠義，列國敬服，你忍心讓白家百年盛名，就這樣被抹黑？」大長公主這話說得並沒有底氣。

她的孫女承襲白家世代的志向和風骨，繼承了白家悲憫天下的慈心，在阿寶的身上……大長公主看到了一個為君王者的氣魄和雄心，這正是如今的晉國皇室所欠缺的。

「白家世代，上無愧於君主，下無愧於黎民，並不懼怕史書工筆。」她望著祖母，神色坦蕩，

「且若真能還天下百姓以太平，就是背上這叛國之名，遺臭千古萬年又有何妨？祖母和祖父夫妻幾十年，應當瞭解祖父，若是祖父還在……必定也會同阿寶做同樣的選擇，在祖父的眼裡……一個人的榮辱、白家的榮辱，和這萬千百姓的性命和太平日子比起來，並不算什麼。」

是啊……

若是她的丈夫白威霆還在，晉國走到今天這一步，出了這樣一個……只求長生不老，竟然要用一國孩童煉製丹藥的皇帝，出了這麼一個軟骨頭，對著梁王搖尾乞憐的太子，白威霆必定也不會再聽之任之，必定會……帶著白家軍為護民而反。

白卿言所言多地造反之事，大長公主有所耳聞，聽說……就因為徵召孩童之事，鬧得各地如同人間地獄一般。

大長公主閉了閉眼，氣數盡了！

半晌，大長公主才動了動，從衣袖中掏出帕子，沾了沾眼角淚水，轉而看向白卿言時，神容變換，已經沒了剛才的悲淒，眉目清明，語聲朗正……

「既是如此，你便不該來！既然要成為大周女帝，你就應當知道……帝王決計不能以身犯險，你……是大周女帝，是大周之本！半分意外都不能出！大周初立，百廢待興，還有你從大樑帶回來的那些降將降兵皆是臣服於你白卿言的，你若出事……大周就亂了！為給祖母一人交代，你這是拿一國安危來冒險，這不是一個帝王應當做的！」

聽到大長公主這話，坐在屏風之後的皇帝陡然站起身來，眼底露出殺氣，這是一國大長公主能對反賊說的話？他咬牙切齒吼道：「大長公主！」

本就束手束腳的全漁被嚇得噗通跪了下來，黑漆描金方盤之中的翠玉酒杯一歪……酒水撒的黑漆方盤裡全都是，全漁全身都在顫抖，身子僵直跪在後頭，死死盯住映著燭光的油亮地板，大氣都不敢喘。

他這輩子就是個奴才，頂天兒也就是成為了太子身邊的貼身太監，即便是走到頂頭兒成為皇帝身邊的貼身太監……在奴才裡排上頭名也還是個奴才，懼怕主子，這是天生的，主子眼睛一斜都會惶惶不安，更別提皇帝此刻大怒。

大長公主對皇帝的吼聲卻充耳不聞，定定望著孫女兒，似痛心疾首，用力攥緊孫女兒的手，靠近她鄭重道：「你是帝王，不是個武將莽夫！不該為了一個行將就木的祖母拿你自身來涉險！你身上壓著的是一個國！從你成為帝王那一刻……你便不再是你自己的！是大周萬民的！當以大周萬民為重！這麼簡單的取捨……你不明白?!你父親舉箭射殺……你五個弟弟的取捨，你也不明白?!」

說到心痛處，大長公主幾乎忍不住眼淚。

「大長公主！」皇帝怒吼一聲。

可大長公主卻像是渾然不知皇帝的暴怒，眼裡只有自己的孫女兒：「當年項羽活捉漢高祖之父，揚言要將其烹之，漢高祖言……必欲烹而翁，幸分我一杯羹！如此才能成就大業……若漢高祖似你，如何能成就大業?!」

見皇帝正欲大跨步從屏風後走出來，戰戰兢兢的全漁撲上去抱住了腿：「陛下息怒！」

端著毒酒的黑漆方盤落地，沾濕了全漁的衣裳，破碎的翠玉杯碎片扎入全漁的膝蓋之中本應劇痛，可全漁渾然不知，他心中只有害怕，怕得聲音都跟著發顫，卻還是抱著必死的決心，用力抱住皇帝的腿。

立在洛鴻樓內一直未曾離開的高德茂亦是跪地：「陛下息怒！」

「賤奴滾開！」皇帝目眥欲裂，全然沒有料到全漁這個膽小懦弱的小太監，竟然也敢上前抱他的腿，皇帝用盡全力一腳踹在全漁肩膀上，卻沒有能將全漁踹開。

全漁生受皇帝一腳，疼得頭皮都是麻的，卻將皇帝抱得更緊，高聲喊道：「鎮國公主快跑！快跑啊！」

聽到全漁的聲音，白卿言轉頭朝著屏風的方向看去。

皇帝見踹不開這黏人的奴才，硬生生拖著跪地抱住他腿的全漁從屏風後出來，狠狠瞪著大長公主和白卿言。

「記住！」大長公主用力攥住白卿言的手，捧著她的側臉，讓她看著自己，一字一句，吐字十分清晰，「你是帝王……該學的是御臣之術，用人之術！帝王之心……心懷包容天下，便須為大仁捨小義，為大愛捨小情，江山社稷為重，其餘的都不重要。因私情致一國而不顧，稍有不慎就會毀了大周，這不應該是帝王所為。」

聽到大長公主如此說，皇帝跟瘋了一樣，目光四下尋找可以摔砸的物件兒，摔杯為訊……洛鴻城的將士們便會衝進來，了結白卿言。

「阿寶，不必管祖母！殺了皇帝，從此……讓晉國改天換地！」大長公主語聲鄭重。

皇帝剛剛看到放在高几之上，插著鮮花的瓷瓶，剛拿到手中……還未來得及摔破，就聽外面傳來撕裂九霄的拼殺聲。

皇帝驚慌失措轉頭朝洛鴻樓外看去。

「祖母，沒有把握孫女兒絕不會來冒險，此刻……錦繡正在攻城，或許已經攻破城門。」白卿言朝著皇帝的背影看去，「而城內……此刻應當已經亂了。」

皇帝猛然轉過頭朝著白卿言看去，見白卿言幽沉深靜的目光正望著他：「摔杯為訊嗎？杯子已經碎了，可有人進來？」

她望著皇帝手中握著的花瓶：「你若不信大可試試，即便是砸了這花瓶，看看有沒有人進來供你差遣……」

既然沈天之在洛鴻樓外，就不可能讓皇帝的人進來，除非是白卿言下令。

皇帝又看向坐的四平八穩的大長公主，心中頓時明白了……

大長公主肯為了他和太子，連命都不要，但不代表……大長公主為了他和太子什麼都願意做，包括殺了她的孫女兒。

所以，大長公主這是早有準備！

甚至，大長公主當初之所以願意跟著一同來洛鴻城，為的……便是做白卿言的耳目打探情況，讓他們心中以為白卿言會有所忌憚，好將他們皇室一鍋端了，省得最後鬧出和燕國滅魏時一般，魏國太后帶著小皇帝逃走的事情發生。

「陛下！陛下！」高德茂膝行至皇帝身邊，一手抱住皇帝的另一條腿，一手小心翼翼去拿皇帝手中的花瓶，「陛下……大勢已去啊陛下！即便是魚死網破……這洛鴻城也沒有那個底氣和實力！」

見高德茂都在勸皇帝，全身濕透的全漁才鬆了一口氣，抱著皇帝腿的力道一泄，整個人都跌坐在地上，當他視線觸及到扎入膝蓋之中的酒杯碎片，腦子裡頓時一片空白。

尖銳的疼痛如同閃電般竄入脊柱，全漁腦子裡只剩下一個念頭……

他可能，要中毒了。

「鎮國公主……」全漁面色煞白，抬眼朝著白卿言的方向看去。

全漁雙手不敢觸碰膝蓋，上面翠綠色的碎片清晰。

看著全漁膝蓋上的碎片，高德茂哪能不清楚出了什麼事，驚呼：「毒酒杯碎片扎入他膝蓋裡了！」

高德茂和皇帝一樣都猜測這全漁是白卿言的人，尤其是剛才全漁不要命了抱住皇帝，高呼讓白卿言快逃，高德茂便更加確定了全漁是白卿言的人這件事。

白卿言猛然站起身，三步併成兩步走至全漁身邊，蹲下查看全漁傷勢。

「鎮國公主……」全漁淚水如同斷線了一般，真的到面對生死那一刻，人都是貪生的，他不想死，他的話幾乎沒有過腦子，下意識向白卿言求救，好似白卿言無所不能，「奴才不想死，鎮國公主！奴才不想死！」

白卿言眸色沉著鎮定，扯開頭頂束髮的髮帶，長髮散落，用髮帶將全漁腿的根部處牢牢紮死：「你不會死的！」

皇帝看著盡在咫尺的白卿言，心中恨意如同海嘯沖天，他陡然握緊手中快要被高德茂拿走的花瓶，死死盯著白卿言的腦袋，猛然將花瓶舉起朝著白卿言揮去。

「阿寶！」大長公主驚得猛然站起身來。

可猜測之中的花瓶破碎，頭破血流，都沒有發生。剛替全漁將大腿紮死的白卿言，頭都沒有抬，便已經穩穩接住花瓶，皇帝拼盡全力也無法將花瓶奪回來，那花瓶在白卿言手中紋絲不動。

大長公主提到嗓子眼兒的心落地，人也跌坐了回去，若是那一下真的打到阿寶的腦袋上，後果不堪設想。

四目相對，皇帝混濁的眼仁望著白卿言黑白分明的清亮眸子。

「來人！」白卿言高呼。

聞聲，沈天之帶人推門而入，朝著白卿言行禮：「陛下吩咐！」

皇帝睜大了眼望著沈天之，那眼神恨不得將沈天之生吞活剝，這些狗雜碎……全都是一夥的！全都是亂臣賊子，全都在算計他！

「速速帶著全漁公公去找大夫！全漁公公傷口沾了毒，務必……保住全漁公公的命！」白卿言道。

沈天之朝著膝蓋受傷，面色煞白，滿目都是惶恐全身顫抖不止的全漁看去，頷首：「是！」

沈天之轉頭示意下屬將全漁抱起來去找大夫。

全漁見這沈天之是白卿言的人，這才放下心來，可忍不住揪心太子，正欲開口求白卿言千萬饒過太子，誰知還沒開口，皇帝便突然暴怒。

「狗東西！全都是亂臣賊子！」皇帝欲抽出花瓶去砸沈天之，可花瓶在白卿言手中他依舊無法挪動分毫。

「果然啊！你哪裡是一個羸弱之人！哪裡又是為了太子擋箭……幾次三番生死邊緣徘徊！身體羸弱……分明就是你的障眼法！」皇帝怒極反笑，聲音如同貓爪撓牆，刺耳的讓高德茂汗毛直立，「你……你和大長公主，還有這個沈天之……你們早就密謀造反了是吧！」

沈天之看了眼緩緩站起身長髮披散的白卿言，她眸色沉著，沈天之又看了眼被高德茂緊緊抱住雙眸充血幾欲瘋狂的皇帝，確定白卿言不會有危險，這才行禮退出洛鴻樓，將門關上。

白卿言鴉羽般的長髮散落肩頭，她平視晉國皇帝，語聲沉穩又漠然：「是啊，早就想反了……從你欺騙了祖父，卻又在私下裡忌憚白家，甚至想要將白家滅門，致使我白家男兒險些全部葬送於南疆，險些使我白家遺孀和遺孤也走上死路開始，我就想反了！」

「險些全部?!」大長公主一個激靈，挺直了脊背，睜大了眼，只覺奔騰的血液都要凝滯了一般，「阿寶，可是……可是還有人……」

白卿言凝視著臉色大變的皇帝，唇角勾起，冷冷道：「白家列祖列宗庇佑，總算是讓阿玦和阿雲活了下來！」

大長公主聽到這話，怔愣片刻……抬手用帕子掩著唇，放聲嚎啕大哭，老淚縱橫。

總算……

總算是活下來了兩個！大長公主從來沒有如此高興，也從來沒有如此愧疚過，他們是那樣的孝順，可她身為白家子的祖母，卻從來沒有費心思去庇護過他們，以致害得十七個孫子……十七個孫子啊！全部慘死南疆！

大長公主甚至不知道，她死後應該以何種面目，去見她的孫子！

如何告訴他們，她這一生都是以林氏皇權為重，將他們這些孫子排在了林氏皇權的後面。

「我已經昭告四海……讓宣嘉年間南疆一戰，尚存一息的白家子和白家軍，回大都城共證登基大典！所以……這個皇位我要定了！我絕不會對林氏皇權俯首，絕不會讓白家再落得幾乎滿門皆滅的下場！」

話音一落，白卿言一把從皇帝的手中奪過花瓶，將那精緻的花瓶，穩穩當當放回了高几之上。

搖曳燭光映著氣勢逼人的白卿言，一時間竟讓皇帝生出許多惶惶之情，彷彿回到了那時白威霆還高高在上，他只是一個因為大長公主一句話而被扶上太子之位的皇子，他打從心底裡懼怕那位戰無不勝的鎮國公。

許是白卿言那身銀甲歷經百戰，沾染熱血無數，周身寒光熠熠，無端端讓人心中生寒。

皇帝下意識向後退了一步，若非高德茂還抱著他的腿，他必會被氣勢大盛的白卿言逼得多退幾步。他可是皇帝！可是晉國的天！怎麼能對一個小姑娘心生懼意？

「你……」皇帝抬手指著白卿言，氣得臉色發青。

白卿言還是那副平靜又淡漠的表情，冷聲道：「今日起，便再也沒有晉國！再也沒有晉帝！」

白卿言話音一落，皇帝就聽到外面越來越近的喊殺聲。

大勢已去，晉國已滅，這都是註定的。

「朕……朕殺了你！」皇帝暴怒，不信邪的高呼，「來人！來人！給朕殺了她！殺了這個亂臣賊子！」

洛鴻樓緊閉的六扇雕花木門紋絲不動，就連一絲風也沒有進來，安靜的只有夜蟲鳴叫之聲，只有從敞開的六扇窗外捲進來的微風聲。

「好！好！」皇帝氣急敗壞，充血的眸子四處尋找趁手的利器，「朕親自來！朕親自來斬殺這個亂臣賊子。」

白卿言和大長公主冷眼瞅著已經要瘋了的皇帝，眸色如出一轍的冷清。

「陛下息怒啊！」高德茂死死抱著皇帝的雙腿懇求，「陛下，大勢已去了！大勢已去了！鎮國公主身經百戰，誰又能是鎮國公主的對手？」

遮月雲翳隨風散去，皎月臨空，清輝映亮了金戈交錯，廝殺聲沸反盈天，血流成渠的洛鴻城……白卿言帶入洛鴻城的那一百將士，在白卿言跨入洛鴻樓時，便朝著洛鴻城城門方向奔赴而去，與秦尚志所率人馬廝殺，打開洛鴻城緊閉的城門。

而今日……白錦繡和林康樂所率護送白卿言前往洛鴻城的大軍，名正言順出現在洛鴻城城門之下，大軍未曾點亮火把，黑夜便成為了大周雄師的掩護，立在洛鴻城城樓之上的晉國將士，只能聽到風聲送來的獵獵軍旗聲響，卻看不到那濃郁的墨色之中，到底站立了多少大周將士。

白錦繡一身銀甲，騎馬立在最前，如炬的目光死死盯著燈火通明的城樓。

陡然，洛鴻城城樓大亂，火把搖曳，守兵慌張朝城樓之下跑去。

白錦繡猛然勒住韁繩，知道長姐帶入城的一百將士已動，她拔劍指向洛鴻城城樓：「將士們！攻城時機已到，我大周女帝身先士卒，深入險境……為的就是這一刻！殺啊！」

被黑暗籠罩其中的大周將士齊齊拔刀，如同甦醒的撲食巨獸，嘶吼著跟隨白錦繡身後直撲洛鴻城屹立百年不破的城門。

破城，遠比秦尚志想像中的更快，白卿言帶入洛鴻城中的一百將士，其驍勇程度超乎所有人的想像，他們目標明確，便是打開城門。

他們不懼犧牲不懼死亡，招招凶狠，步步殺招，這些被派遣前來修渠的兵卒，本就心存懼意，看到那來勢洶洶的大周銳士，幾乎是不戰而降，雙腿發軟如待宰羔羊。

秦尚志沒有料到白卿言會讓白錦繡在這個時候對洛鴻城發難，白卿言竟然連她自己的安危都不顧了，就這麼決絕要滅亡晉國嗎？

秦尚志剛開始還沒有想明白，直到不見沈天之來馳援，頓時茅塞頓開，原來……沈天之已經降了鎮國公主。

身穿鎧甲猶如困獸拼死廝殺的秦尚志全身是血，已經殺到雙臂痠軟發麻抬不起來，眼見白錦繡一馬當先，帶兵殺入城內，城內高高架起的兩側火盆內火苗隨風高低亂竄，將騎於駿馬之上氣勢凌人的白錦繡映得忽明忽暗。

目光堅毅的白錦繡視線掃過潰不成軍的晉兵，語聲鏗鏘有力，高聲喊道：「城門已破，繳械不殺！大周全軍上下，只誅頑抗者，不得驚擾百姓！違者軍法處置！」

秦尚志明白大勢已去……如今最重要的便是救太子出城！

秦尚志二話沒說，命令副將拼死守住這裡，能拖多久是多久，他一躍上馬帶著二十將士疾馳前往太子住所，只要保住了太子，就等於保住晉國一絲未滅的火苗。

大牢之中，梁王聽到外面傳來的殺聲，緩緩抬起頭。

「陛下！陛下！」

聽到牢門鐵鍊窸窣作響，聽到有人在喊陛下，梁王轉過頭，朝著牢門外看去……

只見打扮成老嫗的紅翹，正在一個一個的試鑰匙，想要打開這牢門的鎖頭。

「紅翹？」梁王開口，聲音嘶啞。

紅翹手中的鎖隨著梁王音落，打開。紅翹連忙將鐵鍊挪開進門，從挎在臂彎的籃子裡拿出一套衣裳遞給梁王：「陛下快換了衣裳，隨奴婢出城！紅梅安排了人在城外接應！」

梁王垂眸，看著這粗布打著補丁的衣裳，他現已是喪家之犬，哪還能稱得上是陛下！即便是當初稱帝，他也不過是當了幾天的皇帝罷了，他啞著嗓子問紅翹：「外面發生了什麼事？」

「白卿言今日入城去洛鴻樓見大長公主，白錦繡趁機帶兵打進來了……」紅翹將梁王手中的衣裳抖開，顧不上禮儀，幫梁王穿這泛著酸味的衣裳，「洛鴻城亂了！此次……皇帝和廢太子定然是活不了了！陛下，我們先出城……日後再做打算！」

見梁王不動，紅翹急得鼻頭冒汗：「陛下，留得青山在不怕沒柴燒！再耽擱下去就來不及了！」

梁王用力攥緊手中的粗布褲子，咬緊了牙關，二話沒說將褲子換上，這才開口：「不出城去了，去洛鴻樓……」

紅翹頗為意外望著梁王：「陛下是要去殺白卿言嗎？若是如此……紅翹願意效勞，陛下出城，只有陛下在……國才不算亡，只有陛下在……才能為二皇子和佟貴妃真真正正洗刷冤屈！」

「佟母妃和二皇兄該追封的已經追封了，可紅翹……有句話叫做成王敗寇，我是晉國的皇子，即便是謀逆犯上，父皇不殺我……我就還是晉國的皇子，總有一天我也能翻身再次替佟母妃和二皇兄正名！」梁王面露狠意，「可白卿言要稱了女帝，改國號為周，我們就是敗寇……便再也沒有機會了，你去吩咐紅梅安排在城外的所有人，火速前往洛鴻樓，務必竭盡全力救出父皇！」

佟貴妃和二皇兄的罪，說到底都是白威霆扣在他們頭上的，白卿言作為白威霆最疼愛的嫡長孫女兒，作為白家人，要是真的謀反了，又怎麼會讓白威霆名聲被汙。

那麼……屆時佟貴妃和二皇兄的清白，他就再無力去為他們爭了。

所以，洛鴻樓梁王必須去。

「讓紅梅去找太子，務必將太子結果於洛鴻城內。」梁王一邊繫腰帶，一邊道，「之前為防止白卿言攻城準備的火油，正好可以用在洛鴻樓上！在洛鴻樓周圍點上一把火，必須保證白卿言插翅難逃！」

紅翹明白晉國已經到了生死邊緣，梁王這是打算最後一搏，梁王這輩子都在為佟貴妃和二皇子而努力，他們做奴才的哪有退縮的道理？紅翹頷首，「是！」

「將范餘淮和那些跟隨我的武將全都放出來，讓他與我一同去救父皇！」

「那李茂那些大臣呢？」紅梅又問。

「沒用的東西，救了又有何用，讓他們自生自滅吧！」梁王理好衣袖，抬腳從牢中走了出去。

洛鴻城大亂，到處都是慘叫，火光沖天……

有人敢入獄救梁王，就也有人敢趁亂救自家孩子。

孩子被太子替皇帝強行徵召的百姓見洛鴻城已亂，想到自家孩子還如同牲畜一般被關在府衙內，如何能不焦心？

那些為了孩子不怕的死漢子……趁亂挨家挨戶叩門，喊上同樣也有孩子被帶走的人家，湊了二十幾位正值壯年的漢子，各自帶著趁手的傢伙兒，衝向府衙去救自家骨肉。

府衙內的兵全部都被調去城門禦敵，只留六人看守那些被關在府衙籠子裡的孩童。

百姓中帶頭之人怕死拼傷到孩子，看到遠處沖天的火光靈機一動，帶著三人繞到府衙後方，將府衙後宅給點了。

大火引開了守著孩子的衙役，百姓們破門而入，用榔頭砸開了被鐵鍊鎖住的牢籠，護著孩子們往外逃……

誰知，還未出府衙，就看到十個帶刀的將士衝入府衙，那二十多個漢子忙將哭啼不休的孩子們護在身後，有的舉著自家鐮刀，有的舉著自家鋤頭，各個誓死如歸，大有要拼命的架勢。

「爹！我怕！」一個小女娃抱住一個漢子的腿，淚眼汪汪看著門口的將士，哭著道。

入城之前，白卿言曾有命，讓那一百將士入城之後，分出十人前往府衙解救被關押在府衙之中的孩童，務必要護好孩童的安全。沒成想他們剛剛打開城門，前來府衙救這些孩子，就見這些孩子的父親已經先他們一步……

帶頭的小隊長收了手中刀，朝著這些漢子拱了拱手：「在下是秦夫人白錦繡麾下將士，奉大周女帝之命前來解救被強行扣在府衙的孩童，既然你們已經先我們一步，就速速帶孩子們回家，城中大亂……暫且不要出門！女帝有令……不得傷百姓分毫！等大戰平息，定會通知諸位！」

小隊長說完，也不停留，帶著將士們轉身離開，重新回去投入戰場之中。

「大周女帝？」洛鴻城的百姓有些茫然。

「秦夫人白錦繡我知道，那是鎮國公主的妹妹！」

「聽說鎮國公主在率兵馳援大都城之時，沿途解救被強行徵召的孩童，已經反了！難不成……鎮國公主要登基為女帝了！」

「現在不是說這個的時候，先趕緊把孩子們都送回去！聽那個當兵的話……躲在家裡不要出來！」帶頭來救孩子的漢子道，「快走！」

漢子們牽著一個個孩子，藏於黑暗牆影之中，以極快的速度往自家跑去。

洛鴻樓內，皇帝猶如困獸，他死死盯著白卿言，卻並未推開將他抱住的高德茂。

皇帝心知肚明，他不是白卿言的對手，外面更沒有一個人可供他差遣，而且此時……白錦繡也已經率兵殺入城中，晉國大勢已去。可他是晉國的皇帝啊！白卿言怎麼敢反他！

大長公主看著怒目切齒的皇帝，語速沉緩：「曾經白家未曾萌生反意之時，你疑心白家會反，朝中奸佞之臣揣摩上意，爭相出力要替陛下剷除白家這個心頭大患，如今便如你所願……白家反了，本應是意料之中的事情，你又何苦如此生氣？」

「亂臣賊子！亂臣賊子！你們都是亂臣賊子！」皇帝額頭青筋直跳，「你身為皇室大長公主，助你的孫女兒毀了林氏皇權，你就不怕死後無顏面見祖宗?!」

坐於燈下的大長公主朝著皇帝看去。

「說來慚愧……老身這個做祖母的，未曾在老身這孫女兒稱帝之路上，幫過一點忙，反倒是為了林氏皇權費盡心計的在算計她！」大長公主倚著隱囊，顯露老態，語聲緩慢，她望著晉國皇帝，搖了搖頭，目光淩厲，帶著強烈的痛恨和厭惡，「反倒是你，為求長生不老，修建九重台，用孩童性命煉丹，弄得晉國天怒人怨，百姓民不聊生，各地紛紛造反！你……才是推著老身這孫女兒登基的最大助力，心知肚明的事情，皇帝……又何必自欺欺人總是怪罪他人？」

「對林氏皇權，老身自問……問心無愧，它日見到林氏祖宗，老身也算是能有所交代，可這林氏偌大的家業……江山社稷交到你的手中，你卻自斬臂膀，殺了鎮國王白威霆，也終於將這林氏皇權斷送在了你的手中。」大長公主袖中的檀香佛珠從手腕上滑落至手中，慢條斯理撥動了起來，「該擔心如何對林家列祖列宗交代的，是皇帝你自己！老身要擔心的，是死後如何和白家的列祖列宗交代！你我都是罪孽深重之人，一個……對不起林家，一個對不起白家！將來地下相逢……老身可得講給你父皇聽聽，你父皇板子的滋味，想必你還記得。」

提起父皇的板子，到現在皇帝臀部還在隱隱作痛，他惱羞成怒，根本就聽不進去大長公主的話，吼道：「亂臣賊子！亂臣賊子！你們都是亂臣賊子！必定會死無葬身之地！」

皇帝滿心都是他的姑母背叛了林氏皇權，他這個姑母的孫女兒是晉國的亂臣賊子。

此時的皇帝真是極為後悔，當初就應該在白家一門男兒死在南疆之時，將白家的女流之輩全部趕盡殺絕，如此……便不會有白卿言和白錦繡這兩個賤人生事，壞他登九重台的大事。

白家果然是他的掃把星，白威霆當初去南疆戰場的時候，怎麼不把這些白家子嗣全都帶去表忠心，怎麼不全都死在南疆！

「陛下……」高德茂抱著皇帝的腿，看向大長公主，懇求道，「大長公主此事怨不得陛下啊，陛下是被國師那個妖道給蠱惑了，那個妖道才是罪魁禍首。」

提起國師，皇帝想起國師曾經叮囑皇帝必須在六月十六日登上九重台之事，他再想到自己的身子越來越糟糕，眼眶發青發黑的皇帝如同魔障了一般，強壓下心中對白卿言的痛恨，用商量的語氣同白卿言道：「白卿言，朕……與你做一個交易！你若是肯幫朕召集一千個童男童女，助朕煉丹，助朕登上九重台，朕……便將這個皇位傳給你，到時候你名正言順，白家便也就不是亂臣賊子了！你我各取所需。」

大長公主聽到這話，絕望的閉上了眼，對這個皇帝再也沒有一絲期待。

白卿言望著皇帝，目光清明淡漠，並未因皇帝的話而狂喜，也沒有因為皇帝的話而發笑，曾經對這個皇帝有多痛恨，如今白卿言就覺得這個皇帝有多可笑，甚至打從心底裡覺著他可憐。

竟然相信什麼長生不老的鬼話！這世上哪裡有什麼千古長青的人壽，真正能讓人在這萬古長時之中留下痕跡的，便是建功立業四個字，可惜皇帝永遠也不會明白。

或許這位晉國皇帝會在史書之中留下痕跡，晉國最後一位皇帝……因為要求長生不老，興建九重台，要用一千童男童女煉丹，使多地造反，一國滅亡。

連抱著皇帝的高德茂都被皇帝這話驚到了，他仰頭望著皇帝，滿眼不可思議……

皇帝先是用皇位同梁王交易，後來梁王被擒，忠於太子的秦尚志掌握兵權，皇帝復了廢太子的太子之位後第一件事，便是讓太子為他徵召一千童男童女。

現在……更是拿皇位和鎮國公主做交易。

但是，舉國上下多地造反，鎮國公主順勢而為意圖登基為女帝，哪裡會有人覺得鎮國公主是亂臣賊子，哪裡會有人汙白家名聲？

就即便是列國，在這強者為尊的世道裡，難不成燕國或者西涼又或者戎狄會不怕死……拒不承認大周女帝？連高德茂都能看得明白的事情，皇帝居高位如此之久，又怎麼會看不透，無非是鬼迷了心竅，又還帶著幾分糊弄小姑娘的意思。

不等白卿言回答，門外陡然傳來殺聲，嚇得如驚弓之鳥的高德茂全身一顫。

很快，沈天之將洛鴻樓的門推開一條縫隙，帶著十幾個護衛急速進來走至白卿言身邊，低聲在白卿言耳邊道：「梁王帶人殺上來了，他們有備而來周圍點了火，且來的都是頂尖的高手，我的意思是我們拼死為陛下同大長公主殺出一條血路，護送陛下和大長公主離開？」

白卿言抬眼，梁王……

她還以為梁王都已經死了，沒成想梁王還活著，也是命大了。

皇帝耳朵倒厲害，沈天之語聲如此小，竟然也聽到了，皇帝哈哈大笑，在空空蕩蕩的大殿顯得十分猙獰：「白卿言現在你還有選擇的餘地，只要你答應朕，朕便下旨傳位於你，即便是梁王也無法奈何你，怎麼樣？」

白卿言並未搭理皇帝，面色沉著，抬手解開手臂兩腕間纏繞的鐵沙袋，鐵沙袋墜地……將地板砸的通一聲，嚇了跪地抱著皇帝的高德茂一跳。

不等沈天之反應過來，白卿言已經抽出沈天之腰間佩劍，吩咐道：「你帶人在這裡護住祖母，我出去看看……」

沈天之腰間一空，忙出言阻止：「陛下不可涉險！」

沈天之是個文人，即便是帶兵打仗，也是被將士們護在後方，制定策略之人，哪裡經得起真刀真槍的拼殺，她示意沈天之放心：「你帶人護好祖母！將晉朝皇帝管控起來，若有必要……不必留活口。」

高德茂心中震盪不已，他全然沒有料到，白卿言胳膊上纏繞著這樣重的鐵沙袋……剛才竟然還能夠以那麼快的速度接住皇帝砸向她的花瓶，可見白卿言的武功早已經恢復。

完全被忽略的晉朝皇帝，面色難看，高呼：「白卿言！朕在和你說話！」

可白卿言充耳不聞，拉開兩扇雕花木門往外走……

白卿言一開門，只覺熱浪迎面撲來，洛鴻樓四面沖天的火光，滾滾黑煙隨風亂竄。

皇帝見狀正要上前，沈天之身旁的年輕護衛已經拔劍，長劍直指皇帝，絲毫沒有畏懼皇帝之威的模樣。

洛鴻樓外，幾十將士齊齊拔劍戒備立在高階之前，將洛鴻樓護衛在身後。

濃煙翻滾的高階之下，梁王被五十好幾的高手護衛在正當中，他抬頭就瞧見了立在高階盡頭燈火通明的亭臺樓閣處的白卿言，梁王單手扣著護在他身前高手的肩膀，望向白卿言的目光狠辣陰森。

梁王心沉，打定了主意要讓白卿言死在這裡，趁著白錦繡攻城，洛鴻城內大亂，幾乎將儲存在洛鴻城內的所有火油都用上了。

火遇油，幾乎瞬間成勢，連同那百年巨樹都難以倖免被來勢洶洶的烈火吞噬，被燒得劈里啪啦作響，烈火纏繞灼燒的樹幹被燒斷，帶著玉石俱焚的決心緩緩倒下，可瞬息之後……那火苗又點燃了旁邊草植，巨大的火舌「噌」地竄起，猶如周身帶火的巨蛇張著血盆大口，在崢嶸綻放的奇花異草一路蜿蜒朝洛鴻樓方向撲去。

目光所及，除了被火光映亮的通紅之色……便是黑色的濃煙，和漆黑的夜空。

在這樣火光逼人的夜裡，就連那殺聲和刀劍碰撞的金戈聲，都顯得微不足道。

第二章 大勢已去

白卿言跨出洛鴻樓，含著手指吹了一個長而響亮的哨聲，隻身立在眾將士最前方。

臺階下護衛洛鴻樓的將士們，被梁王所率的亡命之徒逼得不斷向後退，聽到哨聲還沒來得及回頭去看，就見不知從哪裡竄出一匹如同白色閃電的駿馬，一路踏人飛馳，狠狠將梁王身邊殺手踩踏倒地，從眾人頭頂上方躍起，嘶鳴著朝洛鴻樓高階之上……它主子的方向飛速衝去。

梁王知道白卿言箭無虛發厲害至極，哪怕此刻白卿言手中並未拿著射日弓，他還是十分謹慎的將整個身子都躲在旁人身後，全身緊繃戒備：「范餘淮……白卿言就在那裡！殺了她……救出父皇，不論在我這裡還是在父皇那裡，你就是晉國的功臣！」

只剩下一隻眼睛的范餘淮一劍砍下敵對將士人頭，抬眼的一瞬，只看到一匹白馬從頭頂飛躍而過的身影，驚呼：「攔住那匹馬！」

白馬其勢洶洶，才有舉刀攔截者，那白馬便揚蹄將人踏倒，那人噴出一口血，連慘叫都沒有來得及發出就沒了氣息，白馬並不戀戰……殺聲之中急速衝向主子。

白卿言三步併成兩步衝上前，拽著太平的馬鞍一躍而上，扯住韁繩勒馬，通體雪白的寶駒揚蹄長嘶，火光映紅了經歷過百戰的銀甲，那身形頎長纖瘦的女子紅色披風獵獵，眉目冷冽如刀鋒，周身都是如這烈火般炙熱逼人的殺氣。

「陛下！」沈天之不知道從哪兒找來了一把紅纓長槍，追出洛鴻樓，濃煙之中，將銀槍朝著白卿言的方向丟去，「接槍！」

白卿言手腕一轉，狠狠將手中利刃插入駿馬腳下玉階之中，抬手接住紅纓長槍，扯住韁繩調轉馬頭，高聲下令：「守好洛鴻樓最後一道防線！」

「是！」將士們高聲稱是。

白卿言雙眸死死盯著梁王，在石階兩側竄起的烈火之中，迎著灼人的熱浪，手握寒刃，快馬朝高階之下衝去，人似從烈火之中疾馳而來。

梁王死死盯住馬背上殺氣凌人的白卿言，聲嘶力竭高聲呼喊：「斬殺白卿言者，賞金百兩！」

重賞之下必有勇夫，聚在梁王身邊的亡命之徒，一聽到賞金百兩四字，殺心越發濃重。

那可是百金啊，即便白卿言是戰無不勝的殺神，可圍剿她的人多了……她總是雙拳難敵四手，總有空子可鑽，誰知道自己會不會被老天爺眷顧，拿下百金，那下半輩子就再也不用過這種拿命換銀子……刀口舔血的日子了。

白卿言眼神就像望不到底的幽谷深淵，絲毫未曾因為梁王身旁那些亡命之徒興奮起來的模樣有任何變化，漆黑如墨的瞳仁映著火光，卻只有喜怒難測的冷寂，比黑夜更加深沉……深沉得讓人心驚肉跳。

梁王下意識想向後退，可身後那些亡命之徒為了百金，嗷嗷叫著舉劍往前衝，如湍急激烈的奔騰河流勢不可擋，夾裹著梁王往前，無半分後退的餘地。

「將白卿言逼下馬！」范餘淮烈火之中高呼。

火光撲朔之間，白卿言沉著臉，銀槍寒光所帶之處……便是鮮血噴濺，剛要迎上前想將白卿言逼下馬的范餘淮，見寒光逼近……連連後退，紅纓長槍從范餘淮眼前飄過，他只覺喉嚨一熱睜大了眼，捂住喉嚨，一手鮮血。

范餘淮用力喘息吞咽唾液……喉嚨沒有斷！幸好是皮肉傷！

他不敢想像若剛才往後退慢了一步會是怎麼樣的後果，他一手捂著頸脖，一手拽著梁王，急速朝臺階下退，讓那些想得百金而不怕死的亡命之徒上前去廝殺。

范餘淮沒有忘記當初南都閑王的屍身，白卿言是怎麼用那銀槍挑起來的，除了射日弓……那一杆銀槍也是白卿言的拿手絕活。他不敢遲疑，拉著梁王急速後退保命，只見白卿言坐下駿馬揚蹄，將一眾想要將白卿言逼下馬的亡命之徒踢翻在地，有的還未靠近白卿言，便被長槍穿胸……

有願為百金捨命的殺手，見白卿言長槍還在同袍胸腔之中，被同袍帶血的雙手緊緊攥著，他趁機騰空撲起，眼中露出狂喜，只覺白卿言的人頭是他的了！

高階之上的沈天之心頓時提到了嗓子眼兒，想大喊提醒，可嗓子揪在一起，竟發不出一絲音來！

可那殺手還未靠近白卿言半分，就被長槍穿透了腹部，人……似被長槍一瞬定在了空中。

白卿言手握銀槍，槍尾就抵在馬鞍之上，將一躍飛起欲斬她頭顱的殺手高高挑起，凌厲的視線掃過那些見狀心生懼意不斷向後退的殺手。

馬下，剛才那個被白卿言穿胸的殺手雙手還保持著緊攥長槍的動作，低下頭……就看到鮮血流水似的往外冒，他噴出一口血，面目猙獰地倒地，到死都不能相信，白卿言怎麼可能，如此快?!

國與國之間，是弱者懼怕強者；人與人之間，亦是如此！

知道白卿言強時，他們還報了一線希望，可眼見白卿言一杆銀槍殺人，快到在火光如此大盛的環境之下，雙眼只能捕捉到虛影時……他們知道白卿言並非他們之力能敵的！

百金雖然誘人，可也要有命活著去花那百金才是。

高低亂竄的火舌將這洛鴻樓四周映得恍如白晝，也讓那被白卿言舉起來的屍體……格外清晰。那插在長槍之上的殺手手中利刃跌落，口吐鮮血，雙手緊緊攥住槍身，不過瞬息便沒有了氣息，就像個人偶被人高高挑起。

范餘淮的心快要從嗓子眼兒裡跳出來，白卿言不但像背後長了眼睛，速度……快到不可思議，他只剩一隻眼睛看不到白卿言抽搶刺槍的動作也就罷了，周圍那些亡命之徒……都沒有看清楚，甚至不知道白卿言是以何種方式出槍的。

白卿言坐下駿馬太平見周圍金戈之聲頓時消散，踢踏著馬蹄，鼻息噴出熱氣長嘶，那些殺手紛紛後退，沈天之所率人馬也都聚攏在白卿言身邊。

不等白卿言再次下令，白錦繡便已經帶人快馬殺來。

白錦繡原本在城門口拼殺，看到洛鴻樓這裡火光沖天，擔心長姐白卿言和祖母大長公主出事，連忙帶著輕騎兵殺了過來……

白錦繡一眼便看到了梁王，高聲道：「殺！」

那些亡命之徒，本就已經被白卿言嚇破了膽，此刻對上真正戰場浴血過的將士，更是如同驚弓之鳥。

鮮血順著長槍流到了白卿言的手背，她將長槍之上的屍體甩開，看到被白錦繡所率將士逼得向高階上直退的梁王一行人，語聲冷漠：「殺！一個不留！」

援兵已到，圍在白卿言身邊的將士們哪裡能不士氣大振，得令紛紛舉刀嘶吼著朝著高階下衝去。

白卿言用力拉住韁繩，制住蠢蠢欲動意圖衝進人群之中搏殺的太平，居高臨下望著驚慌失措的梁王和范餘淮一流。不過是困獸之鬥，大晉也好……梁王也罷，今夜都要消失不見。

白錦繡已一躍下馬，抽出白家家傳寶劍青鋒劍，帶頭率先殺了上來。

白家子嗣都未曾忘記過白家先祖的教誨，只有身先士卒……才能激發戰士士氣。

白卿言看著白錦繡遊刃有餘拼殺上前，逼得梁王撿起地上刀刃，躲在范餘淮身後防備。

梁王和范餘淮還有那些亡命之徒，已經被團團圍住，如同待宰羔羊，垂死掙扎之後，便是慘叫和人頭落地。

太平是一匹有血性的戰馬，它嘶鳴著……想要衝下去，可韁繩死死被主子攥在手中。

「前有狼後有虎！」梁王握著刀的手輕微在顫抖，卻不願意讓人看出來，他轉頭朝著白卿言的方向看去，對范餘淮道，「殺上去！活捉不了白卿言……只要能繞過她，也能拿捏住大長公主！總能拼一條活路，和白錦繡帶來的人硬拼死路一條！」

范餘淮聞言也轉頭朝著高階之上看去，白錦繡帶來的人太多了，他們要向正面殺出去根本不行！

但……守著洛鴻樓的兵力本就不多，殺上去雖然難……可比要面對白錦繡帶來的數百輕騎兵可是要簡單的多。

下定決心，范餘淮低聲吩咐近旁幾個：「往上衝……不要戀戰越過鎮國公主，殺進洛鴻樓，只要拿下大長公主！便可以大長公主為人質活著離開！」

這些亡命之徒一向都是為人刀俎，上頭讓怎麼做便怎麼做，如今有人指了活路，他們自然是拼死一搏。眼見那些亡命之徒，齊齊調轉……朝著臺階上方沒命似的攻來，沈天之的人顯然抵擋不住不斷向臺階上的方向退。

烈火之中，白卿言穩坐太平背上，目光沉著又平靜，手中紅纓長槍還在滴答滴答滴血，煞氣凌人，說是殺神臨世也不過如此了。

不必猙獰表露，那人就靜靜立在那裡，便強大的讓人心生寒意，不敢與之一戰。

范餘淮此刻開始後悔，後悔自己走到了這麼一條路上。

可如今後悔也沒有用了，已經上了梁王的船，就算是船要沉了……他也得再搏一把，若是此時屈膝求饒，只能讓人更加看不起，折了他武將尊嚴。

殺紅了眼的白錦繡還能不知道這些人打得什麼主意，可長姐就在高階之上，白錦繡相信長姐不會放任何一個人過去，否則也不會如同柱石一般單人匹馬鎮守在那裡。

白卿言視線落在白錦繡的身上，四目相對，眸子又看向梁王……

白錦繡會意頷首，一躍而起踩住將士們的肩膀或頭顱，一路飛馳目標明確鎖定梁王，帶著寒光的青鋒劍精準無比刺向梁王……

范餘淮只覺後腦寒風襲來，不等他反應過來一把推開梁王，白錦繡已經落在了梁王身上，雙手握住青鋒劍劍柄劍鋒朝下，眸色沉著狠厲將青鋒劍從梁王頭頂扎了下去。

范餘淮睜大了眼，只見白錦繡抽劍……一躍朝著臺階上越去，挽劍而立，轉過身來，面色與白卿言如出一轍的冷漠，高聲道：「梁王已死，全部剿殺一個不留！」

范餘淮看向還立在那裡的梁王，只見梁王頭頂簌簌往外冒血，一張白淨的臉上全都是鮮血，人也直愣愣朝後倒去。

「陛下！」范餘淮扶住梁王，只見梁王雙瞳渙散，竟然……是已經沒有了氣息。

梁王一死，范餘淮帶著的這幫亡命之徒立刻潰不成軍。

范餘淮猛地抬頭，睜大了眼看著立在高階之上的白家姐妹倆，猶如身處烈火之中，卻有她們堅定的方向和決心，宛若任何強大的對手都不能將她們擊倒！她們立在那裡，好似在告訴他們這些喪家之犬，何為強者，甚至都不願意對他們這些螻蟻出手了。

敗了！范餘淮知道，這一次是徹徹底底的敗了……

連梁王都死了，還能掙什麼？梁王一開始要來這洛鴻樓搶人的想法就是錯的，若是一開始逃出去……說不定還有機會東山再起，可如今梁王的命……和這些高手，全部要折在這裡了。

困獸知道沒有活路，各個都是死拼，很可惜……白錦繡帶來的都是身經百戰留下來的精銳將士，江湖上的亡命之徒……和真正沙場浴血留下的精銳還是有區別的。

兵敗如山倒，很快以范餘淮為首的這些亡命之徒……幾乎被消耗殆盡。

滿臉是血的范餘淮終於跪倒在地上，刀架在了范餘淮的脖子上。

沒力氣了，范餘淮已經打不動了，罷了……敗給了白家的子嗣，是應該的！

百年將門白府從不出廢物，這話誠不欺人啊！敗在殺神白卿言的手中，范餘淮認了！

好歹，曾經救過駕，也造過反……

來過這世上，轟轟烈烈過，雖然敗了，可他范餘淮死而無憾了。

可生死一瞬，他卻拼盡全力攥住了要揮向他頸脖的刀，手心頓時鮮血淋漓：「等等！我有話要說！說完范某立即就死……」他抬頭看向白卿言的方向，高聲喊道：「鎮國公主……謀反之事，是我一人做的，和我家眷無關！」

范餘淮姿態卑微：「范餘淮懇求鎮國公主……念在我們曾經也浴血同戰的分兒上！能饒過我的妻兒！」周圍烈火燃燒草樹，到處都是火花迸濺劈里啪啦作響的聲音，范餘淮的五官被烈火映得通紅發亮，他從未如此虔誠對人叩首，只求白卿言能饒過自己的妻兒。

他造反也好，殺人也好……都是他做下的，和妻兒無關。

不等白卿言回答，就聽到歇斯底里的淒慘喊聲從臺階下傳來：「爹……」

聞聲，單手握著刀刃的范餘淮猛地轉頭，只見高階之下衣裳皺皺巴巴，滿臉髒汙……雞窩似的頭髮上滿是稻草的范玉甘，高聲喊著他。

「阿甘……」范餘淮一顆心頓時提到了嗓子眼兒。

梁王登基之後，城門被白錦繡攻破，臨走的時候哪怕那麼著急，范餘淮也帶上了一直被他關在家中的兒子和妻室，范玉甘是他的獨苗苗，他就是死一百次也不能讓范玉甘出事。范餘淮忙轉過頭睜大了剩餘的那隻眼，滿目驚恐盯著白卿言，重重叩首請求：「鎮國公主！求你放過我兒子！我兒子還小……當初知道我跟隨梁王謀反的時候，還以死要脅我收手！他是個好孩子……」

「爹！」范玉甘急得眼淚都出來了，他眼瞧著那些人的刀都架在了自己父親的脖子上，忙朝著白卿言看去，高聲喊著，「白家姐姐！白家姐姐……求你饒我爹一命吧！我願意替我爹死！白家姐姐……求你了！」

「你瞎說什麼！」范餘淮轉頭怒吼，眼淚瞬間就湧了出來，「臭小子！你才多大！你替誰死！你以為你一個廢物紈褲的命能比你爹的命值錢?!滾一邊兒去！湊什麼熱鬧！」

「爹！」范玉甘哭喊著，「我知道我沒用，您總罵我沒用，可我再沒用也是你的兒子，也不能看著你死……白家姐姐！求你了！」

范餘淮心中說不出來的滋味，他這輩子就這麼一個兒子……雖然是紈褲一直被旁人看不上眼，可范玉甘卻有一顆純粹的心，是個孝順的好兒子。

他知道的，他一直都知道……雖然他總是恨鐵不成鋼，總說范玉甘幹啥啥不成，吃喝玩樂樣樣行，可他的兒子並非沒有閃光點，可死到臨頭他才想起他從未誇獎過自己這個兒子。

白卿言看著哭啼不休的范玉甘，同白錦繡道：「將范餘淮暫時關押起來，隨後發落吧……」

「將范餘淮關押起來！」白錦繡視線又落在范玉甘身上，「連同他兒子關在一起！」

「鎮國公主，禍不及妻兒……求鎮國公主放過我這不成器的兒子，他就是個只會吃喝玩樂的廢物，留下也不會對您有什麼威脅，求鎮國公主饒過這個蠢東西吧！給他一條活路吧！」范餘淮堂堂七尺大漢，竟哭了出來。

「白家姐姐，求你饒了我爹吧！」被攔在高階之下的范玉甘也聲嘶力竭喊著。

白卿言看著范玉甘和范餘淮這對父子，半晌，低聲交代白錦繡：「押回大都城，叮囑一聲……別太難為他們。」

原本，白卿言是不想留范餘淮性命的。

雖說她和范玉甘沒有什麼深重的情分，可也知道范玉甘是一個心地善良的孩子。

曾經范玉甘這孩子和阿雲交好，阿雲也說過呂元鵬那些紈褲……紈褲是紈褲了些，可大都聰明也坦誠。她覺得，若是這樣的人將自己的心眼兒用到正經地方而非吃喝玩樂，不敢說能做出一番成績，但也必然不會太差了去。

看在范玉甘的情面上，白卿言倒是可以饒范餘淮一命，只不過……范餘淮這樣的人，白卿言卻是不敢再用了。即便是她還想用，那些大都城內被范餘淮拋棄的下屬，誰又願意再跟隨他？

白錦繡讓人將哭啼不休的范玉甘和范餘淮拉走，將他們父子倆關在一間牢房裡。

白錦繡話音剛落，就見剛才帶著全漁離開沈天之的下屬匆匆跑來，朝著白卿言抱拳道：「陛下，大夫那裡說，那個叫全漁的小太監，腿保不住了！那小太監已經吐血了，不能耽誤，可那個小太監……」

她下馬，眉心緊皺：「不願意丟了腿？」

來的人頷首：「正是！」

聽到全漁二字，白錦繡雖然不知道發生了什麼事，卻也知道全漁這個小太監怕是為了護住祖母或者長姐受傷了：「長姐你去看看，這裡交給我！保證祖母出門的時候，絕對見不到血！」

這裡需要儘快打掃，長姐和祖母也需要儘快離開，這火勢太大了，用不了多久就會燒過來。

「讓將士們疏散百姓，以免大火傷及百姓！」白卿言說完隨沈天之的下屬匆匆離開。

白錦繡瞧見自家長姐離開，視線又落在被人抓住卻掙扎不休，一直喊著「白家姐姐」求長姐放過他父親的范玉甘。

白錦繡歎了一口氣，曾經這范玉甘同阿雲交好，便足以讓白家人留他一命了，更別提後來白家滿門男兒葬身南疆，他們白家出城迎接白家英魂之時，這范玉甘可是和呂元鵬、司馬平他們一同去了。光是這一點，不必長姐交代，白錦繡也會吩咐將士們善待范玉甘一些。

白錦繡抬腳朝著范玉甘的方向走去，路過梁王雙眼睜大的屍體時，白錦繡也只是淡淡掃過一眼，並未再做停留。在白錦繡看來，梁王不過是一隻竄上竄下，且會唱戲的螞蚱罷了，她從來都不放在心上，就是有些噁心。她當初真的被梁王蒙蔽雙眼……竟然以為梁王對長姐情根深種，這種東西……和長姐一起提起來都是侮辱長姐。

范玉甘看到……仰頭喊道：「秦夫人！秦夫人……我和秦朗關係一向不錯，求您看在秦朗的面子上，饒過我父親好不好？父債子償……我願意替父一死！」

已經被押住的范餘淮高聲怒罵兒子，言語裡皆是瞧不上自己這個兒子的意思。

可白錦繡知道……范餘淮這是因為疼愛，是因為想要保住自家兒子的命。

白錦繡立在滿臉眼淚鼻涕仰頭懇求她的范玉甘面前，彎腰將范玉甘扶了起來，抬手將他頭上的雜草拿下來，道：「別怕……長姐剛才交代了，讓將你和你父親關押在一起，押回大都城，還叮囑了看押的人不要太難為你們！」

范玉甘眼睛一亮：「白家姐姐……不要我爹的命了！」

「長姐建立大周朝，范餘淮謀反……謀的是晉朝，既然已經改朝換代，看在你的分兒上……長姐想必也不會再追究，就是不會再用了，別擔心……你隨他們去吧！一會兒我讓人給你送止血傷藥。」白錦繡抬手拍了拍范玉甘的肩膀。

范玉甘聽到這話，哇的一聲哭出來，用髒兮兮的衣袖抹去眼淚，心裡著實是鬆了一口氣：「多謝白家姐姐！多謝秦夫人！」

范玉甘從來沒有如此感激白家姐姐改了朝換了代，正如白錦繡所言若是沒有改朝換代，他父親必死無疑，這可是謀逆！所以的確是可以鑽空子撿回父親一命。

白錦繡壓低了聲音對范玉甘說：「先別告訴你爹，讓你爹怕個幾日！」

范玉甘瞧著白錦繡滿目笑意的模樣，朝還聲嘶力竭罵他的爹爹看了眼，用力點頭：「不告訴他，讓他怕上幾日，誰讓他罵我來著！」

白錦繡被范玉甘這混不吝的話逗笑，抬手拍了拍范玉甘的肩膀：「去吧！」

全漁已經吐血了，他雙手死死抓住大夫的手：「身體髮膚受之父母，小時候是實在沒有辦法了，才淨身入宮，我已經比平常人少了一樣東西，我不能沒有腿了！」

全漁是為了給阿娘治病才賣身入宮的，他是家裡最大的兒子……父母不願意，他是淨了身後才逼得父親沒辦法將他送入宮換錢的。

那個時候，全漁年紀小，也不知道將自己的命根子留下來，日後一同入土好留一個全屍。已經丟了身上的一樣東西，全漁就是死也不想再丟了腿。

白卿言推門而入，全漁那條被毒酒杯扎破的腿已經烏青發黑了。

看到白卿言，嘴角還掛著血的全漁抬頭：「鎮……鎮國公主！」

白卿言疾步走到軟榻旁看了眼，對洪大夫道：「保人！鋸腿！」

「鎮國公主！」全漁聲音虛弱，一個勁兒的顫抖著，「我不想沒了腿，沒了腿……我還不如去死！」

「愚蠢！活著才是最重要的！」白卿言在軟榻旁坐下，「再耽誤下去，你就真的沒命了，全漁……你還小，往後的日子還長，日後你就會知道活著有多幸運，我的弟弟們當初全部折損南疆的消息傳回來，我寧願他們缺胳膊少腿……也希望他們能夠回來！我不知道你有沒有親人，可你問問你的親人是希望你沒了一條腿但好好活著，還是為了保住腿去死。」

全漁一怔，入宮時年紀還小……他已經記不清楚當時的情景，他只記得父親怒火沖天打了他一巴掌，母親……說死都不願意用他換來的錢活命。

他以為父母是恨他傷了他們給予他的身體，所以這些年……對身體愛惜的很。

白卿言雙手按住全漁的肩膀，側眸同洪大夫道：「動手！」

全漁的慘叫聲在這烈火之中，似要撕裂九霄。

鋸腿，止血……這每一步都是在冒險，可不冒險全漁就不能活。

白錦繡迅速清理戰場，隨後抬腳朝著高階之上的洛鴻樓走去。

洛鴻樓內，已經被控制住的皇帝聽到外面大局已定，聽到梁王死了，咬緊了牙關罵道：「廢物！」

坐在案桌旁的大長公主看向一動不敢動的皇帝，長長歎了一口氣……

大晉皇朝，到底是敗在這個東西手中了。

不多時，洛鴻樓幾扇大門大開，身著戰甲的白錦繡從外面跨了進來，全然無視皇帝，朝著大長公主行禮：「祖母，外面血跡來不及清理乾淨了，洛鴻樓火勢太大，錦繡怕很快便會燒過來，雖然已經吩咐將士們救火了，可為祖母安全……還請祖母先隨我離開。」

大長公主看著英姿颯颯的白錦繡有些晃神，在白錦繡率兵攻打大都城之前，她自己大概都忘了……自己這個孫女兒當初可是隨同她那老夫君一同上過戰場的。

再次看到白錦繡披甲上陣，大長公主難免會想起白家折損於南疆的兒郎……

可真好啊！阿玦還活著，阿雲也還活著！大長公主扶著几案緩緩站起身來。

白錦繡上前扶住大長公主，只見大長公主手中撥動著佛珠，半晌之後才道：「晉朝皇帝一心想要登那設在高處的九重台，老身瞧著……這洛鴻樓也不低！不如就讓晉朝皇帝將就將就，就將這裡當成是九重台，讓晉朝皇帝在這裡專心求長生不老藥吧！」
大長公主語速緩慢柔和，如同尋常人家慈眉善目的老人，可話音卻透著殺伐決斷和說一不二。
既然白卿言要登基為帝，那麼……這個皇帝便不能留。
皇帝聽到這話，睜大了眼：「姑母！你要朕死！」
「去吧！」大長公主拍了拍白錦繡的手，眉目含笑輕輕推了白錦繡一把，「去吧！」
「祖母?!」白錦繡大驚。
「你長姐……會是一個好皇帝！愛國愛民的好皇帝！」大長公主雙眸含淚，笑得眼角的褶皺深重，「白家軍有一句話生為民死殉國，祖母……是晉朝的大長公主，生護大晉，死殉大晉，這是一樣的道理！」
「祖母！」
「祖母活到這把子歲數，知道自己大限將近了，這……也算是祖母身為晉國大長公主最後的驕傲！還是……給祖母留一絲尊嚴吧！」大長公主忍著眼淚，想起蔣嬤嬤來，又叮囑白錦繡，「蔣嬤嬤自小看著你們長大，好好照顧她！」
「祖母不走，錦繡也不走！」白錦繡態度堅決。
即便，白錦繡能夠理解大長公主，可她也不能允許自己的祖母死在自己眼前。
「沈天之……」大長公主高聲喚了沈天之一聲。
「是！」沈天之上前。
「把皇帝綁在柱子上！捆紮實了！帶二姑娘出去……」大長公主身上帶著極強的威勢下令，而後又滿目疼愛看向白錦繡，「你長姐的登基大典，祖母就不看了！告訴你長姐……別怨祖母，好好的活著。」

說完，沈天之的人已經上前來拉白錦繡。

白錦繡正欲拔青鋒劍打退沈天之的人，卻被走上前的沈天之按住了：「二姑娘，你真不明白嗎？大長公主是晉朝的大長公主，就如同……你的叔伯他們是白家軍，為了護衛自己心中想要護衛的東西，他們死都不會退。」

沈天之認真望著白錦繡，更何況大長公主這輩子都在守護晉國，甚至為了晉國……連自己的丈夫、兒子、孫子、孫女都在防備。

如今走到這一步，大長公主知道晉國腐朽，可她不能眼睜睜看著她教導的孫女兒覆滅了晉國，登基為帝。她今日死在此刻，就是和晉國一起死了。這是大長公主身為晉國嫡出公主的驕傲，這樣的驕傲……對他們這種人來說，比性命更重要。

就像……

文人氣節。武將氣魄。

被綁在柱子上的皇帝還在破口大罵，想做垂死掙扎，一護衛不知道從哪兒摸到了一塊抹布，直接塞進皇帝嘴裡。

「秦夫人……想想已逝去的鎮國王，鎮國王在最後一刻難道不清楚白家落得如此下場，是因為君疑臣誅這四個字嗎？可為何鎮國王卻未曾留下隻言片語讓白家人復仇，因為鎮國王忠於晉國。」沈天之鄭重同白錦繡道，「走吧！」

沈天之說出這些話，他不清楚白錦繡能不能聽懂。畢竟，在這禮樂崩壞的時代，能理解類似大長公主這一輩人信念和堅持的年輕人越來越少。

「去吧！」大長公主笑著在几案後坐下，手中撥動著佛珠，慈眉善目笑著，「晉朝結束了，我這個晉朝的大長公主……也就該走了。」

即便是大長公主今日隨同白錦繡一起離開，其實也活不了多久了。

大限將至，人是有感知的。

人總是要死的，既然如此，又為何要在大限將至之前的那段日子……成日裡陷入痛苦之中，若是如此……還不如就在今日，在今日晉朝徹底成為歷史之時，也跟著晉朝的歷史一起離去。

在沈天之看來，白錦繡還是個孩子，儘管白家的孩子都早慧，可白錦繡顯然不同於白卿言那般心智近妖，有些話他不說透白錦繡不能明白。

白錦繡雙眸含淚看向打定主意坐下不語的大長公主：「祖母……」

瞧得出白錦繡的掙扎，沈天之如同一個長輩，循循勸道：「給大長公主磕個頭，我們走吧……別耽誤了！」

被堵住嘴的皇帝額頭憋的青筋直跳，不知道在說些什麼，全部被抹布堵在了嗓子眼兒裡。

白錦繡遲疑了片刻，鬆開按著青鋒劍的手，對大長公主跪了下來，重重叩首：「祖母，錦繡……還是希望祖母能夠和錦繡一同離開，祖母要是在這裡出事……長姐會很傷心的！長姐是祖母一手帶大……與祖母的情分比我們任何一個兄弟姐妹都要深。」

「正是如此啊，所以……祖母才不願意看到你長姐登基那日！又希望登基的是她！」大長公主垂眸看著面前還未喝完的茶，端起一飲而盡，「下輩子吧！祖母一定好好當你們的祖母。」

茶中有毒，是曾經大長公主命人殺紀庭瑜時用的一日眠，昨日得知白卿言要入洛鴻城……大長公主便服了這一日眠，只是用量極少，畢竟這毒……用了之後便會使人昏昏欲睡，在睡夢中死去！

故而昨日，大長公主只用了一點，今日白卿言來前大長公主才慢慢在增加。如今喝完這杯茶，毒便用完了，用不了多久大長公主便會感覺到睏倦，而後……永遠沉睡在這洛鴻樓內。

大長公主對白錦繡擺了擺手：「祖母這是要去見我的父皇、母后，要去……向你祖父、叔伯和弟弟們，謝罪了。」說完，大長公主就如同入定了一般，閉上眼不再說話……

「走吧！」沈天之伸手去拽白錦繡的胳膊，「再不走來不及了！火勢太大了！」外面滾滾濃煙不斷從緊閉的窗縫擠進來，沈天之已經忍不住咳嗽，熱浪也越來越強烈，烈火恐怕很快就會吞噬掉這洛鴻樓的。

「祖母！」白錦繡眼淚如同斷線，希望大長公主能夠改變心意同她一同離開。

沈天之眼見大長公主的唇瓣變色，臉色大變，他抬頭看到火舌已經竄到了視窗，忙同白錦繡說：「大長公主已經服毒！秦夫人……再不走真的來不及了！」

「祖母！」白錦繡大驚。

「走吧！」沈天之用力將白錦繡拽起，「要是連你也死在這裡，陛下才真會傷心欲絕！走吧！」

白錦繡一咬牙，也不再懇求，反握住沈天之的手臂：「立刻……派人將我祖母抬出去！不管祖母願不願意！快！否則祖母出現任何意外……我都會同長姐說是你害的！」

「這……」沈天之臉色一白，冒犯大長公主……大周女帝的祖母，這誰有這個膽子?!

「你若不動，我親自來！」白錦繡道。

沈天之只得頷首：「抬大長公主出去……」

此時的大長公主儘管還留著意識，可身體已經率先散了力道，即將陷入昏昏沉沉的沉睡之中，就連睜開眼睛都費力。

被結結實實捆在柱子上的皇帝，伸長了脖子，似乎是在聲嘶力竭嚎叫著什麼，可並沒有人搭理他。皇帝看著那些將士將大長公主抬出去，看著洛鴻樓裡的人一個一個出去，只剩下他一個人，終於慌的不成樣子，睜大了充血的眸子朝著白錦繡的嘶吼。

白錦繡出門，抬眸望著皇帝，親自為皇帝將門關上……

濃煙滾滾不斷從視窗往裡灌，就連洛鴻樓頂上的橫梁都被熏黑了，皇帝汗出如漿，轉而看向隔扇，隔扇外火光沖天。他沒想到自己堂堂晉國皇帝，最後竟然會落得這樣一個下場。

他原本是要登九重台求長生不老的，國師說了……登上九重台，獻祭一千童男童女，便能見到仙人，求得長生不老藥，甚至還能求仙人讓白素秋起死回生。

他馬上就要成功了，九重台已經建成，他不過是要一千童男童女而已，白卿言竟然就敢反了他！

蒼天啊，就一步……一步啊！他是晉國的真龍天子！為何上天要如此對他？為何就不能讓他如願?!太子為何還不來救他！

此時的太子，胸前中了一刀，鮮血直流……被秦尚志和一群將士們，還有皇家暗衛護著扶著一路躲躲藏藏，終於快要到城門口了，可是太子實在是太累了，秦尚志沒有辦法挑選了一座人已經走光了的富庶人家的宅子，將太子暫時安置在那裡，簡單給太子包紮了傷口。

太子喘著粗氣，靠在座椅上，全身都是血腥味……

他怎麼都沒有想到，他寵愛了這麼久的紅梅會給他致命一刀。

聽說紅梅來了，太子還以為紅梅也是白卿言送來的，為了讓紅梅勸降，誰知道剛見到紅梅……還沒來得及親熱，紅梅就送了他這麼一個見面禮。

紅梅看著他的眼神，分明就是愛慕極深的，她怎麼就能眼睛不眨的將利刃插入他的胸膛？又怎麼能一副視死如歸的表情一躍跳進河裡？什麼深仇大恨啊！給了他這麼一刀？

現在紅梅已經死了，去追究原因也沒有什麼意義。

可太子是真的不想死，要是真不怕死……當初也不會對梁王屈膝卑微懇求一個活命的機會。但太子也沒有想好，這樣逃出去了日後怎麼辦。身無分文沒法給這些暗衛銀子，可能還需要秦尚志和這些將士還有皇家暗衛來養，這些將士和暗衛……還會為他賣命嗎？

太子低頭看到自己腰間的禁步，這個或許還值點兒錢，可也不知道能撐多久。

太子怎麼都沒想到，到了這個時候對他不離不棄的反倒是秦尚志，這個……他曾經幫著方老壓制的秦尚志。

方老也是忠心，方老那不成人形的樣子，太子光是想起來都覺得毛骨悚然。

任世傑……也不知道是不是死了，沒有一個音訊。

只有秦尚志，原本在修渠，原本不用被牽扯進來的秦尚志，卻在拼命護他。

想來想去，太子下了一個決定：「不往城西跑了，我們去大周的大營，秦尚志……你去告訴鎮國公主孤願意稱降！」

希望白卿言能念在往日的情分上，好歹讓洪大夫來給他治一治傷，說不定他還能活命。

秦尚志聽到太子這話，震驚不已：「殿下！」

「我說不定就要不成了！」太子抬頭看向秦尚志，昧著良心開口，「可你們都是晉國的大好兒郎，何苦為了我這個已經快要死了的太子捨命，成為亡命之徒？罷了……去鎮國公主那裡！以孤對鎮國公主的瞭解……你們隨我去稱降，不會有什麼性命之憂，她是不會趕盡殺絕的！你們還年輕……還有未來！晉國沒了就沒了吧……」

秦尚志一向對他深信不疑，想來……是不會察覺出他是在騙他的！

也如太子所料，秦尚志和秦尚志所率的將士，還有這一小隊皇家暗衛沒想到太子會說出這樣的話，在他們眼中……這位太子和皇帝一般，都是極為利己的，難不成是人之將死……心也跟著善了？

不說秦尚志和那些將士同太子沒有什麼交集，即便是皇家暗衛隊護衛太子，是出於本能和使命，即便忠誠是他們自小便學習的東西，可這樣的本能和使命也禁不住沒有銀錢的日子磋磨啊！

太子是怕了，怕秦尚志和這些將士、暗衛在他沒有辦法提供衣食住行之後，會取了他的腦袋去投奔白卿言。

秦尚志還好，尤其是這些暗衛，什麼皇家暗衛誓死效忠皇家，那是銀子給夠的情況下。

太子在晉國朝堂經營這麼多年，還不清楚這些人是個什麼德性嗎？

與其到時屈辱的被割了腦袋，還不如現在自己主動投降，白卿言念在舊日裡他還對她不錯的情分上，應該不至於太過難為他。

太子可是聽說了，就那個大樑投降的三皇子，白卿言可是給封了王啊……讓他安穩過完這一生，這已經很好了。

下定決心，太子緊緊按住還在簌簌冒血的傷口：「走吧！別耽擱了！去找鎮國公主！」

很快，洛鴻城中的百姓都被疏散，林康樂正帶著將士們齊心協力救火，整個人被煙熏得跟從黑煤窯裡出來一樣。

林康樂用手抹了把臉上汗水，黑糊糊的煙被擦掉，露出半張被烤得發紅的臉，他手一直在打顫，仰頭望著這沖天大火，心中直歎火勢太大了……

「梁王這狗娘養的，瘋了吧！火勢弄這麼大……」林康樂只覺全身都是汗，他緊緊攥著手中的水桶，扭頭問，「已經確保百姓全部疏散了嗎？」

「回將軍，已經全部疏散了！我們的人排查了好幾遍，確認已經沒有百姓了！」同樣大汗淋漓的將士喘著粗氣跑過來，看著自家將軍通紅的臉，高聲道。

「好！讓兄弟們撤吧！」林康樂甩下手中水桶，高聲喊道。

為了阻斷這場大火，犧牲的將士們已經夠多了，只要城中百姓已經撤出，他們就沒有什麼堅守的必要了。人……可比這城池重要，城池燒沒了人還可重建，可人要是沒了，可就真沒了！

此刻，洛鴻城外大營，全漁被鋸了腿，已經暈過去了，洪大夫剛讓人給全漁灌了藥，得到大長公主服毒的消息，還沒細問就被拉著去給大長公主診治。

洪大夫看到大長公主的唇色，再一搭脈，神容一動，抬眸朝著白卿言看去……

白卿言竭力穩住自己的情緒，以往沉著清明的眼神顯出急躁：「洪大夫怎麼樣？」

「來不及了……」洪大夫搖頭，「大長公主應當是昨日便用了一日眠，今日逐漸增量，毒性已經深入五臟六腑，藥石罔效了！」

洪大夫沒有說什麼盡力一試，那便是真的沒有任何希望了……

白卿言手心收緊，垂眸看著躺在軟榻上的大長公主，陡然想起了外祖母的那些話。

或許當初，外祖母便預料到了會有今天這一日。也正是因為當初外祖母那些話，白卿言心中便有了一些防備，也有預感……或許會有這麼一日。

可祖母分明在洛鴻樓上同她說了那麼多話，她以為……祖母看不下去林氏皇權已經腐朽，這才和她說……登基為帝之事，她沒有料到祖母會選擇在今日走上這條路。

「長姐……」白錦繡立在白卿言身旁，輕輕攥住白卿言的手，「或許這對祖母來說，是最好的歸宿！祖母是晉國的大長公主，祖母姓林，她不願意親眼看到自己最疼愛的孫女兒，推翻林家江山這在情理之中。」

白錦繡低聲勸著白卿言，卻也不知道能起多少作用，畢竟沈天之剛才也沒有能完全勸動她。

此時，白錦繡後悔了，她不應該強行將祖母從洛鴻樓帶出來，不該讓長姐知道祖母已經藥石罔效……不該讓長姐親眼看著祖母離世。或許祖母永遠留在洛鴻樓內，才是祖母最好的歸宿。

即便是長姐知道了祖母選擇留在那裡，劇痛之後傷總會癒合。

可如今將祖母帶到長姐面前，看著祖母還尚存一息，他們所有人卻束手無措，隨著時間的推移……長姐會越來越痛，越來越恨自己的無能為力，如同刀鋸在心頭來回拉扯，痛不欲生。

「長姐……我們盡力了！」白錦繡握緊了白卿言的手，語聲哽咽，「每個人都有每個人對前路的選擇，我們選擇了推翻晉朝，祖母選擇了死殉晉朝……」

沈天之怕就怕白卿言這樣不流淚，又沉默不語的模樣。

越是悲痛，表現的越是木納，這……沈天之知道。

「與其強留大長公主活著，日日在責任和親情之間來回磋磨，這對大長公主來說……未必不是最好的結局。」沈天之上前一步，低聲勸白卿言，「大長公主活著，便是日日誅心，誅心之痛……遠勝生死！陛下應當比任何人都明白。」

明白，白卿言如何能不明白？可她也有私心啊，那是她的祖母……年幼時她被養在祖母祖父膝下，她又是嫡長……祖母對她雖然嚴厲，可也是捧在手裡含在嘴裡。

她走出的第一步，也是扶著祖母的手走的。幼時描紅啟蒙，是祖母捉著她的手描的。祖母會費盡心思編寫一些故事，日日講於她聽，教她下棋，教她……祖母能教的一切。

病了，她的床邊連阿娘都無法靠近，祖母沒日沒夜的守著。

那年戰場重傷歸來，原本不怎麼信佛的祖母在佛前跪了三天三夜，祈求她能活命。

祖父沒了，父親沒了，叔父們沒了，弟弟如今活著的只有阿瑜、阿玦和阿雲……

南疆一戰在白卿言心裡留下的痛楚，還未撫平，如今……連祖母也要離去，她如何能不撕心裂肺？

「大姑娘，老朽真的是毫無辦法！」洪大夫低聲同白卿言說，「不過……這一日眠雖然毒性劇烈，倒是個十分溫和的毒，讓人在昏睡之中死去。」洪大夫說著朝著雙眸緊閉的大長公主看了眼，接著道：「所以就算是已經到了這個時候，大長公主神容還算安詳。」

洪大夫想不出什麼安慰白卿言的言語，聲音低緩：「老夫跟隨鎮國王這麼多年，對大長公主和鎮國王的感情也算是瞭解，若當初……白家逢難之時，大長公主不是為了護住白家這些遺孤和遺孀，怕是早就追隨鎮國王去了！如今大姑娘稱帝，大長公主也算是能對白家放下心來，了無牽掛了！這……是好事，大姑娘千萬不要鑽了牛角尖，不要以為大長公主這是不願意大姑娘稱帝！」

白卿言走到今天這一步，不容易……

洪大夫知道白卿言和大長公主感情深厚，就怕白卿言以為大長公主是不願意白卿言稱帝自我了結，白卿言與鎮國王白威霆一般重情重義，若是真的如此以為，為了大長公主不願再登基，那這大周江山來日堪憂。

祖母是為了護著她們撐了下來，她知道……

上一世，祖母得到消息，便病倒了，沒過多久撒手人寰。

這一世，祖母能活到今日，白卿言已經很高興了。

只是，倘若祖母能壽終正寢，而非以如此方式殉了晉國，她會更高興。

疼痛順著愧疚的藤蔓緩緩在她體內生長，聚集在胸腔，白卿言只覺胸腔內似有什麼東西被重重錘砸，一股子帶著腥氣的黏稠一個勁兒的往上沖，都被她生生咽了回去。

平靜半晌，白卿言才開口：「我知道……」

她語聲沙啞，喉嚨酸脹難忍，「你們出去吧……我和錦繡，陪祖母最後一程。」

洪大夫看向白錦繡，見白錦繡輕輕頷首，這才背起自己的藥箱，同沈天之他們一起出了大帳。

搖曳燭火映著大長公主臉上的溝壑，白卿言在大長公主身邊坐下，輕輕攥著大長公主枯槁的手，仔細看她便能夠看到大長公主眼角含淚，那深沉的皺紋裡還藏著淚痕。

正如洪大夫說得那般，大長公主神容還算安詳。白錦繡跪在床邊看了眼大長公主，又抬手握住白卿言的手：「長姐，這是祖母的選擇，誰都不能怪！」

她不知道此時祖母還能不能聽見她說話，她還是忍住了情緒，垂眸輕撫著大長公主的手，低低開口：「祖母，阿寶知道……你未曾怪過阿寶。」

白錦繡忙跟著點頭，看著長姐雙眸發紅的模樣，眼淚霎時如同斷線。

還好……長姐沒有鑽牛角尖，沒有將祖母的死全都怪罪在自己身上！

「祖母，阿寶還未曾告訴祖母，阿瑜……也還活著！只不過如今阿瑜身分特殊，阿寶便想著……等日後阿瑜回來了，再親自帶他去同祖母請安！」

但如今，祖母已經撐不住了，她想在祖母臨去之前，將這個消息告訴祖母……

「長姐?!」白錦繡睜大了眼，險些忍不住扯開嘴角大哭。

阿瑜……

白家嫡支正統的阿瑜！

白錦繡抬頭看到祖母安詳的模樣，她不想惹得長姐傷心，她知道長姐雖然未曾表露，可此時一定是滿腔的淚水和愧疚，她硬是咬著後槽牙忍住哭聲，埋首眼淚一個勁兒的往下掉。

真好，阿瑜還活著！真的太好了！祖母還未見到阿瑜、阿玦，還未見到阿雲……長姐已經傳召，讓南疆一戰還存有一息的白家子在六月二十回大都城共證登基大典，祖母為何不等等，說不定還會等回來更多的白家子！為何……要如此決絕，連最後一面都不見？

白卿言察覺祖母的手指似乎動了動，她喉頭脹痛哽咽，她知道……祖母聽到了。

她語聲柔和又輕盈：「六月二十，阿寶希望還能有白家子回來，若有……阿寶一定帶著弟弟們，去給祖母叩首……同祖母說一句，平安還都。」

神容安詳的大長公主眼角不知何時有了濕意，白卿言用手替大長公主擦去。

大帳外，洪大夫和沈天之一行人就立在門口，不敢吭聲，也未曾言語，整個營地彷彿都安靜了下來。人人都知道，大周女帝此次御駕親征來救自家祖母……前朝的大長公主，可誰知人救出來了，大長公主卻服了毒。

多少人在揣測，大長公主這是用自己的死在表達自己的悲憤，要往大周女帝的心上扎一根釘子。讓大周女帝只要坐在那個皇位上，就會想起……這皇位是用她祖母的命換來的。

這個時候，誰敢不要命的喧鬧？洪大夫背著藥箱眉頭緊皺，抬眸望著洛鴻城內沖天的大火，心裡說不出的滋味，洛鴻城這把火……連同腐朽的晉朝一同燒乾淨了也好。

杜三保急速跑來，將信遞給洪大夫：「大都城方向送來消息，洪大夫……得趕緊送到陛下那裡！」洪大夫伸手接過信，拆開看了眼，「大樑舊世族不滿，在大姑娘走後生亂，已經被四姑娘鎮壓了！大都城裡……那些晉朝舊皇親，想要聯合晉朝封地的五位王爺和大長公主還有大姑娘談條件，要保住自家的爵位和封地。」

「癡人說夢呢？」杜三保啐了一口。

「這些前朝有封地的王爺翻不出什麼浪花來，大姑娘從大都城來洛鴻城前，已經吩咐人傳令白家軍，前往廣安、白水兩處封地，傳旨命兩地世子和王爺一同前往大都城，觀登基大典，由白家軍接手兩地布防，他們不敢不去！」洪大夫語聲沉著，「且大姑娘交代了，讓人在當地大肆宣揚新政，對百姓講一講新政對百姓之利！當地的將士多是從封地的百姓中出來，對百姓有利……便是對他們有利，誰還會願意為封地之主賣力……繼續當封地之主的牛馬？」

沈天之點頭，白卿言一向重視百姓，重視民心，有此舉動並不意外。

杜三保也放下心來。

「大姑娘之所以沒有讓人去河東、安西和朔方三處封地，約莫是想著親自去……正好從洛鴻城回大都城，繞行這三地並不費什麼時間，大姑娘親自帶兵去……想來他們也不敢有什麼違逆。」

聽洪大夫如此說，沈天之眉心挑了挑，沒想到白卿言竟然有如此作為……

若是沈天之沒有猜錯，白卿言是想要趁這一次機會，徹底廢除分封，從而加強集權。

說白了，主要還是看誰的兵多，誰的拳頭硬。

白卿言手中兵多，圍了你的封地，管控你的親眷和王府……不由得你不服。

且白卿言意圖推行的新政本就對百姓有利，那些封地處……原本為封地之主牛馬的百姓，聽聞新政……能不歡欣鼓舞，擁戴白卿言嗎？

白卿言從接管大都城，察覺到各方勢力湧動之時，便對這些皇室宗親有所防備，且早早開始著手布置……以防有封地有私兵的前朝王爺生了別的心思。

不多時，洪大夫看到整個人黑成黑煤球似的林康樂匆匆而來，他朝著洪大夫和沈天之一拱手就要進大帳內，沈天之忙將林康樂拉住：「林將軍等等！」

林康樂以為沈天之是嫌他儀態不佳，撥開沈天之的手：「都什麼時候了，老子可沒時間顧及禮儀，我要去見陛下，那晉朝的廢太子和秦尚志來投降了！」

「先別進去……」洪大夫緩緩開口。

林康樂跟隨白卿言也不是一天兩天了，知道這洪大夫在白卿言身邊的地位可不一般，他瞅了面色凝重的沈天之一眼，連廢太子前來投降都不是什麼大事兒了嗎？

可那秦尚志……陛下不是一直想要收為己用嗎？現在送上門了，怎麼還不著急了？

林康樂朝著洪大夫拱手：「請洪大夫賜教？」

洪大夫擺了擺手：「沒有什麼賜教，大長公主快不行了，大姑娘和二姑娘在裡面，這個時候不要去打擾。」

林康樂頓時恍然，他朝著簾帳放下來的大帳看了眼，上前一步，同洪大夫說：「洪大夫，那廢太子中了一刀，就在胸前，您……要不要過去看看？」

「看那前朝太子做甚？有那時間還不如讓洪大夫多看幾個被燒傷的兄弟！」杜三保心中不服氣。剛才杜三保領命在營中候著，因救火被燒傷的大周將士一個接一個送回來，被燒得不成樣子，軍醫都救不過來了，還救什麼勞什麼前朝太子？晉朝都沒有了，誰還認一個晉朝太子。

洪大夫鬍子一吹，朝著林康樂看了眼：「派個軍醫過去就是了，我得在這裡守著……陛下那個身子還未完全恢復，萬一要是有個什麼，廢太子的命能賠得起？」

林康樂也覺得洪大夫這話在理，廢太子的命哪裡能和即將登基的白卿言相比，他點頭：「得了！我先帶個軍醫過去給他看看，能不能活就看命了！咱們軍中為了救火死傷的兄弟不少……」

不等林康樂說完，洪大夫整個人表情便肅穆了起來：「送到傷兵營了嗎？燒傷人數多不多？」

林康樂還未回答，洪大夫便拎著藥箱疾步離開：「罷了，我去看看……」

瞅著背著藥箱匆匆離開的洪大夫，林康樂伸出手要喚洪大夫，最終卻抿住了唇看向沈天之：「不是……要在這裡守著陛下嗎？」

沈天之抬手拍了拍林康樂的肩膀，那不過是洪大夫不想在晉朝廢太子身上浪費精力，可將士們在洪大夫這樣的老軍醫心裡可不一樣。

沈天之望著被陰雲遮蔽的月亮，隱隱察覺到風裡帶著濕意，眉目間露出喜意……看來要下雨了。

大帳內蠟燭已快燃盡，安靜的只能隱隱聽到周圍……風撫草樹，夜蟲低鳴的聲音。

白卿言和白錦繡兩人給大長公主淨面，擦身。

大長公主因是抱著必死的決心，穿著的衣裳也十分考究，倒是不必費心再換。

大帳外的風越來越大，軍帳被吹得嘩啦啦作響，不多時……劈里啪啦的雨便下了下來。

被安置在軍營後方的百姓原本看著洛鴻城的大火，以為家要燒沒了，都是欲哭無淚，這大雨一到，百姓們紛紛從帳子中出來，有的甚至跪地嚎啕大哭，感激老天爺總算是下雨給他們留了一條生路。洛鴻城內沖天的火舌左躲右閃，卻逃不過這細細密密如斷線珠子似的雨滴，火遇水熱氣騰騰，遠遠望去洛鴻城水霧彌漫，彷彿被籠在雲端仙氣之中的仙城一般。

暴雨下了整整一夜，火勢雖然沒有全然撲滅，可已經沒有了昨日火光沖天的景象，如今只剩下洛鴻樓後面那高山之上還隱隱有火光，林康樂已經派遣了幾批將士再次上山去撲滅那些未滅的火苗。已是辰時，天際厚重的雲靄間隙，透出極為耀目的光線，金色勾著雲靄邊緣……

雖然還未徹底放晴，可已經讓人瞧出大晴天的徵兆。

洛鴻城內隨處可見的水窪倒映著上空緩慢挪動的陰雲，和陰雲中透出來的金光，時不時被大周將士的靴子踩碎，時不時被馬蹄踏破。有將士們奉命挨個排查，在城內搜尋還未逃出城的前朝餘孽。也有將士負責檢查百姓的居所，看看是否還能住人，已經被燒毀的民宅按照林康樂的吩咐，登記在冊，屆時重新為百姓分派住處。

林康樂的下屬確定了城內已經安全，前來向林康樂稟報，林康樂一時拿不定是否應該讓急於進城回家查探損失的百姓進城，踩著泥漿匆匆朝白卿言的大帳跑來。

大帳外，沈天之已經守了一夜，大帳內遲遲沒有傳來動靜，沈天之擔憂不已。

林康樂上前，朝下巴冒出鬍渣的沈天之拱了拱手，往大帳內瞧了眼低聲問：「陛下怎麼樣了？」

「沒動靜，不過……應當是沒有什麼事！」沈天之想起晉朝廢太子，又問林康樂，「那個晉朝廢太子怎麼樣了？死了嗎？」

提起這個林康樂就一臉晦氣：「沒死，怎麼就命這麼大……沒了那麼多血還給救過來了！我還專門叮囑了那軍醫，不必太盡心，隨便糊弄一下就是了！誰知道還真挺過來了！不過……日後想來是離不開藥罐子了。」

「哦……」沈天之語氣遺憾，要是這廢太子死了，白卿言一直想要招攬的那個秦尚志想來也就能順利效忠白卿言，沈天之抿了抿唇又問，「那個秦尚志呢？沒有要見陛下嗎？」

林康樂擺了擺手：「不知道這前朝廢太子給這秦尚志吃了什麼迷魂藥了，那秦尚志照顧這前朝廢太子，跟照顧自家老子親爹一樣！我看……還是不用想了，這秦尚志肯定不會歸順陛下的，早知道……就不帶回來了，一刀一個全砍了！還省得麻煩。」

昨晚之所以把人帶回來，林康樂完全是看在秦尚志的面子上……

白卿言昨日入城之前專程將秦尚志叫出城細談了一番，想來是十分想要收服秦尚志的，可沒想到廢太子胸前被插了一刀，竟然還能活下來。

「大長公主肯定是沒了……」林康樂歎氣單手握住腰間佩劍劍柄，「很快就要到登基大典了，陛下此時應該啟程回大都城，一來……大長公主這裡拖不得，二來……陛下回去還要先行準備！要不……你這會兒進去和陛下說說，我帶兵留下來協助百姓回城，你護送陛下先行回大都城？」

沈天之側眸，似笑非笑瞧著林康樂，這人還挺會分配，大長公主那可是將白卿言從小帶到大的祖母，和白卿言感情非同一般，這個時候……大長公主沒了，白卿言正傷心呢……他進大帳裡和白卿言說這些？

但他也瞧得出林康樂粗中有細，是個帶兵打仗的好材料，難怪平民出身的林康樂能在這個年紀便成為張端睿將軍的副將，如今更是被白卿言看重。

聽到林康樂的聲音從外面傳來，跪在軟榻旁的白錦繡仰頭看向白卿言，語聲哽咽：「長姐，祖母已經走了，我們現在應當儘快將祖母護送回大都城，讓祖母早日入土為安才是。」

白卿言垂眸摩挲著大長公主還溫熱柔軟的手，點了點頭。

雖然祖母沒有能等到登基大典，沒有能等到……見到還活著的白家子嗣那一刻，但祖母最後一程，是她和白錦繡送走的，也算是身旁有親人了。

至少祖母去之前，知道阿瑜、阿玦和阿雲還活著，心裡應該也有安慰。

白卿言啞著嗓音道：「派人……去白家報喪訊吧！」

「好！」白錦繡雙手撐著軟榻邊緣勉強站起身，只覺雙腿軟麻，勉強站起身子，喚了一聲，「來人……」

聞聲，沈天之和林康樂連忙轉身走進大帳。「陛下……」兩人跪下朝白卿言行禮。

她慢條斯理鬆開祖母的手，將祖母的手擱在毯子裡，將毯子蓋好，這才轉過身來瞧著林康樂和沈天之：「起來吧，以後在軍中不必行如此大禮，洛鴻城已破，晉朝便結束了，今日啟程回大都城，沈天之帶六萬將士留下，兼領洛鴻城太守一職，協助百姓修繕房屋，重建洛鴻城。」

「六萬將士會不會太多了？」林康樂耿直問道。

林康樂倒不是懷疑沈天之，只是覺得幫助百姓修繕房屋重建洛鴻城，留下千人足以。

「是！」沈天之領命。

「林將軍帶救火的將士們休整一日，明日帶兵前往河東這位晉朝老王爺封地傳旨……讓他們的世子不得耽擱於六月二十日必須抵達大都城參加登基大典，若有不從……拿下便是！兵圍河東……河東王府若有擅動，不必留情。」

白卿言原本是打算親自走一趟河東、安西、朔方這三處封地，可如今祖母仙逝……遺體需儘快運回大都城準備葬禮，白卿言便讓白錦繡先行護送祖母遺體回大都城，她親自走一趟安西和朔方，再儘快趕上白錦繡回大都城。

「是！」林康樂也領命之後抬頭朝著白卿言看去，「陛下，還有一事……前朝廢太子和那位秦尚志秦先生，昨夜來降，廢太子心口被人插了一刀，如今已經被救下，不知道……陛下要不要見一見那位秦先生？」

白卿言回頭朝著祖母看了一眼，也不知道……祖母得知廢太子還活著會不會有一點點欣慰。

到底是和祖母同一脈，白卿言也不欲趕盡殺絕，便道：「將廢太子和范餘淮等人一同押回大都城，至於那位秦先生……他若是願意跟著太子，便讓他跟著太子吧。」

後面的話，白卿言沒有說，因為她心裡清楚……秦尚志必然是跟隨廢太子的。

「那……廢太子帶來的那些將士和暗衛如何處置？」林康樂又問。

「暫時看押起來，回大都城之後再做處置吧！」白卿言說完又看向沈天之，「還有一事，沈大人……幫著百姓修繕好宅子之後，率兵駐紮在安西和朔方前往大都城必經的天霞峰道上，若有人率兵前往大都，設法將人全殲於天霞峰道，放幾個潰軍通過就是了。」

林康樂這才明白白卿言留給沈天之六萬人到底是做什麼用，原來防備安西和朔方兵變。

第三章 榮耀還都

元和初年六月初十，大周女帝親赴鴻門宴，白錦繡、林康樂等將領一夜拿下洛鴻城，晉國廢太子稱降，晉朝正式宣告滅亡。

元和初年六月十六，各國前來恭賀大周女帝登基的使臣，陸續到達大都城。各國使臣到達，最忙的就要數鴻臚寺卿董清平了，所幸因白卿言去洛鴻城前交代過可大力提拔新人和寒庶，董清平此次大手筆的招攬新人，為鴻臚寺注入新鮮血液。

大約是因為董清平是女帝白卿言親舅舅的緣故，那些親貴倒是沒有人敢說什麼。

但這段日子，大都城中那些前朝皇親國戚倒是不安分了，原本他們想著白卿言要登基為帝，他們這些前朝的皇親國戚就算是能勉強保命，怕是也得成為庶民。

可誰知道，白卿言在大都城穩定大局之後，未曾處置他們，便奔赴洛鴻城去救大長公主了，全然沒有要難為他們這些前朝皇親的意思。心思活泛的皇親國戚就琢磨了起來，大周女帝白卿言的祖母是前朝大長公主，算起來……他們和女帝也是沾親帶故，還算是皇親國戚，想來大長公主也會護著他們。

這心思一旦生出，放出風聲……又不見白卿言派人訓斥反駁，這些皇親國戚膽子就大了起來，想著等大長公主回來了，不論如何要讓大長公主勸說白卿言保住他們這些皇親國戚的爵位俸祿不變。誰知，他們還沒有等到大長公主回來，就聽說大長公主在洛鴻城去了，大都城內的皇親國戚頓時惶惶不安。

甚至有人猜測，是大長公主不同意白卿言推翻晉朝登基為帝，白卿言就將大長公主給殺了。

這傳言一出，瞭解白卿言的……自然說一聲無稽之談。

可晉朝這些皇親國戚信以為真，全都夾著尾巴做人，生怕白卿言一個不高興連他們一起殺了。

而那些原本就有封地的晉朝皇族老王爺，不敢同白卿言對上，生怕白卿言揮軍屆時損失慘重……陸陸續續來大都城，眾人商議後抱著一線希望準備同白卿言討價還價，至少保住祖宗封地。

當然，這些各地有封地的老王爺也並非是孤身前來，他們早已經讓自家子嗣準備妥當，若是白卿言不答應，便舉兵……

他們這些有封地，有私兵的老王爺，此次能來參加這登基大典已經給了天大面子，要是白卿言真的要奪他們祖上傳下來的私產，他們就算是死也不能連累的後人丟了祖宗封地。

如今新朝建立，百廢待興，尤其是之前的晉朝皇帝為了一個九重台幾乎掏空了國庫，國庫現在哪裡還有餘地供白卿言打仗？

即便是國庫還能夠支撐白卿言打仗……但五位有封地的王爺率領各地百姓誓死不降，她白卿言能將這五地的百姓全殺得乾淨嗎？

她難道就不怕落一個窮兵黷武的名聲嗎?!打定了主意，五位晉朝皇族有封地的老王爺在白卿言回來的前一天晚上，湊在一起……商議起大事來。

大都城城西隱蔽的三進宅子內，廣安王、白水王、河東王、安西王、朔方王坐在一間密室內歃血為盟，達成共識。

「既然廣安王、白水王和河東王早在我們到達大都城之前便已經達成了共識，且已經秘密發兵，我與朔方王自然也沒有什麼好說的，一會兒便會派人回去傳信，命人在六月二十白卿言登基之前，率兵趕到大都城！若白卿言不應允，咱們就反了她的……」安西王道。

「可……」年僅二十七的朔方王攥著手中的扇子，聽得膽戰心驚，雖然他是打算以安西王馬首是瞻，可還有所猶豫，「這白卿言戰無不勝不說，手中握有兵權，且都是在大樑征戰的精銳，我們那些私兵……怕是沒有辦法抵抗啊！」

「不抵抗怎麼辦？那樑國的三皇子不就是一個活生生的例子！得了個王的封號……可是沒有封地，不能養兵，更不能插手賦稅！這是什麼意思……就是得了一個虛爵，混吃等死罷了！」年過半百的安西王眸色陰沉。

「咱們這封地和王位可都是祖上傳下來的，世襲罔替到現在……咱們祖祖輩輩都是靠著這封地過活的，現在要真給咱們收回去，子孫怎麼辦？」白水王看向朔方王，「朔方王剛剛承襲王位，怕是不能理解我們這些老人家的心思，等朔方王有了孫子便能明白了！」

「南疆之戰也好，北疆滅樑也好，咱們雖然沒有出兵，可都是出了糧草輜重的！雖說如今大長公主已經沒了，可白卿言她不能不念我們的功勞！」性子沉穩的河東王垂眸凝視著手中茶杯裡清亮的茶湯，慢條斯理，「我也相信，白家人……不會是不念舊情之人，我們調兵前往大都城也不過是為了以防萬一，不一定真的就會和白卿言對上。」

「是啊，白卿言如今連大都城內……和舊朝皇帝沒有出五服的皇親國戚都沒有收拾，我們這些與皇帝同祖且遠離大都的舊朝皇親，不過求一塊兒封地養活子孫罷了，想來白卿言也能明白安撫人心的重要性。」年紀最長的廣安王撥動著手中佛珠，「白卿言本身就是一個女子，想成為一國之主，沒有那麼容易，我們肯讓步，新朝初立……穩定朝局對她來說才是關鍵！」

河東王笑著頷首，將手中茶杯擱在手邊角几上：「自從晉高祖明昭皇帝到如今，皇帝只賜了我們五家祖宗封地，且從文德皇帝開始就有意要削弱我們這些封地王的勢力，武宣皇帝許刺史……掌一方兵權對抗我們這些藩王都未能成功，白卿言此時是新朝初立之時……即便她有削弱藩王之心，局勢穩定四個字，就足夠掣肘她了。」

「好了，事情就這麼定了！」廣安王手中撥動佛珠的動作一頓，摸了摸花白的鬍鬚，要站起身。白水王忙起身扶著廣安王，站起來，廣安王接著道：「明日一早，白卿言回大都城，我等自當跟隨百官出去迎一迎，見到白卿言，幾位一定要放下架子，要比對待晉朝皇帝更恭敬，姿態也放低一些，要到好處才是實在的。」

「最好……能夠與白家聯姻，那麼就會更穩妥一些！」河東王也笑咪咪站起身，抖了抖直裰上並不存在的灰，眉目含笑，「這白家……除了二姑娘嫁於了忠勇侯原配生的那個秦朗之外，這三姑娘、四姑娘和五姑娘、六姑娘，也都到了年紀，七姑娘倒是可以先行定親！」

說完，河東王又笑著同其他藩王道：「至於白卿言……若是諸位有本事，家中又有合適的子嗣，不妨一試，君王之畔……若有自己人，來日消息也能更靈通些，諸位可千萬別被過去男尊女卑的看法給束縛住，如今女帝登基……改朝換代，世道……不同了！」

河東王心裡清楚，不能將白卿言當做女子來看待，應當將白卿言當做帝王來看待，所以……用在歷朝那些皇帝身上的手段，都可以用在白卿言身上。

「不同了她還想怎麼著？難不成還想讓女子當官嗎？就算張狂如姬后……都沒有敢讓女子為官！」白水王眉頭緊皺。

河東王儒雅的笑了笑道：「白水王何苦與我在這裡抬槓，我不過是說說……願意聽則聽，不聽就當個笑話也就是了。」

事情敲定，幾人分批從這三進的小院子悄然離開。

河東王最後才從小院角門走出來，仰頭望著空中那一輪皎皎明月，也在心中猜測……這白卿言到底會不會冒天下之大不韙，讓女子為官。

畢竟，他深知……白威霆從不輕看女子，對孫子和孫女兒的教導如出一轍。

也不知道會不會影響到這位即將要登基的女帝！若是白卿言敢，河東王倒是覺得……可以在這方面大做文章，只有讓白卿言焦頭爛額……她才沒有餘力對付他們這些藩王。

先不說男尊女卑、男主外女主內，早已經深入人心，就論人性自私來說……天下學子科考晉升本就難，若是再加上女子一同參加科考入朝為官，那更多的男子便沒有出頭之地。

也別說什麼女子不如男人，若真是如此……姬后、西涼女帝和如今的白卿言又怎麼算？其實天下男人心中都清楚女子未必不如男，所以才弄出什麼男主外女主內……和男尊女卑之說。

這一點，他河東王心裡明白，天下男子心中都明白，否則何以大多數男人極盡所能打壓女子，卻很少有如同白家這般，能給女子和男子一般的機會的人家。

天下男子誰願意多給自己尋一些對手？

河東王倒是期盼起白卿言能夠大刀闊斧的改革，大力提高女子地位，如此一來……學子們鬧起來，絕對夠白卿言喝一壺的。

元和初年六月十七，大周女帝扶靈而歸，呂相率百官出城相迎。

與大燕九王爺慕容衍一同前來大都城的富商蕭容衍，亦是出現在了大都城門口。百姓被將士們攔在了城門兩側，盛況空前。

原本立在武將堆裡的楊武策隨便一瞅，就瞧見蕭容衍被將士們攔在了百姓之中。

許是蕭容衍那通身的氣魄和英俊硬朗的五官太過引人注目，不止楊武策……曾經見過蕭容衍的官員都注意到了。

別人不知道，可楊武策清楚啊，這蕭容衍與白卿言有婚約，除夕的時候……還偷偷潛到軍營之中同白卿言私會，被他和趙勝撞見了，楊武策也是後來才想明白，他和趙勝去的不是時候，可能壞了白卿言和蕭容衍的好事。

不論如何，楊武策都能看出來白卿言對這個蕭容衍十分在意，否則又怎會親自為蕭容衍上藥。

楊武策眼睛一轉，那這蕭容衍搞不好日後就是白卿言後宮中的皇夫啊！就算是商人身分低賤，可就憑他那張臉想來也能混個貴妃……呸！貴夫當一當……

貴夫？楊武策覺得怪怪的，可又不知道找一個什麼合適的稱謂來稱呼蕭容衍。

他沒管那麼多，三步併成兩步走過去，笑著同蕭容衍行禮：「蕭先生！」

被月拾帶人護在中間，未曾被人擠到分毫的蕭容衍愣了片刻，想到這位將軍是樑國降了白卿言的降將楊武策，亦是笑著還禮：「楊將軍！」

楊武策拍了拍攔著百姓的將士，示意讓放蕭容衍過來……

「不必煩勞將軍，我在這裡也是一樣的。」蕭容衍眉目含笑，一派溫文爾雅的沉穩氣場。

蕭容衍話音剛落，便有一護衛擠到蕭容衍身邊，掩著唇在蕭容衍耳邊低語了幾句，蕭容衍神容未變笑著朝楊武策拱了拱手：「楊將軍，蕭某還有事得先行一步，告辭……」

「蕭先生不等陛下了？」楊武策意外，什麼了不得的事有比他在白卿言面前露臉重要？

「改日再去向陛下請罪。」蕭容衍說完，在護衛護送之下從百姓之中離開。

楊武策抬手搔了搔頭，轉身又回了武將堆裡，隨眾人一同等待白卿言。

旭日東昇，漸盛晨光之中隱隱可見有高舉旌旗，蜿蜒如長龍的隊伍從金光中緩緩而來。

聽到立在高處的百姓吆喝，呂相等人匆匆往前迎了幾步，老遠便看到騎著匹通體雪白的駿馬，走在最前，身穿孝衣頭戴孝布的白卿言。

她身後便是大長公主的靈柩，金絲楠木棺材以黃銅鑲邊，描金雕鳳，極盡莊重奢華。

同樣身穿孝衣頭戴孝布的蔣嬤嬤，帶著一眾白家忠僕朝前走來。

蔣嬤嬤身分特殊，乃是白卿言祖母大長公主的貼身嬤嬤，又是看著白卿言長大的，故而蔣嬤嬤來的時候，呂相吩咐人將蔣嬤嬤所帶來的白家忠僕，領到了最前。

他們是來迎大周女帝不假，可如今大周女帝能扶靈而歸，他們自當體會上意，以死者為大。

呂相望著跟在白錦瑟身後的蔣嬤嬤長歎了一口氣收回視線，他……還欠著大長公主人情呢。

當年若非託蔣嬤嬤求到大長公主處，大長公主又心善出手相助，呂相的長子呂錦賢也沒有辦法順利出生，他夫人曾當著他的面將簪子給了大長公主，稱大長公主將來若有需要，呂家必定報答。

後來，大長公主收了他夫人的簪子，問呂相是否願意報答，呂相回答願意……往後，呂相的仕途便平步青雲，呂相知道……這背後少不了大長公主幫襯緣故。

而這些年，大長公主一直都沒有拿那枚簪子前來求助於他，哪怕是當初白家最為困頓的時候。

如今大長公主走了，這分人情……呂相只有藏在心裡，日後還給陛下了。

白錦繡跟在白卿言身側，聽完她留在大都城的暗衛小聲稟報後，提韁上前靠近白卿言：「長姐，那些宗族藩王也出來迎接長姐了，長姐不在這些日子……這些人瞧著長姐未曾收拾那些晉朝舊皇親，想著……可以依靠祖母，隔三差五的去給蔣嬤嬤送禮套近乎，成山似的珍寶往白府送，說是給大長公主請安，誰知大長公主未曾回來，讓蔣嬤嬤代為收下，禮……蔣嬤嬤都一個不差的全部命人收下放入庫房。」

白卿言應了一聲，眸色沉靜無波瀾。

白錦繡朝著遠處看了眼，繼續道：「誰知祖母突然去了，這五位藩王心也就慌了，得到消息的時候這五位元藩王想要走，卻找不到理由，昨夜他們齊聚城西一個三進的小宅子，約莫是在商議如何逼迫長姐。」

白卿言當初按住心性，沒有順勢收拾了那些晉朝的皇親國戚，並非白卿言顧念他們和祖母都姓林，顧念那點子可憐的親戚關係。

也並非如同呂相他們所想的那般，是為了朝局穩定。

她之所以按兵不動，全然是為了這五位藩王，她是怕冒然動手，這些藩王看到動靜……縮在封地裡不來。

雖說將城池打下來容易，可傷的還是百姓，她只想用最小的代價來換得大周安寧。

也正如白卿言所料那般，她未曾動那些戰戰兢兢……都準備用家財來換活命的舊朝皇親，這些個藩王們又得知白卿言前往洛鴻城救大長公主，便歇了稱病的心思，一個一個做好安排來了大都城。誰知剛來沒多久，就有消息送來說是大長公主沒了，他們再想要走……可就難了。

老藩王不在，兵圍他們的封地，打他們一個措手不及，這就是白卿言想要的。

此次，白卿言順理成章走了一趟安西和朔方，安西王府和朔方王府不敢怠慢，白卿言自然也要投桃報李……幫著安西王和朔方王，將家人一同請了過來，好讓他們一家子團聚。

白卿言親自去請，身邊還帶著名聲在外的洪大夫，安西王府和朔方王府的人即便是有心推脫，也找不出個理由，只得跟隨一同來了大都城。

白錦繡也想到了安西王府和朔方王府的家眷，低聲問：「長姐，一會兒要讓安西王府和朔方王府的家眷在人前露露臉，震懾一下這些藩王吧！」

「也好……」白卿言望著前方已經不住朝著他們方向衝來的蔣嬤嬤，「我們先護送祖母回白府，讓杜三保將兩個王府的人，安全送到兩位藩王手中，至於這幾位藩王，這次就不見了……讓他們醒著點兒神，皮繃緊一點兒。」

「好！」白錦繡應聲，勒馬慢了一步，派人前去向杜三保傳令。

杜三保此刻正在隊尾，負責護送安西王府和朔方王府的家眷。

快到大都城城門前，呂相見白卿言遠遠下馬，看向已經帶領白家忠僕迎上前的白錦瑟和蔣嬤嬤，猶豫片刻……率百官緊隨在白家忠僕身後追了上去。

白卿言看著朝她的方向跑來的白錦瑟和蔣嬤嬤，停下腳步……

「長姐！二姐……」白錦瑟視線落在靈柩上，眼淚啪嗒啪嗒往下掉，上前兩步對著大長公主的靈柩跪了下來，重重叩首，「白家七女白錦瑟，迎祖母回家！」

「大姐兒，二姐兒。」蔣嬤嬤一直繃著的情緒，在看到白卿言和白錦繡那一刻便徹底潰不成軍，她望著大長公主的靈柩，跪地哭出聲來，「大長公主……老奴，來迎您了！」

原本在接到大長公主喪訊的時候，蔣嬤嬤就想隨大長公主一同去了，可是一想到大長公主還未回來，想到……那起子小人汙衊大姑娘逼死了大長公主，她還得活著替大長公主告訴那起子小人，絕非如此！

見白家忠僕紛紛跪地痛哭，跟在白家眾僕從身後的百官都不知道應該先向白卿言問安，還是和白錦瑟一般跪下哭迎大長公主。

百官你看我我看你，瞧著呂相已經跟著跪下，忙緊隨其後。

「大長公主您離開大都城前就同老奴說過，您這次要是回不來了，讓老奴一定要告訴大姑娘做一個愛國愛民的好皇帝，老奴……未曾將話帶到，所以不敢伏死！」

蔣嬤嬤語聲哽咽，泣不成聲：「如今大姑娘回來了……大長公主您稍微走慢些，等老奴將大長公主您轉告給大姐兒的話都說給大姐兒聽後，老奴……就立刻來追隨您！」

白卿言上前將白錦瑟扶起來，又將蔣嬤嬤扶起……

「大姐兒……老奴知道，為救大長公主大姐兒和二姐兒已經盡力了，老奴都知道！大姐兒和二姐兒捨生忘死去救大長公主，大長公主一定會很高興！這麼多年……大長公主對白家對大姐兒都心存愧疚，因為她是林氏的嫡公主，沒有做白家諸子最純粹的祖母！大長公主去了是因為無顏面對白家諸人，還希望大姐兒能夠體諒一二，也千萬別太傷心了啊！」

蔣嬤嬤這話，是說給在場這些人聽得……

她要讓這些人知道，大姐兒是不會害大長公主的，且大長公主一直對大姐兒心存愧疚，絕不會因為想要往大姐兒的心上扎一根釘子而自盡。

「大長公主曾經交代過老奴，若是她此次真的去了，一切喪儀從簡，她只想早日同鎮國王同穴而眠，希望大姐兒能夠滿足大長公主這最後的心願！」

白卿言用力握了握蔣嬤嬤的手，蔣嬤嬤對祖母的忠誠，她從不質疑……

上一世，蔣嬤嬤便是在祖母離世之後，自盡的。可這一世，白卿言不想讓蔣嬤嬤再重蹈覆轍。她低聲同蔣嬤嬤道：「祖母臨去前，最牽掛的便是嬤嬤，祖母想讓嬤嬤替她……照顧小八！」

蔣嬤嬤一怔：「八姐兒……」

她點了點頭：「姐妹中祖母和小八相處的時間最少，希望蔣嬤嬤能替祖母好好照顧小八！」

白錦繡朝著白卿言看了眼，知道白卿言這是怕蔣嬤嬤跟隨祖母就這麼去了，所以才如此同蔣嬤嬤說，跟著附和：「是啊蔣嬤嬤，小八……還需要您幫忙照顧。」

呂相見蔣嬤嬤和白卿言說得差不多了，這才起身帶著百官上前，再次跪下朝白卿言行禮：「見過陛下！」

「呂相……諸位快快請起不必多禮！」白卿言虛扶了一把呂相，真誠開口，「我不在這些日子，辛苦呂相了！」

「為臣本分，這都是應當的……」呂相說完又接著道，「按照陛下的吩咐，將大長公主的靈柩送入白府，此時已經命禮部準備妥當，我等恭迎大長公主回都。」

五位藩王見狀，準備上前恭敬同白卿言請安，誰料……白卿言卻看都不看他們，將他們晾在了那裡。五位藩王心中驚駭，心裡明白這可不是好預兆。

大周女帝親自扶靈，大周百官和百姓跪地相迎，一路……護著大長公主前往白府。

白卿言並非不給大長公主死後最大的體面和尊榮，只是她知道，比起在宮中舉行葬禮，祖母或許更想在白家……

生前祖母一心為晉國，至少死後……她希望能如祖母所希望的那樣只做他們純粹的祖母。喪儀從簡……

即便是再從簡，至少也要等母親她們從朔陽來！

至少，也要等到阿玦前來，送祖母最後一程。

將大長公主護送回白府，還有一大堆的政務在等著白卿言……

舅舅董清平將兩個兒子指派到白府幫忙，同呂相和呂錦賢、呂晉、沈敬中一同聚在白卿言書房內，說著這段時間堆積如山的政務。

白錦繡就在書房外，她惦記著白卿言還未用餐便開始處理政務，命人給白卿言準備了熱茶和點心，眉頭緊皺十分不安。

祖母走後，長姐有些太平靜了……反倒顯得不同尋常。

這一路回來，長姐休息的時間很少，幾乎都在處理呂相派人快馬加鞭送到長姐跟前的政務，她幾乎未見長姐好好休息過，吃食上也都是跟著將士們一同將就。

而今回到大都城，長姐更是一刻也不停歇，安頓好祖母之後，便立即召集朝中幾位將來長姐打算倚重的重臣議事，再這麼下去，白錦繡擔心長姐那身子撐不住。

白錦繡立在廊廡之下，眉頭緊皺，很快便有暗衛匆匆而來，朝白錦繡行禮之後壓低了聲音道：「幾位藩王在城外見到了安西王府和朔方王府的家眷，各個神容緊張，年紀最長的廣安王一聲不吭帶著白水王離開，倒是河東王錯愕之後笑著同朔方王府、安西王府的家眷見禮，安西王對著安西王妃和世子發了一通火，還是被河東王給攔住了，這才同朔方王一同帶著自家親眷先回去安頓。」

聽完暗衛詳細回稟大都城門外那五位藩王的反應，白錦繡交疊在小腹前的手細微摩挲著，如此說來……這位河東王倒是有點兒意思。

白錦繡回頭朝著書房內看了眼，從敞開的窗櫺看到白卿言正在和呂相說著些什麼，又問那暗衛：「長姐臨行前，派去查這五位藩王在各地詳細情況的人回來了沒有？」

「回二姑娘，人三天前已經回來，七姑娘已經見過了。」暗衛抬頭看了眼白錦繡又問，「是否要將人叫過來……親自向主子和二姑娘覆命？」

白錦繡搖了搖頭：「回頭我問小七，你去吧……派人緊盯這五位藩王的動向，隨時來報！」

「是！」暗衛領命離開。

白錦繡望著白府被風吹得搖曳的純白燈籠和素絹，隱約能聽到前面靈堂傳來陣陣悲淒的哭喊，比起那時……祖父、叔伯、父親和兄弟們不在時白府的冷清，這哭聲越大便越發讓白錦繡體會到什麼叫做人性涼薄。

當初白家逢難，院中擺著二十三口棺材，可幾乎所有勳貴都說白家日後在大都城無立錐之地，又顧及皇帝對白家的不喜，不敢前來弔唁，只有百姓在府外默默低聲哀哭，真心為白家落淚。

如今，祖母大喪，大都城這些勳貴又因長姐即將登基成為大周女帝，絡繹不絕前來弔唁的那些清貴女眷一個比一個哭的悲淒，哭嚎聲響徹大都，可府門外看熱鬧的百姓，又有幾個會真心掉眼淚的。

白錦繡正要去前面靈堂為祖母守靈，就聽看門婆子來報，說二夫人劉氏回來了，還帶著秦朗和望哥兒。

自三月梁王謀反逼宮，白錦繡命翠碧抱著望哥兒，帶著劉氏隨沈柏仲去找秦朗到今日，白錦繡已經三個月沒有見到望哥兒了。

作為母親她怎能不想望哥兒，她眼眶一濕，匆匆朝外走去。

書房內，鴻臚寺卿董清平與白卿言說起各國前來恭賀白卿言登基的使節安頓情況。白卿言滿身的風塵僕僕，眼下烏青嚴重，卻依舊坐的筆直，風骨傲岸。

董清平話音一落，呂相便對白卿言道：「聽說燕帝傳旨將皇位傳給曾經質於大都的皇子瀝，登基大典定在七月十九。燕國幼主登基，主少而國疑，所以……老臣以為這位很少在外露面的燕國九王爺此次親自前來，想來除了恭賀陛下登基之外，可能還有想要定盟的意思……」

「不止是大燕，恐怕西涼也有這個意思，此次來大都城的西涼使臣依舊是西涼炎王李之節，還有雲破行的長孫……聽李之節的意思，這雲破行的長孫是來請罪的！」董清平對白卿言沒有什麼隱瞞，便將李之節送禮一事說了，「這炎王從到了大都城開始，便四處送禮……送到董府的禮尤其厚！」

呂錦賢點了點頭：「炎王往呂府也送了厚禮，不過微臣已經按照父親的吩咐，將西涼的禮收下，回頭上繳國庫……」

「就連我那兒也收到了炎王的禮，還有沈敬中大人也收到了！對了……還有陳府也收到了厚禮，雖然陳釗鹿奉命前往韓城主持新政之事，但炎王還是給陳釗鹿備了禮，聽說……是陳釗鹿一直求而不得的踏雪尋梅圖！」呂晉語速沉而緩，意有所指，「哦……還有其父隨梁王謀反的李明瑞，炎王也送了禮。」

白卿言聽明白了呂晉的話，但凡白卿言正委以重任之人，李之節都送禮了，她點了點頭：「看來……這位西涼炎王在大都城的消息，倒是靈通得很。」

「大魏被燕國所滅，如今歸入燕土，那位大魏富商蕭容衍也成了燕國人，此次隨大燕九王爺慕容衍一同來了大都城，炎王李之節還屈尊去見了蕭先生，想來是因知道蕭先生曾經對白家有恩，想要去套近乎……」董清平抬眸望著白卿言，似乎是想從白卿言的表情中判斷出白卿言是否對蕭容衍有情。

見白卿言情緒毫無波瀾，垂著眸子的靜思模樣，董清平又說：「這位大燕的九王爺帶著蕭先生，估摸著也是因知道蕭先生曾對白家有恩之事，說起來……這九王爺慕容衍和蕭先生蕭容衍名字如此相似，如今魏國併入燕國，九王爺卻未曾讓蕭先生避忌改名字，若非是兩人交情非淺，便是大燕九王爺有意利用這位蕭先生。」

呂相跟著點頭，他聽說大燕九王爺帶著蕭容衍一同來時，也是這麼個反應，後來得知蕭容衍曾經在燕國的生意便是大燕九王爺照顧，想來交情有一些，想利用蕭容衍對白家的恩情也有一些。

蕭容衍的兄長剛走沒有多久，如今她的祖母也沒了……

失去親人的痛，他們都懂。

白卿言神色暗淡，將眼眶酸脹之意忍了回去。

他們曾言，燕國滅魏……蕭容衍登門提親。

可如今不管是她或是蕭容衍，都沒有了再說親事的心思。

大周百廢待興，燕國幼主登基，兩國都還未穩……

她即將登基，蕭容衍也定不能放下燕國。

可白卿言不覺遺憾，他們雖然一時半刻無法結為夫妻，可他們心意相通……且可以並世爭雄，即便不能相伴左右，也絕不會寂寞。

「還有戎狄那邊似乎也有意求和，戎狄使臣先行一步來了大都城，稱……隨後他們戎狄的鬼面王爺會趕在登基大典之前抵達，親自來向陛下道賀。」董清平還不知道戎狄的鬼面將軍便是阿瑜，語氣平和。

白卿言手心收緊，她知道阿瑜一定會回來……

只是這一次，不知道有沒有機會讓阿瑜和阿娘私下見一面，即便是……不能私下見也不要緊，只要能讓阿娘看到阿瑜平安，對阿娘來說就已經是老天爺的恩賜了。

「另外還有一件事，估摸著陛下還不知道，微臣先同陛下說一聲，白家朔陽宗族有人早早來了大都城置辦宅院，打著皇親國戚的名號……私下裡收受底下官員孝敬的宅院。」

呂晉眉頭緊皺，將記錄哪些白氏族人收受賄賂，又是哪些人行賄的詳細記錄，放在白卿言面前的桌上：「這只是白氏族人明面兒上收的大件兒，其餘的……到底是陛下的族人，所以微臣還未敢細察。」

「西涼這位炎王李之節到的早，得知白氏族人正在大都城內置辦宅院，也出了一把力，還給白氏族人送了不少西涼美人兒……」沈敬中冷笑一聲，抬頭看向白卿言，「白氏宗族之人說到底是陛下的族人，陛下決心整治倒不是難事！但這位西涼炎王到了大都城之後上竄下跳……瞧著不是很安分！」

「敬中這就古板了……」呂相摸著鬍鬚輕笑，「大周朝初立，列國曾經結交的晉朝皇室宗親都不得用了，而今……西涼這位炎王李之節光明正大來大都城，並非是密探，自然是要趁此機會，多結交皇族宗親，來日方便打交道，這也是情理之中的事情！」

沈敬中歎了一口氣，呂相這些話他也明白，就是心裡不舒坦。

「此次，李茂等隨梁王逃往洛鴻城的叛臣，已經都被帶回來了，先交於呂晉大人關押，若是有家眷想要前往探望，呂大人可放行……」白卿言道。

「陛下這是存了輕饒的心思？」呂晉問。

「既然要以凌厲手段削藩王，便需懷柔手段來安撫人心，私以為需得張弛有度……才不會使廟堂失衡。」白卿言看向呂相，正身而坐，朝著呂相頷首，「若白卿言所言，有不妥當之處，還請呂相指點。」

呂相望著眼前虛心求教的白卿言，先是受寵若驚，又頓時反應過來白卿言這位大周女帝，與晉朝皇帝不同，緊繃的脊柱緩緩放鬆，朝著白卿言還禮，濕潤的眸子含笑，點了點頭：「陛下所言正是，不論是治國也好……還是做事也罷，張弛有度……外鬆內緊！陛下思慮周全，老臣敬佩！」

「陛下既然有心寬恕，來日就讓錦賢多多留意這些官員，不讓其身居要職就是了。」呂相朝自己兒子看去。

呂錦賢連忙直起身朝白卿言長揖行禮：「陛下放心，有微臣在吏部，絕不會讓這些人沾手重要的位置。」

「辛苦……」白卿言朝呂錦賢頷首，又問，「魏不恭賑災如何了？」

「最艱辛的時候已經過去了，還是陛下慧眼識人，親自提拔魏不恭為戶部尚書主理賑災一事，許其先斬後奏之權，此人做事很有氣魄，又有陛下指派王喜平將軍帶兵護衛，給他撐腰撐氣兒，他在各地打了欠條，徵調各地糧庫存糧為賑災糧餉，著實是個鐵腕子，沒有讓餓殍遍地的事情發生，此次可以說……沒有一個災民是餓死的！」

呂相說完，又笑了笑，有意袒護魏不恭：「不過……也接到下面送上來的奏摺，能看出這魏不恭脾氣不怎麼好，旁人只覺他有幾分本事便眼高於頂。」

曾經在晉朝，這樣的人是註定得不到重用和晉升的，可恰恰朝中最不能少的便是這樣的人。

「骨頭硬腕子硬，又有能力，朝中缺這樣的人啊！」白卿言點了點頭，聽說受災百姓沒有餓死，算是鬆了一口氣，她看向呂錦賢，「這段日子，韓城那邊兒新政推行的如何？」

「回陛下，推行還算順利，就是苦了沈大人和刑部眾位官員……」呂錦賢朝著沈敬中看去，「按照陛下給的變法綱要，以晉法為基礎，要重新編撰更改，先在韓城一地推行，大都城這邊兒緩緩放出一些消息試探，而後準備在陛下登基大典之時正式頒布，可把刑部給累壞了，不過所幸……此次李明瑞在其中起了大作用，新法已於五日前，快馬加鞭送去韓城，想來……陳釗鹿和呂元慶帶去的那小部分新法已經逐漸推行的差不多了，剩下的送過去正好能接上。」

「從陳釗鹿和元慶送回來的奏摺上，可以看出……在曾經的樑土上推行新政並無太大難度，樑地舉國上下皆知大樑已經被滅，所以推行起新政來，要比在大周容易！」呂錦賢眉頭緊了緊，「至於大周……」

他抬頭朝白卿言看去，雖然白卿言未曾問起大周國境內推行新政進行的如何，可呂錦賢被白卿言委派推行新政，他自然需要對白卿言做出交代。

呂錦賢想了想，挺直腰脊對白卿言長揖行禮，語聲誠懇：「微臣斗膽冒犯，推行新法使百姓得利，但必然會使皇親宗族和老世族利益受損，按照道理說……晉朝改大周，若是陛下的祖母並非是晉朝的大長公主，若是陛下在去洛鴻城之前便處置了舊朝皇親宗族，或許推行起來更容易些。」

不等白卿言開口，呂晉便說：「陛下當初未曾在把控大都城之初便對舊朝皇室宗族下手，為的就是不想讓各地藩王有所忌憚防備。陛下離開大都城之前，已命下官著手收集整理這些年晉朝皇室宗族所犯惡事，就等此次削藩之事塵埃落定，便要一併發落，呂大人不必著急。」
呂晉從接到白卿言旨意讓他搜集皇室宗族罪證之時，便猜到了白卿言是為了削藩……對那些藩王故布迷陣，這才沒有動這些晉朝皇室宗族。
甚至……呂晉都懷疑，那些什麼白卿言顧及大長公主所以才不曾對晉朝皇室宗族下手的消息，便是白卿言命人放出去的。
「推行新政利在百姓千秋生計……」白卿言抬起因疲憊布滿紅血絲的眸子，望著呂錦賢，「要想推行新政，削藩勢在必行，可……若是以戰削藩，手段雷霆，倒是能以最簡單的方式削藩，但難免傷及百姓，耗費國力。權衡利弊……在大周朝初立百廢待興之時，我們求穩不求快！也就是在登基大典之後，呂大人推行新政便會順利許多。」
呂相等人連連點頭，承認白卿言思慮周詳。
「既然呂大人說韓城那邊兒推行新政順利，為何又會鬧出大樑舊世族生亂之事？我記得……之前送回大都城的消息，可都是大樑舊世族散盡家財……只求保命。」白卿言又問，聲音暗啞。
此事白卿言得到消息的時候比較晚，且消息不甚詳盡，不清楚個中緣由。
被問到這個呂錦賢下意識看向自己的父親，見自家父親老神在在端起茶杯，也就沒有再替白錦稚遮掩，低聲道：「原本是這樣的，不過高義郡主在大樑主理此事時，見聲稱已經上繳全部家財求活路的前朝宗室離開韓城時大箱小箱的往外運箱子，高義郡主全都攔了下來，將那些宗室之人全家悉數押入大牢，其餘宗室人心惶惶，這才出了亂事！不過好在……亂事已平息，就是高義郡主受了點傷。但來送在韓城繳獲的糧錢的人說……高義郡主已經無大礙了。」
白卿言聽到小四受傷，心頓時提了起來。

白錦稚也是一個報喜不報憂的性子，受了傷……當真已經無大礙了嗎？不見得……她從大樑回來，韓城白錦稚最大，想來蔡子源和趙勝都沒有能勸住白錦稚。之前是事出突然，白卿言能信的只有小四，這才將她放在哪裡，可眼下新政推行緊要，小四個性莽撞，看來……不能將小四留在韓城了。

在白卿言看來，能過去處置這些事的，要麼就是白錦繡，要麼就是白錦桐……可如今白錦桐遠在西涼，白錦繡又太久不見望哥兒了，哪怕是在登基大典之後，讓白錦繡和秦朗夫婦二人一同前往韓城，望哥兒那麼小的一個小人兒怕也經不起這折騰。

見白卿言垂眸靜思，呂晉猜測白卿言是在考慮將高義郡主換回來，高義郡主性子衝動，留於韓城萬一被有心人利用，怕對推行新政無益。

其實通過此次梁王謀反，呂晉倒覺得白錦繡比他們這些人想像中的要厲害多了，只是她十分內繡溫和，瞧著也柔弱，即便是知道白錦繡厲害，也都當是在後宅那一畝三分田裡。

不到這種緊要關頭……不到大戰之時，真會讓人忘記白錦繡曾經也是上過戰場打過仗又足智多謀的白家女郎。

「微臣倒覺得，秦夫人可以前往韓城把控大局，且秦朗雖說沒有雷霆手段可也算當用，陛下可派秦朗和秦夫人一同前往韓城。」呂晉適時開口，「如此一來，倒也不會使他們夫妻分離，且……這道命令一下，對陛下將來啟用女子為官，算是做鋪墊。」

白卿言抬頭朝呂晉望去，呂晉這話同白卿言想到了一起，簡直像白卿言肚子裡的蛔蟲一般。

「此事再議。」白卿言得先問問白錦繡和秦朗還有二嬸兒的意思再定，她轉而說起此次登基大典的事情來，「大周初立，此次登基大典之上，可宣布大赦天下，明年再開科考為朝廷簡拔人才，朝廷籌備在各地開設學堂，女子……亦可入學，參加科考。」
呂相打起精神，果然……白卿言變法之後，要提高女子的地位了。
作為男子，且自幼便學識超群的呂相不會認為讓女子入學參加科考，會對男子構成威脅，女子若白卿言……絕不比任何男子差，否則也不會讓他心甘情願俯首稱臣。
就是呂相自己的孫女兒，若非是在家族學堂內學了些字，後來……因涉及到科考，便讓孫女兒退出了族學在家裡同女先生學習，呂相敢說……他那孫女兒一定不會比她兩個兄長差。
可呂相能如此想，不代表天下學子都會如此想，女子上學堂……參加科考，可以說是顛覆禮教。白卿言這思想太過超前，女帝登基已經是動搖了天下對男尊女卑的認知，呂相私以為……女子參加科考之事，應當徐徐圖之。
「陛下……老臣以為此事應當從長計議！」呂相語聲誠懇，「男尊女卑的觀念並非一日成勢，要想根除……需要有一個徐徐而進的過程，老臣怕這聖旨一下……必定會動搖天下學子之心，令天下學子不滿。」
白卿言手肘搭在隱囊之上，強撐著打起精神，同呂相道：「我明白呂相的意思，可此事……白卿言以為不能緩緩圖之，削藩之後……推行新政的同時，便要將此事落實下去，呂相大周初立太需要人才了，白卿言本就為女子……用人不拘男女，能為百姓謀存謀利便是可用的人才，天下學子若有疑問……我親自前往解釋！」
白卿言朝呂相一禮：「此事，白卿言想獨斷專行一回，若是做錯了……還需要呂相相助。」
呂相抿著唇，心裡十分不贊同，可白卿言都如此說了，他還能說什麼？
「可陛下，七歲不同席，開設學堂，男女一同學習，是否不妥當？」呂相還想垂死掙扎一番。

「陛下想在各地開設學堂，可分開為……女子學堂和男子學堂，如此便可解決父親的問題……」呂錦賢認認真真想辦法，眉頭緊皺全然沒有看到自家父親朝他看來的眼神。

呂錦賢飛快盤算清楚，抬頭鄭重同白卿言道：「只是陛下開設學堂，是個如何開設法，是一縣設一學堂或是一城設一學堂，還需要細細計畫，且國府開設學堂，每年都需要戶部撥付銀兩，此事怕還得等戶部尚書回來。」

呂相：「……」

「那就在登基大典之上，昭告天下，等戶部尚書魏不恭回來，將此事落到實處。」白卿言說完又看向兵部尚書沈敬中，「魏忠已經將人交到沈大人手中了嗎？」

白卿言在離開大都城前往洛鴻城之時，吩咐魏忠盡數掌控晉朝皇家暗衛……將半數交於兵部尚書沈敬中手中，為新建立的校事府所用。

畢竟這些皇家暗衛日日都在暗處，不輕易拋頭露面，就連同一個小隊的暗衛都不能保證彼此認識，且都是自出生起便離開親生父母，被暗衛撫養長大，如此生面孔又無後顧之憂的人走到人前去，最為保險。

沈敬中頷首：「魏大人已經將人交到了微臣手中，除此之外……微臣還召集了一些有能之士，經過篩選核查之後，又選了一批，隨後便按照陛下吩咐，將第二批派往燕國的人分散安排了出去，如果不出意外……登基大典之後，第三批也可以派往燕國。」

白卿言在去洛鴻城之前就已經派去了一批人，她曾告訴沈敬中……如今燕國剛剛吞下魏國，對魏國正是底細未曾完全捋清之時，是安插人手的好時候，讓沈敬中一定抓緊辦這件事。

但因為安插在敵國的細作並非那麼容易挑選，人要有能力……而且要耐得住寂寞，事關來日一統大業，沈敬中難免謹慎了些，所以進度要比之前預料的慢一些。

白卿言點了點頭，又聽呂相又對她道：「陛下，還有一事……之前修廣河渠的事情進行了一半，再後來梁王謀反逃往洛鴻城，那位原本主持修渠之事的秦先生便去洛鴻城了，而且……據微臣所知那位秦先生出自晉朝太子府，如今廣河渠修了一半留在那裡，不知道陛下可有示下？是繼續用這位秦先生，還是換人？」

「秦尚志此次隨同廢太子一同被帶了回來，修渠之事……原本我是屬意讓秦尚志繼續負責的，登基大典之前，我會找秦尚志談一談，若是秦尚志不願意，也並非沒有更合適的人，就是要耽誤些時日。」

「陛下心中有數，那老臣就不擔心了！」呂相笑著道。

白卿言提起精神說了這麼多，聽了這麼多，已然疲憊至極，便開口說：「登基大典諸事……就勞煩幾位大人了！」

話說到這裡，呂相等人也知道白卿言累了，連忙起身行禮告退。

可一國之君的責任擔當便是如此。

若非心胸廣袤堅韌如同白卿言這般，有著一統天下的目標和志向的君王，坐上皇帝寶座那一瞬的欣喜若狂，很快便會因為沒有目標和志向的支撐，被隨之而來的重擔壓垮。自然了，若坐其位，而不能承其重，昏庸如同晉朝皇帝那般，自我放縱，德不配位……亡國便不可避免。

守在門口一直不敢進去報信的珍明見呂相一行人出來，連忙打簾行禮，命人送呂相一行人離開之後，珍明才趕緊進門，想將夫人們即將到達大都城的事情告訴白卿言。

見白卿言手肘擔在隱囊上，手撐著額頭，似乎正在閉目養神，珍明有些遲疑要不要同白卿言稟報，就聽白卿言說：「喚魏忠過來……」

珍明瞧見白卿言閉著眼滿臉疲憊憔悴，抿了抿唇，想著等夫人和姑娘們還有七公子到達大都城城門時，再向白卿言稟報不遲，便應聲：「是……」

不多時魏忠匆匆趕來，進門見白卿言閉目似乎睡著的模樣，鄭重叩首行禮，半晌不見白卿言應聲，他轉頭看向珍明……正要示意珍明他先出去，就見白卿言長長呼出一口氣，坐直了身子，問魏忠：「暗衛中可有誓死不降，只願效忠晉朝皇帝的？」

「回陛下，有……已經全部處理乾淨！」魏忠語聲毫無波瀾。

「除了交到校事府的，損失了多少？」白卿言又問。

「回陛下，屬下交到校事府的暗衛……都是舊人，按照晉朝時的規矩，暗衛年過三十……便需要選擇繼任收養做徒弟在身邊培養，屬下知道校事府是主子用來打探他國情報之用，便將那些年過四十五的交了過去，這些人年歲長些，體力雖然不如年輕人，但當細作更穩重！所以……暗衛隊新人補上，其實並未損失多少。」

魏忠也有魏忠的私心，這些人拼命了一輩子，到現在能活下來……體力已經跟不上年輕人了，魏忠想讓他們有一個善終，去做細作……只要隱藏的好，就和普通百姓沒有什麼區別，平安終老的可能性要比一直做暗衛打打殺殺高得多。

「晉朝的太子妃和小皇孫，如何了？」白卿言又問。

魏忠凝視著面前地板：「回主子，還算安好，主子可有什麼吩咐？」

「好好照顧他們，去吧……」

魏忠眉頭一緊，頭一次違命，朝著白卿言一叩首道：「主子，雖然稚子無辜，可如今新朝已立，當斬草除根，否則……一旦有人存了他念，以晉朝太子或小皇孫做筏子，怕會造成麻煩。」

「我心中有數。」白卿言語聲疲憊，「還有一事要交給你辦，從即日起你親自帶人在城門口候著，直到登基大典那日，若有……有白家子回來，你親自迎他們回家！要是有趕不及的……到了登基大典那日才回來，你便直接帶來宮中。」

「是！」魏忠領命，起身彎著腰退出去。

魏忠走後，珍明這才又打簾進門，她按捺不住激動的情緒同白卿言行禮，道：「大姑娘……夫人和姑娘們都回來了，剛才您見魏忠的時候，護衛送信說已經入大都城門了，是七公子……七公子護送夫人們回來的！」

珍明欣喜不已，可聲音卻染上了哭腔，鼻翼煽動，眼淚如同斷了線的珠子，表情比哭還難看。

誰能想到，峰迴路轉，七公子……竟然好好兒的回來了，這簡直是天大的喜訊。

白卿言抬眸，緊皺的眉頭鬆開，撐著案桌緩緩站起身：「我們出去迎一迎……」

原本她以為母親嬸嬸和妹妹們應該在明日才會到，沒想到今日便回來了。

珍明見狀忙上前扶起白卿言，瞧著自家大姑娘面色蒼白，眼下烏青，勉力支撐的模樣，珍明心疼不已。珍明雙手扶住白卿言的手臂，仰頭低聲道：「大姑娘，夫人公子他們才入城……要不然您先歇歇，不然您這面色蒼白的模樣，夫人和公子姑娘們看到了也會擔心的。」

「我的氣色很差嗎？」白卿言腳下步子一頓，低聲問珍明。

珍明紅著眼點頭：「大姑娘眼下烏青很重。」

已經許久不見阿娘和嬸嬸還有妹妹們和阿玦，白卿言不想今日讓他們看到自己氣色萎靡的樣子，同珍明道：「用粉敷一敷吧。」

珍明點頭應聲，取了粉來給白卿言將眼下的烏青遮擋住，她望著鏡子中眼下烏青已經沒有那麼嚴重的自己，這才扶著珍明的手從銅鏡前起身，朝前院走去。

白錦繡還未到靈堂，就看到小小一個頭戴孝布的望哥兒，被秦朗高高舉起，伸著小胖手去勾樹上盛開的玉蘭花。

翠碧立在一旁一臉緊張生怕秦朗摔著望哥兒了，如臨大敵一般張開雙手護著，餘光看到白錦繡，翠碧紅著眼喚道：「二姑娘！」

秦朗聞聲回頭，見一身孝服的白錦繡就立在長廊之中，秦朗唇瓣囁喏，低頭對抱在懷裡的望哥兒道：「望哥兒，你看……娘親來了，你不是一直吵著要娘親嗎？」

白錦繡眼眶一濕，唇角勾起笑意，拎著孝服下擺，朝著秦朗和望哥兒走來，低聲道：「瞧著我們望哥兒又結實不少，娘親抱抱……」

望哥兒見白錦繡要從秦朗手中抱過他，忙用雙手抱住秦朗的頸脖，把臉埋在秦朗頸脖處不看白錦繡，給了白錦繡一個脊背。

白錦繡喉頭酸脹，一手扶著秦朗的手臂，一手輕撫著望哥兒的脊背，忍住淚水，低聲同望哥兒說：「望哥兒可是生娘親的氣了？娘親錯了……望哥兒別生氣了好不好？娘親以後再也不和望哥兒分開了！好不好？」

白錦繡動作極為輕柔握住望哥兒的小胖手，低聲說：「娘親真的好想好想望哥兒，每天都在想望哥兒，娘親抱抱好不好？」

已經換上了孝服，正準備去正廳向前來弔唁賓客還禮的二夫人劉氏，遠遠看到女兒哄著小外孫的模樣，眼淚一下就掉了下來，她忙用帕子沾了沾眼淚，扶住羅嬤嬤的手從長廊中走出來，高聲道：「我們望哥兒就是不應該理她！望哥兒……跟外祖母走，我們以後再也不要理你娘親了！」

望哥兒一聽這話，忙轉過身朝著白錦繡撲去，緊緊抱住白錦繡的脖子。

秦朗彎腰笑著將望哥兒送到白錦繡的懷裡，小不點兒抱在懷裡沉甸甸的，可見這些日子被餵養的極好。

「小沒良心的！」劉氏佯裝生氣嗔了望哥兒一句，「外祖母是怎麼教你的？見到你娘就不理她……也晾上她三個月，你怎麼就這麼不爭氣！」

望哥兒緊抱住母親的頸脖，高興的晃著兩條腿，眉目彎起，那雙眼……同白錦繡幾乎如出一轍。

劉氏點了點小望哥兒的額頭。

「娘……」白錦繡輕喚了一聲。

劉氏視線從望哥兒身上轉向女兒，臉色就沉了下來：「別叫我娘！我哪敢要你這樣的女兒，二話沒說就給我打暈了丟馬車上去，醒來時都快到白沃城！三個月……這三個月你別和我說話，望哥兒沒法子晾你三個月，我晾你三個月！」劉氏說完，怒氣沖沖拂袖離去……

白錦繡求救般的看向秦朗：「娘……在白沃城很生氣嗎？」

「岳母這倒不是生氣，就是整日掛心你，消息送來的又極慢，岳母成日懸心飯也吃不下，水也喝不下，最後聽說大姑娘回來，拿下了大都城即將登基的消息，這才鬆了一口氣，岳母這麼生氣還是因為擔心你。」秦朗低聲道。

「你幫我在娘跟前說說好話。」白錦繡又道。

秦朗望著白錦繡的目光溫潤：「還哪裡用我說什麼好話，只要你好好同岳母認錯，岳母定會原諒你的！」此次，白錦繡的確是讓秦朗刮目相看了。

若說以前秦朗對白錦繡是疼惜是愛憐，如今……秦朗對白錦繡又多了敬佩。

也是白錦繡太過溫和，秦朗也是忘了……白錦繡曾經也是上過戰場的，她並不比任何男子差。得妻如此，能文能武，秦朗自己也需加倍努力，如此才能配得上白錦繡。

接到白府後院傳來白卿言要親自出府門迎白家諸位夫人的消息，謝羽長立刻率領禁軍將白府周圍和那一整條街護衛了一個水泄不通，就連前來弔唁的勳貴馬車都被先行挪開，讓其在狹小的巷子裡等候，等白家諸位夫人回府之後才能放行。

魏忠也命令暗衛潛伏在白家周遭，以防萬一。

原本想要在白卿言面前表現一番……好好為大長公主哭靈的白氏族人，也被擋住不許上前靠近白卿言半分。

白家二夫人劉氏、白卿言、白錦繡、白錦瑟和秦朗、望哥兒，還有白家忠僕立在白府門口。

老遠看到有車隊緩緩朝白府駛來，二夫人劉氏上前一步。

騎馬率護衛走在最前身姿挺拔，氣度傲岸的男子……便是白卿玦，白卿玦身後跟著騎於馬背之上，英姿颯颯的白錦昭和白錦華。
二夫人劉氏死死攥住羅嬤嬤的手，喉頭翻滾，手一個勁兒的抖，滿心激動又帶著幾分不可置信：「真的是阿玦吧？是阿玦吧？」
若是阿玦能回來，是不是她的阿瓊、阿�也能回來？哪怕……讓阿輝、阿風回來也好啊！
劉氏全身顫抖的不成樣子，原本已經死了的心，因為白卿玦回來……重新燃起了希望。
她記得那個西涼炎王李之節曾經用阿瓊的消息騙過阿寶和小四，是不是……阿瓊真的活著？
劉氏突然就想起白卿言下的那道詔書……讓宣嘉年間尚存一息的白家子和白家軍回來共證登基大典，她深信……若是阿瓊他們還活著，一定會回來的！
他們的長姐登基，改天換日……如今的大周朝已經沒有人再能傷害白家人，他們都可以堂堂正正回來了！
劉氏不知道為何，這一刻竟忍不住想放聲大哭。
那年白家滿門男兒死於南疆的消息傳回來，她怎麼都想不到白家走到今天這一步……
劉氏朝著脊背挺直的白卿言望去，心中感慨萬分，這得付出多大的努力，怎樣的心志……才能換來白家如今的榮耀，她光是想想都覺心力交瘁，阿寶身子這般嬌弱，她是怎麼撐著一口氣做到的？劉氏記得白錦繡曾在背地裡勸她同大嫂董氏一同回朔陽時說，有朝一日……長姐一定會讓白家諸人榮耀還都。
劉氏視線落在那立在長街兩側鎧甲熠熠生輝的禁軍身上，又落在遠處被大軍護衛緩緩而來的馬隊上。如今白家果真榮耀還都，且還是加無可加的榮耀。
說到誓言，劉氏陡然就想到了丈夫白岐英，當初公公要帶所有孩子去戰場之時，劉氏不贊同……那時丈夫對她說過……白家人重諾，所承諾的無不兌現，即便是戰場他也會捨命護孩子們平安歸來。那應該是丈夫唯一一次對她食言，這一次食言……便是陰陽相隔。

劉氏走神的片刻，就見車隊已經到了，她強忍著想要放聲大哭的衝動，汗津津的手將羅嬤嬤的手指都給攥白了。

白錦瑟按捺不住高聲喊道：「七哥！」

騎在高馬之上的白卿玦看到自家長姐和二姐……看到二嬸兒，看到笑得比哭還難看的七妹，翻身下馬。

「長姐……」白錦華跟著下馬，一身戎裝，英姿勃發。

白錦昭亦是少年意氣風發之態，朝著白卿言抱拳：「長姐……」

一轉眼的時間，就連小五和小六都長大了，能穿上鎧甲……率兵在朔陽城上抵禦來犯敵軍。

白卿玦抬眸看著白府掛著的黑漆描金的匾額，單膝跪下，朝著劉氏和白卿言、白錦繡行禮：

「二嬸兒，長姐……二姐，白家七子白卿玦……平安還都！」

酸澀之感頓時衝擊了白卿言的心房，讓她熱淚盈眶。

一句平安還都，是白家人最想聽到的話。

劉氏情緒終於繃不住，緊緊揪著自己的衣裳嚎啕大哭，她高興……特別的高興，但要是她的孩子也能回來，她會更高興，她願意折壽二十年換孩子們這一句……平安還都。

白錦瑟也哭出聲來，白錦繡更是忍不住眼淚如同斷線，小望哥兒不知道發生了什麼事，見娘親哭了，小嘴巴一癟也跟著哇哇大哭。

蔣嬤嬤更是哭得不能自已，若是大長公主能看到七公子回來，不知道該有多高興！

白卿言見劉氏哭得撐不住，含淚的眸子帶著極淺的笑意走下高階，將白卿玦扶了起來……

「長姐，阿玦回來晚了！」

如今的白卿玦要比上次白卿言見到時，長的更高了些，見馬車已經緩緩停下，她搖了搖頭，笑著道：「去扶四嬸兒下馬車！先去給祖母上香……讓祖母知道你平安回來了！」

白卿玦點頭。

白家諸位夫人已經在馬車上換好了孝服，董氏扶著秦嬤嬤的手剛出馬車就看到白卿言已經走到馬車旁，對她伸出手要扶她下馬車。

跟在董氏馬車旁的春桃和佟嬤嬤，一看到白卿言就紅了眼。

「大姑娘！」春桃忙行禮，看到自家姑娘又瘦了，那眼淚一個勁兒的往下掉。

董氏眼眶發紅，扶著女兒的手走下馬車，只聽女兒開口……

「阿娘，原本禮部想要插手祖母的葬禮，可祖母讓蔣嬤嬤帶話，說葬禮一切從簡，只想早日同祖父同穴，阿寶便未曾讓禮部插手。阿娘舟車勞頓，本應在給祖母上香後讓母親好好歇一歇，可眼下看是不行了，祖母的葬禮還需阿娘操持。」

「阿娘是你祖母的兒媳，操持你祖母的喪儀本就是應該應分的！」董氏說完用力攥住女兒的手，低聲道，「你祖母去了……是因為她是晉朝的大長公主，是晉武宣皇帝的嫡女！阿娘不希望你鑽牛角尖……」

知女莫若母，白卿言對大長公主的感情有多深董氏如何能不明白？

女兒重感情，大長公主又在女兒即將登基的這個節骨眼兒上去了，難免會讓女兒多思多想。

「阿寶知道！阿娘勿憂心……祖母有祖母的驕傲，阿寶都明白！」

董氏拍了拍女兒的手，沒有贅言，只希望女兒心裡是真的明白。

「大嫂……」二夫人劉氏從臺階上迎了下來，對董氏行禮後拉住董氏的手，滿心愧疚，「我對不住大嫂，在朔陽逢難的時候，沒有同大嫂還有弟妹們在一起！」

「這是哪裡話！」董氏拍了拍劉氏的手，「只要我們都平安就好！」

三夫人李氏、四夫人王氏和五夫人齊氏帶著白家八姑娘白婉卿從馬車上下來。

白婉卿不過兩歲兩個多月，年紀還小，但話已經說的極為利索，只是吐字還不太清晰，小丫頭被翟嬤嬤抱在懷裡，黑葡萄似的眼睛滴溜溜直轉，瞧見被乳娘抱在懷裡的望哥兒，小胖指頭指著望哥兒道：「弟弟！」

五夫人齊氏將白婉卿從翟嬤嬤懷裡接過來，放下來，含淚同她道：「小八，給你長姐和二姐問安。」白婉卿幾乎天天聽母親和五姐、六姐說長姐和二姐、四姐率兵打仗的事情，雖說……白卿言走的時候白婉卿還小不記事，白錦繡也從未回過朔陽，可如今見到白卿言和白錦繡，血緣關係亦是讓白婉卿覺得親切。

跟隨著白家隊伍一同來了大都城的白岐禾帶著夫人方氏上前，規規矩矩朝著白卿言行了叩拜大禮。白岐禾未能管束好族人，讓那些心存妄念的族人一窩蜂似的來了大都城，他心中頗為愧疚。

他聽說那些族人來了大都城，便打著皇族宗親的旗號收受賄賂，收他人贈予的房產、地產……所以他此次來，是為了向白卿言請罪，更是為了完善族法，以族法族規懲治這些族人。

族法是管不了族人來大都城，可真要將一個人除族……辦法多的是！

如今白卿言要登基，能成為白卿言的族人毋庸置疑便會是皇親國戚，可白卿言身為女子登基為帝，本就惹人非議，若是族人再不檢點，就更給了旁人非議白卿言的口實，這不是白岐禾願意看到的。

「族長一路辛苦，先給祖母上香吧！」白卿言道。

「白岐禾不敢當陛下辛苦二字，白岐禾未曾管束好族人，讓這些提前來了大都城的族人肆意妄為打著陛下的旗號收受他人饋贈，白岐禾此次來……是為弔唁大長公主，亦是為了以族法族規懲治族人，該除族的必不會手下留情！」白岐禾說完，朝著白卿言重重叩首。

白岐禾這話，就是說給那些提前來大都城占便宜的族人聽的。

白卿言點了點頭：「既然如此，此事便交由族長查清處置。」

「是！」白岐禾應聲。

白氏族人遠遠聽到除族二字，頓時惶惶不安。

白家幾位夫人相攜跨進白府大門，給大長公主上香叩首之後，白卿玦上前跪地磕頭：「祖母，阿玦平安回來了！」

「大長公主，七公子平安還都了！您若泉下有知可別再自苦，總是埋怨自己沒有護住公子們了……」蔣嬤嬤跪在一旁哭著高聲道，「七公子……他回來了！能回來一個……就能回來兩個三個！您若真的覺得愧對白家，就請您在天上護佑著白家子孫，都能回來吧！」

蔣嬤嬤此時在這裡哭喊，這話並非說給白府自家人聽的，而是說給那些前來弔唁……碎嘴擅長傳流言的清貴和奴僕說的，她要讓這些人明白……大長公主到死都自認愧對白家。

白卿玦雙眸含淚，再次對著大長公主叩首：「祖母，孫兒回來晚了！」

白卿言望著竭力想要替她洗脫逼死祖母……甚至是洗脫她殺了祖母罪名的蔣嬤嬤，看著淚流滿面的白卿玦，心中酸澀，也不知阿瑜能否在祖母下葬之前趕回來。

「夫人……」蔣嬤嬤上前同董氏行禮，道，「大長公主離開大都城前，曾經叮囑老奴，若是她不能活著回來，葬禮從簡……」

「嬤嬤。」董氏將蔣嬤嬤扶了起來，「阿寶已經同我講了，我明白……我會儘快和弟妹們商議出一個章程來。」

「多謝夫人！」蔣嬤嬤又朝董氏行禮，淚流滿面。

原本在城門外迎候白卿言的蕭容衍，突然接到消息西懷王也來了大都城，帶著死士潛入驛館，要與大燕九王爺慕容衍同歸於盡被重傷活捉，隨後不肯醫治稱要見蕭容衍才肯讓大夫診治。

蕭容衍聞訊匆匆趕回驛館，此時的西懷王渾身是血，靠坐在屋內的朱漆紅柱紅眠床之上，緊捂著腹部簌簌往外冒血的傷口，臉色慘白，整個人跟剛從水裡撈出來似的疼得全身是汗。

大夫就在一旁守著，西懷王疼得不行，心裡也怕得不行，心裡埋怨蕭容衍為何來的如此之慢，又不免擔憂猜測成真……怕大燕九王爺慕容衍就是蕭容衍。

西懷王忍著痛，伸長脖子眼巴巴朝外面看著。

有當初在大魏都城見到過大燕九王爺的大魏舊世族說，那大燕九王爺便是蕭容衍，可西懷王不信！大燕九王爺叫慕容衍，若是更名來到魏國……叫蕭容衍，這是得多蠢才能改一個如此相似的名字？但……若是蕭容衍真的是大燕的九王爺，那該顯得他有多蠢！

他竟然將滅了魏國的大燕九王爺當做朋友兄弟，他曾經收了蕭容衍那麼多寶物和銀錢，為蕭容衍辦了那麼多事，曾經大魏打算攻燕就是蕭容衍愁容不展，又對他說了那麼許多，他才去勸皇兄勿莽撞出兵的。蕭容衍要真的是大燕九王爺，那他……豈不是成了大燕滅魏的最大幫手，那他有何顏面去見皇兄啊！

再說感情上……

雖然以前西懷王和蕭容衍的情分……他承認是有貪圖蕭容衍手中寶貝的因由在，可後來……尤其是蕭容衍護著他去大樑的時候，他是真的覺得他們是兄弟。

西懷王生在帝王家，除了皇兄之外，沒有人能對他那麼好，他那一刻是真正將蕭容衍放在了心裡，將蕭容衍當做真朋友了！要是最後鬧了半天，這朋友他以為是真的，實際上是假的……那他就是最大的笑話，最可笑的跳梁小丑了。

蕭容衍一進院子，下屬就迎了上去，抱拳同蕭容衍道：「主子，西懷王帶著死士混進了驛館，傷了『九王爺』的胳膊，西懷王一直想揭『九王爺』的面具，隨後我們的人發現來的人裡有西懷王，才以查幕後主使為由，救下西懷王。如今西懷王說什麼都不讓大夫醫治，非說見到了主子才願意說幕後主使……」

「傷到哪兒了？」蕭容衍問。

「主子放心，我們下手還是有分寸的，皮外傷……就是血流了多了點兒。」

蕭容衍頷首，從小院子內荷花漂浮的小石橋走過，朝著雕花隔扇大開的屋內走去。

看到蕭容衍的身影，西懷王捂著傷口，打起精神坐直，心也提到了嗓子眼兒，他拳頭收緊，想擺出一副看到朋友高興的模樣。可西懷王剛坐直身子就牽扯到了傷口，疼得呲牙咧嘴。

不得不說，蕭容衍身上有種連他這樣真正皇室貴胄都沒有的從容氣度，他儒雅沉穩……如今更是藏不住身上那股子威嚴，和殺伐決斷之感。

曾經，西懷王以為……蕭容衍作為商人，若是沒有點手段和本事，怎麼可能成為天下第一富商，可如今若將蕭容衍同大燕九王爺慕容衍聯繫在一起，就陡然覺得有些驚心動魄了。

此時的西懷王瞧著蕭容衍，有一瞬的恍惚，覺得自己真的是蠢到被玩弄於股掌之中，不識蕭容衍便是大燕九王爺。

「王爺……」蕭容衍疾步上前，扶住西懷王，又看向立在一旁的大夫，「別愣著，想辦法止血！」

西懷王心底存疑，有心試蕭容衍是不是大燕九王爺，瞅著蕭容衍的手臂，算好位置手就用力一把將蕭容衍抓住：「容衍……」

西懷王幾乎是竭盡全力，卻見蕭容衍未曾有任何疼痛的表情，只轉過頭來瞧著他，視線落在了他帶血的手上。

「王爺是想證明什麼？」蕭容衍抬起幽沉平靜的視線望著西懷王，將自己的衣袖推高，露出結實有力的胳膊來，「想看我的手臂之上有沒有傷？」

西懷王瞅著蕭容衍完好無損的手臂，抬眸朝著蕭容衍望去，眼眶一紅低低笑出了聲，脊背靠在紅漆柱紅眠床，似鬆了一口氣，忙道：「快……快讓大夫幫本王止血！」

大夫忙上前放下藥箱，跪在西懷王身邊給西懷王止血，西懷王望著蕭容衍開口：「你別怪我容衍，有人告訴我說……你就是那大燕的九王爺，可是怎麼可能！你這麼聰明的人……若真的是大燕的九王爺怎麼會給自己改這麼個名字！」

西懷王話音一落，就疼得倒吸一口涼氣，又對蕭容衍道：「你這麼久沒有來，我還以為……

你就是大燕的九王爺慕容衍，正在包紮傷口呢！不是你就好！不是你就好……」

蕭容衍唇瓣動了動，凝視西懷王慘白的臉：「今日大周女帝回大都城，我去了大都城外迎一迎，還未等到她，就聽說你行刺大燕九王爺被活捉了。」

西懷王點了點頭：「你也別怪我多心，有大魏舊勳貴說你就是大燕九王爺慕容衍，正巧你此次又隨大燕九王爺一同來了大都城，我難免會疑心，我把你當做兄弟，所以想來看看這大燕九王爺到底是不是你！不過你和那個大燕九王爺的身形背影的確很像，我第一眼看到那位大燕九王爺時也嚇了一跳！不過後來……發現月拾不在，我就知道肯定不是你，月拾從來都不離你左右的！」

月拾聽到西懷王這話，見西懷王朝他看來，忙垂下頭。

西懷王歎了一口氣：「就是不知道大燕九王爺為什麼要戴著面具，太醜了嗎？你見過嗎？」

蕭容衍搖了搖頭：「九王爺從不以真面目示人，聽說是早年傷了臉，留下的疤痕！但這些都是聽旁人的謠傳，我此次同大燕九王爺一同……」

似乎怕蕭容衍愧疚誤會，西懷王忙道：「不必解釋，我知道你是個商人，這多少人指望著你們蕭家的生意過活，我不能要求你作為魏人應當憎恨大燕，幫我殺了大燕九王爺！我也理解你需要和大燕的九王爺打好關係，如此日後生意上才能方便，我不怪你！真的！你對白家有功，又是大周女帝的未婚夫婿，我要是大燕九王爺我也得帶上你一起來！」

蕭容衍抿住唇未曾說話。

「也不知道這大燕九王爺，要如何處置我……」西懷王不敢看自己的傷口，喉頭翻滾問蕭容衍，「容衍你和大燕九王爺關係如何？」

「我會替王爺說情的，王爺放心，傷口止血要緊！」蕭容衍說。

「你真是我的好兄弟！」西懷王對蕭容衍笑著，眼底透出苦澀，「我都到這個地步了，別人躲都來不及，你還要替我求情，小心連累了你！」

西懷王說這話的時候眼眶又紅了，他調整坐姿，聲音嘶啞：「容衍你量力而為，千萬不要為了我開罪了大燕九王爺，能為我求一條生路最好，求不到……就替我求個全屍吧！白綾就算了……活活被勒死我怕我受不了，就弄個什麼毒酒，發作特別快的那種！你應該有辦法的！」

蕭容衍薄唇抿著，半晌才對西懷王道：「大燕九王爺知道你以前就是一個吃喝玩樂的閒散王爺，你這紈褲的名聲早就人盡皆知了，就算是放了你……你也不會翻出什麼大浪來，大燕九王爺不會在意的！」

西懷王被蕭容衍的話逗笑：「紈褲……還能保命啊！」

蕭容衍瞧著西懷王的模樣，漸漸斂了眉目間的笑意，同西懷王道：「我派人送你走……給你找一個富足安穩的地方安定下來，這也是作為……朋友，我最後能為你做的了！」

「不行啊……」西懷王聲音極為虛弱，朝著圍在周圍的人看了眼，一副話不方便說的模樣，見大夫已經替他包紮好傷口，他慢條斯理將衣裳裹好，想就這麼將話題岔過去。

「你們先出去！」蕭容衍吩咐月拾，「守住門口，別讓任何人靠近！」

「是！」月拾帶著大夫和守在屋內的護衛帶了出去。

「你但說無妨……只要不是讓我去殺九王爺，什麼事我都能替你辦妥當！」蕭容衍此話出自真心，對西懷王他心中有愧，若是能夠補償，他願意竭力一試。

「你幫不了我！我也不想再連累你了！」西懷王帶血的手顫抖著繫好衣衫帶子，「太后死的時候，把我那侄子託付給了我，可那個小侄子雄心壯志啊！況且我已經是那小不點兒唯一一個親人了，我要是能活著回去，總得去幫襯一二，才能對得起皇兄對我這麼多年的照顧和包容。」

若非那個小不點兒是皇兄的孩子，叫他一聲叔叔，他可能早都自己跑了，可他是皇兄的孩子，他為了皇兄也得照看著點兒他……

蕭容衍手心一緊，魏國小皇帝的確是逃走了，燕國多番追尋都沒有找到，也不知道藏在了哪裡。對燕國來說，這魏國小皇帝活著，始終是一個隱患。

「陛下……如今可還安全？」蕭容衍掩住眼底情緒，低聲問。

「怎麼？你也想要復國？」西懷王笑著道，「算了吧容衍！之前我那小侄子的確是有意讓我來找你，可是我沒有答應……即便你是天下第一富商家財萬貫，可也斷沒有因為你是魏人就要你散盡家財來復國的。」

西懷王笑得比哭還難看，他是魏國皇族，怎麼可能不希望魏國能夠復國，他只是知道……復國無望，不想再牽連朋友了。「燕國勢強，魏國註定復國無望！如今我那小侄子鬧騰著復國的這些作為，都是小孩子打打鬧鬧，根本成不了氣候，何苦再累的你散盡家財！」

蕭容衍手心微微收緊。

「雖然我只會吃喝玩樂，可國都沒了，家都沒了，有些東西也能想得透！大燕志在一統天下……目標清晰又明確，強大的腳步只會更穩健！如今大周也是如此！一統天下看起來已經是大勢所趨，這樣的情況下，魏國想要復國，何其困難！即便是能復國……也定然是他國想要利用魏國成為手中刀刃！」

西懷王眼底的恨意並不強烈，只道：「只求有朝一日，大周女帝能滅燕，也算是為我魏國報仇了！」

士別三日當刮目相看。

蕭容衍絕不能相信這番話居然是出自西懷王之口：「這話……是王爺自己想的？」

西懷王一副還是你瞭解我的模樣笑道：「是我那侄子的老師柳萬元說的，臨走前……柳萬元叮囑我，不必將此次刺殺之事當做最要緊之事，不論如何保命最要緊！也算是給我那小侄子有個交代了。」

「柳大人是個明白人！」蕭容衍真誠道。

「可不是！」西懷王長長呼出一口氣，語氣帶著幾分心酸，「可話說回來，我那侄子還那麼小，就有復國的雄心壯志，比我……可強多了！」

蕭容衍望著對他毫無保留，深信不疑的西懷王，低聲道：「你好好養傷！這段日子……我讓月拾親自照顧你，若是能求得九王爺放了你，我便讓人送你走！」

西懷王點了點頭，心中感懷萬分：「即便是不能求得放了我，這輩子……我能交你這麼一個兄弟，我不虧！」

第四章　送別祖母

董氏同其他夫人商議之後，將大長公主出殯的日子定在十九，白卿言登基大典的前一天，是為了滿足大長公主的心願，也是象徵著晉朝徹底翻過篇去。

白家諸位夫人還未回來之前，蔣嬤嬤已經派人將各位夫人的居處歸置妥當。

時至深夜，白卿言讓白錦繡帶著望哥兒先回去休息，多月未見望哥兒現在纏白錦繡纏得厲害。

白錦昭、白錦華和白錦瑟正是長身子的時候，白卿言也叮囑她們先去歇一歇，後半夜過來換她和白卿玦。

小七不肯，好不容易見了白卿玦，非要在這裡一起守靈，但她未曾追問白卿玦這些年去哪兒，她知道白卿玦未曾回來，必然有未曾回來的道理，只要如今七哥是平安的……這就夠了。

日頭西沉，暮色四合，在這鳥蟲低鳴的夜裡，大都城終於靜下來。不多時，天空便下起了雨，雨勢不大，淅淅瀝瀝的，濕潤了大都城內建築連綿的青黑屋瓦。

禁軍裡裡外外將白府護了一個嚴實，尋常人根本不敢靠近。

白錦瑟已經撐不住，歪在白卿言身邊睡著了……

白卿言讓春桃去取了薄毯來給白錦瑟蓋上，春桃順便從清輝院小廚房拎來了佟嬤嬤親自熬的湯，讓白卿言和白卿玦喝上一些，人也會舒坦些。

見白卿言和白卿玦正在說話，春桃悄悄給七姑娘蓋上毯子，又盛了湯給自家姑娘與七公子，這才靜靜跪在白卿言身後。

白卿玦垂眸喝了一口湯，便將湯碗放在一旁，鄭重望向白卿言說：「此次族長跟著一同來了大都城，但白卿平留在了朔陽，說是為以防萬一，我便讓沈昆陽將軍暫時也留在了朔陽，等登基大典那日率大軍抵達大都城，以確保無人能在長姐的登基大典上生事。」

夜蟲避雨，躲在廊下陰暗角落低鳴，飛蛾撲撞廊下被雨水弄濕了半截兒遮擋飛蟲的紗簾，讓白府越發顯得靜謐，也越發顯得白卿玦語聲鏗鏘。

他目光堅定，誓要護著長姐順利登基，絕不允許有任何人生亂。

「你得到什麼消息了？」白卿言溫聲問白卿玦。

「還在南疆時，沈昆陽將軍收到了三妹的信，說西涼在四月二十三曾派炎王李之節秘密前往晉國，但三妹距離皇廷那個位置還太遠，未曾查出李之節為何前往晉國！巧不巧在回到朔陽後，收到了秦朗派人送來朔陽的信，稱在五月十六……大都城正亂著的時候，他陪二嬸兒去上香求平安時，瞧見了白水王與李之節私下密會。」

白卿玦話音剛落，就聽到廊廡下傳來腳步聲，他立刻止了話音，戒備的目光朝門口方向看去。

正巧，是白錦繡帶著秦朗過來……

秦朗看向正襟危坐的白卿玦，和神容疲憊強撐著打起精神的白卿言，行禮：「大姑娘、七公子！」白卿玦忙起身行禮：「二姐！二姐夫！」

白錦繡頷首，開口說：「沒想到阿玦已經同長姐說此事了，我也是剛剛才聽秦朗說了此事，便立刻帶著秦朗過來見長姐……想讓秦朗將此事細細說給長姐聽。」

「春桃……」白卿言側頭吩咐跪在身後的春桃，「在廊廡下守著，有人來了說一聲。」

「哎！」春桃俐落起身，走至門外把風。

秦朗與白錦繡跪坐在蒲團之上，撿要緊的說：「那日我陪岳母去上香祈求白家諸人平安，岳母誦經之時，我閒來無事帶著望哥兒在後山溜達的時候，瞧見了一身普通百姓裝扮的白水王……原本想要過去打個招呼，誰知還沒過去，又看到了李之節……」

秦朗話音剛落，躺在白卿言身邊的白錦瑟不知做了什麼夢，小腿突然一蹬……

白卿言伸手拍了拍白錦瑟的肩膀，替她將毯子蓋好。她挪動身子替白錦瑟遮擋住晃眼的燭火，低垂著眸子，想到呂相他們今日說……李之節來了大都城之後，上竄下跳到處送禮之事。

秦朗瞅了眼白錦瑟，聲音更低了些：「我怕望哥兒驚動了兩人招致禍端，便帶著望哥兒避開了，在陪著岳母下山之時……聽在茶棚喝茶的樵夫說，他本是要上山砍柴的，誰知看到了好多兵……嚇得他柴也沒敢砍就匆匆下山了！所以回去之後，我便寫信送往了朔陽，本以為……大姑娘和錦繡都已經知道了，誰知剛才說起，才知道消息還未送到。」

「是我將消息攔了下來！」白卿玦望著秦朗，語聲輕緩，「收到信時大都城還是一團亂，二姐帶兵去救祖母，長姐處理大都城亂局，白水王手中的兵我算過，至多一萬，我自認尚能制住。」

「至於炎王……」白卿玦目光漠然，語調轉冷，「大周的地盤，他還能翻出什麼浪花來？」

阿雲的腿折在了這位西涼炎王的手中，這……白卿玦未曾忘記，李之節的腿只是暫存在他身上，總有那麼一日白卿玦要連本帶利光明正大的討回來。

「既然阿玦有防備，白水王倒是不足為慮了。」白錦繡說著轉頭看向白卿言，「長姐，如今已經回到大都城，晉朝廢太子如何處置？」

「明日我親自去見廢太子一趟……」白卿言緩緩開口。

若是晉朝廢太子願意安分守己，白卿言會待他如同大樑三皇子一般，封一個王位，大周朝養著他……將他送往櫟國找一處山清水秀之地圈禁，也會讓他們一家團聚。

廢太子遠離大都城，也免得他再被人利用。

「登基大典結束，阿玦……你可願意率白家軍去韓城，助陳釗鹿和呂元慶推行新政？」白卿言望著白卿玦問。

「長姐安排就是，不論長姐下何等命令，阿玦必會遵從！」白卿玦應聲。

原本白錦繡會更合適一些，但……望哥兒太小了。

白卿言猶豫再三，還是決定讓白卿玦過去。

就是四嬸兒才和阿玦團聚沒多久，這麼快又要讓四嬸兒和阿玦母子分離，白卿言於心不忍。

李之節正立在窗前，手裡握著一把瓜子，仰頭喂一隻通體藍羽頸部有著黃色羽毛的巨型鸚鵡，燈火搖曳之下，那鸚鵡羽毛流光異彩，色澤乾淨鮮亮，十分漂亮。

「說一句，大周女帝萬歲！」李之節用瓜子逗弄鸚鵡。

鸚鵡立刻高聲道：「說一句，大周女帝萬歲！」

李之節滿意的點了點頭，將瓜子喂給鸚鵡，摸了摸鸚鵡的腦袋。

這……便是明日李之節要在登基大典之後的宮宴上獻給白卿言的禮物，自然了……白卿言如果能順利登基的話。

李之節天生喜歡漂亮的事物，人也好……寵物亦是如此。

這隻藍黃鸚鵡，是李之節費了九牛二虎之力才弄到手的，還沒有養幾天就要送人著實有些心疼，可一想到是要送白卿言那樣的美人兒，李之節倒也不覺得有多可惜了。

李之節的下屬進門，朝李之節行禮後道：「王爺，白水王那裡已經準備妥當。當時被晉國禁軍統領范餘淮留在大都城頑抗的那些禁軍將領之中，大有不能接受女子登基為帝的將領，只是白卿言手中兵力強盛，他們敢怒不敢言，白水王出身林氏皇族，手中亦有兵權，振臂一呼……還是有些號召力！」

「嗯……」李之節漫不經心應了一聲，主要還是那白水王已經五六十歲，長的又不是特別賞心悅目，李之節實在是對他的事情不怎麼感興趣，「白水王打算如何做啊？」

「回王爺，白水王打算在大周女帝登基那日，讓人埋伏在大殿之內，釜底抽薪殺了大周女帝，只要大周女帝一死，白水王便會在那日登基，白水王說……他本就是林氏皇族，雖說大周女帝已經改國號為周，可當今在世的人……都已經當了太久的晉民，他只要不削藩，至少剩下四位藩王都會支援他登基！還希望王爺能夠多多替他走動吆喝。」

李之節低笑一聲，垂眸用手指撥動著手中的瓜子：「行了……知道了！去吧！」

對李之節來說，他能在晉國做的都已經做的差不多了。

這白水王若是成不了事了，那也和他無關，他只是來恭賀大周女帝登基之喜，甚至還準備了厚禮……送於大周女帝，這禮可是十五座城池！自然了，西涼是有求於晉國。

雖然有求不假，可哪一國能有如此大的手筆，禮送的如此重？他們這麼重的禮都捨得給，又怎麼會和白水王一起謀害大周女帝呢？是他白水王自己要謀反，又不是他李之節刀架在白水王脖子上逼他謀反。若是白水王能殺了白卿言，那最好不過……

如此，陛下讓他帶來的十五座城池便可以不用獻上了。

畢竟，白水王殺了白卿言也不見得能夠登上王位，說不定……會讓國家大亂。稱大周也好，叫晉國也罷，只有大亂了，西涼才有喘氣的機會。才能將戎狄鬼面王爺和大燕簽訂盟約……戎狄攻打西涼大燕不許相助和分羹的危急，變成轉機。

晉國自亂無法騰出手腳，大燕不可插手，西涼專心對付戎狄……不是沒有勝算，吞下戎狄也不在話下！若是西涼能滅了戎狄，才算是有了和晉國、大燕三足鼎立的資本，或許還能在這亂世之中存國。

李之節隨手將瓜子放在一旁盤子裡，轉身坐回軟榻之上，抬眼看向輕微搖曳的燭火，手指摩挲著下巴，眸色陰沉了下來……

白卿言要真的順利登上帝位，他們就要按照原本的計畫，將十五城獻於大周，雲破行的孫子親自前來捨命認錯。

當初雲破行對白家十七子刨腹羞辱，今日雲破行的孫子亦是要當眾刨腹還了這分兒屈辱，只求大周女帝消氣，放下當年與雲破行的三年之約。

只有做到如此，在戎狄和西涼開戰之時，大周才沒有攻打西涼的口實。

且西涼做到這一步，白卿言若還是執意要戰，怕是朝臣也會非議。

李之節閉了閉眼，雲破行對西涼真的是忠誠到了骨子裡。

讓長孫前來大周的事，便是雲破行含淚請求陛下的。

西涼甕山一戰損失十萬精銳，如今新兵還未訓練成氣候，對抗大周都算是勉力……更何況還要加上一個戎狄。若是沒有看到戎狄和大燕的國書也就罷了，既然已經看到了也知道戎狄有意在三年之內攻打西涼，西涼就必須有所準備。戎狄算是替西涼穩住了大燕，如今西涼要做的便是穩住大周，如此……西涼才能放開手腳和戎狄一戰，爭取滅了戎狄！

雲破行滿門忠勇之士，西涼皇室不是晉國皇室。白家滿門忠義卻因主上不賢忌憚而落了一個悲慘結局，這樣的事別說李之節絕不允許發生在西涼，就是西涼女帝也絕不允許發生。

所以，李之節和西涼女帝不想讓雲破行的孫子死在這裡，雲破行的孫子也是他們西涼的好兒郎，他清楚知道自己此次來是要做什麼，卻還是毅然決然的來了。

為的，便是用他的命替母國爭取時間，讓母國能夠專心對付心懷叵測的戎狄。

或許在旁人看來，能以雲破行孫子的死，來制約大周女帝無法名正言順出兵西涼……免除西涼對抗戎狄之餘還需分兵對抗大周窘境，這是一筆十分划算的買賣，可在西涼女帝和李之節來看……這買賣並不划算。

忠勇之士，萬金難換！若真讓雲破行的孫子死在這裡，怕是會讓西涼國人心寒。思來想去，李之節決定助白水王一把，爭取能在登基大典之上殺了白卿言，保住他們西涼的好兒郎。

李之節凝視搖曳的燭火，下定決心，開口：「來人！」

門外李之節的心腹應聲進來，行禮：「王爺！」

「我們這一次來帶了多少死士？」李之節視線看向自己的下屬。

那下屬抬頭，回答：「帶了六十多人！」

「全部……交給白水王，讓他想辦法把人送入皇宮，這些人都是我們西涼頂尖的死士殺手，一定能助他一臂之力殺了白卿言！」李之節想了想又說，「讓我們的死士都小心些，不要讓人看出是西涼人，即便是……即便是死了，屍體也不能告訴大周女帝他們是西涼人，讓他們謹慎一些！」

「王爺放心！屬下一定安排妥當！」下屬應聲之後，迅速離開。

夜已深，白錦繡和秦朗離開之後，白卿言命白錦瑟身邊的嬤嬤將白錦瑟抱了回去，白卿玦也低聲催促白卿言去休息。

春桃剛扶著白卿言站起身，親自守在白府門前的謝羽長便冒雨小跑了進來，他立於掛在廊廡隔絕飛蟲的紗帳前，朝著白卿言行禮：「陛下……蕭先生深夜求見。」

按照道理說，這個時辰有人求見白卿言，謝羽長就不應該通傳。

可這位蕭先生不同於尋常人，曾經在白家逢難時有恩於白家不說，謝羽長聽大樑降將楊武策說了一嘴，說是除夕的時候這位蕭先生專程奔赴大樑陪著白卿言過除夕，白卿言親口說蕭容衍是她的未婚夫婿。所以，蕭容衍親自登門，謝羽長也沒有敢耽擱，連忙前來通報。

白卿玦聽到蕭容衍的名字，下意識朝白卿言的方向看去……

曾經，是蕭容衍將白卿玦從人販子手中買了出來，按照道理說蕭容衍對白卿玦有恩，更別提……蕭容衍曾經出手救下了險些撞棺的母親。

可即便是如此，白卿玦對蕭容衍依舊是防備心極重，此人和大燕有著脫不開的關係，如今魏國更是被大燕收入囊中，魏人蕭容衍已然變成了燕國的蕭容衍。

甚至，白卿玦懷疑……這位所謂的魏國第一富商，從一開始就是燕國的細作。

他敢肯定，將來……大燕必定是大周一統天下最強的敵人。

長姐是一個有恩必報之人，白卿玦擔心蕭容衍會挾恩求報，畢竟長姐即將要登基成為大周女帝，蕭容衍若心沉少不得要獅子大開口。

蕭容衍已經到了大都城，白卿言是知道的，今日蕭容衍一直沒有來，她便知道蕭容衍怕被事情絆住了，可她沒有想到蕭容衍會在這麼晚過來……

除夕一直到現在，他們二人再未曾見過。

想來，蕭容衍是惦記著她失去祖母憂心她，所以料理完事情，便匆匆趕來了。

「長姐，不如……我來見這位蕭先生吧！」白卿玦視線朝著白府門口的方向望去。

靈堂內燭火映著白卿言蒼白憔悴的五官，她身側的手緊了緊道：「你安心為祖母守靈，請蕭先生進來……」

謝羽長聽到這話，心道……這楊武策說得果然不假，陛下果然待這個蕭容衍蕭先生關係不一般。

白府的大門大開，謝羽長從門內出來，盔甲上沾了一層霧濛濛細雨，瞧著撐傘立在馬車旁氣度非凡的蕭容衍，神色肅穆對蕭容衍拱了拱手：「蕭先生，陛下請您進去。」

蕭容衍頷首道謝，拎起素色直裰下擺抬腳朝白府臺階上走來。

月拾要進，卻被禁軍攔住。

謝羽長瞧了眼月拾，同蕭容衍說：「對不住蕭先生，面見陛下可不許帶劍，煩請蕭先生讓您的護衛卸劍交於我們禁軍保管。」

撐著傘的蕭容衍轉頭，看向月拾道：「你在外面候著吧。」

「是！」月拾應聲，退回了馬車旁。

蕭容衍收了傘，輪廓分明的五官，被白色稠絹燈籠這麼一照，越發顯得棱角冷硬，那種內斂又迫人的威懾感呼之欲出。

謝羽長記得，這位蕭先生以溫文儒雅而聞名，雖為商人，才氣斐然，氣度亦是不卑不亢，從容雍和，因而各國皇室貴胄都對這位蕭先生另眼相看。

誰承想一年不見，這位蕭先生竟有如此大的變化，難不成是因為成為了陛下未婚夫婿的緣故？

蕭容衍跨進正門，隔著廊廡下的紗幔瞧見了白卿言和白卿玦，撐開傘，拎著直裰慢條斯理朝著白卿言的方向走去。

見蕭容衍走近，春桃上前替蕭容衍打起紗簾，接過蕭容衍手中的傘。

蕭容衍朝春桃淺淺頷首，先向白卿言行禮：「白大姑娘、七公子！」

白卿言淺淺頷首。

白卿玦鄭重朝蕭容衍行了禮：「蕭先生。」

蕭容衍為大長公主上了香，隨後才同白卿言說：「今日，原本在大都城外迎接大姑娘，誰知遇到了點事情，故而深夜來訪，還望大姑娘和七公子海涵。」

「蕭先生有心了。」白卿玦負手而立，微微向蕭容衍點頭，「蕭先生深夜登門，怕不是只有為我祖母上香這麼簡單吧！」

「白大姑娘，可否借一步說話……」蕭容衍視線望向白卿言。

白卿言點了點頭，扶著春桃的手往外走。

蕭容衍正要跟上，便被白卿玦叫住。

蕭容衍腳步一頓，轉身望著白卿玦：「七公子還有吩咐。」

白卿玦鄭重朝著蕭容衍長揖一拜：「曾經不能告知恩人真名，今日以白家子的身分與蕭先生相見，白卿玦自當鄭重謝過蕭先生救我母親之恩，救我之恩！蕭先生若有吩咐……凡白卿玦力所能及，必竭盡所能！但白卿玦希望蕭先生能明白，恩情是白卿玦欠下的，並非白家！許是白卿玦小人之心度君子之腹，還請蕭先生莫要脅恩要求我長姐回報，否則我白卿玦第一個不答應，到時怕要愧對恩人了。」

蕭容衍望著白卿玦平靜又深沉的眸子，含笑開口：「今日登門絕非是有事相求，蕭容衍絕不會挾恩求白大姑娘報答，今日不會日後更不會，這一點……還請七公子放心。」

風卷紗簾，雨聲沙沙。

白卿玦聽著蕭容衍醇熟低沉的語音，不知為何他打從心底裡信了蕭容衍的話。

他再次朝著蕭容衍行禮：「多謝蕭先生。」

蕭容衍儒雅含笑，朝白卿玦還禮，這才跨出正廳門檻，跟隨白卿言而去。

白卿言見蕭容衍沒有跟出來，回頭等了片刻，才見蕭容衍從正廳出來……便猜到定然是阿玦留下蕭容衍說了什麼，怕蕭容衍挾恩求報。

蕭容衍見白卿言正等著他，腳下不由自主快了兩步走至白卿言面前，抬眸朝著春桃看去。

「去後面說話吧！」白卿言說。

蕭容衍頷首。

三人一行，來到離正廳不遠的觀景閣樓上。春桃為兩人上了熱茶，見蕭容衍規規矩矩坐在白卿言對面端起茶杯，正兒八經的喝茶，便拿著黑漆描金的方盤退出去在外面守著。

蕭容衍放下茶杯，抬眸看著一身孝服正徐徐往茶杯之中吹氣的白卿言，高几上琉璃盞的光線落在白卿言臉上，在她眼下留下兩道扇形的陰影。

但……白卿言眼下的青色遠不止那麼一點，蕭容衍放下茶杯走至白卿言面前。

白卿言抬頭望著俯身認真瞧著她的蕭容衍：「怎麼了？」

蕭容衍一手撐著座椅扶手，一手捧住白卿言的側臉，拇指在白卿言眼下輕微摩挲了幾下，蹭掉了白卿言敷在眼下的珍珠粉，深重的烏青色在白卿言過分白皙的面頰之上顯得觸目驚心。

蕭容衍瞳仁收緊，失去親人之後無法入眠，他是有過的……

可即便是那個時候，他也沒有白卿言如此嚴重，她這憔悴的模樣看起來像是幾年都沒有睡好過。他沒有問，也知道是為何……

白卿言的祖母是晉朝的大長公主，而她……是推翻晉朝即將要登基的大周女帝，她率兵攻打洛鴻城是為了救回她的祖母，她的祖母卻隨著晉朝的滅亡跟著去了，白卿言怕是將這位晉朝大長公主的死，怪在了自己身上。

勸慰的話誰說都不管用，曾經他的母親姬后也經歷過，只有等時間來磨平這傷痛。

蕭容衍捧著白卿言側臉的手收緊，望著她的目光全是心疼，低聲同白卿言道：「你這副模樣要是讓你母親看到了，怕是要揪心了！」

白卿言如何能不知，她輕輕攥住蕭容衍的手腕，將他的手挪開，低聲道：「做個皇帝不容易，做個好皇帝更不容易，我自幼未曾修習過為君之道，只憑著一腔熱血無法治理好一國，辛苦些也是理所應當的！」

蕭容衍單膝蹲跪在白卿言面前，雙手緊緊握住她的雙手，低聲開口：「你可知道我燕國的大將軍……唐毅？」

白卿言點了點頭。

「唐毅將軍……是我母親的摯友，但他還有另一層身分，他是我祖父的血脈，正兒八經的燕皇室血脈。」

淅淅瀝瀝的雨聲中，蕭容衍醇厚的聲音正徐徐將曾經的燕國秘辛，講與白卿言聽。

「唐毅將軍對外稱，是舊疾復發離世的，可其實……當初燕相國一系蠢蠢欲動，欲擁護唐毅上位，殺癡傻的燕帝和我兄長斬草除根，我母親那時只是身懷有孕無權無勢的後宮嬪妃，只能釜底抽薪，唐毅將軍是死在我母親親手遞給他的一杯毒酒，為此母親痛了一生愧疚了一生……」

「燕國的大將軍甯楚傲，其實是我母親一母同胞的親弟弟，那時……燕帝從癡傻中清醒，唐毅將軍已經沒了，燕國軍權盡在舅舅手中，可舅舅為了護住母親，護住我們！選擇上交兵權，可即便如此……燕帝還是擔心舅舅軍中威望太高，朝中跟隨燕帝的大臣們意圖栽贓舅舅一個通敵叛國的罪名，來替燕帝排憂，忠心於舅舅的下屬要護舅舅逃出燕國，但……舅舅為了母親，為了我們，在皇帝手下那些大臣還未動手之前，命下屬將他的頭顱交到燕帝面前，換……我們平安！」

「當舅舅的頭顱被放到燕帝案前，母親痛的恨不得殺了自己，可我母親還是強撐了過來，以雷霆手段將那些意圖陷害舅舅的佞臣，將那些佞臣全族斬盡殺絕！」

「阿寶，在我看來……你是要比我母親更為強大的女子，你與我母親性情相近，志向相同！但你做到了我母親曾經應該做卻未曾做到的事情！帶兵打仗……推翻晉朝，登基為帝！你活成了我和兄長想讓母親活成的模樣！」蕭容衍這些話都是發自內心的，白卿言從不囿於情感，但凡是認定的目標便不會妥協，必要達成。

他緊緊握著白卿言的手：「相比於死在我母親手中的唐毅將軍，相比於為了護住我們母子心甘情願將頭顱送到燕帝案前的舅舅，你的祖母……她早已經知道晉朝滅亡勢不可擋，她是死於自己的選擇，她是為了殉她們林家的晉國，並非是你逼死了你的祖母！你不該這樣自苦。」

蕭容衍深深望著白卿言，見她淺淺點了點頭：「你說的道理，我都明白，道理都明白……但祖母她是我的祖母，我以後再也沒有祖母了……再也沒有了。」

她說話時，鼻翼煽動，眼淚從極長的睫毛上墜了下來。

慕容彧走的時候，蕭容衍也是如此……他動作緩慢直起身，輕輕將白卿言擁入懷中，輕撫著她的脊背，哭出來也好，哭出來也算是發洩出來了。

白卿言將頭埋在蕭容衍的懷裡，強忍著情緒，卻忍不住眼淚，脊背輕微發顫。

慕容衍雙臂收緊，替白卿言擋住從未關的窗戶中竄進來的涼風，想要溫暖白卿言哪怕一點點。

他垂眸望著白卿言的髮頂，見她竟生了華髮，心都揪在了一起。

她才多大啊，竟然生了白髮……

蕭容衍知道不能讓白卿言這樣熬下去了，得想辦法讓白卿言好好睡上一覺。

他不動聲色，將藏在袖中……大燕御醫給調配的安神膏拿了出來，在手心捂熱，輕輕替默默垂淚的白卿言按摩太陽穴。

白卿言昨夜見了蕭容衍，且天快亮時蕭容衍才從白府離去，白卿玦勒令白府上下知情的都閉緊嘴巴，能留在白家的都是忠僕，知道這事關大姑娘名節，紛紛起誓絕不透露一個字。

而時至此時，白卿玦才反應過來，蕭容衍與自家長姐的關係，怕是非比尋常。

蕭容衍陪了長姐大半夜，走的時候……白卿玦分明看到了蕭容衍腰間衣料上有淚痕，後來……長姐雙眸通紅出來，被春桃扶回了清輝院便歇下了，一直到此時還未醒來。

洪大夫診了幾次脈，都說長姐就是這段時間累極，身體疲憊，睡了而已，吩咐不讓打擾長姐，讓長姐睡到自然醒，如此才能恢復一些元氣。

盧寧嬅也守在白卿言的床前，以備不時之需……她到底是女子比洪大夫更為方便一些。

白卿玦猜測，是否是昨夜蕭容衍勸動了長姐，長姐哭了一場之後放下了，強撐著繃了這麼久的弦一旦鬆了，疲憊便如同洩洪一般襲來，這才讓長姐睡到現在。

只要長姐是睡著了，不是別的，白卿玦倒是覺得這是好事。他未曾回來前，長姐以一人之力推著白家走到如今，是累極了，也是他該替長姐分擔一二的時候了。

元和初年六月十九，大周女帝祖母晉朝大長公主出殯。

白卿言昏睡未醒，白卿玦懇請伯母和嬸娘們讓白卿言多睡一會兒，祭文他來寫，盆他來摔。

當初，鎮國王與白家諸子出殯之時，勳貴人家來的很少，可整個長街……密密麻麻全都是跪地送行，又不捨跟隨的百姓。

今日，大周女帝的祖母出殯，勳貴人家擠的滿滿當當，百姓倒是有一些來看熱鬧的，卻不見當初哭聲震盪整個大都城的景象。

百姓們得知大長公主葬禮辦的如此簡單和迅速，是因為大長公主被晉朝梁王那個狗賊要挾帶走之前，曾經交代了貼身嬤嬤，若是身死……葬禮從簡，只求早日同鎮國王同穴。

百姓們不免感歎晉朝大長公主和鎮國王夫妻恩愛，又不免想起當初南疆戰報傳回來，白家正院擺了二十三口棺材的事情。

時至今日，百姓想起來，還是淚眼婆娑，所幸蒼天有眼……讓白家七郎回來了，也算是白家好人有好報，鎮國王府一家子男女老少都是護國護民風骨傲岸的真君子，就連此次鎮國公主舉兵反了晉朝，也是因為皇帝興建九重台，對百姓不仁，還要用一千童男童女煉製丹藥。

他們都聽說了，那晉朝狗皇帝用孩童煉丹不算，竟然要用當初南疆一戰祖父、父親、叔伯全都死在戰場上的將士遺孤煉製丹藥，那些將士為國拋頭顱灑熱血，到頭來竟要落個連骨血都留不住的下場嗎？後來晉朝皇帝死在了洛鴻樓，百姓們無不拍手叫好。

身穿孝服的董氏滿目含淚，跟在後面和妯娌們攙扶著緩緩前行。

不論如何，大長公主是一個好婆母，這一點毋庸置疑。

大長公主從不讓她們這些兒媳婦兒在她面前立規矩，因為她們的丈夫們總是征戰在外的緣故，一回來公公便給兒子們塞女人，希望兒子們能夠趁著在家的時間更好的開枝散葉，多為白家生幾個孩子，也為晉國多生幾個可用能將。

後來，還是大長公主攔住了，公公這才恍然……親自將幾個兒媳叫到跟前來鄭重致歉，承認自己考慮不周，傷了幾個兒媳婦兒的心，兒子們也都埋怨他這個做父親的。

他一心撲在為晉國來日一統天下打基礎上，勳貴人家不願意讓孩子上戰場，宗族人也是如此，公公只能在自家人身上想辦法。

他是個男人大多時候理解不了女人，自以為只要不讓庶子庶女和生母見面，妾室終身只能待在一個小院子不得出，就能不讓自家兒媳婦傷心，卻忘記了越是情深的夫妻，妻子越是不願意和她人分享自己的丈夫。

後來，鎮國王便再也沒有給兒子們塞過妾室。

白家諸位夫人母家人聽了這件事，誰不稱讚一句大長公主是個好婆母。

董氏不敢說大長公主將她們這些兒媳婦當成女兒一般，但絕對不會生事為難。

她頭一胎生下阿寶，董氏的奶娘心裡不安，怕鎮國公府嫌棄董氏生了個女兒，可……大長公主和鎮國王親自取了小名阿寶，以白家這一輩男孩兒排字「卿」字取名，大宴三天，對阿寶極盡寵愛，就連緊隨阿寶之後降生的阿珞和阿瓊都沒有能越過阿寶去。

因而，大都城人人都知道，鎮國公府嫡長女……是真正被大長公主和鎮國王捧在手心裡的天之驕女。放眼大都城，誰家婆母和公公又能做到如大長公主和鎮國王這般，不輕看自家女娃子?

不論最後她這位婆母走的多不是時候，董氏對大長公主依舊是感激多一些。

滿天的紙錢飄散，一身孝衣的白卿玦走在最前，懷裡抱著大長公主的牌位，神容哀傷，眸色發紅。跟在金絲楠木棺材後的忠僕親眷，相互攙扶著發出哀嚎痛哭聲。

戴著面具的白卿瑜此時正立在城外折柳亭內，他幾乎在這裡等了一夜，身上黑色的披風和束起的黑髮上，蒙上了一層薄薄的水霧。

「主子，來了……」一身白衣的王棟瘸著腿，匆匆跑進折柳亭，同白卿瑜道，「主子！來了！」

不多時，白卿瑜便看到如長龍般浩浩蕩蕩的送葬隊伍從城門內緩緩走了出來，他看到了白家忠僕……看到了抱著祖母排位的白卿玦，看到了祖母的棺材，還看到了挺直脊梁扶住二嬸兒的母親，看到了……雙眸含淚的嬸嬸們。

白卿瑜黑色披風下穿著孝衣，朝著送葬隊伍的方向跪了下來，以頭搶地，重重叩首。

他如今還不能如同阿玦一般回家，戎狄之地……必須牢牢的把控在他的手裡，讓戎狄成為他們大周國的跑馬場！所以，他只能不孝，在這裡……同祖母叩首，送別祖母！

他抬頭望向送葬隊伍的方向，低聲開口：「祖母、母親……白家五子，白卿瑜回來了！阿瑜欠的那句平安還都……會在大周一統天下之後，再同你們說。」

王棟也紅著眼在白卿瑜身後跪了下來重重叩首，他知道主子有多心酸，來送別大長公主只能將孝衣穿在黑色披風之下，怕被人瞧出什麼來……主子連阿普魯都沒有帶。

夾雜著濕氣的風掃過董氏的面頰，她幾乎是下意識轉頭朝著高坡之上的折柳亭望去，只看到一個隱隱約約的身影一躍上馬，快馬離去。

董氏腳下步子一頓，後面哭嚎不休的方氏低著頭沒頭沒腦撞上來，董氏這才皺緊眉頭，扶著落淚不止的二弟妹劉氏徐徐往前。

董氏眼眶酸脹，心中生了幾分疑惑，不知道是不是她的錯覺，她剛才……好像看到阿瑜了。

白卿言醒來時，天已經黑了……

聽到床帳裡的動靜，春桃連忙邁著碎步跑了過去，抬手撩開碧水色的床帳，眼淚頓時就湧了出來，哽咽跪在白卿言床邊的柏木踏腳上：「大姑娘！大姑娘您可醒了！」

盧寧嬅也繞過屏風進來，春桃忙用衣袖擦了眼淚，起身讓開床邊的位置，讓盧寧嬅為白卿言診脈。

在偏房候著的洪大夫聞聲，放下茶杯朝著正在數雲片糕的銀霜腦袋上敲了一下：「走，背上藥箱走！大姑娘醒來了！」

銀霜聞言連忙將雲片糕用牛皮紙包好，匆匆塞到懷裡，背著洪大夫的藥箱小跑跟在洪大夫身後。

正要去偏房請洪大夫的佟嬤嬤剛跨出門檻就瞧見洪大夫過來，又手忙腳亂打起簾子，道：「盧姑娘正在給大姑娘診脈。」

洪大夫頷首，匆匆進了正房。

盧寧嬅見洪大夫過來，讓開了床邊……

誰知銀霜比洪大夫跑的還快，擠到白卿言面前，拿出自己懷裡的雲片糕放在白卿言床頭，道：「大姑娘……吃！」

銀霜一直跟著洪大夫，知道白卿言睡了這麼久什麼都沒有吃，擔心白卿言肚子餓……可洪大夫說了，太餓的時候不能一口氣吃太多東西，對腸胃不好，所以銀霜數了好幾遍，確定了這雲片糕的片數是平日裡洪大夫許她吃的一半的量，這才給白卿言送來。

白卿言望著銀霜淺淺勾唇：「銀霜又給我拿了好吃的啊！」

「嗯！」銀霜用力點頭，「不能吃太多，還有……下次拿！」

洪大夫在小繡敦上坐下，拿出脈枕替白卿言診脈，良久長長呼出一口氣，不免訓斥白卿言：「大姑娘這也太不拿自己身子當回事兒了，這麼長時間不能入眠……為什麼不早早叫老夫來診治？是信不過老夫的醫術？」

見白卿言要起身，春桃忙上前扶起她。

「事情太多，不是睡不著，是不敢睡……」她靠在春桃墊在她身後的隱囊上，同洪大夫道，「以前……從來不知道，治理一國，責任如此重大，每天都有千頭萬緒的事情在等著商議處理。」

「大姑娘這話就不要唬弄老夫了！」洪大夫一搭脈便什麼都明白了，「大姑娘，心病……老夫就算醫術再高超也無法醫治，可老夫跟隨了鎮國王這麼多年，也算是瞭解大長公主，若大長公主知道她選擇解脫，卻讓大姑娘陷入了心牢，怕大長公主死不瞑目！」

洪大夫將脈枕放入藥箱之中：「大姑娘打小兒便聰慧，有些事情上甚至比鎮國王和大長公主還要通透，應當知道……大長公主活著會比離開更為痛苦，倒不如一走了之……反倒乾淨！也不會成為大姑娘料理那些舊朝皇親國戚的絆腳石！大長公主是晉朝的大長公主，大長公主在……那些人便算得上是大姑娘的親眷！」

「大姑娘自己想想……」洪大夫正襟危坐，面色肅穆望著白卿言，「大長公主此次若隨大姑娘平安回來，那些人會不會來大長公主面前哭訴，求大長公主念在親戚情分上救他們？會不會時時逼著大長公主憶起她是晉朝大長公主，到時候……大長公主幫還是不幫？大長公主一旦開口，再難大姑娘都會辦，白府上下眾所周知！若大長公主硬起心腸不答應，他們又會不會故意往大姑娘身上扯，說什麼大姑娘六親不認，以這件事做筏子，鬧亂子？」

盧寧嬅上前朝白卿言行禮：「大姑娘回來之後一直在忙，寧嬅便有一事未同大姑娘講，大長公主的身子……其實已經撐不了多久了。」

白卿言朝著盧寧嬅望去，頗為意外，至少她瞧著祖母還算硬朗。

「若是如此，大姑娘再想想，大長公主身子本就撐不了多久了，若是同大姑娘回來，那些人求大長公主，大長公主硬著心腸拒絕了，回頭再憂思過度撐不住，那些唯恐天下不亂的人會怎麼說？會不會扣大姑娘一個逼死祖母的罪名？」
洪大夫對著白卿言歎氣：「大姑娘，你跳出悲痛和愧疚之後，好好想想，這些道理以大姑娘的聰慧，應當比我這個老頭子更明白。」
洪大夫又回頭看了眼銀霜：「銀霜雖然不聰明，但也明白苦也是過一天，笑也是過一天這樣的道理，所以銀霜哪怕失去了一隻眼睛，也過的很快樂，大姑娘……你再難過愧疚，大長公主也無法復生，不論是鎮國王還是大長公主或是鎮國公，他們如此疼愛大姑娘，若知道大姑娘這般自苦，該多難過？」
話說到這裡，洪大夫該說的也都說了，他起身朝著白卿言長揖一禮，吩咐銀霜：「拎著藥箱走吧！」
「大姑娘……吃！」銀霜指了指白卿言床邊放著的雲片糕，背起藥箱追著洪大夫的腳步匆匆離開。
「奴婢送洪大夫！」春桃看了眼白卿言忙追上前，去給洪大夫打簾。
隱隱聽到門外傳來洪大夫叮囑春桃先讓白卿言喝一點兒粥，叫人看好了藥鍋上的藥，熬好了及時給白卿言端過去，盧寧嬅上前：「大長公主的身子早就不如以前了，此次梁王生亂……大長公主日夜難眠，身體一日不如一日，大姑娘若是不信，可以問問七姑娘和蔣嬤嬤。」
白卿言垂眸拿起床邊的雲片糕，拆開包的亂七八糟的牛皮紙，想到已經沒有一隻眼睛，但只要有好吃的便歡天喜地的銀霜，眼眶濕紅。
她撕開一片放在唇邊咬了一點，全是苦味的嘴巴裡……終於嘗到了一點點甜。
佟嬤嬤見白卿言垂眸吃雲片糕，忙倒了杯水遞給她，伸手想要將雲片糕拿過來：「大姑娘，先喝點兒水吧，小廚房的火爐上煨著肉糜小米粥，大姑娘先喝一點兒再吃硬實東西，免得傷了胃。」

白卿言將雲片糕遞給佟嬤嬤，問：「祖母的葬禮已經結束了？」

佟嬤嬤紅著眼圈兒點頭：「回大姑娘，結束了，夫人們和七公子說……不讓打擾大姑娘休息，大姑娘這段日子太累了。」

白卿言沉默了片刻又問：「阿雲……回來了嗎？」

佟嬤嬤搖了搖頭：「九公子還未回來。」

「朝臣可有來府上求見的？」白卿言又問。

佟嬤嬤抿了抿唇，原本不想同白卿言說的，可白卿言現在可不僅是他們白府的大姑娘，已經是大周女帝了。她道：「舅老爺和大理寺卿呂大人來過一次，但……知道大姑娘睡著，便未曾打擾，說是事情不緊要，等登基大典之後再說也來得及。」

她點了點頭，想起廢太子，掀開身上的薄被：「嬤嬤幫我更衣。」

佟嬤嬤私心裡想勸白卿言好好歇一歇，可也知道如今大姑娘操心的都是國事不能耽擱，點了點頭：「好……」

廢太子和秦尚志暫時被關在獄中。不過因為白卿言特意叮囑過，廢太子和秦尚志所在的牢房乾淨整潔，獄卒也還算和氣，只要廢太子的要求不過分，獄卒都盡可能的滿足。

從洛鴻城回來後，被晾了這幾天，晉朝廢太子甚至害怕白卿言會因為大長公主的死遷怒於他，不打算給他活路了。

幽沉陰暗的大牢之中，越是往裡火把相距越遠，兩側火光陰暗，到處充斥著霉味和騷臭味，偶爾還有極為空洞的風聲。見秦尚志還坐在燈下看書，廢太子望著搖曳燭火，視線又落在從極小高窗上投射進來的皎皎月色，為自己的前途擔憂不已。

不多時，廢太子陡然聽到外面傳來疊聲稱呼「陛下」的聲音由遠及近，驚得站起身來，朝秦尚志看去：「是不是白卿言來了?!」

秦尚志頷首，對廢太子道：「殿下不必太過緊張，不卑不亢就是了。」

廢太子身側的拳頭收緊，他為了活命……對梁王都可以搖尾乞憐，什麼不卑不亢！只要白卿言能讓他活命，他願意給白卿言跪下叩首。

秦尚志立在廢太子身邊，他知道以白卿言的品格，廢太子既然降了，她便不會在這個時候置廢太子於死地。

身佩鎧甲的禁軍高舉著火把，靴步齊整一路小跑至廢太子和秦尚志的牢門前停下，高低亂竄的火把亮光刺得廢太子下意識向後退了一步。

廢太子先看到謝羽長和符若兮，頓時只覺臉火辣辣的。

當初為了求活命，他丟掉了尊嚴，當著拼死護他的百官面叩求梁王，那時……謝羽長和符若兮也在。廢太子彷彿又回到了那日，恨不能找一個地縫鑽進去，垂著眸子躲避視線，怕從謝羽長和符若兮的臉上看到鄙夷的神情，這些曾經臣服在自己腳下的低微之人，要是處在高高在上的位置鄙視他同情他，他受不了。

秦尚志身側拳頭緊緊攥著，瞧見披著黑色披風的白卿言慢條斯理走至大牢前，看向牢房內的神色平靜而淡漠。

廢太子耳根滾燙，朝著白卿言長揖行禮，唇瓣囁喏到底是什麼都沒有說出來。

大約……是因為廢太子心裡清楚，白卿言與梁王不同，並非梁王那樣的陰險小人，即便他不像條狗似的去求白卿言，只要他不生了對抗白卿言的心思，她便不會殺他。

廢太子屈辱的閉上眼，曾經……他的臣下白卿言就站在牢門之外，他也並非頭一次朝白卿言長揖行禮，可這一次……他是階下囚，他的地位急轉直下，與白卿言高低易位，心境還是不能真正平靜。

謝羽長立在白卿言右側，左手握著腰間佩劍，餘光瞧見下屬在一旁似乎有事情稟報，焦急朝他張望，他瞅了眼白卿言示意符若兮護好白卿言，抬腳朝著那下屬走去。

「怎麼了？」謝羽長疾步走至下屬面前，壓著聲音問。

「將軍，五位藩王動了……」

謝羽長聞言眉頭一抬，握著佩劍的手鬆開拉著那下屬走至火光照不到的陰影裡，左右看了看才道：「說……」

「按照將軍吩咐，我派了幾個人裝作不服氣陛下是女子登基，偶爾對外透露一些，果然那白水王就來套近乎，我吩咐兄弟們小心應付，就在剛才……白水王給登基大典上守在大殿內的幾位禁軍百夫長送去了數目十分可觀的厚禮，讓他們將白水王的人安插在大殿之中，想要在陛下登基那天動手……對陛下不利！」

謝羽長眸色一深，冷肅非常：「刺殺陛下？」

那禁軍將領點頭：「說是安排進去的都是高手，只等陛下一進入大殿，便會動手！白水王還許了高位給眾位兄弟！白水王還說……他是晉高祖嫡支一系，繼承大統名正言順，若是能登基，幾位忠義之士全都是將軍之類的話。」

謝羽長再次握住長劍劍柄，手指摩挲著，低聲道：「有沒有探聽到明日白水王本人，會作何準備？」

「白水王沒有細說，可聽兄弟們的意思是白水王明日會稱病不去參加大典，提前準備好登基用的禮服和冠冕，只等陛下一死……他便身著禮服和冠冕出現登基。」那禁軍將領低聲問，「要不要提前將白水王控制起來？」

謝羽長靜思片刻搖了搖頭：「這還得問問陛下的意思！你先去……等候吩咐！不要在白水王那裡露了馬腳。」

「是！」那禁軍將領雙手抱拳，迅速離去。

牢門之內，秦尚志穿著乾淨的青灰色直裰，倒也不矯情，撩開下擺朝著白卿言跪下叩首：「見過大周女帝。」

「秦尚志……廣河渠修渠之事是你負責的，如今我來是問你……你可願做到有始有終，繼續主持修渠之事？」白卿言眉目清明，語聲沉穩。

秦尚志手指一抖，抬眸朝著白卿言望去，搖曳的明亮火把映著白卿言輪廓精緻絕豔的五官，一雙眼極深極沉，幽邃的讓人辨不出白卿言的任何情緒。

修渠之事，是秦尚志提議，秦尚志主持的，他自然是想要盡善盡美的完成，可一想到廢太子，秦尚志便有所猶豫。

「你可以想想，你若不願意去主持修渠之事，我便費些功夫將水利大家司馬勝先生的後人從西涼請回來，你不必為了百姓生計屈從……」白卿言說完又朝著廢太子看去，「太子……」

廢太子聽到白卿言喚他太子，忙跪下道：「陛下，還是喚孤……喚我一聲齊王吧！我既然已經降了大周，便不再是太子殿下，只求陛下看在我並無雄心大志，對大周也並無威脅的分兒上，就讓我同大樑的三皇子一般，做個齊王……了此殘生吧！」

謝羽長和符若兮早就見識過這位晉朝廢太子，對梁王搖尾乞憐的模樣，如今這位太子能不嚇破膽，穩穩當當說出這番話，已經在他們意料之外了。

既然廢太子不需要她多費口舌，她點了點頭道：「你若能如此想，我便讓人送你們一家三口，去大樑山清水秀之地，照顧你們餘生，但……你們不可對晉朝小皇孫透露身分，否則怕會給那孩子帶去殺身之禍。」

廢太子聽到這話猛地抬起頭來，他睜大了眼望著白卿言，這麼說……他的孩子還活著！

廢太子被那刺目的搖曳火把，晃的眼眶發酸，還以為這只是一個夢。

「可是，梁王不是下令，要將……」廢太子話未說完，眼淚奪眶而出。

「原本梁王是下了命令要你妻兒的命，是二姑娘派人救下了你的妻兒。」符若兮低聲開口，「陛下派人一直照顧著你的妻兒，如今他們十分安全。」

廢太子忙跪直身子，真心誠意朝著白卿言叩首：「多謝陛下，多謝秦夫人！此生……我必不會向孩子透露我們曾是晉國皇室，只求能平安度日，讓那個孩子成為一個普通百姓，能活命就好！」

按照道理說，新朝皇帝登基，舊朝的皇族血脈……應當斬盡殺絕，斬草除根才是。

廢太子也不知道該說白卿言重情，還是說白卿言自信，她竟然真的放過他們一家三口了。

「好好活著吧！」白卿言同廢太子道。

廢太子若沒有那麼一個父皇，或許……不會成這個樣子。

「秦先生。」白卿言視線再次落在秦尚志的身上，「秦先生是欲跟隨齊王一同離開大都城，還是……前往廣河渠繼續主持修渠大事？」

秦尚志拳頭收緊，他看了眼正瞅著他的廢太子，對白卿言叩首：「秦尚志願前往廣河渠完成修渠大事，隨後……請陛下送秦尚志去追隨太子殿下。」

白卿言望著秦尚志，頷首：「可以……」

廢太子頓時熱淚盈眶，他曾經眼睜睜看著秦尚志被方老排擠，可沒想到最終還願意陪著自己的，竟然就是這個秦尚志。想起秦尚志，廢太子不免想起任世傑來，他猶豫著問了一句：「陛下，我府上的任先生，是不是已經沒了？」

白卿言聞聲黑白分明的眸子看向廢太子，有些詫異廢太子到現在還不知道任世傑的身分，卻也不想此時戳破，既然已經決定讓廢太子活著，那還是讓廢太子糊塗些好，糊塗比明白過的更幸福些。白卿言點了點頭。

廢太子哽咽應了一聲，叩首致謝，目送白卿言離開。

廢太子轉而瞧著秦尚志，竟然真心誠意勸起了秦尚志：「秦先生，我已經不是太子……不是未來的國君，無法給秦先生發揮才能的餘地，秦先生不必再跟著我……跟著白卿言吧！先生大才，是我當初不識人，沒有重用先生，白卿言惜才……才會在今日屈尊來到這大獄之中，足見誠意。先生對我的情義，我銘記於心，可為先生前途之計……怎麼都不應該再跟著我了。」

秦尚志緊緊攥著自己身側的衣裳，半晌手鬆開，對太子搖了搖頭：「秦尚志既然已經擇主，便必會從一而終，與主上共同進退，生死與共。」

太子聽到秦尚志這話，忍不住再次落淚，他點了點頭不再勸，只笑著道：「既然秦先生不棄，自今日起……我便不會將秦先生當做下屬，會將秦先生當做良師益友，請秦先生做我兒的老師，教我兒為人處世的道理。」

秦尚志脊背挺直，朝著太子一拜：「必不負太子所托。」

跟隨白卿言從大獄之中出來，符若兮忍不住感慨：「那位秦先生倒是個忠義之人，令人敬佩。」

「就是死腦筋了些。」謝羽長也惜才，秦尚志若是沒有大才，白卿言不會三番四次相請，甚至還親自來這大獄之中。

符若兮正要為秦尚志辯解幾句，就見謝羽長已經上前壓低了聲音同白卿言道：「陛下，白水王有動作了，他聯繫了我們禁軍之中的百夫長，要讓那幾位百夫長設法在明日登基大典前，將白水王的殺手藏入大殿之中，要在陛下跨入大殿，便刺殺陛下，隨即取而代之。」

白卿言聞言倒是沒有太大的反應，符若兮卻如臨大敵身體緊繃，忙上前一步：「陛下，是否要將白水王管控起來。」

白卿言立在大獄門前搖曳的燈籠下，燈影忽明忽暗掃過她的五官，越發映得她眉目冷清淡漠：「不必，戲臺子都搭起來了，總要讓他們把戲唱完，等他唱完這場戲，削藩便更能名正言順。」

「至少在暗處監視著白水王吧！」符若兮還是不放心，「若是陛下不放心旁人，不如讓屬下來做！」

符若兮話音剛落，就見白家七公子白卿玦快馬而來。

見白卿玦一躍下馬，匆匆朝著高階之上跑來，謝羽長和符若兮忙朝白卿玦行禮。

握著五金馬鞭的白卿玦朝著兩人拱手還禮之後，低聲同白卿言道：「長姐，暗衛來報……白水王要有動作了。」

白卿言點了點頭，隨白卿玦一同往大獄高階之下走去，邊走邊說：「今日，有人往白水王的宅子送去了一件皇帝登基時穿的袞冕。」白卿玦跟在白卿言身側，下意識伸手扶住自家長姐，聲音徐徐，「想來……明日白水王一定會有動靜。」

「將派去盯著白水王的人都調回來，不必盯著白水王了……想來青竹和谷文昌將軍、衛兆年將軍就快到了，他們翻不出什麼大浪來！」

改朝換代，按照禮制，要埋冕服祭天，若是白水王真敢穿，她便將白水王一同埋了。

她扶著白卿玦的手，垂眸拎起霜色衣裙下擺剛踏上馬凳，抬眸無意看向大獄陰森無人的西巷，身子一僵如同被定住了一般，緊緊攥住白卿玦的手腕。

一陣風過，天空中光芒皎白似圓非圓的月亮被雲翳遮擋，牆角夏蟲受驚，低鳴之聲跟著停了一瞬，四下寂靜……只能聽到葉子沙沙作響，和大獄門前兩盞燈籠隨風搖動的聲音。

阿瑜……

白卿言喉嚨像是被人扼住了一般，唇瓣緊抿著，手卻不自主的顫抖著，心跳跟悶雷似的咚咚直響。就在照射入小巷之中的皎皎月光被雲翳隱去前的那一瞬，白卿言分明在那巷子裡看到了身姿筆挺的阿瑜，她的弟弟阿瑜。

白卿玦順著白卿言的目光看過去，認真瞅著那漆黑不見五指的小巷。

遮月雲翳緩緩挪開，剎那清輝遍地，將小巷內的石子都映得一清二楚，可卻再不見阿瑜的身影。

「長姐？」白卿玦並未瞧見小巷內有什麼，輕輕喚了白卿言一聲。

「回吧……」白卿言開口。

白卿言彎腰坐進馬車之中，白卿玦、符若兮、謝羽長帶著禁軍亦是翻身上馬。

白卿言坐在馬車內，閉了閉酸脹的眼，不確定剛才看到阿瑜那一瞬，是不是自己這段時間太累臆想出來的。

白卿玦和符若兮謝羽長帶兵前面護衛，白卿言乘坐的馬車才緩緩動了起來。

她想到剛才那一瞥，不死心，抬手掀開馬車車簾，抓著簾子的手陡然一緊。

那一身戎狄人裝扮，戴著面具男子就立在巷口清輝之下，那分明……就是她的弟弟阿瑜。

酸澀衝擊了她的眼眶，她望著阿瑜越來越遠的身影，眼前被霧氣模糊。

明明這是他們姐弟兩人離得最近的一次，卻還是只能遙遙相望，不得相見，不能相認。

直到看不到阿瑜的身影，她才撒開窗簾……閉目坐在馬車之中，極力壓制情緒，她不想回到白府讓家人看到她哭過的樣子。

腦海裡全是阿瑜出征時意氣風發的身姿，是阿瑜曾言要給她帶回最漂亮的鴿血石時，笑容自信的模樣。真好……阿瑜還活著，阿瑜……回來了！

可她還是期望，她昭告天下的詔書能讓更多的白家子回來，哪怕……就再一個也好！

從大獄到白府，路不短……但也不長，等白卿言從馬車上下來，春桃和佟嬤嬤迎上前扶她時，她的情緒已然平穩。

白卿玦親自將她送回清輝院，叮囑：「明日便是登基大典，長姐今夜要好好休息。」

白卿言望著長高不少的白卿玦點頭：「你也是，早些歇息……明日還有的辛苦。」

第五章　帝王之路

元和初年六月二十日，大周女帝登基大典。

白卿言看了一夜的奏疏，天麻麻亮瞇了一小會兒便被喚起來更衣。

自從白卿言定在六月二十登基，宮裡就開始趕製白卿言登基的袞冕，白卿言被織室令追著看了眼織室按照晉朝舊例準備趕製的大典重服，白卿言只交代……不必太過華麗繁複，只得了這麼一句織室令心中惶惶。

還是白錦瑟點撥了一句，讓那織室令想想白家軍的黑帆白蟒旗，織室令這才恍然，回去加緊趕製。可約莫是當初晉朝皇室奢靡成性，織室令別出心裁，將銀絲劈成細線，每四股銀絲與四股白線擰成一股細線在玄衣上肩部織明月，將金絲劈線纏在白線之中繡龍紋、太陽。

顏色明暗皆用金絲、銀絲摻雜在白線之中的多寡來調和，背部的星辰、山紋……十二紋章祥紋乍一看樸實無華，可行走在日光之下……燭火之中便是熠熠生輝。

董氏親自來替女兒更衣，替白卿言整理好袞冕，立在燈下瞧著女兒身著帝王玄服，身姿挺拔，眼前的明明還是她的女兒，她卻又覺得穿上這身帝王袞冕的女兒……不那麼一樣了。

或許她知道，從今日之後……她的女兒便不僅僅只是她的女兒，還是這個大周國的王。

白錦繡、白錦昭、白錦華、白錦瑟和白卿言的諸位嬸嬸，都立在一旁含淚望著身著袞冕的白卿言，只覺她越發的威嚴，如有震電之威，崩山之力。

她們任何一個人都從未想過，白卿言會帶著白家走到今日這一步，更未曾想過白卿言會登基稱帝。沒想到白卿言會親自來實現白家先祖一統天下的宏願，而非……將這樣的志向寄託在他們臣服的君主身上。

董氏紅著眼，親自替白卿言整理好玉勾玉佩，大雙綬、小雙綬，輕撫著她身上的繡紋，道：「袞冕十二紋章祥紋，華蟲……取其文理，粉米……給養百姓，藻……品性高潔，黻……明辨是非，火……光明磊落，宗彝……忠義仁孝，山……穩如山嶽，日、月、星、辰……明也，自當照拂四方百姓！」

她通紅的眸子望著白卿言，哽咽低語：「阿娘希望你……能做一個德惠四方的好皇帝，不負你祖父、父親、叔父，和白家祖祖輩輩的志向，一統天下！還百姓以太平，建清平於人間。」

白卿言望著董氏，朝著董氏長揖一拜：「阿娘的話，我記住了！女兒……會做一個德惠四方的好皇帝，會帶著大周……一統天下，矢志不渝……至死方休。」

白錦昭聽到白卿言這話，單膝跪下朝白卿言抱拳：「白錦昭誓死跟隨長姐！一統天下……矢志不渝，至死方休！」

矢志不渝，至死方休。這是他們的祖父白威霆表字「不渝」的取處。

白錦繡、白錦華和白錦瑟亦是跪地，她們身為白家血脈，從出生起……便知道他們來日必是要為天下一統出力的。

白卿言身著冕服祭天，祭拜宗廟叩拜列祖列宗。

武德門大開，城牆之上黑帆白蟒旗獵獵招展於風中，金甲銀盔的禁軍從長街列隊護衛於兩側，白卿玦、白錦昭、白錦華戎裝在最前，帶著高舉黑帆白蟒旗的九列黑甲重騎兵提韁依序前行。

八匹通體黝黑如墨的寶駒拉著帝王車駕，車駕內身著冕服的白卿言正襟危坐。

白卿玦所率白家軍重騎兵，是真正經歷過戰場殺伐，真正浴血疆場，九死一生而歸的，白家軍重騎兵黑色的鎧甲遠不如禁軍那麼光鮮亮麗，黑色玄甲，閃耀寒芒，厚重的黑甲之上還有刀斧砍出來的痕跡，他們腰間刀鞘裡的刀早已有了缺口，可這是他們榮耀的象徵。

平日裡赫赫威嚴的禁軍，在白家軍百戰而歸殺氣凜凜的將士們面前，全無氣勢，徒具光鮮。

今日白卿言讓白卿玦率白家軍護衛，為的就是讓百姓們看看……這便是護國安民的白家軍，他們是被這樣的將士們守護著。

清晨的萬丈霞光，躍然穿透東方天際的雲海，整個大都城被籠罩於金光之中。

武德門蒼老厚重的城門大開，重簷殿宇上的琉璃瓦被晨光映得熠熠生輝。

禮樂奏響，金鼓催動，號角齊鳴。

甲冑光鮮的禁軍分立鋪入正門……直直通向大殿高階之上的紅氈兩側，迎白卿言車駕。

車駕所到之處，將士單膝跪地相迎，甲冑發出齊整之聲，氣勢極為龐大。

大殿高階之下分列紅氈兩側的呂相等朝中大臣，聽到禮樂聲響起，整理朝服衣冠，隨呂相朝前迎了幾步，面朝武德門的方向，準備恭迎大周女帝。

武德門內，擂鼓聲和號角聲震人心肺，立於大鼓百官身後的，全都是高舉黑帆白蟒旗的白家軍，將士們神容肅穆，殺氣凜凜，是真正的悍兵雄獅。

各國使節隨大周朝大臣們立在紅氈兩側，站在璀璨的金色晨光之中，注視白卿言乘坐的車駕緩緩從武德門入，注視一身黑色袞冕的白卿言居高臨下走下馬車。

「陛下萬歲！大周萬歲！」

「陛下萬歲！大周萬歲！」

「陛下萬歲！大周萬歲！」

迎著風和金光，獵獵招展的黑帆白蟒旗之下，白家軍將士們齊刷刷跪地相迎，三呼萬歲，將士們的吶喊聲在擂鼓聲和嚎叫聲中，越發顯得雄渾，氣勢浩大，撼天震地，響徹大都，讓人不禁心旌震盪。

呂相率百官亦是朝著白卿言叩首：「恭賀陛下！陛下萬歲！大周萬歲！」

各國使節中……身分尊貴如同大燕九王爺、炎王李之節和戎狄的鬼面王爺，只是按照本國禮節，或以拳擊胸頷首，或長揖到地行禮。

白卿言扶著白卿玦的手從馬車上下來，視線落在一身戎狄裝束，戴著面具，頷首行禮的白卿瑜身上，視線又不動聲色挪至戴著面具的大燕九王爺身上，落在立在大燕九王爺身後的蕭容衍身上。

四目相對，蕭容衍幽邃含笑的眸子望著白卿言，對她淺淺頷首。

人精似的李之節朝著白玉高階之上琉璃瓦金光熠熠，富麗堂皇氣勢宏偉的重簷大殿望去，也不知……大殿裡白水王準備的怎麼樣。

大殿之內。聽到殿外傳來號角和擂鼓聲，戎裝佩劍的白錦繡眸色沉重，將手中寒芒逼人的青鋒劍歸鞘，容色波瀾不驚擦去自己臉上沾染的鮮血，戾氣十足。

禁軍將士們和白家軍，已經將白水王安排進大殿的殺手們悉數斬盡。

此刻白家軍和禁軍將士們正將殺手的屍體拖出大殿，清理殿內血跡。

身著冕服的白水王已經被捆了一個結結實實，嘴裡被塞著抹布，刀架在脖子上一個勁兒的抖。

他全然沒有想到會是這麼個結局，他明明已經準備妥當，沒有想到……他竟然被禁軍給出賣了！

不過，他還沒有全輸，五位藩王的大軍必定已經到大都城外了，他還有機會！

儘管這麼想著，可白水王還是怕……

這麼多身手奇高的西涼殺手和他花錢找來的江湖殺手，怎麼能就被白家軍如此輕易的斬殺？難道這些白家軍，都是白家軍虎鷹營的人嗎？

白錦繡轉頭，冷漠的視線朝著白水王看去，見白水王全身發抖，卻還擺出一副不認輸，不怕死的表情與白錦繡對視。

大殿已經清理完畢，只是濃重的血腥味還未散去。白錦繡轉身，高聲道：「開殿門！」守在門前的禁軍立刻將乾坤殿六扇殿門齊齊打開，白錦繡率領虎鷹營五十銳士從大殿而出的那一瞬，李之節便知道……白水王敗了。

身著銀甲的白錦繡，帶著虎鷹營將士從左側的白玉高階疾步而來，帶著虎鷹營將士立在白卿言身後護衛。

白卿言手握腰間帝王劍劍柄，望著宛若直通天際的白玉高階，腳步穩健。

舉著羽扇寶幡的太監跟隨白卿言身後，白錦繡、白卿玦、白錦昭、白錦華率白家軍緊隨，百官在呂相帶領下分列兩側相伴，浩浩蕩蕩，在晨光大盛和鼓樂之中，朝著琉璃瓦金光逼人的宏偉大殿走去。

她望著高階盡頭金光耀目的殿宇，想起祖父曾經為她取字「鳴山」時，眉目慈祥含笑的模樣。

祖父說，周之興也，鸑鷟鳴於岐山，這是祖父為她取的小字說頭。

祖父說，她只要來日不單單囿於後宅，必能在這亂世爭雄，以女子之身揚名疆場，成為白家先輩那樣讓後人敬仰的將軍，成為國公府乃至大晉國最耀目的女子！

今日，她取國號為周，踏上這帝王之路，她不知道是否已經成為最耀目的女子，她只希望能成為不讓祖父失望的孫女兒。

祖父曾言，白家女兒要有包容天下百姓的胸懷，才能實現一統天下的志向。

自小她受教祖父，雖然祖父從未教導過她何為帝王之道，可卻在潛移默化之中……教導她擁有一顆帝王之心。

能心懷天下百姓者，才能王天下。

海晏河清，四方太平。這……是白家人世代的心願。

天下一統，是白家祖祖輩輩的志向。

輔佐明君，開疆拓土，富民強兵，使……天下歸一。

這曾經是白家世代都在做的事情，而今……她不再俯首臣服。

她要帶著白家薪火相傳的志向和抱負，登上那至尊之位，庇護著白家諸子，去完成……白家世世代代都在做，卻沒有能做成功的事情。

這一路，不管有多泥濘艱辛，她都誓要完成這一統大業。

只求白家列祖列宗，祖父、父親和叔叔們保佑，今日……能讓更多的白家子，白家軍回來，共證此刻！從此，大周一統天下之路，將要以全新的方式開啟。

隨著白卿言不斷朝高階上走去，立於高階兩側的守兵紛紛跪地，恭迎大周女帝。

白卿言垂眸跨上最後一階被紅氈覆蓋的高階，緩緩轉過身來，面向百官與眾將士……

清晨初升的朝陽已然高高升起，緩緩驅散宮牆被拉得老長的陰影，金光籠罩大都的碧瓦朱甍、層樓疊榭，似讓整個大都城的顏色都鮮活了起來，恍如新生，熠熠生輝。

百官和白家軍將士們望著周身鍍上一層金光，立在最高處的白卿言，在太監的唱報聲中，齊整跪地，三呼萬歲，聲震大都。

半晌，不見白卿言動靜，跪在高階上的呂相抬頭朝白卿言望去，只見白卿言靜靜望著武德門的方向，神容平靜，目光堅定，不知道在等什麼人……

呂相見狀，怕錯過吉時，微微直起身，高聲叩請：「請陛下登基！」

「請陛下登基！」百官緊隨其後高聲喊道。

戴著面具立於一旁的白卿瑜抬眸望著自家阿姐，拳頭微微收緊。

他知道……阿姐是在等還未歸來的白家子，阿姐希望她登基之時，如她昭告四海的詔書那般，讓尚存一息的白家軍、白家子都能趕回來，共證此刻。

共證……大周一統天下篇章的開啟。

白錦繡、白卿玦雙眸含淚，回頭亦是朝著武德門的方向望去，期待著魏忠能帶著尚存一息的白家子和白家軍在長姐登上那高位之前趕回來。

隨著時間的推移，日光漸漸大盛，大都城內外金光璀璨。

百官低聲議論，呂相斗膽再請白卿言登基。

微涼的風拂過白卿言冕旒，隔著輕碰的旒珠，白卿言已經發酸發綠的眼眶，終於看到被金色籠罩的武德門外，有人推著輪椅緩緩而來……

肖若海推著白卿雲，肖若江跟在白卿雲一側。

「長姐！」白錦昭沉不住氣猛然站起身，激動地喚了白卿言一聲，眼淚霎時就流了出來。

聞聲，白卿言緊咬著後槽牙，緊緊握住劍柄，她看到了……看到了九弟白卿雲，看到自己的兩位乳兄，她克制住心頭翻湧的酸脹情緒，同白卿玦道：「阿玦……你去迎一迎！」

白卿言知道，當初九弟白卿雲為身為兄長的白卿玦拚搏出一條生路，此事猶如石頭壓在白卿玦的心頭，他最期盼的就是阿雲能回來。

「是！」白卿玦聲音高亢，轉身急速朝著高階之下跑去。

白卿玦雙眸發紅，輪椅之上的是阿雲！是捨命救了他的九弟阿雲！

曾經恣意瀟灑的白家九郎，此刻坐在輪椅之上，褪去了曾經的少年狂妄，只剩沉穩和從容，他望著高階之上身著皇帝冕服的長姐，熱淚翻湧，緊緊攥住衣擺。

他在羅盤山四海閣之時，便已經知道長姐來日定會登基為帝，使天下一統。

他在看到長姐昭告四海的詔書……命南疆一戰尚存一息的白家子、白家軍回歸大都共證登基大典時，幾乎忍不住淚水。白家早該如此，可祖父太過忠君不願做亂臣賊子。

可主上若無一統天下的雄心壯志，臣子若志向太大，必會落得君疑臣誅的下場。白家若想要早日實現一統大業，決計不能將希望寄託在輔佐明君之上，而是……自己能成為一國之主。

遠遠看到自家七哥白卿玦，白卿雲唇角勾起笑意，眼眶濕紅。

能看到七哥還活著，真是太好了！

白卿玦腳下步子極快，他走至白卿雲的面前，看著坐在木製輪椅之上的白卿雲……落在白卿雲的腿上，垂在身體雙側的手收緊，雙眸被霧氣模糊。

「七哥……」白卿雲沙啞著嗓音喚了白卿玦一聲。

白卿玦艱難勾唇笑著頷首，從肖若海手中接過白卿雲的輪椅，推著他朝白卿言的方向走去。

輪椅停至大殿玉階之下，白卿雲雙手撐在輪椅扶手想要站起來，努力了兩次都沒有能成功，額頭已然沁出汗水，他回頭示意肖若江和肖若海上前，他們二人會意將白卿雲架了起來……

立在高階上的李之節在看到白卿雲面容的那瞬，臉色微微一變，朝著身著冕服的白卿言看了眼，視線又落在白卿雲的身上，打開手中的鐵骨摺扇，有一下沒一下搧著。那個白家子到現在李之節都不知道是白家幾子，但看來……白卿言一直在等的，就是這位白家子。

李之節心裡微微有些心驚，白水王沒有能成功刺殺白卿言，反而在白卿言登上乾坤殿高階之前，便被白家二姑娘白錦繡料理乾淨，連一點兒痕跡都沒有，而白卿言又如此看重這位雙腿折在他手中的白家子，西涼和大周議和之事會不會有阻礙？

白卿雲緊咬著牙，緩緩直起身，又被扶著跪在高階之下，勉強穩住身形，才抱拳高聲道：「游龍騎兵營，白家九子……白卿雲，平安還都！」

白卿雲洪亮而鄭重的聲音，響徹天地。

雖然失去了雙腿，可他還有雙手……還有頭腦，他不願再在四海閣耗費光陰，他要回來……輔佐長姐，一統天下，完成白家世代的志向。

白錦昭和白錦華忍不住哭出聲來，白錦繡雙眸含淚，望著白卿雲露出比哭還難看的笑容。

阿雲……終於還是趕在長姐登基之時，回來了！

平安還都四字，讓白卿言險些繃不住淚流滿面，她抬手示意白卿雲起身……

阿雲回來了，還有沒有可能，還有存活的白家子能趕回來？走過那被金光籠罩的武德門，說一句平安還都。

白卿瑜背在背後的手收緊，視線朝著阿姐望去，他……還欠著白家一句平安還都。

今日，白卿瑜立在這裡，同白家諸位兄弟姐妹同在，他亦是想要看到更多的白家子回來，在這裡……說一聲平安還都。

「九哥！」白錦昭起身朝著高階之下跑去。

白錦華也繃不住，跟隨其後朝著白卿雲而去。

兩個身著戎裝的少女狂奔到白卿雲面前，緊緊抱住被肖若江肖若海扶起來搖搖晃晃幾乎站不住的白卿雲，放聲痛哭。

被淚水模糊了雙眼的白卿言看到似乎又有人直入武德門，像是魏忠帶著，她攥著帝王劍劍柄的手心頓時汗津津的……

若說阿雲是在意料之中，可若是還能回來白家子，那白卿言真的是當叩謝上蒼憐憫。

白卿言不知回來的是誰，心都懸在了嗓子眼兒。

白家眾人都在屏息以待。

白錦繡驚得睜大了雙眼站起身來，心中懷揣著希望，轉頭哽咽喚白卿言：「長姐……」

白卿言沉住氣頷首，白錦繡亦是強迫自己沉住氣，轉身朝著武德門的方向看去。

魏忠雙手交疊在小腹前，邁著碎步領著一個帶著笠帽的男子越走越近，白家人的心便越懸越高，直至抵在嗓子眼兒。

帶著笠帽的男子在白卿玦身旁停下，摘下笠帽……

戴著面具的白卿瑜手心一緊。

白卿玦睜大了眼，看著鬢邊已生出白髮的白卿琦：「三哥！」

「三哥！」白錦華、白錦昭再次哭出聲來。

回來了，真的回來了！長姐昭告四海的詔書，真的起了作用。

面具之後的白卿瑜險些繃不住淚水，他藏在背後的手用力收緊，他的三哥也回來了！

平日裡，三哥話最少，也最嚴厲……

曾經，祖父玩笑說，三哥一點兒都不像是五叔那樣隨和開朗之人的孩子，老氣橫秋的都快趕上老人家，對弟弟們要求太過嚴苛。可就是這樣的三哥，在戰場之上捨命護他們這些兄弟，面冷心熱，會因為他戰場上的冒進罰他軍棍。

三哥……也是他們眾兄弟之中，最早單獨領兵的。

可以說，阿姐和白家三子白卿琦，曾經是白家諸子一直想要超越的對象。

白卿琦相比當初離開之時，五官硬朗了不少，性子本就沉默寡言的白卿琦不知道是不是因為生了白髮的緣故，看起來比之前更為老氣橫秋。

許是晝夜兼程趕回來的緣故，白卿琦滿身的風塵僕僕，下顎已長了雜亂的短鬍。

他將手中的笠帽交給魏忠，撩開粗布長衫下擺，單膝跪地，抱拳高聲喊道：「虎鷹營，白家三子……白卿琦，平安還都！」

白卿言的淚水再也繃不住，淚如雨下……

真好……阿琦也回來了！五嬸要是看到了阿琦，不知道得高興成什麼樣子！

白卿琦充血的眸子發紅，他本已經投入燕軍之中，準備借燕國之勢……滅晉，為白家滿門復仇。

可他沒有想到，長姐先他一步，做到了他想做的事情。

後來，他是打算留於燕軍之中，為來日做準備，等他在燕軍之中爬到高位，再設法與白家軍……與長姐聯絡。可，在看到長姐昭告四海，讓宣嘉年間一戰……尚存一息的白家子和白家軍回大都城共證登基大典時，他終於繃不住毅然決然離開燕軍回都。

他要同白家的兄弟姐妹們站在一起，一同堂堂正正為天下一統而戰。

如今長姐登基，必會完成白家先祖世代一統天下的志向，若長姐能有可用之人，定能加快推進天下一統的進程，白卿琦願為長姐刀刃……

白卿言喉頭酸脹抬手示意白卿琦起身。

呂相終於明白，白卿言是在等什麼……

原來，她是在這裡等白家子歸來！如她昭告四海的詔書那般，想要白家子共證登基大典。

白卿琦起身，轉頭深深看了眼白卿玦和白卿雲，視線又落在長高不少的白錦華和白錦昭身上，抬手拍了拍兩個戎裝小姑娘的腦袋，抬腳從高階一側而上，望著白卿言……朝她走去。

肖若江和肖若海扶著白卿雲在輪椅上坐下，抬著木質輪椅，與護著白卿雲的白卿玦、白錦華和白錦昭一同跟在白卿琦身後。

白卿琦知道，長姐還想要再等等未歸的白家子，可是白卿琦心裡明白，等不到了……

白家諸子的屍首是他含淚親手埋的，正是因為看到了白家諸人的慘狀，所以白卿琦才會發誓窮盡畢生之力，定要滅晉國皇室全族，雞犬不留！

就連白卿瓊，也是他親手埋的……

他追到了舊日蜀國舊土，可還是晚了一步，沒有能將白卿瓊救下。

時至今日，白卿琦還能清楚的回憶起他埋葬每一個白家子的樣子，他一邊埋……一邊聲嘶力竭的痛哭，如同瘋魔，他咒罵蒼天為何如此對待白家，白家的忠義是從不留餘地的，這樣的忠心……何以落得這般下場。

也是那時，他才明白，平日裡最桀驁不馴的九弟阿雲說得對，白家若想要完成一統天下的志向，決計不能將希望寄託在旁人身上。
埋葬了白家所有人……幾乎耗盡了白卿琦畢生的力氣，他一夜之間便生了華髮，下定決心投入燕國，覆滅晉國，一生為復仇而活。
白卿琦立在白卿言面前，朝著白卿言長揖行禮，哽咽開口：「長姐！」
「回來就好！」她聲音沙啞，扶起白卿琦，「回來就好！」
白卿琦抬頭，眸子濕紅，艱難開口：「長姐，不必等了，不會……再有人回來了。」
「三哥？」白錦繡頗為意外看著面色鎮定的白卿琦。白錦繡知道，她的三哥白卿琦絕不會無的放矢，可若是此言為真……那他們白家人的最後期望便沒有了。
白卿琦喉頭翻滾，半晌才啞著嗓音道：「其他人……都是我親手埋的，所以長姐……不必再等了，不會有人回來了，是我……沒有能護住兄長弟弟們！我連……我連小十七都沒有能護住，讓他小小年紀便……便遭受那般磨難，死的那般慘烈……」
白卿言脊背僵直，眼睫只是輕輕一顫，眼淚便再也控制不住。
她望著白卿琦鬢邊華髮，望著白卿琦那一雙眼睛充血通紅的模樣，咬緊了後槽牙，心中全是心疼。她還只是看行軍記錄，便已經痛不欲生，幾欲刨心止痛。
可三弟阿琦，卻是親手埋葬了他們，他的心該有多痛？該是怎麼樣的撕心裂肺？
白卿言抬手用力扣住白卿琦的肩膀，死死咬著牙，破碎的哭聲險些發了出來，她哽咽道：「辛苦了，沒有能護住兄長弟弟們不要緊，只要你能平安回家，對長姐……對白家所有人來說就是天大的喜訊！」
繃著臉克制情緒的白卿琦頓時淚流滿面，他喉頭翻滾，白卿言的話猶如千金重，他一直都以護住白家諸子為己任。

戰場之上，他是最早獨自領兵的，父親曾交代過……此次出征，白家幼子眾多，讓他好生照顧，可他……沒有能做到！

他以為他回來了，會被怪罪。他愧疚於心，這種愧疚日日折磨著他，讓他不得解脫。可今日，長姐一句，他能平安回家，就是天大的喜訊，這讓壓在白卿琦身上的石頭終於被挪開了些許。

「可我連阿瑜都沒有能護住！阿瑜……只留下了……留下了被燒得焦黑的屍體，我只能從盔甲辨認……」一向老成持重的白卿琦竟忍不住哽咽，頭一次低低哭出聲來，忍不住跪下請罪。

阿瑜乃是白家嫡支正統，他是最應該被護住……最應該活下來的人！

白卿琦一向對白卿瑜最為嚴厲，為的……就是讓他在戰場之上，能夠保命。

可阿瑜還是沒了，被燒得面目全非，根本無法辨認……

他一母同胞的親弟弟只留下了身子，他徒手翻遍了戰場也沒有能找到親弟弟的頭顱！

大伯箭法精湛，原本他要是夠快，一定能夠救下阿濯他們，可是……他太慢了！讓他們流血身亡！巨大的悲痛再次席捲白卿琦全身，讓他全身痛到戰慄不止，生不如死。

白卿言唇瓣緊緊抿著，她看著頭一次將情緒這麼外露，幾乎繃不住的白卿琦，她彎腰輕撫白卿琦的髮頂，用力攥緊了白卿琦的手臂，將他扶起，似是在安撫一般低聲道：「阿琦，不必愧疚，阿瑜還活著，只是……身分不宜透露。」

白卿琦身子一僵抬頭，發紅的眼眸望著白卿言，似乎在判斷這話是安撫之語，還是真的。

白卿瑜離得遠，隱隱聽到「阿瑜」二字，又見三哥跪下請罪，便知……三哥以為他已經死了。

看到三哥鬢邊的華髮，白卿瑜閉了閉眼，忍住不讓自己落淚。

蕭容衍耳力極好，雖然沒有聽到白卿言同白卿琦說了些什麼，卻聽到了白卿琦說……白家子都是他親手埋的，沒有人能再回來了。他幽沉的視線看向白卿瑜，那麼……這位戎狄的鬼面王爺是誰？難不成……不是白家子，而是白家叔輩？

鬼面王爺聲音被毀，沙啞滄桑，又戴著面具，著實讓人難辨年歲。

呂相見吉時已經快要過了，上前行禮，再次恭請：「陛下……吉時快要過了，恭請陛下登基！」

「恭請陛下登基！」

「恭請陛下登基！」

「恭請陛下登基！」

將士和百官高聲三呼。

白卿琦、白卿玦和白錦繡、白錦華、白錦昭亦是跪地：「恭請陛下登基！」

白卿言視線不著痕跡朝著白卿瑜看了眼，她心中清楚……錦桐怕是和阿瑜一樣，阿瑜在戎狄有布置，錦桐同樣的在西涼有謀劃，他們眼下還都不能以白家子的身分光明正大的回來，與她共證這一刻。

白卿瑜遠遠瞧著自家兄弟姐妹齊聚的模樣，唇角淺淺勾起，以自己的阿姐為傲！以白家為傲！以大周為傲！

坐於輪椅上的白卿雲含笑望著自家長姐，注視自家長姐率白家子，率百官踏入乾坤殿，從此扭乾轉坤，改天換日，大周朝時代來了。

白卿言入殿登高階，坐於多少人爭得頭破血流，甚至……兵弱如白水王也想要爭一爭的王位之上。

白家諸人是白卿言的親眷，按照親疏……立在大殿三排高階的第二層，離白卿言最近。

呂相作為帝師，內閣首輔大臣，就立在三排高階的第三層，其餘將士和官員，分立紅氈兩側。

沈昆陽立在眾武將最前，望著白卿言的眸子發紅。

他從未想過，有一天他們戰無不勝的小白帥，會坐上那個位置。曾經鎮國王、鎮國公和白家諸位將軍，在他們這些武將心中種下的那顆……要一統天下的種子，終於要在今日發芽。

晉國的皇室，沒有白家這樣世代以一統天下為己任的志向，沒有人有白家這樣的胸懷和氣魄。

沈昆陽原本以為，他此生應當看不到天下一統那日。

可如今小白帥坐上那個位置，必定會全力為一統天下而戰，沈昆陽不免熱血沸騰。

他深信，他此生必定能看到大周一統天下那日，定能看到鎮國王和鎮國公所期盼的……海晏河清，天下太平！

禮部官員高聲唱道：「跪……」

白家諸人與呂相面向白卿言，率百官跪拜：「陛下萬歲！大周萬歲！」

白卿言望著跪地叩首的文官武將，道：「宣召。」

「詔命，大周開國之初，百廢待興，朕今登基稱帝，當以仁孝為先，尊生母董氏為太后，拜呂世安為帝師……匡朕於強國正途，今以平樑國晉亂之功冊封……白錦繡為輔國君，白錦稚為高義君，趙勝為鎮國將軍，符若兮為驃騎將軍，謝羽長為車騎將軍兼領禁軍，林康樂為衛將軍，楊武策為撫軍大將軍。」

「帝師呂世安封太尉位列三公之首……為尚書令，沈敬中封司空……為中書令，董清平封司徒……為侍中令，呂錦賢為吏部尚書，呂晉為刑部尚書，魏不恭為戶部尚書，張端寧為兵部尚書，沈天之為工部尚書，柳如士為禮部尚書，其餘有功之臣另行封賞。」

這三省六部官員任命頒布，將呂相呂世安晉為太尉領尚書令一職，便說明大周朝徹底廢除了丞相之位。而武將，白卿言並未在一開始便將官位封的極高，她是在給來日南征西涼留下封賞的餘地。她也未曾一味賜封白家人，為的……也是在他們將來征伐西涼建功立業之後，再行封賞，那時便更名正言順。

「大周新朝初立，求賢若渴，當此時……朕欲廣納賢才，再開恩科為朝廷簡拔人才。」禮部官員字正腔圓，語聲頓挫，「朕初登王位，自知任重而道遠，冥思苦想何為強國之道，觀史思今，知賢才乃興國之本，富民之基石，朕欲在各地開設男子學堂、女子學堂，為我大周培養後繼英才，許女子科考，許女子為官，用其心志共匡大周。」

大周官員早已經知道白卿言要設立男女學堂，許女子科考為官之事，即便是心裡有所不滿，可如今白卿言為女子登基為帝，大周女帝下旨……他們這些官員誰敢站出來反對？

反對女子入學堂參加科考為官，這與反對白卿言身為女子登基有何區別？

大周朝的官員不敢反對，可這道詔命卻在大燕使臣和蕭容衍，還有西涼使臣與李之節的心裡掀起了滔天巨浪。

李之節手心收緊，在西涼……女子地位要比晉國女子地位更高，可儘管這樣他們西涼女帝，登基之後也沒有敢冒天下之大不韙……有啟用女子為官這樣的心思。

白卿言初登帝位就敢有這樣的動作，這樣的氣魄，是真的勝券在握，還是……在意氣用事，以為自己成為大周女帝便可以挑釁禮制？

立在「大燕九王爺」身後的蕭容衍，不動聲色環視四周，見大周朝臣幾乎近半數臉色都不甚好看，他隱隱替白卿言捏了一把冷汗。
白卿言在啟用女子為官這方面，顯得太急躁了……
急，並非是好事，曾經蕭容衍的母親姬后也曾想要提高女子地位，讓女子入朝為官，可最後卻弄得燕國學子反對，還弄出學子齊聚宮門死諫怒罵母親妖后誤國的事情來。
河東王低垂著眼瞼，唇角淺淺勾起，果然……白卿言還是動了啟用女子為官的心思。
如此一來，他這段時日派人在學子之中下的功夫總算是沒有白費，可以在此事上大做文章。
詔命宣讀完畢，大周百官跪拜謝恩，「謝陛下！陛下萬歲！大周萬歲！」
登基大典在列國使臣震驚之中告一段落。
大典之後，便是招待各國使節的宴會，重臣各家的女眷已經入宮到了擺設宮宴的玄明殿，她們規規矩矩坐在侍從將她們帶去的位置，左右低笑寒暄。
有些飽讀詩書清貴人家女子聽說今日白卿言下詔，開設女子學堂，許女子參加科考，許女子入朝為官，激動的雙手直顫，多年良好的家教和矜持，讓她們忍住澎湃的情緒，含笑坐在位置上，暢想自己能與父親一同入朝為官，讓父親為傲的情形。
各位清貴夫人也算是都有見識的，知道白卿言這是打算提高女子地位，這也算是在情理之中，畢竟白卿言自身便是女子。
整個玄明殿都在討論白卿言的新政，和許女子科考為官的事情。
先前，新政中便有一條，鼓勵守寡婦再嫁，婦人守寡若有子女，未曾改嫁宗族不得強奪其夫名下家產，若守寡婦人公婆健在，婦人攜子女改嫁，不計嫁妝需將丈夫名下一半家產交於公婆，若女子留子女獨身改嫁，不計嫁妝，需將其夫名下家產留於子女手中，此新政一出……被多少文人怒罵違背三綱五常，在百姓中亦是激起了千層浪。

可為官者都知道，白卿言此舉是為了增加國家人口，畢竟如今列國征戰，將士們死於沙場，增添了多少孤寡。

女人家又要帶孩子，又要操持農桑，多少人家因為家中沒有勞力，致使良田荒廢。又有多少女人家因為家中丈夫離世，被宗族奪了家產趕出門去，致使寡母幼子餓死街頭，就連白家這種簪纓世家，也險些遭此命運。

白卿言的每一次詔令的頒發，都是對舊世俗的挑釁，可謂是轟轟烈烈。

李明瑞親自為庶民解釋，鼓勵寡婦再嫁，是為了讓寡婦和幼子能夠維持生計，道理都明白，可天下大多數男子又有誰願意自己死後，妻室帶著自己的孩子和家產改嫁的？

大殿之中女子們討論的激烈，各個都躍躍欲試，想要試一試科舉考試，能否奪得名次。

白氏宗族之中有已經守寡的婦人今日以皇親身分來參加宮宴，她來回絞弄著手中的帕子，垂眸心一直怦怦直跳。

之前新政出來鼓勵寡婦再嫁，她還以為也不過是雷聲大雨點兒小，可今日白卿言一登基便要開設女子學堂，許女子參加科考，又要啟用女子為官，看起來是動了真格了，她要不要趁此機會……離開白家，她的表哥自喪妻之後一直未曾再娶，就是為了她，若是能嫁於表哥……也算是圓了他們多年的遺憾。

白氏婦人手中全都是細汗，她用帕子擦了擦，告誡自己還不能急……這件事得十拿九穩了之後才能提出來。

不多時，各國使臣和大臣入殿，貴女們便用團扇擋住半張臉，露出雙眼，好奇地瞅向戴著面具的大燕九王爺和戎狄鬼面王爺。

對大燕九王爺感興趣，是因為見過風華絕代的燕帝慕容彧，至少目前為止……這些貴女們從未見過比慕容彧更加出塵絕色的美男子，他們想知道這位戴著面具的大燕九王爺，容貌是否如同兄長一般出色。

對戎狄鬼面王爺感興趣，是因為聽說鬼面王爺長相極為醜陋，好奇心驅使這些不諳世事的貴女們，都想瞧瞧戎狄鬼面王爺的面具之下，到底是何等的醜陋。

至於李之節，今日能來這玄明殿的貴女們大多都已經見過，並不怎麼好奇。

倒是李之節藉之前大燕曾讓西涼看過他們與戎狄所立盟約書的由頭，向大燕九王爺示好，同大燕九王爺談論起大周女帝白卿言新政之事。

「這大周女帝剛剛登基，所頒布條條新政可都是在挑釁世俗禮法，挑釁世族利益，太過急進不謀全域，若非兵權在手……怕是難坐穩位子啊！」李之節跪坐在几案之前，展開鐵骨摺扇有一下沒一下的搧扇子。

戴著面具的大燕九王爺正襟危坐，語聲徐徐：「誰家的帝王之位，不是因為兵權在握坐穩的？當初雲京之亂……若非炎王帶兵相護，怕是西涼女帝的帝位也坐不穩。」

李之節低笑一聲，視線又朝著坐於大燕九王爺身後的蕭容衍望去：「聽說……這位蕭先生與大周女帝有婚約，今日九王爺帶蕭先生前來，是否有存了聯姻盟好的心思？若是如此，為何……不讓燕帝冊封蕭先生封號，抬一抬蕭先生的身分，以結兩國之好？」

李之節有意在蕭容衍面前賣好，笑著朝蕭容衍頷首。

蕭容衍也是一個難得一見的美男子，還是那種既有城府陽剛之氣，又有儒雅雍和氣度的美男子，李之節又怎麼能對蕭容衍沒有好感。
蕭容衍眉目含笑：「容衍於國無功，何敢求封號。」
「蕭先生若能與大周女帝聯姻，穩定燕國與大周的盟約……這難道不是為燕國立的大功嗎？」
李之節想了想白卿言和蕭容衍並肩而立的模樣，只覺應當是十分賞心悅目的，笑著問大燕九王爺，「王爺您說呢？」

白錦昭和白錦華先行去迎接董氏和白家諸位夫人，還有小七和小八，迫不及待要將白家三子白卿琦和白家九子白卿雲回來的消息告訴家人。
春桃、春枝、珍明、珍光、佟嬤嬤和一眾宮婢太監正伺候白卿言更換好參加宴會的冕服，由白錦繡陪著一路朝玄明殿的方向走去。
白錦繡陪在白卿言身側，走在最前，低聲同她說著：「長姐，關於派阿玦去韓城換回小四，主理新政之事，我以為……應當派我去更合適，一來……阿玦剛回來應該多陪陪四嬸，二來……長姐既然要啟用女子為官，此時派我去便能更向天下人顯示決心。」
最開始，白卿言就屬意白錦繡，只是想著望哥兒年幼，後來白卿玦回來……這才決定派白卿玦去。
「你若去了韓城，望哥兒怎麼辦？秦朗怎麼辦？」白卿言與白錦繡款步慢行，「即便是讓秦朗與你一同去韓城，路途遙遠望哥兒又經得起顛簸嗎？」

「明日啟程，這一路走慢些就是了，望哥兒雖然是個孩子，但也不能嬌養，我還指望著等望哥兒長大了，能為大周效力呢。」白錦繡已經深思熟慮過了，「如今長姐已經登基為帝，不適合御駕親征，他日發兵西涼……阿玦領兵比我領兵更合適，一來阿玦同西涼將士交手過，二來……這些年阿玦蟄伏南疆，對那裡的地形比我清楚，所以韓城……我去！」

白卿言腳下步子一頓，身後彎腰跟隨的太監婢女也連忙停下腳步。

她望著白錦繡清明的眸子，白家兄弟姐妹之間有些事情不必明言，就都已心知肚明。

白卿言曾與雲破行有三年之約，她未曾有一日忘記過。

小十七的仇，白錦繡也未曾有一日忘記過。

戰場殺伐生死由命，可雲破行剖腹凌辱，肆意作踐白家子，此仇不能不報！

當日，明明已經圍困雲破行，她卻不得已忍辱忍痛放了雲破行一條生路，如今白家改天換地，也是時候去找雲破行報仇了。

白卿言握住了白錦繡的手，用力握緊：「走吧……」

「長姐……」白錦昭遠遠朝著白卿言的方向跑來，氣喘吁吁行禮後，道，「長姐，青竹姐姐還有沈天之沈大人都回來了，青竹姐姐押著廣安王和白水王兩位藩王的家眷，沈大人押著意圖帶兵謀反的安西王世子還有安西、朔方兩地的猛將，就在宮門外候著，等候長姐召見。」

白錦昭喘了一口粗氣，道：「青竹姐姐說，廣安王、白水王和河東王三位藩王的兵已經到了大都城外隱蔽候命，谷文昌將軍已率白家軍將其圍困，等候長姐命令，可隨時剿殺！」

「你去接青竹和沈大人入宮，讓他們在偏殿候著，等候傳召入殿，再派人去通知你七哥……帶兵出城，若這三位藩王的兵有異動，即刻剿殺。」白卿言沉著吩咐。

「是！」白錦昭應聲，起身又匆匆離開。

「白水王已經被拿下，其他四位藩王怕是還想著一會兒在宮宴上，與長姐討價還價。」白錦繡語聲平和，「此次宮宴，晉朝舊皇族未曾在列，可五地藩王卻在其中，朔方王惴惴不安，怕是鴻門宴，聽聞白水王稱病不來，原本也想稱病，硬是被河東王拽著來了。」

「今日削藩之事若能大定，那便是殺猴儆雞……新法推行阻力便能少許多。」白卿言負在背後的手收緊，「提高女子地位，許女子參加科考，任用女子為官，鼓勵寡婦改嫁，此一眾法令推行難度最大，怕是有人會利用國子監的學子生事。」

「長姐放心，呂晉大人已經同我說過，他已派人去盯著國子監了，呂大人就怕有人煽動國子監生員鬧事。」白錦繡說完這個，又想起今日在乾坤殿內埋伏的殺手，「長姐，今日在乾坤殿內埋伏的殺手有些奇怪，用劍的手法不像是在用劍倒像是在用刀，一些殺招倒像是西涼的手法。」

白卿言眉目未動，道：「想來與這位來了大都城便上竄下跳的炎王李之節，分不開關係！」

白卿言親自迎了母親和眾位嬸嬸，扶著母親董氏的手，一同跨入大殿。

董氏從未想過有一日，她會成為一國太后。如今女兒成為大周女帝，她為大周太后，榮耀加身本應是高興事，可董氏卻心疼女兒……自此登基之日開始，怕是再無悠閒日子了。

百官行禮，恭請太后陛下聖安。

白卿言扶董氏落坐，見諸位嬸嬸也已安頓落坐，這才在几案前跪坐下來。

廣安王已接到消息，他與白水王和河東王的兵都已經到了大都城外，想來朔方王和安西王的兵也差不多快到了。五位藩王合兵，至少十二萬將士，她白卿言總得哆嗦一下，若是她非要削藩不可，那就是要奪他們家產，他們就是死也要拼上一拼。

手中有了兵，廣安王心裡也便有了底氣，只是不知道白水王是怕了還是怎麼了，竟然到現在還未到，沒有白水王率先出聲迎合，其他三位藩王都做了縮頭烏龜。

李之節見白卿言已經落坐，率先朝著白卿言行禮：「大周初立，今日又是陛下登基大喜，外臣李之節奉西涼女帝之命，為大周女帝獻上賀禮，我西涼願與大周互盟修好。」

說著，李之節將國書遞給身後的小太監。

見那小太監恭恭敬敬接過國書，邁著碎步，從黑漆檀木的圓柱後繞行至白卿言所在帝座高臺一側的臺階下方，將西涼國書遞於魏忠。

廣安王趁著眾人都凝視那西涼國書的間隙，端著長輩的架子，擺出教訓人的架勢：「陛下，今日登基大典和國宴，為何不見其他親族？陛下如此……有失禮數。」

柳如士聞言抬眼朝著倚老賣老的廣安王看了眼，硬是將破口而出的話咽了回去，不想讓大周的家醜任燕國、戎狄和西涼看了笑話，以免被利用。

董氏視線朝著廣安王看去，目光冷清，心知肚明這廣安王突然如此強硬開口，怕是背後已經有了依仗，今日怕是不撕破臉……定然不能善了。

可白卿言身為大周皇帝，搭腔就是掉了身分架子，倒是給了這廣安王臉。

削藩勢在必行，絕不能給這些人蹬鼻子上臉的機會。

董氏道：「廣安王所說親族，不都已在這裡了，白氏一族皆已來大都城，一個可都沒少。」

廣安王繃著臉，朝著董氏拱手：「太后，雖說晉朝皇室舊宗親與陛下不同姓，但到底我們幾位藩王與陛下的祖母大長公主同宗，也算是陛下的親戚，如此盛典當與陛下同慶才是。」

見廣安王給臉不要臉，非要在他國使臣面前下自家女帝的面子，端架子，廣安王不怕被他國知道大周家醜，柳如士也不想再忍，冷笑開口：「八竿子都打不著也敢自稱陛下親族，舊朝宗親，陛下允其活命已經是陛下仁慈，再奢求的多了，便叫做蹬鼻子上臉了，泥菩薩還是要懂得自保，不要給臉不要臉。」

不給廣安王再次開口的機會，董氏率先出聲：「廣安王……」董氏容色未變，慢條斯理道：「如今可是大周朝，若是廣安王想做晉朝的宗親，明言便是，陛下必會成全，絕不會強留。」

年邁的廣安王頓時怒火中燒，仗著手中有兵還要說什麼，卻被河東王攔住。

河東王見白卿言沒有理會廣安王的意思，分明就是沒有將他們這些藩王放在眼裡，他怕……白卿言有什麼後手，不想將事情弄到不可挽回的地步，便含笑朝董氏行禮：「太后息怒，廣安王這是將陛下當做自家人才多嘴說了這麼一句，有失禮之處還望太后見諒。」

「自家人？廣安王姓白嗎？燕國、西涼和戎狄使節在此，廣安王身為臣子質問陛下禮數何在……這是要為他立威，讓列國知道這大周他說了算嗎？」

河東王看了眼廣安王，忙跪地向董氏請罪：「還望太后看在廣安王年邁的分兒上，饒過廣安王。」

李之節看了眼廣安王和河東王，半垂著眸子，大周白卿言這皇位做的看起來並不算穩當，想來獻城求和還是有希望的。

西涼國書之上，已經不是原先的獻上十五城，而是十八城了，李之節獻上如此厚禮只求能夠打動白卿言，若是能簽訂盟約最好，若是白卿言非要報仇……

李之節面上不動聲色，含笑從容，攥著鐵骨扇的手卻不住收緊。

若白卿言非要報仇，他還是得設法保住雲破行的孫子才是，否則真的會讓西涼國人心寒了。

見國書已經送到了白卿言的手中，李之節視線掃過白卿琦和白卿雲，笑盈盈開口：「曾經在宣嘉年間，西涼與晉國一戰……著實是慘烈了些，至今我西涼大將軍雲破行想起白家，想起那十萬西涼精銳，仍然心痛不已。」

李之節話說得十分含糊，雲破行是想起白家心痛，還是想起那十萬西涼精銳心痛。

白卿言正展西涼國書的手一頓，抬眸朝著李之節的方向看去，眸色深沉又淡漠，將西涼國書擱下，手撐在几案之上。

李之節握著鐵骨扇的手收緊，淺淺同白卿言笑著，心中卻被白卿言那諱莫如深目光看得有些發毛。

「炎王如此說，倒是讓我想起……曾經我放了雲破行一條生路，與他有過三年之約，曾言……三年後一戰他若是不來，我便率兵叩關，眼看著三年之期可就要到了，炎王此次是來替西涼下戰書的嗎？」白卿言問。

李之節忙起身，恭敬朝著白卿言行禮，而後才道：「陛下誤會，還請陛下御覽我西涼國書……我西涼願獻大周十八城以賀大周女帝登基之喜！只求能與大周國盟好，永無戰事，好讓兩國百姓休養生息，以安社稷。」

西涼出手便是十八座城池，著實是讓大周百官詫異。

白卿言手指輕輕敲擊著桌面，讓內侍將西涼的國書拿下去傳閱，眉目帶著幾分淺笑：「西涼出手如此闊綽，是想平息……雲破行辱我十七弟之事？」

西涼國書最先到呂太尉手中，呂太尉看完，遞給了司空沈敬中，沈敬中遞給了司徒董清平，在大周百官之中傳閱。

雲破行的孫子雲天傲聞言，抬頭朝著白卿言望去，他其實也怕死……可來的時候祖父說了，若是能用他一人的命，換得西涼的安寧，那是十分值得的。

祖父還說，當年他為振奮軍心，所以對一個十歲的孩童下了狠手，可那白家的孩子硬氣……臨死前嘴裡還唱著白家軍軍歌，所以……祖父不但沒有能逼得白家軍投降，沒能擊潰白家軍的士氣，反倒讓白家軍士氣大漲，紛紛叫嚷著要死戰。

白卿言是一個極為護短記仇，且言出必踐之人。若是白卿言因為這白家十七子的死記恨了他，非要在三年之約已滿率兵叩關，屆時西涼必定無法同時對付大周和戎狄。

若是雲天傲與李之節此行，用城池無法打動白卿言，祖父要他當著白卿言和各國使節的面剖腹自盡，還白家十七子的命。

只有如此……才能讓白卿言沒有攻打西涼的口實，若雲天傲以白家十七子的慘烈方式死在大周，還了白家十七子的命，白卿言還要執意攻打西涼，必會惹得朝臣非議。

白卿言本就是女子登基，國內又正是在推行新政之時，最忌諱的就是朝堂不穩。

雲天傲瞧著白卿言不為城池所動的模樣，手一直在抖，他閉了閉眼想到死時年僅十歲的白家十七子，那孩子在那般慘烈的情況下還在唱白家軍軍歌，他怎麼能輸給一個十歲的孩子?!

雲天傲深吸一口氣，起身……

「坐下！大周女帝面前豈容你放肆！」李之節臉色大變，抬手按住雲天傲肩膀，將人按了回去。

雲天傲仰頭看向李之節，李之節挪開視線，依舊笑盈盈望著白卿言鬆開雲天傲的肩膀同白卿言道：「戰場之上，刀劍無眼，雲大將軍此事的確是做的過了，但兩國交戰論勝敗不論手段，陛下也是征戰殺伐的將軍，應當明白這個道理。」

「放屁！」白錦昭冷聲道，「我白家人打仗，即便是兵不厭詐，也從不用如此人神共憤的手段，每一位敵國將軍和對手，對白家人來說都是可敬的！雲破行的做法……連人都不是，還配稱作將軍？太侮辱將軍這二字。」

白卿言抬手示意白錦昭稍安勿躁，就見柳如士舉著國書站起身來，笑道：「若是為致歉，陛下……微臣以為我大周大可將這十八座城池收下！至於盟好……還得再看西涼誠意。」

柳如士單手舉著西涼國書，笑盈盈看向李之節：「微臣聽說，戎狄似乎有意攻打西涼，且已經與燕國簽訂盟約，燕國絕不插手西涼戎狄之戰，只作壁上觀！西涼在我王登基之時獻上十八座城池，是明白戎狄與燕國盟約已定，必定會攻打西涼！巧不巧我王與雲破行所約定的三年之期將至，西涼怕在與戎狄開戰之時，兩面受敵，便想用十八座城池打發了大周，然否？」

李之節轉過身面向柳如士，朝柳如士淺淺頷首行禮。李之節對這個柳如士簡直是恨得牙癢癢，越發覺得柳如士不如初見時那般眉清目秀，竟然變得面目可憎起來。

「柳大人所言，也是因由之一。」李之節笑著說完，又轉過身來面向白卿言，服軟道，「大周滅樑之後，已經是當之無愧的霸主，西涼如今貧弱小國，甕山一戰損失十萬精銳，著實是沒有餘力再同大周抗衡！而大周經歷滅樑之戰和大都城之亂，又是新朝初立，內推行新法之時，亦是需要休養生息，安民安社稷！兩國互盟……彼此都安穩。」

「聽炎王這話裡的意思，是我大周怕你西涼來攻了？」柳如士冷笑，「那炎王何苦屈膝遞上十八座城池求和？讓雲破行只管率兵來攻便是了！」

雲天傲猛然站起身來，三步併成兩步上前，單膝跪於大殿中央，李之節措手不及拉都沒有能拉住。

白卿言眸子瞇起瞧著雲天傲，心中已然明白雲天傲要做什麼，轉頭看向魏忠……

魏忠頷首，悄無聲息朝著高階之下走去。

「我乃雲破行嫡長孫……雲天傲，此次隨炎王入大都城為大周女帝獻上十八座城池意在兩國定盟，女帝若放不下白家十七子的仇，曾經……我祖父如何對待白家十七子，今日……雲天傲就以何種方式為大周女帝解氣！只求女帝顧念兩國百姓，收城定盟！使百姓休養生息！」

說完，雲天傲猛然從袖中抽出匕首朝著自己腹部扎去。

「錚——」

雲天傲手中的匕首還未碰到他的腹部，就被不知道從哪兒冒出來的暗器打飛，整個人被那力道撞得跌到在地。

一直在出神的二夫人劉氏被這突如其來的變化驚得回過神來，她下意識握住了四夫人王氏的手，怕性子柔弱的王氏受驚，王氏纏著佛珠的手拍了拍劉氏的手，輕輕握住，含笑示意劉氏她無事。

劉氏恍惚回神，才想起……現在四弟妹是不用怕了，阿玦回來了啊！

劉氏又想起剛才跪在五弟妹面前，同五弟妹抱頭痛哭的三郎白卿琦……

想起強撐著從輪椅上下來，跪在三弟妹面前的白卿雲。

如今三房和四房還有五房的孩子都回來了一個，那他們二房呢？還有長房呢？是不是都能回來？

劉氏眼睛酸脹，朝著同白卿言坐在她上首的董氏望去，見董氏一臉鎮定的模樣，劉氏也打起精神來，大房的孩子也沒有回來，大嫂還不是撐住了！她也得撐住了！

劉氏相信，既然阿琦、阿玦和阿雲都能回來，那其他沒有見到屍體的孩子都能回來！大嫂的阿瑜……她的阿瓊、阿瑥、阿輝和阿風都能回來！

如今阿寶登基為女帝，她們這些做嬸嬸的可要為阿寶撐住，不能讓那些倚老賣老的藩王仗著年歲大，欺負阿寶！

不等雲天傲再次撿起匕首，人已經被沈昆陽擒住，死死按在大殿內光可鑒人的地板上。

「炎王，西涼這怕不是想要求和……」白卿言雙手抵在桌几邊緣，神色肅穆，「西涼是想要在今日，給朕難堪啊！」這是白卿言頭一次用「朕」這個字眼，眸中似有加霜冰玉。

李之節單膝跪地：「陛下息怒，雲天傲赤子心腸，護國心切，還請陛下包含一二。」

「那麼，炎王將西涼殺手借給白水王，於乾坤殿之中等待行刺朕……也是赤子心腸，護國心切吧！」

李之節手心一緊，裝作一臉驚恐的模樣抬頭：「陛下何出此言，外臣惶恐不知所措！」

「惶恐，留著你的惶恐……後面還用得到！」白卿言吩咐白錦繡，「將白水王帶上來！」

河東王更是臉色一僵，白水王謀反乾坤殿中行刺?!是白卿言故意栽贓，為削藩找藉口，還是白水王……想要藉五位藩王的兵齊聚大都城外之時趁機拿下皇位？

他陡然想起白錦繡帶著白家軍從乾坤內出來時的情景，那些將士有人衣衫上的血還未來得及弄乾淨。「陛下若是想要削藩大可明言，我等坐下來商量就是了，何苦往因病未到的白水王身上潑髒水？」廣安王冷聲道。

廣安王手中有兵，他怕什麼？就怕失去祖宗封地，沒了祖宗封地他還活什麼，光腳的不怕穿鞋的！若是白卿言執意削藩，就是讓他們光腳，他們還會怕和白卿言魚死網破不成?!

河東王看著一臉疑惑甚至是憤怒的廣安王，白水王一向以廣安王馬首是瞻，可此次看廣安王的模樣，似是並不知情。

廣安王的話音剛落，就見白家軍銳士押著身著帝王冕服的白水王走了進來，廣安王看到白水王的模樣，驚得站起身來，死死盯著身著冕服的白水王。

「跪下！」白家軍將白水王按著跪在了地上。

「白水王埋伏乾坤殿，帶西涼殺手意圖行刺，是否已經同西涼達成什麼協定了？」呂太尉問道。

呂太尉也好、司空沈敬中也好，還是司徒董清平，亦或是六部尚書，都是白卿言倚重的臣子，他們自然知道……白卿言此刻將白水王押上來，為的就是削藩。

也是這個白水王蠢到了家，竟然在這個節骨眼兒上想要造反，生生將削藩的刀刃遞到了白卿言的手中，不削藩都對不起他們這折騰勁兒。

「白卿言，你就是犯上謀逆的亂臣賊子，一個女子想登基為帝也就罷了，竟然還想要削藩，做你的春秋大夢去吧！不怕告訴你……如今我們五大藩王的兵馬齊聚大都城外，只要一聲令下便能立即攻入大都城，殺盡這些背叛晉朝林氏的走狗！」

蠢貨！河東王緊抿著唇，明明可以趁此機會說這套冕服是白卿言給他套上的，就是為了名正言順削藩，如此……他們其他四位藩王才能有戲可唱！一切才能有挽回的地步！

可這個蠢貨，一出來就將自己的底牌給掀了，還是在不知道對方有什麼底牌的情況下，把他們所有藩王一起拖下了水。

河東王閉了閉眼，不……不是白水王蠢，而是他貪！豎子不足與謀！

其他四位藩王沒有想過要同白卿言爭那個位置，因為……他們心裡清楚不論是誰坐上那個位置，這個國……都會分崩離析，因為他們不是白卿言，不是那個平大樑定晉國的白卿言。

他們若是坐上這個位置，那些大樑降將頭一個就反了。

可白水王已經不在乎了，他自認白水王一脈曾是高祖嫡支血脈，所以以為他有資格坐上那王位。

可他都沒有同他們其他四位藩王商量，就敢擅自作主，還要將他們拉下水！

河東王可不會就這麼讓白水王把他拉下水，更何況白水王竟然敢和西涼炎王勾結，定一個叛國罪都不為過。河東王腦子非常清楚，白卿言敢把白水王帶進來，毫不留情面，怕是還有後手，他瞭解過這位大周女帝曾經的作為，知道這位大周女帝做事極為縝密，絕不是衝動行事的人。

只是一息的功夫，河東王忙從桌几後起身，跪於大殿正中央，鄭重朝著白卿言叩首：「陛下明鑒，臣自知乃是前朝宗族藩王，陛下推行新政削藩勢在必行，此次派人帶兵前來大都城是為了向陛下上交兵權，以表明臣……誓死擁戴新政！請陛下給臣一個機會，協助陛下推行新政！」

白卿言似笑非笑看著恭敬叩首的河東王，此人……可真是聰明又狡詐！

即便這裡所有人都知道河東王說得是假話，可河東王俯首給了白卿言臺階，除非白卿言非要將河東的兵斬盡殺絕，否則……還要領了河東王這分人情，還得給他官職。

「河東王！」廣安王瞪大了混濁的雙眼。

朔方王家眷如今都在大都城內，他又生性膽小，此刻見河東王已然對白卿言俯首，想起父親曾言河東王笑面虎最為聰慧之語，忙從案桌後膝行爬了出來，朝白卿言叩首，忍著懼意開口：「陛下，臣到現在也不知道朔方的兵到了沒有，臣與河東王一般，知道陛下要削藩，想要上交兵權，請陛下給臣一個協助陛下推行新政的機會！」

「朔方王！」安西王看著一向以他馬首是瞻的朔方王幾乎是從案桌後爬出來的，拳頭緊緊攥住，深覺被朔方王背叛了。

「賣祖求榮的東西！」廣安王氣得站起身來，怒罵河東王和朔方王，「封地是祖宗基業，你們說給就給了！十二萬雄兵就在大都城門口，你們怕什麼！軟骨頭的東西！你們怎麼配得上身上留著的血！配姓林嗎？」

白卿言坐直身子，唇角勾起，慢條斯理開口：「十二萬雄兵？廣安王不若派個人去城外打探一下，看看河東、廣安、白水的兵……此刻是個什麼情況，再派人去探一探……安西和朔方的大軍過沒有過天霞峰道。」

俯首跪地的河東王頓時脊背生寒，額頭全都是冷汗，白卿言果然有後手，幸虧他反應快。

林康樂也忍不住白了顫抖不止的廣安王一眼，上前道：「陛下，微臣此次回大都城前路過河東，聽說河東王妃和河東世子思念河東王，微臣便將河東王一家子都請了過來，回來這幾日事多耽擱著給忘了，不知道此時要不要宣召河東王家眷入殿？」

河東王手心驟然收緊，慌忙再次叩首：「多謝陛下體恤！」

說著，河東王強作鎮定又朝著林康樂拱了拱手：「多謝林將軍！」

「客氣！」林康樂毫不客氣收下了河東王的謝。

「給河東王的家眷備座。」白卿言吩咐魏忠。

「是！」魏忠轉頭示意小太監為河東王的家眷在河東王身後安排坐墊。

白錦繡看了眼白卿言，起身朝白卿言抱拳行禮道：「陛下，沈天之大人於天霞峰道殲滅安西、朔方兩地叛軍，捉拿安西世子與安西猛將，和朔方的猛將，就在殿外候著。沈青竹也已奉命請來廣安王和白水王兩位藩王的家眷，只等陛下傳召。」

「傳……」白卿言道。

安西王險些跌坐回坐墊上，他唇瓣緊抿著，難不成白卿言還有通天之能？竟能早早預料到他們的行動！

年邁的廣安王用混濁雙眸望著白卿言，手一個勁兒的抖，唇瓣緊緊抿著。

白錦繡瞧了眼廣安王，語聲徐徐不急不緩繼續道：「白家軍谷文昌將軍，與白家七子白卿玦，已率兵將城外三地藩王的大軍圍住，只等陛下一聲令下，即刻剿殺！」

「不可能的！」白水王瞳仁輕顫，轉頭一臉煞白看向年邁的廣安王，「王叔！那幾個禁軍將軍說女子登基聞所未聞，他們心生不滿，所以我讓那些禁軍幫忙把殺手藏在大殿裡，可我沒有告訴那些禁軍我們城外有兵！他們不可能知道！白卿言也不可能提前知道！王叔……你相信我，我絕對沒有說！」

「白水王何其愚鈍啊！」謝羽長不緊不慢開口，「武將……從來都是以實力說話的，而陛下……雖是女子，卻是戰無不勝的殺神！我等武將又怎麼會因為陛下是女子而心生不滿？偏偏……白水王卻以這樣的理由要買通我禁軍將士，白水王……太不瞭解我等武將了。」

原來，岔子竟然是出在白水王買通禁軍之上了嗎？

不……不對！河東王很快察覺時間上對不上，白卿言若是在白水王買通禁軍的時候知道的，怎麼會早早安排白家軍和林康樂做準備……讓林康樂從河東帶來他的家眷，又怎麼會讓沈天之在天霞峰道設伏，全殲朔方軍和安西軍！

河東王背後冷汗直冒，但還算穩得住心神，還好他反應夠快，不至於為全家招來殺身之禍，最壞……不過就是丟了封地。

「陛下！」河東王忙叩首，「河東絕無反意！求陛下明鑒！」

「陛下……朔方也絕無反意啊！」朔方王本就膽小，為求活命裝作被嚇得哭出聲來，「這不是我的意思，都是廣安王！廣安王非逼著我出兵，我是看安西王出兵了這才跟隨的！」

白卿言手中有兵，又早有準備，五位藩王手中所有的兵……加上留守封地的，一共才不到十八萬，哪裡會是白卿言的對手?!

本就對白卿言女子登基多有不滿的安西王，此時明知道該向白卿言屈膝，可……就是心中不痛快，沒有辦法如同河東王和朔方王那樣跪地求饒，雙拳緊緊攥著。

白卿言視線掃過面色難堪的廣安王和安西王，朝著燕國使節和戎狄使節頷首開口：「讓諸位見笑了。」白卿言說完，視線落在顫抖不止的白水王的身上：「在確立國號定為大周之後，我並未立即派兵接手你們手中封地，未曾派官員前去交接人口、土地和兵權，以宗親之禮請你們五位藩王入都，共證登基大典！」

「舊朝換新朝，朝臣請旨……曾言你們這些舊朝皇室宗親不能留下，以免留有後患，可念在祖母的分兒上……我原本不打算動晉朝皇室宗親，只要你們沒有反心，我是很願意讓你們平安終老，也算是給祖母一個交代！可沒想到一念之仁，險些為大周朝釀成大禍！」

「我們的封地都是祖宗留下來的，你要奪我們封地，難不成還要我們引頸就戮不成！」年邁的廣安王自知大勢已去，用力拍著面前的几案，喊得臉紅脖子粗。

「普天之下莫非王土，即便給了你們封地，許你們在封地收賦稅、許你們徵兵，但絕不許將封地當做自家私產！」白卿言面色冷清，「更別說，你們的封地，那是舊朝封地，如今改天換地已是大周了！老王爺……天都亮了，該醒醒了！」

「陛下……」呂晉上前，對白卿言長揖行禮，「陛下寬仁，可有些人卻不知感恩，反倒以怨報德，白水王便是前車之鑒，陛下萬不能再心慈手軟！請陛下下旨，前朝皇室宗親三代以內不留，其餘人等一律抄家流放！白水王、廣安王、安西王犯顏僭越，大不敬，意圖率兵謀反，其罪不容，當誅九族！」

聽到呂晉這話，跟隨河東王一同跪下稱擁護白卿言變法的朔方王，三魂去了七魄，若非他及時跟著河東王一同臣服，怕是現在誅九族的也有他！他死不要緊，他的妻室和孩子該多無辜，朔方王如今將河東王當做自己的主心骨，悄悄朝河東王看去，打定了主意跟著河東王行動。

「白卿言！你敢！」白水王死到臨頭，還在死撐，「即便是沒有河東王和朔方王的兵，我白水也有三萬將士在大都城外！白水將士不降……你將他們殺得乾淨嗎？」

「何苦殺乾淨白水的將士，殺乾淨了你白水王一家……還怕白水的將士們會不降嗎？可笑……」柳如士冷笑，凝視白水王，抱拳朝著白卿言的方向舉了舉，「白水的將士，將來可都是陛下的將士！陛下可捨不得殺」

白錦繡想起白卿玦曾言，白水王手中至多一萬兵力之事，輕笑道：「白水王手中何來三萬兵力？一萬……已經了不起了！」

白錦繡此言一出，不僅白水王……就連其他藩王也是臉色一變，白卿言竟然連他們的兵力都掌握了！

很快沈天之帶著灰頭土臉的安西世子，和安西與朔方還活著的猛將上殿，安西世子和這些將士……分明就是經歷過激戰，破碎的鎧甲上全都是已經乾結成黑痂的血跡，頭髮散亂，傷口也沒有人給包紮，朔方一位將領斷了胳膊，裸露在外面的傷口已經潰膿，簡直慘不忍睹。

沈天之鄭重朝白卿言行禮，叩首之後道：「下官沈天之，奉命在天霞峰道設伏，全殲朔方軍、安西軍，活捉安西世子，與朔方、安西將領一十三人，請陛下發落。」

沈天之剛已聽說了，他人雖然不在大都城，可白卿言並未忘記他，他如今已是工部尚書了。

「父親！」安西世子一看到自己父親，哽咽喚了一聲，低聲道，「兒子愧對父親！兒子帶這安西軍和朔方軍通過天霞峰道時被埋伏，我們寡不敵眾，已經……已經全軍覆沒了。」

安西王跌落了回去，全軍……覆沒！他們安西可就那麼點兒家底子！

廣安王臉色也極為不好看。

「沈尚書辛苦。」白卿言對沈天之頷首。

小太監引著沈天之落坐之後，沈青竹便帶著廣安王和白水王的兩家子惶恐不安的老小進了大殿。

沈青竹腳下帶風，英姿颯颯，解開腰間佩劍丟給守在門口的禁軍之後，便率先朝著大殿內走來，上前跪於大殿中央，抱拳道：「沈青竹奉命，已將廣安、白水兩位藩王家眷接入大都城，衛兆年將軍和程遠志將軍已率兵接手廣安、白水兩地駐防，特來覆命。」

這下，連廣安王的脊背都塌了下去，白家軍接手了廣安的駐防，這是連老巢都讓白卿言給端了！

當初，他們就不應該心存僥倖來參加什麼登基大典，就應該守住自家封地，即便是白卿言派人來打，怕是也得掂量掂量，哪有這麼容易就被人家端了老巢！大意了！

「辛苦了，在沈昆陽將軍身邊落坐吧！」白卿言同沈青竹道。

沈青竹稱是謝恩，在義父沈昆陽身邊坐下。

「廣安王、安西王、白水王……交於刑部尚書呂大人，依律處置。」白卿言語音淡漠，「晉朝舊皇族，家產一律沒收，流放永州，永世不得回大都城，違者立斬無赦！」

「微臣領命！」呂晉上前領命，抬手示意禁軍將白水王、廣安王和安西王，連同他們的親眷全部押入大牢。

廣安王和白水王的家眷頓時哭成一團，高聲求饒，按律處置……謀反就是誅九族啊！

朔方王的家眷跪在案桌之後瑟瑟發抖，大氣都不敢喘，生怕下一個倒楣的就是自家！

「王爺！王爺你說句話啊！」廣安王的老妻高聲對著廣安王喊道，不見自家夫君應聲又求白卿言，「陛下！求陛下饒命啊！」

「河東王，朔方王……」

聽到白卿言喚他們的聲音，河東王和朔方王連忙恭敬叩首應聲。

「你們祖上的封地是晉朝高祖皇帝封的，如今晉國舊朝已經不復存在……」

河東王不等白卿言說完，叩首之後率先表明態度：「大周是新朝，大周是新國，河東舊朝封地自然已歸新朝國土，罪臣……絕無任何覬覦之心，也不敢有覬覦之心，罪臣即刻便可派人傳訊命河東軍投降，只求陛下給罪臣一個效忠陛下的機會。」

若說之前河東王知道白卿言手段卓絕，但還自認可以搏一搏，此時……已是滿心敬服，他以為他們算無遺漏，卻沒想到白卿言早已打算動手，加上又遇到了白水王這麼個豬腦子的同伴，簡直是滿盤皆輸。

朔方王的兵已經都被滅乾淨了，欲哭無淚，不知道該怎麼表忠心，只能用力叩首，道：「罪臣也求陛下給罪臣一個效忠陛下的機會！」

「既然如此，希望你們兩位記住，從今日起你們……便不再是河東王和朔方王，可攜家眷留於大都城，也給你們機會，讓你們協助董長元和李明瑞……主理推行新政一事，你們可記住了，陽奉陰違之事不可再有！」白卿言問道，「等事畢……按你二人能力任官職，你二人可有異議？」

「罪臣林文山無異議，叩謝陛下！」河東王林文山叩首，「罪臣願親自前往大都城外，命河東軍棄械投降。」

朔方王林懷素亦是忙跟著叩首：「罪臣林懷素亦無異議，叩謝陛下聖恩！」

「符將軍……辛苦你陪著林文山走一趟，另外告訴白水軍，謀逆主犯白水王已被活捉，繳械者不殺！」白卿言吩咐符若兮。

符若兮立刻應聲，帶著林文山出城去招降河東軍。

符若兮剛帶著林文山走出大殿，肖若海便匆匆從大殿側門進來，從大殿內的黑漆檀木柱後，疾步繞行至白卿言帝位所在的高階之下。

白錦昭瞧見肖若海，忙走至白卿言身邊，低聲在她耳邊說了一聲，白卿言側頭……見肖若海一臉焦急，頷首示意肖若海上來。

肖若海穩住表情和動作，恭恭敬敬上了高階，悄悄在白卿言身後單膝跪下，瞧了眼董氏，怕讓董氏擔憂，用只有白卿言能聽到的聲音，低聲道：「大姑娘，三姑娘在西涼……被抓了。」

白卿言撐在桌几上的手一緊，片刻緊繃的脊梁緩緩放鬆下來，還是那副從容鎮定的大周女帝模樣。「因何？」她低聲問。

「傳回消息來的陳慶生不知，只知西涼女帝詔三姑娘入宮，隨後不知為何三姑娘就被下獄，三姑娘到底是女子之身，若是漏了破綻必定會被人懷疑。陳慶生能想的辦法都想了，可到最後都沒有能見到三姑娘！只得派人回來送信！」肖若海聲音壓得極低。

白卿言視線落在李之節身上：「送消息回來的人呢？」

「暗衛不眠不休將消息送回來，六個人全部倒下了！」肖若海說。

白卿言一瞬間心中百轉千迴，腦子裡便多了無數種白錦桐被抓的因由。

最壞，便是西涼知道了白錦桐的身分。

如今西涼急於與大周定盟，知道了白錦桐的身分最好，如此……西涼便不敢動她的三妹。

只是如今西涼情況不明，冒然在這裡向李之節要人，白卿言又怕亂了白錦桐在西涼的部署。

得先讓人迅速去西涼走一趟查明情況，而在此之前……李之節便不要想走了。

白卿言思索了片刻，開口：「乳兄，辛苦乳兄走一趟並帶上送信回來的人走一趟西涼，若是真的到了不得已的地步，務必讓西涼知道，錦桐是我的妹妹，西涼敢動錦桐……他們的炎王回不去不說，大周必傾全國之力滅西涼！」

戎狄攻西涼勢在必行，除非西涼自認有這個能耐，能在對抗戎狄的同時，承受大周之威。

「是！」肖若海應聲，彎著腰恭恭敬敬從高階上退了下去。

李之節察覺到高階之上有人為白卿言報信，卻也只是淡淡看了一眼，瞧出那人是在南疆戰場上一直跟隨白卿言之人，便沒有放在心上。

第六章 天地爲證

李之節手心收緊，掌心裡全都是細汗，此時此刻他才猜到……恐怕從白卿言攻下大都城宣布改朝換代，但卻未曾收拾晉朝皇族宗親時，就已經開始為今日削藩鋪路。

不動那些晉朝皇族宗親，為的是讓幾位藩王，以為她忌憚大長公主，而放心入大都城……

白卿言這算計的，是人心。

就連白水王要謀反白卿言都知道，甚至故意縱容，為的便是以最小的代價，名正言順削藩！

經此一事，天下誰人不誇讚一句白卿言仁慈，她連前朝的皇族宗親都留下了，誰知道……前朝皇族宗親偏偏不知好歹要在白卿言面前拿架子，要謀反，白卿言這才在無可奈何忍無可忍的情況下處置了前朝皇族。

雲天傲還被魏忠壓在大殿之中，白卿言望著眼眶發紅，表情屈辱的雲天傲，開口道：「魏忠……放開他，還請炎王看管好你西涼的人，這裡是我大周的玄明殿，神聖不容鮮血玷汙。」

「是！」李之節將雲天傲拽了回來，警告似的看了一眼，按著雲天傲坐下，這才裝作一臉不知所措繼續同白卿言道，「陛下，白水王造反之事，是大周的家事……我西涼沒有插手的道理，陛下所言將殺手借與白水王之事，外臣實在冤枉！還請陛下明鑒！」

「是嗎？」白卿言手指有一下沒一下在桌几上敲著，「西涼公主李天馥曾派殺手入朔陽，意圖刺殺朕，被朕安排去新兵營教新兵去了，不巧今日在乾坤殿同白水王一同設伏的殺手，情急之下的殺招……便是這樣的招式。」

李之節心頭一跳，忙道：「外臣惶恐，但此事外臣的確不知！外臣所帶來的隨行人員都登記在冊，陛下可以派人細察，外臣絕無怨言！」

「殺手無一活口，你不承認……那此事暫且擱下，朕再問你……」白卿言還是那副慢條斯理的模樣，望著李之節，「四月份炎王秘密前來大周，於五月十六在寺廟與白水王碰面，不知道都說了些什麼？」

李之節攥著鐵骨摺扇的手用力收緊，腦中似有一道閃電閃過一般，頓時脊背生寒，他的行蹤……大周竟然掌握的如此精準！難不成……他身邊出了叛徒?!

「回陛下，五月十六那時仍是晉國舊朝，白水王便因皇帝煉製丹藥之事生了反心，西涼願助白水王一臂之力，是因為知道晉國氣數已盡，想著若助白水王登位，能夠拿回曾經割讓給晉國的幽華道、秋山關、銅古山等城池！」

「後來，晉朝改天換地成為大周，西涼自知無法同陛下抗衡，便歇了同白水王合作的念想，這才決定割讓十八座城池，且派雲破行嫡長孫前來，為的就是向大周求和！」李之節抬頭做出一副坦然的模樣望著白卿言，「陛下若是不信，可喚白水王回來與外臣對質。」

李之節的話，說得合情合理，倒是讓人挑不出什麼毛病來。

白卿言唇角淺淺勾著，只似笑非笑望著李之節。此時將此事提出來，白卿言並非打算以此事難為李之節，不過是要在李之節心中種下一顆懷疑的種子，他與白水王見面的日子被大周掌握的如此精準，李之節定會懷疑西涼有細作，甚至是身邊有細作。

萬一錦桐是因此次遞送李之節的消息回來，而被懷疑為大周細作而下獄……西涼真要查也應當重新考慮從李之節身邊查起，多少能為白錦桐爭取一點時間。

聽完李之節的解釋，白卿言沉默了一會才笑著道：「炎王也不必太過緊張，不過是五月十六那日，朕的二妹婿陪二嬸兒去寺廟上香，正巧碰到白水王與炎王密會，今日朕便問了一句。」

白卿言眉目和善，彷彿剛才的疾言厲色並不存在。

秦朗也略微直起脊背，朝著李之節拱手。

李之節連忙還禮。

「定盟之事，正如柳大人所言……十八座城池大周暫且收下，至於如何定盟，隨後……便由柳大人同炎王詳談。」白卿言聲音徐徐。

「微臣領命！」柳如士朝著白卿言行禮後，又彬彬有禮朝著李之節一拜，禮數上挑不出半點兒毛病。

不等李之節對柳如士還禮，便聽那沙啞滄桑的聲音在玄明殿中響起：「西涼想與大周定盟，我戎狄人此次來……也是來同大周女帝定盟的。」

董氏手心收緊，緊緊攥住自己的衣裳……

她的阿瑜，聲音怎麼會成這個樣子?!董氏進殿之前偷偷看了眼戴著面具的阿瑜，她知道……戎狄的鬼面王爺就是阿瑜，可是現在的阿瑜還不能回家！

所以，從跨入大殿之後，到現在……董氏連一個餘光都不敢瞟向阿瑜的方向，她怕自己忍不住露了破綻，反倒耽誤阿瑜。可陡然聽到兒子的聲音成了這個樣子，不知道兒子受了多少苦，這讓她這個做阿娘的如何能不揪心？

白卿言輕輕扣住桌几邊緣，克制住對白錦桐擔憂的情緒，調整坐姿，笑著問：「戎狄打算如何與大周定盟？」

戎狄使臣站起身，朝著白卿言的方向一拜：「戎狄願雙手奉送大周十萬寶馬，願與大周結好互盟，我王知道大周女帝與西涼輔國大將軍雲破行曾有過三年之約，願與大周合兵共滅西涼，若大周願意出兵與戎狄合力剿滅西涼，戎狄願再贈大周十萬寶駒。」

戎狄使臣此話一出，李之節臉色越發難看：「戎狄好大的口氣！」

阿瑜這是知道大周缺馬匹，便光明正大以這種方式給大周送來。

「另外，外臣還有一禮贈予大周女帝，賀大周女帝登基之喜！」白卿瑜開口，將擱在几案上的錦盒遞給背後的小太監。

小太監恭敬接過錦盒，弓著腰雙手舉過頭頂，邁著碎步走至帝座高階下方。

魏忠接過錦盒，送至滿腦子都是錦桐被抓之事的白卿言面前，替白卿言打開……

看到錦盒內鴿血寶石的那一瞬，酸澀襲擊了白卿言的心肺。

像陡然有一隻大手扼住了她的咽喉，她險些繃不住眼淚。

阿瑜……欠著她一塊鴿血寶石呢。

阿瑜……把鴿血寶石給她送來了。

白家人，都是言出必踐的。

董氏在看到鴿血寶石的那一瞬，便確定了那鬼面王爺是她的阿瑜，阿瑜走之前曾和他阿姐說，要給她阿姐送一塊最好看的鴿血寶石，她是知道的！

董氏眼淚險些沒有繃住，她裝作含笑的模樣低頭用帕子沾了沾唇角和眼睛：「的確是，好漂亮的鴿血寶石！在這燭光下格外好看呢，讓阿娘看看……人年紀大了就喜歡這些喜慶的東西。」

白卿言聞言，忙雙手將寶石遞給董氏。

董氏一副很喜歡的模樣，抬手摸著鴿血寶石，好似……這寶石之上還有兒子的體溫。

白卿瑜眼眶酸澀，他有些看不清楚母親的模樣，大火燒毀了他半張臉，幾乎也奪走了他的一隻眼睛，儘管現在白卿瑜已經適應了，可另一隻眼一旦被霧氣模糊，他眼前便只剩下一片朦朦朧朧的光，是他讓母親難過了。

戎狄使臣見大周太后都說寶石好看，自家鬼面王爺卻沒有一點兒反應，忙道：「若是太后喜歡，外臣來日……必會為大周太后獻上更好的鴿血寶石。」

「戎狄、西涼……」白卿言手指點了點几案，看向柳如士喚了一聲，「柳大人……」

「微臣在！」柳如士應聲。

「國宴之後，辛苦柳大人同戎狄使臣還有西涼使臣好好談一談，明日早朝之上，與眾朝臣商議商議，如何定盟。」

「是！」柳如士領命。

西涼和戎狄的事情說完了，燕使也笑著起身朝白卿言拱手：「大燕此次來，一來是為了恭賀大周新立、女帝登基之喜，二來……也是為了同大周修好定盟，大燕新帝登基……外臣來之前，我王曾專程叮囑，在大都城為質時曾受女帝點撥答疑，女帝於我王有半師之誼，讓外臣定要代我王向陛下同女帝說一聲恭喜！」

白卿言頷首，她對慕容瀝亦是印象深刻。

戴著面具的大燕九王爺，轉而看向白卿言，朝白卿言頷首：「陛下，如今我王已經登基，后位空懸，我王和九王爺有意與大周聯姻定盟。」

四夫人王氏手心收緊，雖說白錦華和白錦昭並非是她親生，可也是她親手抱大的，如今阿寶登基……這燕國一張嘴就是以后位來聯姻，這不就是算計著阿寶那幾個未嫁的妹妹嗎！

「說到聯姻……」董清平知道白卿言絕不會讓自家妹妹外嫁，便笑著看了眼大燕九王爺身後的蕭容衍，視線落在大燕九王爺身上，故意道，「我們陛下也初登大寶，皇夫之位空懸，聽聞燕九王爺還未娶，九王爺又是燕國先帝一母同胞的親弟弟，不知可否願意同我大周聯姻？」

董清平是白卿言的親舅舅，這話呂太尉都不敢說，可他敢說。

戴著面具的燕九王爺手心一緊，就見燕使忙長揖同白卿言與董清平道：「九王爺如今是我燕國的攝政王，主理燕國政事，直至我王親政，且在我燕國先帝駕崩之前，已為九王爺定親，還請陛下、司徒大人海涵。」

燕使反應極快，開玩笑……自家攝政王要是成了大周皇夫，這不是鬧劇嘛！

雖說定親是假，好歹大周女帝是個女子，總不至於追問九王爺與大燕哪位千金定了親吧！

約莫是之前大燕曾向西涼示好，李之節也希望能夠助燕國定下婚約，若是如此……燕國也能為西涼說說好話，李之節忙道：「本王曾聽聞，大周女帝還未登基之前，似乎與蕭容衍先生定了親，若是兩國欲結姻親之好，這不是現成的嗎？」

白卿瑜不大高興，掃了一眼蕭容衍，眉頭緊皺，阿姐……同燕國九王爺真的有了婚約？他看向自家阿姐，薄唇緊緊抿著。

消息來的雖突然，可董氏和白卿言幾位嬸嬸和妹妹之前都隱約聽到了一些風聲，表現的還算鎮定，可白卿琦和白卿雲都是頭一次聽說，看了眼自家長姐之後，視線齊刷刷落在蕭容衍身上。

楊武策也是拳頭緊了緊，對嘛……陛下和蕭容衍那是兩廂情願，有情有義，真要聯姻……那也得聯到陛下的心坎兒上才行啊。

蕭容衍輕輕攥住直裰，從容朝著李之節頷首，又抬眸朝著白卿言看去。

白卿言知道他的身分，知道阿瀝還小……也知道他如今還無法離開燕國。

阿瀝年幼，有些事情阿瀝不能做，阿瀝將來要做明君，所以那些事只能他來做。

在兄長還未離開，白卿言還不是大周女帝時，兩人即便是成了親……他仍舊能夠以生意為藉口四處走動，可若是真的與白卿言成了親，他再以蕭容衍的身分走動，便不會那麼容易了。

四目相對，白卿言緩緩開口：「大周初立，事情千頭萬緒不說，祖母剛去，我決意為祖母守孝，此事……還是以後再提吧！」

「正是，皇夫之事……不必如此著急！且幾位妹妹要麼年紀長於燕國新帝，要麼……就是小七年歲還太小，大伯母和長姐想來是不會捨得小七小小年紀離家。」白卿雲語聲緩和。

蕭容衍直起腰脊：「陛下與九公子所言甚是。」

董清平這就不明白，白卿言是不滿意蕭容衍了？還是想要用皇夫之位……來制衡前朝？

宮宴還未結束，白卿言以太后董氏身子不爽利，送太后回寢宮為由先行離席，白卿琦和白錦繡察覺長姐似乎是有事想要脫身，這才讓大伯母裝作身子不爽利的模樣先行離開。

兩人也起身，稱要送董氏，便一同與白卿言離席。

一出大殿，還未到董氏所居住的壽安宮，董氏便捏了捏白卿言的手，看向白卿琦和白錦繡道：「好了就送到這裡，你們有事儘管去忙，有秦嬤嬤陪著，玄明殿有你嬸嬸在，都放心去吧！。」

秦嬤嬤扶住董氏的手，行禮後不緊不慢離開。

魏忠眼明心亮，在董氏離開後，也帶著一眾太監、宮婢，向後退出五丈以外的位置。

見白卿言目送董氏離開，面色沉了下來，白錦繡不免擔憂問：「長姐，可是出什麼事了？」

白卿言轉身，沒有瞞著白錦繡和白卿琦：「錦桐在西涼入獄了，原因不明，若是被發現女扮男裝，或是因為錦桐的大周人士身分，西涼女帝懷疑錦桐別有用心，倒不會有什麼大問題，同為女子……西涼女帝也明白女子在世立身不易，女扮男裝做生意避免許多麻煩，就怕錦桐打探消息露了什麼馬腳。」

白錦繡的心一下提到了嗓子眼兒：「錦桐一向機敏……」

白卿言點了點頭：「我已經派乳兄肖若海趕赴西涼，必要的時候告訴西涼錦桐是我們白家的三姑娘，如此……西涼便會有所忌憚，可我還是不放心，怕乳兄接觸不到西涼皇室，且即便將錦桐是白家三姑娘的事情說出去，西涼若裝作不知，暗地裡對錦桐做出什麼來也猶未可知。」

「所以，肖若海一路走暗，我打算再派一路走明，以大周使節的身分前往西涼商談盟約之事，如此……肖若海在暗，一路走明，若實在無法，便以大周使節的身分代表大周女帝要人，若西涼不給，便是宣戰！」

白卿言語聲鏗鏘，白家的人，一個都不能再出事。

「定下前往西涼的使臣人選之後，便讓沈昆陽將軍回南疆，等候命令，若是最後只能以暴露錦桐身分來要回錦桐，便讓沈昆陽將軍調二十萬人馬，陳兵西涼邊界，威懾西涼。」白卿言一邊想一邊說，語速又快，又沉穩。

與此同時，她還需要阿瑜的配合，要讓戎狄做出即將攻打西涼的架勢。如此，將西涼逼到滅國之危的境地，白卿言就不相信……西涼真的就為扣住白錦桐，連滅國都不怕了。

最好……能有蕭容衍助力，蕭容衍在眾人眼裡如今已經是燕國人，同樣是做生意的，白錦桐與蕭容衍有交情不足為奇，且蕭容衍在西涼已有根基，甚至可以比他們大周人更容易打探出白錦桐到底因何被下獄。

白卿言拳頭緊了緊，可若她冒然請蕭容衍出手，會不會壞了錦桐的布置。交通不便，所得消息遲緩，白錦桐在西涼情況不明，她不能冒然做決斷，還是得讓可靠之人出使一趟西涼才是。

在白錦桐安危之上，白卿言不計較要付出多少代價，只求白錦桐的穩妥。

「長姐，明線這一路，我去吧……」白卿琦開口，「如今西涼要面對戎狄，不敢再對上大周，我是大周女帝的弟弟，去了之後視情況，隨機應變，若是三妹身分沒有被發現，我便稱是舊友，想來西涼女帝很願意給這個面子放人，我即刻出發！」

白卿言脣瓣動了動，阿琦才剛剛回來……才與五嬸兒見了一面，還未曾好好陪五嬸和小八。

良久，白卿言點了點頭，又叮囑白卿琦：「還有一事，錦桐之前送回消息來，說……西涼女帝似乎在組建一支仿效虎鷹營的隊伍，你留心一二，但首要任務是錦桐。」

「長姐放心，我明白輕重。」白卿琦道。

宮宴結束，西涼炎王李之節和戎狄鬼面王爺還有兩國使節，竟然被柳如士一同請到鴻臚寺，說一同去談定盟之事。

別看柳如士瞧著文弱書生一個，性子也古板，可腦子絕對夠用，如今……不論是西涼也好還是戎狄都爭著與大周定盟，既然如此不如就將兩方人馬湊在一起，跟做買賣一樣，價高者得。

蕭容衍與燕九王爺剛走出宮門，便被魏忠攔住。

魏忠朝燕九王爺行禮後，同蕭容衍道：「蕭先生，陛下有請……」

正欲上馬車前往鴻臚寺的李之節回頭朝蕭容衍望去，心裡猜測這蕭容衍同大周女帝的婚事是否要有所變化，也是……蕭容衍不過是商人，即便是有著天下第一義商之稱，也還是個商人！

從前的白卿言只是一個只有虛爵的公主，蕭容衍又對白家有恩，蕭容衍入贅白家倒也算是說得過去，可如今……白卿言已經成為大周女帝，一夕之間地位在大周最為尊崇，又怎麼能立一個商人為皇夫。

想到這裡，李之節又動了別的心思，若是此次同大周的盟約定不成……他們倒不如還是同燕國定盟，城池獻於燕國，只求燕國在西涼陷入與戎狄大戰中時，能夠牽制大周主力，給他們西涼時間滅戎狄。

當初大燕滅了魏國，將魏國沃土、百姓盡收囊中，實力一躍成為列國之首，誰知大周緊隨其後滅了大樑，結束了大燕短暫的優勢，如今燕國最不想看到的就是大周再滅了西涼，否則燕國便無法再同大周抗衡了。

李之節深深看了眼大燕九王爺，頭也不回上了馬車。

他在馬車內閉著眼，手中的鐵骨扇有一下沒一下敲著手心，他知道與燕國定盟……只是退而求其次，畢竟……燕國窮了這麼多年，在收復南燕之後富了，滅了魏國之後躋身強國之列，未必願意為了西涼而消耗自家國力，所以最好的辦法還是能直接同大周結盟。

蕭容衍看向燕九王爺，只見負手而立的燕九王爺頷首，同蕭容衍道：「你去吧！」

蕭容衍恭恭敬敬朝九王爺行了禮，這才隨同魏忠一同離開。

碧空如洗，萬里無雲，蕭容衍拎著直裰下擺，隨魏忠踏上臺階，目光所及……是重新塗了金的蓮花柱基，金光下愈發顯得熠熠生輝，比起當初死氣沉沉的晉朝，彷彿重新煥發生機。

魏忠帶著蕭容衍剛走上高階，就見呂太尉從大殿內出來，魏忠連忙行禮：「見過呂太尉……」

「呂太尉……」蕭容衍也笑著行禮。

「魏公公、蕭先生！」呂太尉和和氣氣同魏忠頷首。

呂太尉本都要走了，卻像是想起來什麼似的，道：「剛才陛下已經下旨，將前朝皇帝的後宮嬪妃放出宮，送回各自母家，此事……會交由魏公公來辦，就要辛苦魏公公了。」

呂太尉剛來是詢問白卿言，前朝皇帝的後宮妃嬪如何處置……

當初晉朝皇帝的孩子，和生了孩子的後宮嬪妃都已被梁王殺了乾淨，剩下的都是入宮之後並未生育的嬪妃。若是按照舊朝更替的慣例，一般新帝登基會留下前朝皇帝後宮中喜歡的貌美嬪妃，或未曾受過寵幸長相美貌的嬪妃，其餘的一個不留。可偏偏白卿言是女子，那些還想要在後宮延續榮耀的嬪妃，就算有千般本事也無處施展，能夠被送回母家……已經是最好的歸宿了。

白卿言特別叮囑了，那位秋貴人便不用留了。

畢竟，秋貴人是梁王的人，留下誰知道會不會成為後患。

「太尉這是哪裡話，為陛下效力，是奴才的本分！」魏忠笑著朝呂太尉長揖行禮，「奴才聽說呂元鵬公子和司馬平公子，此次隨白家軍回來了，想必等料理完城外眾位藩王帶來的兵，便能回家了，奴才偶爾聽沈昆陽將軍提了一嘴，聽說呂小公子極為能吃苦，隱姓埋名憑藉一己之力，現在已經是千夫長了。」

聽魏忠誇獎自己這個孫子呂元鵬，呂太尉臉上多了幾分笑意：「那個小子……在大都城時，成日的惹是生非招貓逗狗！還是沈昆陽將軍教的好！」

白家軍可是白卿言手下的兵，能在白家軍中成為千夫長，可是大幸。

「不論如何，還是恭喜呂太尉！」魏忠側身讓開讓呂太尉先請，「太尉請！」

魏忠帶著蕭容衍進殿時，見白卿言手肘搭在隱囊之上撐著腦袋，手中還握著奏摺，似是在閉目靜思，又像是……睡著了。

他邁著碎步上前，低聲喚了一句陛下，道：「蕭先生到了。」

白卿言猛然驚醒，心跳的速度極快，她頷首合了奏摺放在面前的几案上，吩咐魏忠：「你帶其他人出去在殿外候著，沒有吩咐不要進來。」

「是！」

蕭容衍獨自一人進殿，魏忠命人將大殿的雕花殿門為二人關上。

四目相對，他耐不住思念，抬腳朝著白卿言走去，腳下步子不受控制，越來越快……

瞧見白卿言亦是起身朝他走來，他喉頭翻滾，用力將白卿言擁入懷中，低頭親吻白卿言的髮頂。

兄長撒手而去，留下一個偌大的燕國，嫂嫂柔弱……阿瀝年幼撐不起偌大一國，他那時悲痛焦躁無法入眠，若非有阿寶來信……他不知道自己還能不眠不休撐幾日。

可從看過阿寶的信，他便越發控制不住的思念她，連夢中都是阿寶的影子。

白卿言鼻息間全都是蕭容衍身上熟悉的味道，她閉著眼不自主緊緊攥緊蕭容衍窄腰兩側的衣裳，只覺蕭容衍比上次見要瘦了不少：「你瘦了……」

「上次見面，還問阿寶何時要取而代之，如今再見……阿寶便是大周女帝了。」蕭容衍醇厚的嗓音徐徐，他輕輕咬了咬後槽牙，低沉的嗓音帶著歉疚，「曾言，平定魏國便登門提親，可如今……我只能食言了。」

白卿言抬頭望著他：「我知道，你兄長剛走，我祖母也剛走。大燕幼主登基……大燕離不開你，如今我又登帝位，也走不出大周……」

他們兩人都有彼此的難處，是真，可感情……也是真！

望著白卿言美好恬靜的五官，動情難耐，骨節分明的乾燥掌心捧住白卿言的側臉，拇指摩挲著她的唇角，思念如同暴雨潮水湧來，淹沒了蕭容衍，他注視著白卿言的目光裡，溫情脈脈根本就藏不住。

蕭容衍的氣息縈繞在她鼻息之間，這樣安靜的注視，讓她心跳陡然快了起來。

沉默與幾乎要破繭的情愫，在兩人之間無聲蔓延著，隨著時間的推移……幾欲噴湧而出。

蕭容衍克制著粗重的呼吸，慢慢低頭……凝視著白卿言的眸子，啞著嗓音開口道：「阿寶，我們成親吧！」

白卿言瞳仁輕顫，有些懵：「可是你……」

「不是大周女帝和大燕九王爺，就是你我……白卿言與慕容衍，我們成親。」蕭容衍溫熱的唇瓣碾壓住白卿言的唇瓣，淺嘗輒止，聲線醇厚動人，「天地為證，我慕容衍此生只求白卿言一人為妻，終此一生，絕不負你！蒼天為證！你的親眷為證！」在這母親所建的大都城內，蕭容衍想與白卿言成親，與他心中早已經視為妻室的女子，定下夫妻之名……

兄長已經沒有辦法來替他求親，他便自己來！

白卿言的思緒略有些混亂，若是白卿言的親眷為證……那蕭容衍的身分就藏不住了。

蕭容衍說話時滾燙的熱氣擦過她的唇，讓她呼吸也跟著滾燙了起來，有些難以啟齒的情話，幾乎脫口而出：「在我心裡，你已經是我的丈夫了……」

否則，白卿言也不會在趙勝和楊武策的面前，說蕭容衍是她的未婚夫婿。也不會，敬了燕帝慕容彧那杯茶，喚了慕容彧一聲兄長。

成親與不成親，他們早已在一起。不能如尋常夫妻日日相伴，可他們更深層次的思想卻從未分離過，他們之間不必拘泥於一個儀式。

「燕帝曾去朔陽見過我，我收下了燕帝替姬后送的錦盒，敬了燕帝茶……喚了燕帝兄長，阿衍……你在我心裡，早已經是我的丈夫，此生……我亦絕不負你。」白卿言本就因為疲憊而充血的眼仁，越發紅了起來。

燕帝的離去，雖然白卿言心中沒有蕭容衍那麼痛不欲生，卻也是難過的。

燕帝是一個好兄長，好皇帝……

提起兄長，聽到白卿言說起這些話，蕭容衍眼眶發熱，再次吻住白卿言。

「陛下！」魏忠的聲音突然在殿外響起，「呂太尉、司空和司徒還有謝將軍，有要事求見！」

白卿言見蕭容衍眉頭緊皺，不想鬆手的模樣，推著蕭容衍的心口：「呂太尉去而復返，必有要事！」

蕭容衍這才滿臉不悅鬆開了白卿言，見白卿言整理衣衫朝著坐榻後走去，也走至席位，撩起直裰下擺跪坐下來。

不多時，魏忠推開殿門，請呂太尉、司空沈敬中、司徒董清平和謝羽長一同走了進來，朝白卿言行禮。

白卿言看了眼規規矩矩朝各位大人頷首行禮的蕭容衍，問道：「帝師去而復返，又與司空、司徒、謝將軍一同過來，可是有要事？」

「陛下！」呂太尉朝白卿言長揖一禮，「老臣得到消息，國子監學子們打算聚眾鬧事，準備敲登聞鼓，跪於皇宮外死諫，請陛下收回……允許女子科考為官的詔命。」

「幾位大人一同過來，都是為了此事嗎？」白卿言問。

沈敬中點了點頭：「正是！」

「國子監生員事關重大……」董清平朝著白卿言一禮，「呂太尉接到消息的時候，微臣與沈大人碰巧也在，便專程請了謝將軍一同過來，請示陛下……是否先讓謝將軍帶禁軍將國子監生員們先管控起來，以免在陛下登基之日鬧出大亂子。」

皇帝登基第一日，各國使臣都在，登聞鼓若是響了……面子上不好看。

白卿言在頒布詔命的時候，便知道學子們會心生不滿，卻沒有想到……國子監的生員們會這麼快就要鬧起來。若說這背後沒有人興風作浪，白卿言不信。

「這樣，辛苦帝師與司空、司徒還有謝將軍走一趟國子監，告訴國子監的學子們，明日我親赴國子監，不論學子有何意見想法，都可當面說與我聽！國子監的各位學子都是來日朝廷的棟梁，朝廷十分重視，白卿言必以國士待之，讓他們稍安勿躁。」白卿言說完，又叮囑呂太尉，「帝師和司空、司徒一定要好生安撫學子們。」

「是！」呂太尉頷首應聲。

白卿言明日親臨國子監，想來國子監學子今日也不會再來敲登聞鼓。

董清平原本還要同白卿言說登州的事情，見蕭容衍在這裡，便行禮同呂太尉等人一同告退。

見殿門再次關上，蕭容衍放下手中茶杯，同白卿言說：「阿寶……你此次下詔許女子科考，許女子為官是否急躁了些？我知道你希望女子能得到公正的待遇，但數百年來……男尊女卑，這種思想深入天下人骨髓，就連女子……也是如此！一時半刻是改不過來的！」

「且阿寶是大周的女帝，應當謀全域，先緊著緊要的新政推行才是！不謀全域，何以謀一國？」

擔心蕭容衍是真的擔心，哪怕知道白卿言的強大，知道白卿言的堅韌……

可因為愛她，哪怕只是看到她手執蠟炬，也怕蠟油燙了她的手。

「新朝建立，若此時不更替律法，許女子入學堂、許女子科考為官，來日再徐徐推行，將會更難。」白卿言知道蕭容衍在擔憂什麼，「正是因為大周是新朝，所以我才敢如此做！就如同削藩王……若我是繼承皇位，而非開創新朝，絕不會如此順利。」

「想要做成一件事，需天時、地利、人和，時不我待……錯過了這次時機，便是永遠錯過了！」

白卿言只是順從自己的心，想要將大周建立成她理想中的那個樣子，「歷史永遠在前進，絕不會因大周還未準備好便停下，再難這件事都得做，因我知道……這是正確的！」

蕭容衍做事一向急進，此次卻無法贊同白卿言的說法。

燕國的治國理念，和大周的治國方式，不盡相同。

燕國，求的是快速使國力增強，一統天下。

而白卿言在一統天下的同時，卻想嘗試一些前人做過沒有成功，或是前人未曾做過的事情，打破這個世道對男尊女卑已經固化成型的認知。雖然太冒進，可若是如今新朝初立不動手，日後一旦朝局穩定，再動……怕沒有如今這般藉著新朝新規的由頭便利。

「阿寶，這會很難……比你滅蜀、滅櫟更難！」蕭容衍想起了自己的母親，在提倡女子可參加科舉，可入朝為官失敗的事情，「平等……正如你所言是正確的，可實行起來……會觸碰到天下大多數男子的利益。」

「我母親姬后當年廢除奴隸，獲利的是大多數百姓，所以……即便是有坎坷有磨難，最終還是能成功。」蕭容衍語聲徐徐，「女人在世間大多數男子看來便是他們附屬品，有一天附屬品突然可以與你同朝為官，有幾個男人能接受？」

「且先不說，男子能不能接受……」他望著白卿言據實分析，「打破固有的男主外女主內，那麼家族、家庭內外如何平衡？對一個家族來說，男子傳承香火，女子總歸是要嫁人成為他家婦人，改變這種思想，這需要十分漫長的時間來矯正，畢竟不是誰家都能如同白家一般不輕看女子，讓女子與男子一般拜名師求學？」

「家中能讓女子去學堂……費銀錢供女子考科舉，入朝為官，必是要招婿入贅來光耀自家門楣，若女子為官，夫妻分工……便需女主外男主內，女子地位得到提高，男子地位降低，」蕭容衍搖了搖頭，「阿寶，不是所有男子都有這個氣量，甚至天下男子沒有幾個人有這樣的氣量。」

「你說的沒錯，講求男女平等，這是正確的……」蕭容衍語聲鄭重，「這一點我比你體會更為深刻，因為我知道我的母親，比我父親更適合做皇帝，可就是因為這個世道對女人的偏見，以致於各種新政推行，男子來做……便是功在萬世，我母親來做便是罪在當時。」

到現在蕭容衍都記得，母親死後……人人拍手稱快，叫嚷著他的母親姬后是妖后，說他母親牝雞司晨死有餘辜的情景，其中就包括受惠於母親新政的百姓，就因為……他的母親是個女人。

蕭容衍平靜深沉的眸子望著白卿言，所言發自肺腑：「許女子讀書、科舉、為官，這事……定是要做！但不是現在，更不應該由你這位一國的帝王來做！你的目標是一統天下，此時最忌諱的便是國內不穩！若是此次……因此事讓大周生亂分崩離析，大周就失去了同燕國逐鹿天下的機會了。」按照道理說，這話蕭容衍作為燕國九王爺，不應該同白卿言說，可他還是說了。

母親姬后是蕭容衍心中一生的痛，所以……許女子讀書、科舉、為官這事蕭容衍也想做，可阻力太大……所以他選擇在天下一統，舉國安穩之後，觀望分析後能做再做。

畢竟這件事一旦做了，必定舉國譁然。

蕭容衍調整坐姿：「在我看來，做這件事，至少大周目前不具備這樣的條件！」

甚至燕國都比大周具備這樣的條件，畢竟登上燕帝之位的阿瀝現在還不能親自主政，等天下一統之後，他這個攝政王將這樣的政令下發下去，實行起來後，成年後的阿瀝再以凌厲手段處置了他這個親叔叔，稱傷痛在心而不朝，避開群臣逼他取消許女子讀書、科舉、為官的鋒芒。

他這個罪魁禍首一「死」，群臣必不會再將阿瀝逼得太緊。

而後，拖到一切都成定局，拖到百姓和官員習慣之後，阿瀝再告知天下……許女子讀書、科舉、為官之事可行，也就不會激起太大的反對聲浪。

這……便是蕭容衍認為最穩妥的法子。蕭容衍望著白卿言透著疲憊的充血眸子，望著她眼下的烏青，心疼不已，心底翻湧起情緒：「推行新政，提高女子地位，還要征戰西涼……樁樁件件都是大事，阿寶你把自己逼的太緊了。」

白卿言知道蕭容衍是心疼她，唇角帶著淺淺的笑意：「你說的這些我都想過，呂太尉他們也勸過，可這件事我還是要做。我並未想過這法令一頒布便能夠立即將女子地位提高，正如你說的……改變固有的男主外女主內，改變數百年來嫁出去女兒潑出去水，女兒總會成為別家婦的這種思想，需要時間！但……得有人先提出來，先以強硬的法令為依託，強勢做出改變！」

「多少新政推行一開始都會遭到強烈的反對，可咬牙堅持下來了，隨著時間推移便會有越來越多的人遵守，可若是一遭到反對便退下來，以後這條新政再被提出便會遭受更猛烈的反對！因為眾人會知道，反對是有效的！」白卿言對蕭容衍淺淺笑了笑，「且這件事要是做成了，大周的人才……便會不再局限男女，所得各類人才，也定會比燕國更多！」

白卿言敢想，也敢做。凡益之道，與時偕行。

她已經打定了主意，要許女子科考、為官，便必不會退。

蕭容衍只得道：「若是因此事，大周分崩離析，燕得天下……阿寶也不悔？」

「祖父曾經教導過白家每一位子嗣，民惟邦本，本固邦寧，我深以為然。」白卿言定定望著蕭容衍，「天下一統，海晏河清，不論是燕國做到的，還是大周做到的，對百姓來說都是好事！大周和燕國兩國之間的較量，應當是……哪一國的國策，能真正做到富民強國這四個字，哪一國便能名副其實的一統天下。」

四目相對，蕭容衍聽出了白卿言話裡更深層次的意思。

如今的大燕是按照當年姬后制定的國策，來統御大燕百姓，在實踐中稍作更改，其方針大略不變。白卿言摸索而行，為大周新政提綱挈領，在大周以極為強勢的手段推行新政。

兩國的國策和法令大部分不盡相同，甚至背道而馳。

但兩國都有一統天下的雄心壯志，一統天下之後也必當是用自家國政方針來統御一國。

「阿寶的意思，是有意……等來日，若天下只剩大周和大燕兩家，以綜合國力……來定誰輸誰贏？」蕭容衍問。

蕭容衍曾經想過，若真的到了天下只剩他們兩國，真正刀兵相見的時候，他們應當如何來平衡家國利益與兩人的感情。

以誰能使民富國強的競賽，來作為爭雄的方式，是否可行蕭容衍不知道……

可蕭容衍明白，若真的到了那一日，兩國不見刀兵合而為一，若是大周低頭併入大燕，大周朝臣會不會同意他不清楚，可若是易地而處，讓大燕低頭併入大周，大燕朝臣必定誓死不從。

兩國合一國，這並非是他與白卿言兩個人，甚至是慕容家和白家的事情，而是燕國和大周兩國的大事。即便是他明白白卿言不想看到生靈塗炭，不想看到將士白白犧牲流血……只為他們兩個皆有一統天下雄心的強國爭奪地盤，才想要以這種競賽的方式來定誰輸誰贏，他也不敢答應。

他是大燕的九王爺不假，可大燕不是他慕容家一人之國，而是大燕臣民之國。

燕國和大周最大的不同在於，燕國慕容家世代統治燕國……他們慕容家的子嗣生來便知道他們是燕國的主子，學習和通曉的是御民御國之術，他們天生就是來統治燕國的。

燕國完成一統大業，是為民……更是為了建立不世功勳，讓慕容家的姓氏永遠留存在史冊之上。

而新建立的大周，第一任皇帝白卿言，生在世代為臣的白家，自幼承教鎮國王膝下，以完成天下一統為己任不假，可身為臣子，他們自小學習的白家志向……是護衛山河，還百姓海晏河清的太平盛世，是為了護民安民，所受的教導是食民一粟護民一世。

或許白卿言最初意圖登上至尊寶座之位是私心作祟，是為了能夠在這個位置上，昭告四海……

讓宣嘉年間南疆一戰尚存的白家子回家，為了向這腐爛的晉國朝廷和皇室復仇。

可她後來也是為了百姓而反，在如何治國之上也是用了心的，她讀諸子百家，讀《商子》，讀史……

晝夜不歇，閱覽各家變法書籍，不斷在書籍和史記之中，摸索利國利民且適合大周的新法。

所以，白卿言敢同蕭容衍說，哪一國能真正做到富民強國這四個字，哪一國便能名副其實的一統天下，蕭容衍……不敢。

蕭容衍自問沒有白家這樣的心胸，故而……對白家敬佩非常，對那位已故鎮國王的品格，更是打從心底裡拜服，若論真君子……當屬鎮國王白威霆。

但蕭容衍也明白，鎮國王白威霆也是死在品格高潔遠勝君主不知多少倍，死在了坦蕩忠直之上。

「還未到那一步，我未敢如此想，西涼雖然如今實力大不如前，尤其是在大燕滅魏、大周滅樑之後，可西涼女帝稱得上是明君賢主，大力提拔寒庶對抗西涼足以把控朝局的世家，如今更是奮發圖強，大力振興軍事！這世道變換極為迅速，稍不留神……西涼便能抓住時機奮起！」

白卿言提到西涼態度謹慎：「史上，弱國突起滅強國的例子並非沒有！當年列國爭雄，秦被列國卑視，幾度在亡國之危徘徊，而後卻能一統天下！大燕也是……僻處一隅，隨時有滅國之危，如今卻能成為雄霸一方強國，前車之鑒我時時自警，不敢輕視。」

蕭容衍脊背略略挺直，心中敬佩白卿言能在這個時候，還保持著謙卑的心，他見過許多登基……還並非是立國的君主，初登皇帝寶座，即便是沒有認為自己天下無敵，也自是倨傲的，能如同白卿言這般，還保持初心，謹慎對待每一位敵人的成功者，並不多見。

「阿寶所言……讓為夫汗顏。」蕭容衍眉目含笑，望著白卿言的目光滿是柔情。

見白卿言微怔，蕭容衍問道：「阿寶這般詫異，剛才說早已視我為夫，莫不是誆我的？」

白卿言眼底是藏不住的笑意，蕭容衍摸了摸藏在衣袖之中的簪子，撐著桌几起身走至白卿言身邊，單膝跪下，一手搭在白卿言背後的隱几上，一手撐在她面前的桌几上，垂眸凝視白卿言清麗明豔的五官：「還未將恭賀阿寶登基成為大周女帝的賀禮送於阿寶……」

說著，蕭容衍將玉簪取出，替白卿言戴在髮間，端詳片刻，他笑著道：「好看……」

白卿言抬手摸了摸，是簪子……

猜到這應當是蕭容衍自己雕琢的，上一次是雁簪，這一次……是並蒂蓮。

送給白卿言的東西，要麼是蕭容衍用心尋來的……要麼是對蕭容衍來說意義非凡，要麼……便是蕭容衍親手做的。對白卿言而言，珍玩寶物唾手可得，最難得的是蕭容衍的心思。

反觀自己，從兩人定情到現在，她卻未曾為蕭容衍抽出哪怕一點點空閒，為他準備過什麼，於蕭容衍她心中有愧。

「比雁簪雕工更精進了。」白卿言摸著頭上的玉簪，仰頭去看蕭容衍，黑白分明的眸子裡映著蕭容衍近在咫尺的剛毅五官，映著蕭容衍安靜注視她的模樣，映著蕭容衍溫情脈脈的視線落在她的唇角，和他眼底炙熱灼人的熱焰。

男人呼吸的熱氣掃過她的額頭，她搭在桌几上的手略略撐起自己的身子，一手扶著蕭容衍棱骨分明的手臂，仰頭輕輕觸碰蕭容衍的唇：「我很喜歡！改日……」

話還未說完，唇瓣便被情動難抑的男人封住，齒關冷不防被撬開，白卿言視線朝門外看了眼，怕被人瞧見，伸手去推蕭容衍的胸膛，卻被他攥住細腕。

吻，並未停止，蕭容衍帶著白卿言細如無骨的小手環住他的窄腰，吻得越發深入，白卿言趁著換氣的間隙輕呼：「阿衍……」

可她所有的聲音都被蕭容衍堵住，男人熟悉的氣息強勢入侵心肺，讓白卿言不自覺閉上眼，大腦空白了一瞬，全身的汗毛都跟著戰慄。

整個大殿裡，都是沙漏細沙簌簌落下的聲音。

不知吻了多久，呼吸粗重的蕭容衍鬆開白卿言的唇。

她克制著錯亂的呼吸，睜開眼，見蕭容衍漆黑如墨的眸子望著她，深情地要將她溺斃其中，她不自覺攥緊了蕭容衍腰間的衣裳。

蕭容衍瞧著白卿言如玉般白皙晶瑩的面部肌膚染上了極深的紅暈，忍不住向白卿言湊近了一些，再次親了親她的唇，深情的目光凝視白卿言，灼人的愛意呼之欲出。

他單手捧住白卿言無瑕的五官，拇指摩挲她的唇角，再次試探靠近她的唇……

鼻頭相碰，她下意識屏住呼吸，心……怦怦直跳。

兩人近到，白卿言能感覺到蕭容衍粗重呼吸裡的每一分克制。蕭容衍是白卿言前世今生兩輩子加起來，唯一如此親密過的男人，這種陌生又令人歡喜的悸動，都是蕭容衍給她的。

大概，這就是和心愛之人親密的感覺，讓人如墜雲端，整個人都是暈暈乎乎的。

唇瓣再次觸碰上的那瞬，她心神俱亂，整個人被蕭容衍吻倒在坐榻之上，雙眼緊閉。

蕭容衍手緊緊抓住白卿言身下的軟墊，手背青筋凸起直跳，十分艱難才關住即將衝破理智牢籠的野獸，呼吸都在顫抖，眼前的……是他的阿寶，是他疼愛之人，疼惜之人，亦是他敬重……他心尖兒的姑娘。

他還未曾取得白卿言長輩的同意，他們還未曾拜堂，他……就這麼要了她，何談尊重……何談疼惜？蕭容衍望著雙眼緊閉屏住呼吸的白卿言，閉了閉眼，幾乎是用盡了自己畢生的自制力，才低聲道：「阿寶別怕，未成親之前，我不會做出更逾矩之事，別怕……」

白卿言緊攥著蕭容衍手腕的掌心裡，全都是細汗，她睜眼望著竭力克制的蕭容衍，唇瓣囁喏，不知哪裡萌生的勇氣，勾住蕭容衍的頸脖，仰頭吻了上去。

她面紅耳赤，睫毛輕顫，眼神閃躲，低聲向蕭容衍坦誠道：「不是怕……是從未經歷過，阿衍……在我心裡早已將你當做夫君這話，不是誆騙你，我只是……很是緊張。」

明明沒有經歷過，她卻知道蕭容衍竭力隱忍的是什麼，她惴惴不安，更因從未經歷過此事，對此事一無所知而恐慌不安。可她從未懼怕過和蕭容衍真正在一起。

她從不懷疑蕭容衍對她的感情，也明白自己此生除卻蕭容衍之外……心裡再容不下他人，她亦是知道儘管此時此刻他們還無法成親，等天下大定之後，他們必會在一起，可天下大定那日什麼時候會來，她也不知道。他們之間聚少離多，所以，她不願古板的拘泥一紙婚約，她願意順從自己的心，同蕭容衍只爭朝夕。

白卿言的坦誠，讓強行被蕭容衍按住的慾望蠢蠢欲動，幾乎要了他的命。

她環著蕭容衍頸脖的手臂收緊，耳朵紅得能滴出血來，再次吻上蕭容衍的薄唇。

蕭容衍再也按捺不住，吻並未中斷，他拽下腰帶上的幾顆珍珠……

珍珠撞上大殿內鉤掛織錦紗帳的纏枝銅鉤，珍珠落地的細微彈響聲中，垂帷紗帳從銅鉤上輕揚落下，層層疊疊將大殿盡頭遮擋的嚴嚴實實。

大殿之中半人高的鎏金博山香爐，帶著白檀香氣的輕煙嫋嫋升騰，不知清風從哪裡竄了進來，撩得那直上輕煙恍惚了一瞬，分列大殿兩側的三十二頭纏枝燈，火光跟著擺動，一層一層自大殿橫梁垂下的織錦紗帳垂角輕揚，好看的如同一朵稚嫩生澀卻極為豔麗的花苞，在風中猶自顫顫巍巍綻放。

白卿言驚醒時，正好端端睡在黑檀床上，她挑開床帳，瞧見窗外天已半黑，蕭容衍長髮披散正坐於几案旁替白卿言整理奏摺。

殿內並未亮著許多盞燈，只有蕭容衍面前的几案上有一團黃澄澄的亮光。

聽到床帳內傳來窸窸窣窣的動靜，蕭容衍抬頭朝著白卿言方向望去，含笑起身撩開紗帳朝白卿言走來。見白卿言正在垂眸繫衣衫系帶，他上前攥住白卿言的手，低聲道：「我來……」

四目相對，白卿言耳朵還是紅的。她眼底藏不住笑意，點了點頭問：「你還未走……」

「髮簪摔斷了，衣裳皺巴巴成那個樣子，要是穿出去，怕我前腳走後腳……便會傳出蕭容衍被大周女帝強行寵幸的消息！這裡是大周皇宮月拾進不來，只能等阿寶醒來，命人悄悄為我準備衣裳了。」蕭容衍凝視白卿言笑著道。

白卿言耳根更紅了，垂眸只笑不語。

「身子可有不適？能忍受嗎？」蕭容衍低聲問。

男女歡好這方面，蕭容衍也沒有什麼經驗，情動難以自持時，怕傷到白卿言。

白卿言是有一些不適，可這點小小的不適，又如何能同戰場之上受的傷相比較。

她搖了搖頭：「還好，你不必擔心。」

蕭容衍將白卿言擁入懷中，就像擁著這世間最珍貴的珍寶，低頭輕輕親吻她的髮頂，閉著眼享受這一刻的寧靜和溫馨：「希望天下太平那日能早點到，這樣……我便能日日守在你的身邊，日日這樣擁著你！抱著你！」

白卿言環住蕭容衍的窄腰，低聲說：「不會太遠的……」

「剛才有大臣前來求見，我讓魏忠攔了……說你在休息。」蕭容衍低聲同白卿言說著，剛剛她睡著後的事情，「奏摺我已經幫你理好，呂太尉他們送上來重要的奏摺我未動，只將其他奏摺按輕重緩急分列整理，方便你看。」

白卿言頷首望著他：「辛苦了……」

蕭容衍擁著白卿言往几案旁緩緩走去：「我瞧著這些奏摺，應當是呂太尉他們挑選了一遍，但因你是新帝登基，摸不清楚你的脾性……是要事無巨細親自處理，還是只把控大事大局，便連那些稍微需要做決斷的摺子都送了上來！」

他抬手撩開紗帳，擁著白卿言前行：「我整理出來放在一旁的那幾摞摺子，你可以原封不動派人送到呂太尉那裡去，讓呂太尉將摺子分回各處，讓各級官員自行決斷，如此……呂太尉他們便也知道，以後什麼樣的摺子需要往你這裡送，什麼樣的摺子他們做決斷，否則所有的摺子都等著你來做決斷，你會太累的。」

在這方面，蕭容衍自幼跟在姬后身邊，對官員的心理……官員揣摩上意的手段十分清楚。

而白卿言，從未被人教導過如何做一個皇帝，如何正確的應對官員為琢磨上意用的技巧，白卿言還在摸索。

蕭容衍說的問題，白卿言自然是發現了，她本意是打算將尚書令呂太尉、中書令沈敬中、侍中令董清平，和六部尚書請到一起，將此事開誠布公說一說。

白卿言希望，在大周的朝堂，臣子不需要用手段去揣摩她的心思，新朝新氣象，她不想晉朝舊時的惡習被帶到大周朝來。為臣、為君，都坦誠布公，如此才能免去中間許多曲折，更好的為國謀利，為民辦事，白卿言想要的，是將相和睦，君臣一心的局面。

大道至簡，她只要以身作則，必能……源潔流清。

白卿言點了點頭，同蕭容衍道：「別擔心，我心中有數。」

白卿言命魏忠悄悄給蕭容衍拿了一身衣裳，換衣裳的間隙，白卿言問起蕭容衍西涼的情況。

蕭容衍套上直裰，一邊繫盤扣，一邊道：「西涼那幾大門閥世族，並不難打交道，但想要觸碰到各世家門閥的核心人物，也沒那麼簡單，尤其是以商人的身分。這在各國都是一樣的，商人地位卑賤，除非能給到世家門閥足夠分量的好處，如此……與皇族之人打交道更為簡單一些。」

「你在西涼可與西涼那幾大門閥世族有來往？」白卿言問。

瞧著白卿言眼下烏青的模樣，蕭容衍望著白卿言片刻，走至白卿言對面跪坐下來，認真望著白卿言問：「你這是在為攻打西涼做準備，還是……準備在西涼布置什麼？若是準備攻打西涼或是在西涼布置什麼，不如派可靠的人走一趟。」

蕭容衍在西涼的根基並不穩固，這和他之前並未將重心放在西涼……也未曾花時間在西涼經營有關。之前大燕的重中之重，是穩住晉國，收復南燕，而後滅魏，所以蕭容衍將大部分的精力都花費在了這些事情上。

說起來……如今蕭容衍在西涼的根基，還不如那位名喚崔鳳年的年輕商人，那個叫崔鳳年的晉人去到西涼之後不知怎麼就入了西涼女帝的眼，聽聞那位女帝時常稱呼崔鳳年的表字……恭行，可見其關係非比尋常。

「在西涼，我倒是覺得……有一個人你可以派人去接觸接觸，或可收為己用！」蕭容衍抬眸望著白卿言。

白卿言一副洗耳恭聽的模樣望著蕭容衍。

「晉國有一個商人，名喚崔鳳年……字恭行，此人不知是如何入了西涼女帝的眼，聽聞那位女帝時常將這位晉國商人喚入宮中，聽這位商人講述晉國風貌，且稱呼這個崔鳳年的表字，可見其關係非比尋常。」蕭容衍醇厚的嗓音徐徐，「如今晉國已經改換為大周，他人又未在大周國內，若是你能派人去接觸一二，給這位商人吃一顆定心丸，讓他順利回大周，許以重利，說不住能夠收為己用，自然了……大燕也會去爭取這個人，誰能爭取到，阿寶……我們各憑本事。」

白卿言垂眸沉默未語……

崔鳳年，便是白錦桐。可白卿言未將此事告知於蕭容衍，如今西涼情況不明，錦桐的情況知道的人越少越好，免得壞了錦桐的布置謀劃。

蕭容衍的話，倒是讓白卿言得到了些許有用的消息，西涼女帝……喜歡召錦桐入宮講述晉國風貌，且稱呼表字……

蕭容衍剛換好衣裳不過片刻，白卿玦便來求見。

蕭容衍只得依依不捨親吻了白卿言的眉心，同她告別，叮囑她好好休息。

她點了點頭，亦是不捨的攥住蕭容衍的手，想起今日大燕使臣為燕國登基的新帝慕容瀝求親之事，道：「燕國求親之事，我不能答應，若讓幾個妹妹遠嫁，必定會讓嬸嬸們難過，宣嘉年間白家諸子葬身南疆的事情，已經讓嬸嬸們千瘡百孔……我坐上這個位置最初的初衷，便是為了護住她們，所以……絕不會讓她們再傷心。」

來之前，這個結果蕭容衍是料到的，畢竟白卿言護短，她如此疼愛幼妹之人，又怎麼會讓自己的妹妹隻身遠嫁。

燕國如今也是強國，以后位求親，燕廷上下必定不是想要大周官宦家眷為自家皇后的，要的……便是白卿言的妹妹，最好……是親妹妹，白家七姑娘。

「我知道……」蕭容衍點了點頭，「此次來前，我已能預料到這個結果。」

於燕國來說，蕭容衍要得也就是這個結果。

燕廷上下翹首以盼，希望大周女帝的妹妹能夠嫁入燕國為后，以此來鞏固慕容瀝的地位，以此……來對抗把控朝政壓制慕容瀝的九王爺慕容衍。

此次若是不能求得大周女帝的親妹妹，回去後讓人傳起來……說是大燕九王爺慕容衍破壞了此次求親，那麼……燕國的朝臣乃至燕國的臣民，都會知道幼帝慕容瀝自幼受攝政王九王爺慕容衍的欺壓，慕容衍亦是不希望慕容瀝強大起來。

只有如此，來日慕容瀝處置起他來，旁人才會深信不疑，相信慕容瀝真的與慕容衍反目，真的不贊成慕容衍的種種國策。

於私來說，阿寶是他的妻……

阿寶的妹妹嫁給他的侄子，將來如何稱謂？難不成要讓小阿瀝喚阿寶長姐嗎？

白卿玦已隨魏忠入殿，蕭容衍這才起身規規矩矩朝著白卿言行了一禮，又轉過身來朝白卿玦行禮。

白卿玦長揖還禮：「蕭先生。」

「七公子已到，容衍便不多做打擾，先行告辭了……」蕭容衍再次行禮。

「蕭先生請！」魏忠對蕭容衍做了一個請的姿勢，帶著蕭容衍出殿。

跨出殿門前，蕭容衍忍不住回頭朝著白卿言看了眼，見白卿言眉眼含笑，深沉的眸底亦盡是溫潤，而後才撩起直裰下擺，跨出大殿。

白卿玦負在背後的手微微收緊，他瞧出這位蕭先生身上這身衣裳，雖然已經很大程度上與他入宮時穿的那身相似，卻有很多不同之處。

白卿玦雖然不通男女之事，可也不是個榆木腦袋，從聽說今日宮宴之上西涼炎王李之節曾言蕭容衍與自家長姐已經定親，長姐未曾否定，便知……長姐與這位蕭先生怕已經定情了。

而後，這位蕭先生被長姐喚入宮中，一直到現在……又換了一身衣裳。

白卿玦注視著蕭容衍的背影，眸色冷沉，這位蕭先生能言善道，瞧著便是個會哄人的。

若是……撤了茶水換了身衣裳也就罷了，若是還未成親就敢對他長姐動手動腳，即便是恩人……白卿玦也不能輕輕放過。

「阿玦……」

聽到白卿言喚他，白卿玦這才回神，轉過身朝白卿言行禮：「長姐……」

白卿言抬手示意白卿玦在自己對面坐下，問：「可是已經將幾位藩王的兵，都安置妥當了？」

白卿玦撩著直裰下擺在白卿言對面坐下，頷首：「已經都安排妥當，安排在程遠志將軍麾下，程遠志將軍和衛兆年將軍，還有沈良玉將軍都回來了，原本他們想來覲見長姐，可宮門重重，等到了聽說長姐睡了，便沒有前來打擾。」

住進了皇宮，自然是不如住在宮外白府時那麼方便。

白卿言聽到這幾個名字就如同聽到了親人的名字，眉目間全都是溫暖的笑意，眼眶發酸：「我正在等他們，阿玦你親自去請幾位將軍過來，我在將軍亭備酒候著他們。」

白卿玦眉目間也露出笑意來，輕快起身長揖：「我這就去！」

「魏忠……」白卿言對殿外喚了一聲。

魏忠立刻跨進大殿邁著碎步上前：「陛下……」

「在將軍亭備酒席，讓人請錦繡和阿雲，還有錦昭、錦華、錦瑟一同過來。」

白卿言難掩喜悅，又高聲囑咐了一聲：「還有沈青竹和肖若江。」

天際最後一絲殘血霞輝徹底被黑夜星辰覆蓋，整個大都皇宮已是燈火輝煌。一座接一座氣勢宏偉的重簷殿宇，莊嚴矗立在耀目璀璨的燈火之中，遠遠望去那恢宏肅穆的景象令人震撼。

沈昆陽和谷文昌、衛兆年還好，早年也是跟著鎮國王進過宮的，可程遠志、沈良玉在外面瞧過皇宮無數次，這入宮還是頭一遭，不免看哪兒都覺得稀奇。程遠志只覺皇宮果真是富麗堂皇，左瞧瞧右看看，剛到大殿高階之下時，就看到負手立在高階盡頭之上的白卿言。

白卿言已換了平日裡的練功服，在這裡迎候白家軍幾位將軍多時了，一瞧見他們眉目笑意便舒展開來。

「小白帥！」程遠志難掩激動，伸手指向高階上的白卿言，扯著粗獷的嗓門兒高喊了一聲，引得在高階兩側護衛的禁軍側目。

今日白卿言登基，除了沈昆陽之外，其他四位將軍都在城外防備幾位藩王的軍隊未曾入城，可他們的小白帥推翻了晉國皇帝，登基為帝……這讓他們怎麼能不激動？

南疆之時，白卿言更是明白告訴他們幾位白家軍的將軍……要養私兵，是為存白家軍，亦是為了將來……若遇昏君，反君護民。

白家逢難之後，曾經他們看著長大……鮮衣怒馬的敢為先鋒，鋒芒畢露的小白帥，一力擔起白家軍的擔子，變成沉穩、內斂、堅毅之人，身處困頓不忘大志，不忘白家軍建立的初衷，不忘白家的初心，氣吞山河。

而今，他們的小白帥做到了，她反了晉國那為求長生不老弄得民不聊生的皇帝，坐上了帝位，為白家軍報了仇，為白家報了仇，甚至還開創了大周國。

沒有人能比他們這些，看著白卿言長大的白家軍將軍們更高興。

「老程！」谷文昌忙將程遠志指著白卿言的手按下來，示意一旁還有禁軍在，「小白帥現在已經是陛下了，這是在皇宮……你守禮一些！好生生的行禮喚陛下！」

谷文昌話音一落，就見白錦繡推著白卿雲，還有一身戎裝的白錦昭、白錦華都立在了白卿言身旁。他們望著曾經與他們同戰過的二姑娘……看著死裡逃生的白卿雲，眼眶發熱，彷彿曾經與他們這些白家子嗣浴血而戰的情景還在眼前，一眨眼的時間，他們就都長大了！

就連他們出征前頭上還紮著兩個小包包，被嬤嬤抱在懷中的五姑娘和六姑娘，如今都已經身著鎧甲，英姿颯颯立在那高階盡頭。那白家七姑娘，立在小白帥身邊，年紀雖小，卻已隱隱有了小白帥的風姿，將來定然也是白家軍的一員猛將。

在白家長輩都戰死之後，以小白帥為首的白家子嗣，撐起了白家軍的脊梁。

那一瞬，谷文昌熱淚翻湧，甚至有一種，他是不是老了的感覺。

明明……哪怕此時上陣殺敵，他還能以一敵百，可瞧著白卿言，瞧著白錦繡……瞧著白卿雲，瞧著白錦昭、白錦華和白錦瑟，還有身邊的白卿玦，谷文昌竟然覺得自己老了。

還好……蒼天有眼，為白家留下了人！

「沈叔、谷叔、衛將軍、沈將軍、程將軍……走吧，長姐還在等著我們。」白卿玦說著，在前帶路。

隨白卿玦踏上高階的程遠志不見身旁的谷文昌，他知道谷文昌腿腳不方便，正要去扶谷文昌，一回頭竟瞧見谷文昌正低頭用衣袖抹眼淚，不可置信地吼了一嗓子：「老谷，你怎麼哭了？」

谷文昌：「……」

谷文昌抬頭瞪了眼程遠志，沒好語氣道：「哭個屁！我這是沙子進了眼！」

「我就說嘛！堂堂七尺大漢……不就是腿腳不好沒我們走的快嘛！你哭我瞧不起你！」程遠志走下高階，「我扶你！」

「腿腳不好也能踹飛二十個你！」谷文昌說完，抬腳朝高階之上走去。

「你這話就是吹牛了！」程遠志用拳頭砸了砸自己的胸口，往下走了幾步，伸手扶住谷文昌，「我這麼大的塊頭，你腿好著的時候都不見得能踹飛，現在的你想踹飛二十個我，也不怕風大閃了舌頭。」

已經脫去戎裝，換了一身霜色直裰的衛兆年垂眸輕笑，望著隨風搖曳的黃澄澄燈火之中，扶住谷文昌的程遠志，又回頭朝著高階之上的白卿言望去，心中感慨萬千。

走在最前的白卿玦回頭看著笑笑鬧鬧的谷文昌、程遠志，夜風帶著白日裡殘留的一絲熱浪，將白卿玦碎髮與束髮的髮帶吹得飄揚，纏綿在他盡是溫潤笑意的眉眼旁，他已經很久……很久沒有看到過這樣的白家將軍了。

就算是他在南疆，也從未……見過他們這幾位將軍湊在一起，如此歡聲笑語過。

白錦華、白錦昭和白錦瑟從未跟隨這幾位將軍出征過，以前也只是在出征前遙遙見過，或是從自家長輩……兄長姐姐口中聽說過這幾位將軍的名字。

尤其是白錦瑟，她還未曾領過兵，甚至未曾入軍營，瞧著那幾位將軍……心中除了好奇之外，更多的是敬佩！

宣嘉年間南疆一戰白家軍那麼慘烈，如今白家軍功勳無數的將領就只剩下這五位了。

幾位將軍往高階上走，抬頭看向燈火通明的盡頭處，立在宏偉肅穆重簷殿宇的白卿言，只覺白卿言的氣勢絲毫沒有被這莊重的殿宇壓下去，不動聲色之中盡顯內斂渾厚的威嚴。

「青竹和肖若江還未來嗎？」白卿言問魏忠。

魏忠邁著碎步上前，恭敬同白卿言道：「沈姑娘同陛下的乳兄派人來回稟，稍晚一些到。」

見幾位將軍已經快要上來，白卿言點了點頭迫不及待走下高階迎了幾步，沈昆陽帶著幾位將軍在高階之上單膝跪下行禮。

剛還嘲笑谷文昌落淚的程遠志，望著朝他們迎來，又瘦了不少的白卿言，鼻頭一酸，沒忍住心中的情緒，抱拳哽咽著高聲同白卿言喊道：「小白帥，白家軍程遠志奉命回都，見證登基大典，與小白帥共建白家祖輩、白家軍之宏圖大志，與小白帥……為一統天下而戰，不戰死！不卸甲！」

程遠志激盪難抑的心情被壓了一路，此刻見到白卿言再也忍不住了，他粗獷渾厚的聲音，響徹這皇宮上方，鐵骨錚錚的漢子，定定望著白卿言，黝黑的面部線條緊繃著，眼淚無聲掉落。

他的話，不僅讓白卿言……也讓白家所有人，讓這幾位白家軍將軍全都紅了眼。

此次所有白家軍，都是聽到了白卿言的詔令，聽到白卿言讓他們回大都城共證登基大典，要與他們完成白家和白家軍祖祖輩輩所謀所圖的志向。

沈昆陽將眼淚忍了回去，通紅的眼底都是欣慰的笑意，比起陛下這個稱呼，對白家軍來説……白卿言更是他們的小白帥，是鎮國王白威霆和鎮國公白岐山的後繼者，是白家軍的扛旗者！

沈昆陽被程遠志的情緒感染，抱拳行禮：「我等白家軍，願追隨小白帥！為一統天下而戰！不戰死！不卸甲！」

谷文昌差點兒因為程遠志一番話，再次忍不住落淚，他與衛兆年、沈良玉跪地抱拳：「誓死追隨小白帥，為天下一統而戰！不戰死不卸甲！」

當初白卿言的詔命傳到南疆，白家軍的老人們……誰聽了不落淚？

軍營裡，跟著沈昆陽、程遠志他們從南疆戰場的屍山血海裡回來的白家軍，堂堂鐵血漢子，各個都哭成了淚人兒。

因為他們的小白帥，還惦記著他們這些南疆一戰尚存一息的白家軍，要他們回大都城，共證登基大典。

他們白家軍的小白帥，如今……站在了更高的位置，成為大周的女帝，要帶著他們一統天下，開創萬世太平。

宣嘉年間南疆一戰，鎮國王白威霆、鎮國公白岐山，和白家的諸位將軍之死，就像是陰沉沉的霾，一直壓在每一個白家軍的頭頂和心上，讓他們無法釋懷。

而白卿言對所有白家軍而言，就如同黎明前最深沉夜空中……越過了所有黑暗的那道霞光，驅散了黑暗陰霾，讓他們看到了新的希望，有了新的方向。

如今，他們的希望和方向，更是站在了大周國最耀目的位置。

「沈叔、谷叔、衛將軍、程將軍、沈將軍……都快起來！」白卿言接連將幾個人扶了起來，「去歲聽說谷叔的腿陰天下雨便會癢痛難忍，用了洪大夫的藥可曾好了？沈叔、衛將軍……程將軍，沈良玉……你們身上的傷可都好了？」

程遠志用手背抹去眼淚，用力砸了砸自己的胸膛：「小白帥放心！都好了！結實著呢！」

「都好了！都好了……」沈昆陽笑著頷首，今日登基大典之時，沈昆陽和白卿言沒有機會單獨說幾句話，此時不免掛心起白卿言的身子，「南疆時，聽聞小白帥又是替前朝太子擋刀，又是幾度生死徘徊，著實讓人捏了一把冷汗……」

「是啊！小白帥可都恢復好了？」谷文昌上下打量著白卿言，「怎麼瞧著比上次還瘦了，是不是還未恢復好？」

「都好了！谷叔放心！」白卿言眉目間的笑意越發溫和。

衛兆年抬眸朝著坐在輪椅之上的白卿雲望去，卻不見白卿琦，不免問了一句：「聽說三公子也回來了，怎麼不見三公子？」

「阿琦有事先行離開大都了。」白卿言瞧了眼雙眸通紅的沈良玉，又看向沈昆陽和谷文昌、衛兆年和程遠志，笑著開口，「我在將軍亭備了酒席，我們過去說話……」

幾個人紛紛點頭，隨白卿言一同往將軍亭的方向走。

谷文昌看到程遠志擦眼淚的模樣，忍不住還嘴回去：「喲，你這臉上掛的什麼？堂堂七尺大漢……你哭什麼？」

「老程這不叫哭，叫……猛虎落淚！」沈昆陽打趣笑道。

程遠志：「……」

本應是肅穆莊嚴的白玉高階之上，幾個男人粗獷的笑鬧聲，在這黑夜之中顯得格外溫馨。

白卿雲坐在輪椅之上，瞧著幾位白家將軍，輕輕攥住了直裰下擺，想起曾經同長輩坐於篝火之前，暢快擬戰……他們兄弟在長輩面前插科打諢笑笑鬧鬧的模樣。

許是因為白家的長輩都不在了，白卿雲看到沈昆陽、谷文昌和衛兆年這三位常伴家中長輩左右，與他們父輩年紀相當的白家軍將軍們，打從心底裡將他們當成長輩一般。

沈昆陽等人一見白卿雲，又忍不住紅了眼，可他們沒有如同關切女娃子一樣，對白卿雲說什麼保重的話，只與白卿雲說來日再一同血戰沙場！游龍騎兵營不能沒有白卿玦和白卿雲……

白卿雲哽咽頷首。

幾人剛到將軍亭，沈青竹和肖若江便前後腳到了。

沈青竹向白卿言和白家幾位姑娘、白卿玦行了禮，又鄭重同沈昆陽行禮：「義父！」

沈昆陽點了點頭，忙道：「快坐吧！我們父女之間哪有這麼多禮數！」

沈青竹與肖若江同其他幾位將軍行過禮之後，這才落坐。

白卿言大致詢問了幾人關於南疆練兵之事後，便讓白錦昭、白錦華和白錦瑟同幾位將軍見禮。

沈昆陽忙站起身擺手：「使不得使不得！」

坐在圓桌前的白卿言卻淺笑著，示意沈昆陽坐下，道：「這禮……幾位將軍都是受得的！祖父和父親、叔父們在的時候，我們每一個入軍營的白家子，都曾向各位將軍行禮，你們對我們白家子嗣來說，不僅僅只是長輩……更是前輩！小五、小六、小七……行禮。」

白錦昭、白錦華和白錦瑟，正正經經朝著幾位將軍行了禮。

幾位將軍也坐不住，起身還禮。

衛兆年一向睿智，在白家軍其他幾位將軍還未反應過來時，便已經察覺出白卿言的用意。

衛兆年朝著白卿言看去，不再如最初一般同白卿言繞彎說話，直抒胸臆：「小白帥這意思，是要五姑娘、六姑娘和七姑娘入白家軍？」

白家子嗣不論男女，年滿十歲都要入軍營歷練，因為白家蒙難……此事也就跟著耽誤了下來。如今一切都在往好的方向走，白卿言也還是想將這樣的傳統繼續下去。

白卿言頷首：「小五……個性與小四最為相近，所以我想讓小五跟著沈叔，沈叔得好好磨磨她的性子，有沈叔看著我也放心。」

沈昆陽望著白卿言有些許晃神，怔愣片刻，才點了點頭：「小白帥放心！」

曾經白卿言被白岐山安排到沈昆陽麾下時，白岐山也是這麼同沈昆陽說的……他讓沈昆陽好好磨磨白卿言的性子，說……有沈昆陽看著白卿言他放心。

沈昆陽發紅的眸子看著坐於燈下，內斂穩重，將白錦華安排到谷文昌麾下的白卿言，唇角淺淺勾起……

如此，副帥白岐山應當能夠瞑目了，曾經最讓副帥擔憂的小白帥……如今已經成長為副帥沉穩的模樣。

「至於小七，我想讓小七跟著衛將軍。」白卿言看向衛兆年，「小七年紀雖然小，可在我們姐妹之中算得上是極為早慧的，四叔曾經稱讚過衛將軍是他麾下最有謀略的將軍，四叔十分倚重，所以……我想將小七交於衛將軍，希望衛將軍能好好帶帶她！」

白卿言這話的意思很清楚了，白錦瑟不擅長與程遠志、沈昆陽這樣的將軍一般上陣殺敵，所以白卿言是想讓白錦瑟跟隨衛兆年學習兵法，學習如何成為能領兵還能謀劃的將領。

衛兆年朝著年幼的白錦瑟望去，白錦瑟立刻起身，朝著衛兆年長揖一拜：「請將軍教我！」

衛兆年忙起身，相對還禮，又朝著白卿言長揖行禮：「小白帥信得過，衛兆年必定捨命護七姑娘，傾囊相授。」

安排好了三個妹妹，白卿言這才緩緩開口：「宣嘉十六年，白家軍圍困雲破行，仇人近在咫尺……為了存活，不得已放走了仇人，那時……我給了自己三年的期限，也給了雲破行三年時間，許諾白家軍眾位同袍兄弟們，會帶著他們為白家軍和白家眾位將軍復仇，三年之期只剩幾個月了……」

沈昆陽等幾位將軍，正襟危坐。

涼風入亭，從亭外圓柱橫梁之間垂落下來遮擋蚊蟲的紗簾輕輕搖曳，夏蟲鳴聲戛然停了一瞬，似在屏息等待白卿言接下來的話。

「時間一到，若雲破行不來，還請諸位將軍隨白卿言一同，帶著白家軍率兵叩關！」白卿言語聲鏗鏘，語音之間便能讓人感到她報仇之心堅定，「為白家軍報仇！」

衛兆年明白了，此次不論西涼開出什麼樣的條件，白卿言都不會同西涼議和。他拳頭緊了緊，若是站在大局之上看來，此次……白卿言應當接受西涼議和，讓戎狄和大燕去同西涼鬥。

可作為白家軍，曾經白卿言起誓要在三年之後帶他們復仇，若白卿言為國取利而食言，他們都能理解，卻……會失望。

「時間還有，在大周叩關西涼之時，一定不能讓大燕閒著……」衛兆年語聲不緊不慢，「燕國從國君到百姓，骨子裡都有著一股子狠勁兒，若是大周陷入大戰之中，讓大燕趁機休養生息，怕會漁翁得利。」

「燕國與戎狄簽訂了盟約，三年之內戎狄攻打西涼，大燕不得插手不得分羹。」白卿言手指摩挲著石桌邊緣，「而如今大燕雖然國力強盛，與大周相比還有差距，也不敢冒然開戰！所以……若大周與西涼一旦開戰！大燕首選便是攻打戎狄！」

「大周與戎狄一同攻打西涼，燕國繞行攻打戎狄皇廷將戰線拉至戎狄北側，必會逼得……戎狄撤軍回防，而此時……大周陷入西涼，即便是能騰出手去助戎狄，燕國就在大周的西面，必會發兵……」白卿言甚至能想到那個時候的亂局，「四國……必會亂成一鍋粥。」

程遠志咬了咬牙，他是真的很想同小白帥一同殺入西涼復仇，可若是大燕生亂的確也是防不勝防……程遠志想起最近名聲大噪的大樑悍將謝荀，還有那位大燕的二皇子慕容平。

「小白帥若是擔心大周西面，程遠志願帶兵住紮在大周燕國邊界，就是死也不會讓燕人越過邊界半步！想去戎狄……除非從我程遠志的屍體上踏過去！」程遠志起身，單膝跪地請命。

一統的大業，需要有人衝在最前，血戰留名，也需要有人在後方策應防備，既然小白帥帶著他們白家軍一腳踏上一統天下這條路，堅決不能出現任何意外。

強敵在側……程遠志願意做那個在後方，為小白帥和白家軍斷後顧之憂的人。

「我去守燕國邊界吧！」衛兆年緊緊攥住的手鬆開，似下了決心一般緩緩開口，「程將軍是白家軍的勇猛悍將，戰場之上……程將軍之名便足以讓西涼人聞風喪膽，而牽制住燕國，我比程將軍更為合適。」衛兆年就差明著說，牽制燕國要用腦子，程遠志打仗時腦子雖然好使，可到底是個粗人，難免會忽略一些事情。

「我去吧……」輪椅上良久未開口的白卿雲突然道。

白卿雲看向白卿言：「長姐若信得過阿雲，大燕我來守……必將其鎖於燕界之內，不讓燕人沾染大周國土半分！」

這些年，白卿雲在羅盤山四海閣未曾閒著，這一點沒有人比肖若江和肖若海更清楚。

白卿雲幾乎是日以繼夜，沒有了雙腿……他便要在別的地方補足自己的不足。

羅盤山四海閣存在了不知道多少年，它的存在就如同鬼穀子一般，對普通人來說……一直都是一個傳說，幾乎無人能在迷霧重重的羅盤山找到四海閣……窺見四海閣的真顏。

世人都說羅盤山四海閣乃是仙山仙閣，包羅天下學問和武功絕學，更有奇門遁甲。

傳言中，羅盤山四海閣會因弟子的天賦來教授弟子課業，但凡……羅盤山的弟子下山，要麼如同顧一劍一般成為天下聞名的劍客，要麼如同燕國曾經的水利大家司馬勝聲名大噪，要麼如同魏國公孫丞相一般，執宰一朝。

白卿雲決定去四海閣的時候，是抱著一線希望……希望傳聞中精通奇門遁甲的四海閣能夠醫好他的雙腿。可到了四海閣之後，顧一劍卻告訴白卿雲，所謂奇門遁甲絕非外界傳的那般神乎其技，能肉白骨生斷肢，他讓白卿雲做出選擇，是耗費十幾年光陰才可能勉強站立，從此卻不再是個武者，還是……放棄雙腿，學習一些白卿雲在旁的地方學不到的東西。

白卿雲想到了自家長姐，想到了白家的一統大業，捨棄了雙腿，學的……是兵器改良製造和各種戰術，此次若不是白卿言昭告四海，讓白家子回大都城共證登基大典，白卿雲便要正式接觸奇門遁甲，繼續學習如何排列陰遁九局與陽遁九局。

「這不行！」程遠志第一個站出來反對，表情難得一見的認真，「攻西涼，是為了一統，也是為了復仇……九公子是白家子，我們幾個人誰都可以不在西涼戰場之上，九公子不行！」在程遠志心中，復仇和一統天下同樣重要，他以為這個珍貴的機會誰都可以缺席，就連他們都可以……

可白家人不能！

「老程平時說話不著調，這次倒是說的對了……」沈昆陽贊同的點了點頭，「攻西涼，九公子絕不能缺席。」

白卿言瞧著白卿雲點了點頭：「沈叔和程將軍說的是，攻西涼……白家人一個都不能缺席，但幾位將軍也不能缺席！此事……我會妥善安排。」

白卿雲垂眸，擱在腿上的手輕輕收緊，攥緊了衣裳，緩慢開口：「這些年……我在四海閣學了些本事，距離長姐和雲破行約定的三年之期還有數月，雖然來不及替換所有大周將士手中所握的兵器，但應當來得及替換白家軍手中的兵器，和攻城器械。」

白卿雲如今手上就有一批圖紙，可大大改良將士們的兵器，增加兵器殺傷力。

「此事，可以讓軍器監曾善如來同你商量。」白卿言道。

白卿言登基任命了一大批大小官員，之前在白家得用的，自然也都領了官職，比如曾善如……如今領了軍器監一職，主管兵器監造。

「小白帥打算什麼時候讓五姑娘、六姑娘和七姑娘入軍營？」衛兆年又問。

「此次幾位將軍回南疆，便將她們三人帶走……」白卿言視線落在幼妹身上，抬手摸了摸離她最近的白錦瑟的髮頂，「就拜託諸位叔叔了！」

白卿言眉目帶著溫潤的笑意，將三位妹妹交給白家軍的幾位將軍，她沒有任何不放心，對白家與白卿言同一輩的白家子嗣來說……他們都是長輩。

「另外再有一事……」白卿言鄭重望著沈昆陽等幾位將軍，鄭重道，「阿琦和肖若海都已經奔赴西涼，若是西涼方面阿琦和肖若海傳來任何需要調動兵馬的消息，幾位將軍不必派人回大都城請旨，一切兵馬調動聽從阿琦命令。」

白錦繡自然知道白卿琦去西涼是為了什麼，白卿言將南疆所有兵馬的調度之權給了白卿琦，為的就是不惜一切代價救出白錦桐。

「小白帥放心！我等明白！」程遠志對白卿言的命令從無猶疑。

此時皇宮之內，白卿言帶著白家子同白家軍的幾位將軍在將軍亭內，細細說著這些年各自過的如何。沈昆陽不免說起呂太尉的孫子呂元鵬，和御史中丞司馬彥的兒子司馬平。

「呂元鵬這個小子和那個司馬家的小子改了名字，一個叫呂三，一個叫馬三，兩人都是不錯的苗子，那個呂元鵬雖然有點兒蠢，還嬌氣，可關鍵時候倒是撐得住，還有那個司馬家的小子……跟個泥鰍似的，滑不丟手……但好歹從未耽誤過事情，也算是重情重義！那個呂元鵬要不是司馬家這個小子在軍營之中護著，那屁股怕是早就被軍棍打開花了！」

沈昆陽說起這兩人，到底是欣賞更多一些，即便呂元鵬和司馬平這兩個人身上有千萬種紈褲公子的缺點，可重情重義這一條……就能讓沈昆陽欣賞。

此時，從南疆歷練回來，整個人被曬得黑瘦的呂元鵬正跪在自家祠堂裡，瞅著自己那位負手而立，手中握著戒尺的祖父，嘿嘿直笑：「翁翁，我可沒給翁翁丟臉，我現在已經是千夫長了！翁翁你看……我哥總是說，雞蛋不能放在一個籃子裡，我這絕對不是不告而別，而是……去參軍給咱們呂家尋退路了！」

呂元鵬特別驕傲挺起胸膛，同自家祖父說：「翁翁你不知道！我特別出息！我改名為呂三，沒靠家裡……沒有靠翁翁的名聲，現在都已經是千夫長了還沒人知道我是翁翁的孫子！」

呂太尉太陽穴突突直跳，他怎麼就有了這麼個孫子?!都不知該說他單純好，還是蠢蛋好！

還有臉在這裡說沒有人知道他的身分，就連魏忠都知道呂元鵬成了千夫長，他還好意思得意洋洋說自己將身分藏的極好。

見呂太尉繃著臉不說話，面色似乎更陰沉了一些之後，又幾不可聞的歎了一口氣，很是無可奈何，呂元鵬怕祖父是因為他不告而別的事情氣壞了身子，他挺起的胸膛縮了縮，跪在蒲團上又乾笑了一聲，乾脆直接將自家哥哥給賣了……

「翁翁，這事兒不能賴我！這都是我哥的主意！是他讓我偷跑的！我攢了好久的銀子也被我哥誆走了！翁翁你都不知道我有多可憐！我哥塞給我幾身乞丐穿的衣裳，騙走了我的所有銀子，連匹馬都沒給我留啊！要不是我機靈直接去新軍營，就靠我這方向不分兩腿不勤……人家白家姐姐都登基為女帝了，我可能還在討飯去南疆的路上！」

說著說著，呂元鵬簡直委屈的不行，眼淚吧嗒吧嗒往下掉。他用袖子抹了下眼淚：「翁翁你可得好好教訓教訓我哥！他差點兒耽誤了咱們呂家一個千夫長！」

呂太尉原本還想要好好教訓一下這個孫子，可瞧著自家這孫子雖然是朽木不可雕，但……也算是傻人有傻福，也就歇了這分兒心思。

算了，兒孫自有兒孫的造化，讓呂元鵬留著這分傻氣，說不準對呂家是好事。

相比擔心呂元鵬，呂太尉此時更擔憂的是白卿言明日去國子監見那些生員的事情。

呂太尉將手中戒尺放在一旁，長歎一口氣，在椅子上坐下。

「翁翁……」呂元鵬用極低的聲音喚了一聲，見呂太尉臉色不好，心虛道，「要不要我讓人給翁翁請個大夫？」

「好生在這裡跪著！」呂太尉瞅了眼呂元鵬，站起身跨出祠堂。

呂太尉一從祠堂出來，就見呂錦賢還有呂元鵬的父親呂三爺和母親呂三夫人匆匆上前，呂元鵬的母親瞧見公公手裡的戒尺，眼淚一下就掉下來了，心裡不免埋怨……元鵬那孩子回來的時候都黑瘦的沒個人形了，公公怎麼還這麼狠心打孩子！

呂元鵬的母親敢怒不敢言，只能委屈巴巴的掉眼淚，呂元鵬的父親也不免在心裡埋怨父親對呂元鵬太嚴了些！那孩子打小兒就被寵壞了，可好賴現在是白家軍之中的千夫長，也算是給呂家長臉了啊！

呂太尉一瞧自己三兒子和三兒媳婦的表情，便知道兩個人是個什麼心思，直接將手中的戒尺丟到兒子懷中，吩咐不許任何人進祠堂去看呂元鵬，便喚了長子呂錦賢一聲，兩人沿著廊廡緩緩離去。

「父親，我聽說陛下打算在荊河邊上為宣嘉年間南疆一戰，戰死在南疆的將士們立碑。」呂錦賢低聲同呂太尉說，「今日兒子聽工部的人提了一嘴。」

「為白家軍嗎？」呂太尉問。

「是為所有戰死南疆的將士，聽說……陛下的意思，是要讓大周世世代代的國君和百姓，永遠記住這些為國為民而死的將士們。」呂錦賢道。

呂太尉知道白卿言出身將門，也是一位血戰沙場的將士，願為已死的將士們立碑這也在情理之中。「此事你若是覺得不妥當，便去同陛下進言，我們如今這位女帝，並非晉帝，她心懷坦蕩，凡事你直言便是了，不必與為父商議如何應對！」

呂太尉腳下步子停下，立在燈下，語重心長同呂錦賢道，「為父老了，來日……大周的朝堂，是陛下和你們這些臣子的朝堂，你總要明白你如今所效忠的君上是個什麼樣的人，總要學會如何同你的君上相處，如此才能更好的為國出力，為民盡心。」

呂太尉已經年老，即便是貴為太尉……被尊為帝師，他也知道能留給他立在朝堂的時間其實不多了。呂太尉其實很羨慕自己的兒子和孫子，他們比他幸運……雖然遇到個半路出家的女帝，可這位女帝的品格和心胸著實讓人難以望其項背，有時坦蕩磊落的讓呂太尉都措手不及。

相處下來，呂太尉不免感慨，他年輕時……懷著滿腔的熱血步入仕途，曾經夢想的便是遇到這樣一位君主，哪怕他不是明君，至少要有一顆為民且磊落的心，不需要官員費盡心思揣摩君上的心思，只要官員費盡心思富國強民就好。

可他將大半輩子奉獻給了晉帝，揣摩上意和圓滑繞彎處事已經深入骨髓，很難再改。他的兒子和孫子們都很幸運，能夠遇到這樣的皇帝，所以……他不希望他們再學會他身上的惡習。

他只希望，在他從朝堂上退下來那日前，能夠讓他看一眼，他未曾步入仕途之前，曾經想像中的那個……朝堂。

第七章　男尊女卑

第二日一早，大周女帝要前往國子監的事情都已經傳遍了。

河東王聽說此消息，命令他手下之人不要再摻合此事，將他們的人手乾淨俐落抽出來，絕對不能留下任何痕跡。既然現在一切已經成為定局，河東王要做的便是最大程度上藏住自己所作所為的痕跡，以免被白卿言抓住把柄，否則怕是活命都難。現在他和朔方王兩家子的人都在白卿言的手裡攥著，能不能活……怎麼活，全都在白卿言的一念之間。

義憤填膺的國子監生員們，湊在一起，點燈商議了一整個晚上，將今日見到白卿言之後要說的問題全都用筆記下來，靜候巳時。

天剛剛亮，白卿言便已早早出宮。

昨夜白卿言與白錦繡坐在燈下促膝長談，白錦繡已經同秦朗說定了，要帶著望哥兒一同前往韓城，她也知道韓城那邊兒事急……畢竟白錦稚衝動，她怕白錦稚再做出什麼不可挽回的事情來。

韓城歸降，大戰過後……便必須用懷柔的手段，收攬人心，而非一味要強。

所以白錦繡昨夜便同白卿言商定，今日一早出發前往韓城，白卿言連夜下令，命林康樂帶兵隨同白錦繡一同前往韓城，與白錦稚和趙勝換防回大都城。

和白卿言長談之後，白錦繡又去見了她的母親，幾乎一夜未睡，所以她一早就與望哥兒和秦朗一同乘坐馬車出了城，與在大都城外紮營的林康樂大軍匯合。

白錦繡沒有想到白卿言會來城外送她，她聽翠碧說東面山坡之上的好像是白卿言時，忙撩開馬車窗幔朝著高坡之上望去，果真瞧見自家長姐一身勁裝，騎著白馬，身邊只帶了沈青竹。

白卿言手握韁繩背光而立，靜靜望著白錦繡越走越遠的車隊。

顛簸的馬車未停，白錦繡瞧著立在那片初晨霞光之中的白卿言，忍不住朝著白卿言揮了揮手。

曾經她在這裡送長姐離開，如今……長姐立在那裡送她。她希望自己這一次離開大都城，回來之時也能像長姐那樣……給白家和這個國帶來不一樣的改變。

瞧著大軍如長龍般緩緩而行，越走越遠，沈青竹提韁上前，低聲同白卿言道：「大姑娘，回吧！巳時還要去國子監呢。」

白卿言頷首，扯住韁繩，調轉馬頭：「回吧！」

「大姑娘，得到消息……昨夜有國子監的生員去請關雍崇老先生了。」沈青竹騎馬跟在白卿言身旁，低聲同白卿言道。

白卿言垂著眸子抿唇不語，手悄然握緊韁繩。她自然知道，這些學子去請她的恩師是為什麼，但白卿言相信……恩師能理解她允許女子入學堂、考科舉和為官的意圖。

當初恩師能在武德門外，當著那麼多學子的面維護她，稱她是此生之傲，所以她相信恩師必能理解，她這麼做的意圖。畢竟，若是能夠允許女子讀書、科舉和為官，那麼……整個大周朝可選拔的人才，便會多一半。不以男女論尊卑，不以男女論高低，人人平等……各自以己身所長來為國出力，為民出力，這個國家將會以數倍的速度強大起來。

「無事，回吧，讓魏忠準備準備出發前往國子監。」白卿言說。

國子監的祭酒、司業，早早便帶著國子監上下立於國子監門前迎候女帝。

晨陽初盛，細碎的金光從層翠疊綠的高樹，落了國子監生員們一肩，生員們未曾發覺，立在國子監祭酒和司業身後，竊竊私語，還在商討一會兒如何不畏強權與白卿言辯駁。

國子監高階兩側的青草葉片上，綴著幾滴要掉不掉的露珠，各個光芒璀璨，似嵌入了一方小小世界，將這耀目晨陽和國子監的青黑屋瓦的重簷屋舍，與這些衣著齊整朝氣蓬勃的生員們全都容納其中。忽而有人快馬來報，稱女帝快馬而來，快要到了，國子監祭酒忙扶著司業的手，朝臺階下走了兩步，遠遠瞧見從大盛晨光之中騎馬而來的白卿言，連忙撩起直裰下擺，帶著國子監一眾教員和生員匆匆迎了下來。

生員們以為今日白卿言會穿著龍袍，做男子裝扮前來，畢竟西涼女帝登基之後，穿著西涼帝服，做帝王裝扮上朝聽政。他們昨夜反覆推敲此事，今日還預備拿這件事來說事，沒成想白卿言騎在馬背之上，並未穿著帝王服飾，她一身素白色勁裝，一頭鴉羽般的烏髮梳著綠雲高髻，滿頭無珠翠，只簪了一根白玉雁簪，遠遠瞧著分明是位讓人一眼驚豔的清麗美人，可那清麗淡雅之中就是帶著股子極為厚重的沉穩威嚴之感，讓人不敢因為她的美貌，而生半分輕慢褻瀆之心。

白卿玦帶著重甲騎兵相護，一路緩緩而來，在國子監高階之下勒馬停下。

「參見陛下！」年邁的國子監祭酒率先跪了下來，朝著白卿言行禮。

國子監上下無人敢拿喬紛紛下跪叩首。

白卿言下馬，彎腰親自將年邁的國子監祭酒扶了起來：「諸位皆是我大周來日棟梁，不必多禮，我知道諸位生員有諸多疑問想問，有諸多意見想提，還請諸位先行入國子監落坐，今日白卿言將一切朝政交於呂太尉，與諸位生員在這國子監共疏心中壘塊，日後……齊心協力共翼大周。」

一身勁裝窄袖胡服的女子朝著眾人拱手，語聲從容溫雅，立在這些褒衣博帶，寬袖隨風搖曳，手持麈尾風度翩翩的國子監生員們之中，倒顯得格外清雅秀逸。

白卿言並未粉飾太平，她知道國子監的生員們有一肚子的怨憤，未拿架子，未曾威逼，說得坦坦蕩蕩，撥出今日一日光景，就為了與他們這些還未入仕的學子們共疏心中壘塊，而後摒棄前嫌，共建大周，氣度胸襟著實讓眾生員們心服。

曾經因為敲登聞鼓為天下學子叫屈抖出科舉舞弊案的薛仁義，因為此事名聲大噪，也破例讓其進入了國子監，今日他也在要與白卿言辯駁的生員之列，誠心實意再次跟隨祭酒和教員們朝白卿言行禮。

白卿言在國子監眾生員的簇擁之下一同進了納賢館講堂。

國子監祭酒早就命人做了準備，在樹蔭滿園的納賢館內設滿了坐席，往常清幽的納賢館，此時一樓二樓已擠滿了國子監生員，座無虛席，那幾位存了死諫白卿言心思的生員跪坐於一樓席位，就連納賢館外都是人頭攢動。

白卿言跪坐在一泓清泉中央，耳邊是潺潺流水聲，和接滿水的醒竹一下一下敲擊石之聲，在這炎熱的夏季，沁涼之意襲來，似是能撫平人焦躁的心。落坐之後，白卿言先行行禮，道：「諸位對新政有何不滿，今日盡可說來，若真是能流惠下民，白卿言當以高位相報。」

一生員高聲同白卿言道：「不佞斗膽，對陛下……許女子科舉、為官之舉，甚為不解，並非迂腐低看女子，而是自古男主外女主內，若女子可參加科舉可為官，誰來相夫教子？」

白卿言笑著頷首，徐徐開口：「從古至今……哪條律法曾有，男主外女主內的條律，又有那條律法明文，女子當相夫教子？女子入學堂、考科舉、為官何以會讓諸位學子生員如此憤憤不平？

白卿言大致分析，有這幾個因由……」

「其一，正如這位生員所言，自古男主外女主內，女子若可參加科舉入仕為官，家中無人侍奉長輩，無人教子，更甚者需要男子主內，如此便會大大降低了男子的地位。其二……科舉乃是寒門學子進仕途的唯一出路，女子若能科舉、入仕為官，必會取代一些學子，畢竟官位有限，難免會讓天下讀書人多了對手！其三……」白卿言淺淺笑了笑，「恐怕是因，對白卿言登上帝位而不滿，然否？」

「女子禍國，史上不在少數！妲己、褒姒……她們哪一個不是禍國殃民的妖姬！女子何能堪當大任?!」聽到白卿言提起帝位之事，薛仁義咬緊了牙關，報著必死的決心站起身。

他倒是規規矩矩朝著白卿言長揖一禮，而後又接著道：「女子領一國朝政，在我們國內史上更是聞所未聞，晉皇帝晚年煉丹如同瘋魔不假，您本應扶太子上位，可您卻因白家私仇覆滅晉朝，全然不顧君臣之義，你的德行何在？」

薛仁義的視線又看向跪坐在白卿言身邊，風骨清雋的白卿玦：「即便是最後官逼民反，白家不得不反，可白家七公子……難道不能登位？您何德何能登帝位？您一意孤行，以女子之身登位，以推行新政，治國全然不尊崇聖賢治世的手段，推行嚴苛新法！如今更是以權謀私，許女子科舉、入朝為官，想要打破從古至今的習俗和定理，難道不是因為擔心女子之身登上皇位名不正言不順，這才想要以最快的速度提高女子地位？」薛仁義聲音高亢。

「薛仁義！」國子監祭酒臉色煞白，站起身高聲道，「將薛仁義拉出去！」

「祭酒不必如此，今日這納賢館沒有君臣，大家都是就事論事罷了！」白卿言緩緩站起身，環視四周，笑著同滿腔憤怒的薛仁義道，「薛仁義，我記得你……為天下學子敲登聞鼓，揭發科舉舞弊案，為天下學子討了一個公道，實乃名副其實，高義之士！」

白卿言朝著薛仁義一拜，語聲如潺潺流水，開口：「大夫治病救人，難不成就因為大夫是女子，便醫治不好病人？早有我白家姑姑白素秋，交州大疫，舉國上下束手無策，是我白家姑姑白素秋自請入交州，滅疫救民！誰又敢說我姑姑是女子，她的醫術不行？」

交州大疫之事，在座各位生員的確都知道，想起白素秋……那位尊貴的鎮國公府嫡女，鎮國王白威霆與大長公主的嫡女，為了百姓入交州，為國為民而死之事，眾位生員們抿唇沉默，似是已經明白白卿言要說什麼。

「治病……治國，都是同樣的道理！我治國救天下人，只要我能使百姓不受凍苦饑寒，即便我是女子，誰又敢說我不是一個好國君？」

白卿言環視四周，眉目淺含笑意，不急不躁：「就如同，我是女子……誰又敢說，帶兵打仗……我不如男子？」白卿言在帶兵打仗之上的成就，放眼整個大周的確是無人能敵，薛仁義臉色難看，他的條條質問被白卿言逐一否認，心裡雖忿恨不滿，卻心服口服。

周圍學子屏息凝視白卿言，整個納賢館安靜無聲，只有流水潺潺，接滿水的醒竹不斷敲擊石頭的聲音。

「若說女子禍國，可又是誰將妲己、褒姒留在身邊的？紂王是一國之君誰能號令？沉湎酒色……不是君王之錯，反倒怪女子美貌？這是何道理？」白卿言在坐席旁慢條斯理來回挪動步子，轉而看向或樓上，或院中的那些學子，「周幽王烽火戲諸侯，難不成是褒姒以周幽王性命相逼？她不假辭色於周幽王，其氣節難道不值得諸位敬佩？歷來只有國君、佞臣亂朝禍國之實，從無女子禍國之事！」

有國子監生員頭一次聽到這樣的見解，卻又不得不說，白卿言所言……不無道理。

將亡國之過推到一兩個弱女子的頭上，的確有些牽強。

「若非要將亡國之過怪在一個女子頭上，豈不是正好說明了，身為男子的紂王、周幽王和兩朝那麼多男子朝臣，還不如一個女子的能量大？若是如此……大周啟用女子為官，錯了嗎？」

薛仁義瞪大了眼，唇瓣囁喏，卻找不出什麼話來反駁。

白卿言又看向薛仁義：「說我無德不配君位，可何為德呢？何種德行之人才能坐上這至尊之位？在我看來能實惠百姓家國之人，便是有德之人。說我手段不堪，不尊崇聖賢治世的手段，白卿言才疏學淺，不敢說聖賢便錯了……」

她環視四周，感慨：「可諸位……世道變換，早已不是聖賢在世時那個禮樂未崩的時期，治世之道……應當順應歷史推進，依照國力、民情來完善，而非……拘泥於俗流，只尊崇聖賢的治世手段，不顧國力、民情，只會延續曾經錯誤，曾經對的安民策略，若與如今的世道和國力不匹配，受苦的還是百姓……」

有學子已經緩緩點頭，承認白卿言所言是對的。

就包括律法，都是在時代推進之時，反覆修改而得，哪有一蹴即成的律法。

白卿玦望著自家長姐立於樹蔭之下，豔陽穿透層綠疊翠的樹葉，細碎的金光與白色的槐花落了自家長姐一身，她只含笑望著學子，音韻平緩溫雅得體，語峰犀利又不恃才傲物，語聲潺潺如這納賢館的流水，已然讓這些國子監的大半學子折服。

「白卿言才淺德疏，承認正如薛仁義所言，一開始……取代晉國皇廷的心思，是出於私仇不假！可這是在晉國林氏所作所為早已不能擔起一國之重擔的基礎之上！」白卿言坦然直言，「白家歷代先祖為一統的宏圖大願，捨生忘死，馬革裹屍，白卿言身為白家血脈，亦是從未忘記。白卿言自認並非只會空談高論之徒，所推行新法無一不是流惠下民之策，新政總結四字便是……利國利民。」

「今日若是諸位中有誰能說出新法之中的弊端，能與白卿言共同商討改之，白卿言必視為上卿！」白卿言朝眾位生員長揖一禮，可謂禮敬有加，將這些生員當做國士對待了。

「陛下！」又有生員站起身來，朝著白卿言行禮，可此時已經再無因白卿言是女子，便輕視之心，「陛下要許女子參加科考，女子為官，可陛下可有想過，除了勳貴人家，普通人家……誰家會讓自家女子去學堂，去科考為官？畢竟……女子將來嫁人生子便不是自家人！即便是讓女子招婿入贅，比起耗費銀錢讓女子去學堂，家族中必定還是更願意為男子耗費銀錢。」

見白卿言點了點頭，那國子監生員又瞧見同窗同他頷首，這才繼續大著膽子道：「陛下頒發此新政，必會讓女子心生念想，但家中長輩不願在女子身上耗費銀錢，女子定然會反抗家中，說不定會引發大周亂象！」

「故而，不佞愚見，男女當各司其職，許女子入學堂即可，這目前對大周來說才是最好最穩定的，大周人才濟濟，代代皆有人才出，就算是只從男子中選拔，又何愁選不出大才，畢竟從古至今……管仲、商鞅等驚世之才都為男子！」

說到這裡，那生員似乎是擔心白卿言心裡不高興，又忙補充道：「不佞之意並非以為女子便不能出經世之才，不佞亦有母親，對母親敬之愛之，從無輕視女子之意！」

生員抬頭看向白卿言：「不佞只覺……大周男主外女主內數百年，男女各司其職才能家庭和睦，女子相夫教子，男子無後顧之憂才能在外拼搏！陛下……只有百姓家和，大周才能安寧，大周初立……又在推行新法，應當以大周百姓和朝堂安穩為重，許女子科舉入仕這樣的新法恐會引發大周亂象，還請陛下三思！」

「所言不錯！女子就該安分守己……男女各司其職方能使大周太平！」薛仁義又道。

同禁軍一同護送白卿言過來的程遠志和沈昆陽立在小院子外，聽到這話，程遠志又按捺不住，擼起袖子險些再次衝進去，幸虧被沈昆陽給攔住了。

「你別攔著我，讓我揍死那個小白臉兒！他娘的……」程遠志氣得胸口呼哧起伏，「要不是咱們小白帥南疆戰場上大敗雲破行，這小白臉還有在這裡說嘴的命！說不定都被雲破行切成幾百段兒了，那個時候不說什麼各司其職，這會兒扯什麼各司其職！你有種……他娘的倒是提刀去砍了雲破行啊！幹什麼讓我們小白帥上戰場！他倒是惜狗命躲在這大都城裡！」

程遠志嗓門粗，聲音大，引得納賢館內的學子們紛紛朝著程遠志看去，就連圍在納賢館外看熱鬧的文人也都朝程遠志側目。

楊武策瞧了眼情緒激動的程遠志，不免在心中感慨，果然是白卿言的嫡系白家軍，忠心的很，都容不下旁人反駁，也不想想看……那大周女帝是什麼樣的人物，能輕易被人辯駁倒？白卿言的那個口才，楊武策是領教過的……能把趙勝那樣世代忠於大樑的武將策反，這口才能一般？

趙勝只是傳達了白卿言勸他的話，就把他楊武策給說動了，這口才……能一般？

楊武策抱著劍睨了眼程遠志，餘光一下就瞄見了立在人群中格外醒目的蕭容衍。

楊武策打著和未來皇夫或者貴夫打好關係的念頭，見沈昆陽正訓程遠志呢，忙擠出禁軍繞行跑去同蕭容衍拱手：「蕭先生也來了！」

立在樹蔭之下的蕭容衍淺淺頷首，視線落在白卿言身上……

「程將軍急躁了些，還望海涵！」白卿言朝著眾位生員長揖行禮，隨後又擺手示意那長揖到地的國子監生員坐下，而後才緩緩開口道：「這位學子所言，我聽出來了……一是覺得延續男主外女主內如此甚好，擔心許女子科考會引發亂象！二，是覺得大周的人才夠多了，不必再從女子之中選拔人才，然否？」

那為生員忙直起身子，朝著白卿言長揖，表示白卿言所言正是他意。

「那便先來說說男主外女主內……」白卿言笑著在坐榻上坐下，眉目帶著極為淺淡的笑意。醒竹一下又一下敲擊著石頭，所有國子監的生員都屏息看向白卿言，希望白卿言能夠被這位生員說動，或是……能說動他們也好。

風過，婆娑樹影的細碎光斕之下，白卿言語聲緩緩：「男主外女主內，真的能家和嗎？在這裡的諸位都是男子，你們真的認為……你們的母親或是妻室，真的就喜歡困於後宅，相夫教子嗎？還是說……你們以為，雄心壯志只有男子有，女子每天想的都是那一畝三分田？」

白卿言調整了坐姿，就像是與這些學子在陽光明媚的日子裡坐於樹蔭之下閒談一般：「你們又有誰問過你們的母親，或是妻室，或是姐妹，她們可曾有什麼志向？」

國子監的學子們愣住，似乎……從未有人想過去問問他們的母親和姐妹，或是妻室有什麼志向，好似天生便覺得，女子生來就是為了嫁人和相夫教子的。

比如姐妹們在幼年時，家中長輩便會讓其學女紅，而他們啟蒙學的是詩書。

「為了能夠困住她們，才有了男主外女主內的說法，希望女子守拙安分，照顧後宅，如此男人才能無後顧之憂騰出手腳去拼搏，可女子真的就不如男子嗎？」白卿言望著眾位學子反問，「諸位……白卿言所識如我外祖母董老太君，如符若兮將軍的母親符老太君，還有韓城趙勝將軍的母親趙老太君，哪一個不是巾幗不讓鬚眉？丈夫離去之後以一己之力撐起一個家族！若這些女子能夠入朝能夠為官，必將有大作為！可因為不許女子入仕為官，她們只能被囿於後宅之中……」

「她們要守住一個家，通常要付出比男子十倍百倍的努力，根本……便是因為女子地位低下。」她見眾學子都靜靜望著她，接著道，「說出來，也不怕諸位笑話，就是因為男尊女卑……女子不能繼承家業的古之定理，當初白家蒙難之時，我們這些白家的孤兒寡母的家產，被自家宗族以此等理由要得一乾二淨，只能依靠我母親和嬸嬸們的嫁妝度日。」

此事誰人能不知，那朔陽白氏宗族之人就是因為白家無男子了，宗族之人來大都城……連大長公主都不放在眼裡給氣吐血了，那大長公主是何等尊貴，這白家嫡支祖輩又是何等功勳，宗族敢如此不就是因為白家沒有男人了麼！

想當初白家被白氏宗族欺負時，他們一個個也都是怒氣在胸，感歎一代忠臣良將之家……全家男子為國為民戰死，竟落得如此下場。

然，幾乎每一族都有這樣的規矩，稱女子不能繼承家業，若家中無子……要麼就將家產交於宗族之中，要麼就是過繼一個同族親眷家的兒子來延續香火。

「白家尚且如此，那麼……尋常人家的孤兒寡母又當被欺負成什麼樣子？」白卿言聲音徐徐，「白家經歷過，深知其害，所以新法要變，男尊女卑更要變！白家女兒郎受上天眷顧，生於鎮國王府白家這樣從不看輕女子之家，與男子一般讀聖賢書，學兵法，十歲奔赴沙場歷練！所以……有言稱，大都城鎮國公府白家，從不出廢物！」

白卿言的語聲變得鄭重起來，學子們的情緒彷彿被白卿言感染，脊背挺直，認真聽著。

她挪動腳步：「試想一下，若是鎮國公府白家與尋常人家一樣輕看女子，晉朝梁王於大都城謀反，我已嫁人生子的二妹，如何能率軍拼殺，從梁王手中奪回大都城百姓的性命？奪回百官家眷？」白卿言提起自家妹妹與有榮焉，語氣很是驕傲：「我四妹高義郡主白錦稚又如何所向披靡，攻入韓城，成為滅櫟的最大功臣？」

「諸位再試想一下，若非白家女兒各個都是被父輩悉心教養長大，如同家中男兒一般自小學習家族志向，繼承白家風骨，護民安民，宣嘉年間南疆一戰之後，白家怕是會被扣上叛國之罪……不復存在了！而那時……我白家人自顧不暇，又怎麼還會奔赴一團亂的南疆戰場？那時若白家人退縮，不要說後來滅了櫟國，如今我們腳下的這片土地是西涼還是大周，便是兩說了。」

「此言並非白卿言居功自傲，而是想同諸位說，白家哪怕僅剩女兒家，也會奔赴戰場……是因白家女兒郎與白家男子一樣不曾被輕視，同樣傳承了白家的志向，是因祖父和父親、叔父們從未認為白家女子不堪重任，每每教導我們以護國安民為己任。」

「白家長輩大戰歸來……必會與白家子嗣一同分析戰場，與我們細說同他們交手過的每一位將軍，與我們擬戰，並不因男女而區別對待，因此……我等對南疆主帥戰局瞭解甚深，對南疆地形瞭解甚深！便會比其他將軍取勝的機率更大！」

「這只是白家，若是……有更多的人家不再輕視女子，讓女子與男子一般讀書識字，而女子中……願意相夫教子，難道不會因為滿腹經綸更好的督導子女，教育子女？女子多了仕途這條路，不單單只是生來便為嫁人，依附男人而活，將來若是家中有難，或國有大患，何愁家族不興旺……國家不強盛？何愁孤兒寡母被人欺凌？」

白卿言再次看向剛才同她說，許女子科舉入仕會使大周大亂的生員：「再說回這位生員覺得大周人才夠多了，不必再從女子之中選拔……」

聽到有國子監的生員低聲應和，白卿言低低笑出聲來，又站起身面朝向議論聲音最多的地方，問道：「大周的人才夠多了嗎？人才並非只是指……讀過些書，認識些字便算的！我相信論做學問……在座各位都是個中翹楚，可若是要你們在以前的大樑舊土上推行新政，在座各位生員誰能拿出一個相對完整的章程來？是應當用懷柔之策，還是應當用強硬之策？」

她環視四周，見生員們臉色已變，似坐立不安，她又抬頭看向二樓之上跪坐的生員們，問：「如今，西涼和戎狄大戰在即，兩國都欲同我大周結盟，我大周……又當如何應對？與西涼結盟，還是與戎狄結盟對我大周更為有利？」

她笑著轉身，朝著跪坐在東面的生員們望去：「崇巒嶺、水江城大災之後，如何重建，可有人能有建議，可減免百姓之苦？」

在座生員還是無人回答，不免又都手心收緊，心中陡然明亮……

他們知道了，白卿言要為朝中取的人才，並非是學識超群之人，而是能辦實事之人。

正如白卿言前面所言，她要的……是利國利民這四個字！

白卿言面色鄭重了起來：「人才對一國來說……永遠是不夠的！諸位的眼界和格局應當更開闊些，哪怕大周的國土只有當初晉國那麼大，我亦不敢說大周的人才夠了！如今大周將大樑國土盡數收入囊中！且要以此為底氣和依仗，一統天下，創建那個萬世太平的時代，如此……大周的人才能夠嗎？」

這是白卿言在軍隊之外和百官之外，頭一次向學子……向天下明言一統的志向。

果然，學子們如同炸開了鍋，議論紛紛。

「一統天下?!這不是又要打仗了？」

「如此窮兵黷武……年年打月月打！口上說著為了百姓，可打仗倒楣的還不是百姓！就不能盟好休戰，兩國互不侵犯嗎？」

「大周剛剛滅了大樑，盡得大樑國土，就不能讓百姓休養生息嗎？」

「你們這群成日只會讀書的都知道個屁！若是真正為了百姓好……就要天下一統，只有天下一統，天下一家才能開創萬世太平！」程遠志再也忍不住，推開攔著他的沈昆陽，大步流星朝著納賢館內走去。

程遠志對白卿言抱拳一禮，如牛鈴般的眼睛瞪大，氣勢洶洶掃過那些國子監的學子們：「你們這些只會讀書的酸儒，知道邊疆百姓過的是什麼日子嗎？你們在這錦繡繁花的大都城，看到的就是滿眼的紙……啥啥迷的鬼玩意兒！」

「紙醉金迷！」有國子監生員替程遠志補了這個詞。

「對就是這個金迷！他國一旦犯境，那邊塞百姓就如同牛羊一般被敵國殺來殺去！戎狄年年來搶糧食……一入城便是屠城，狗和雞都活不下來！你們誰在戎狄的彎刀下死裡逃生過？」

程遠志想起戰時百姓的種種慘狀，眼眶發紅：「你們誰因敵國來攻，而不得已帶著一家老小逃出城，淪為流民成為乞丐？誰又因為沒有糧食啃過樹皮……甚至交換孩子……來活命！」

程遠志不忍心說，易子而食，喉頭哽咽。

「西涼屠城的時候你們在哪裡？邊塞百姓祖祖輩輩被殺的人數是多少你們知道嗎？男人被當做牲畜斬殺……女人被凌辱致死的多不勝數！大燕當年攻打我們的城池，殘殺我們的百姓，他們倒是不允許有奴隸，可卻將我們的百姓當做牛馬，去為他們修建皇宮，除非是死了不然不能停止勞作，他們連孩童都不放過，你們都忘了嗎？」

「當年燕國是絕對的強國，那時我還只是一小小兵卒，燕國攻占我們的城池，強徵百姓修建燕國狗皇帝的皇陵，你們或許不知道……為何白家軍差點兒將燕國斬盡殺絕！是因為燕國……攻下所有城池後，將男人跟牲畜一樣帶走，女人充作軍妓，孩子……那些孩子力氣小無法勞作，養活又嫌浪費口糧，他們那些燕狗將孩童吊在樹上，讓燕軍練箭！你們誰見過那麼小小的孩童身上插滿箭的慘狀？我見過！」

那時還是兵卒的程遠志，跟著白岐山將那些孩子從樹上放下來埋葬，那時……程遠志這個大老粗才明白為何主帥總是說，天下一統……才能天下太平這樣的話。

程遠志眼含熱淚：「燕國現在強大了，連我一個粗人都能知道，燕國滅魏……就是為了一統天下！為的是使大燕的西面和南面再沒有什麼後顧之憂，而放心大膽的為一統天下而戰！燕國若開始一統之路，就憑大燕九王爺對魏國做的事情，你們自己想想……大周的百姓！還有你們這些大周的讀書人，還有活路嗎?!」

「居安思危……這四個字，是我白家軍主帥白威霆在世之時，時時同我們白家軍講的！我一個沒讀過幾天書的粗人都知道是什麼意思，你們難道不明白嗎？真的以為滅了樑國……大周從此就可什麼高無憂，天下太平？」

「高枕無憂……」又有生員替程遠志補上。

「好好睜大你們這用來出氣的眼睛看看，好好用你們這腦子想想！你們倒是想停戰定盟，可燕國會讓你們定盟休戰嗎？西涼如今是陷入困頓了，西涼騰出手腳會讓你們定盟休戰嗎？戎狄能不來燒殺搶掠我們的邊民百姓嗎？」

「我程遠志深信我主帥白威霆所說，只有天下一統，方能還百姓萬世太平，只有天下一統才能還百姓無憂無懼的太平山河！副帥曾言，只要誰能還百姓以太平，白家軍便是誰手中的刀！亦是甘做此人手中棋子，這就是為什麼白家軍願意誓死追隨白家諸位將軍，敢死敢戰且生死無悔的緣由所在！」

程遠志的話說得並沒有條理，想到哪兒說到哪兒，可那一腔赤誠便足以打動人心。

偌大的納賢館內，再也沒有了學子們的竊竊私語之聲。沒有人比將士們和邊塞百姓更懂得戰爭的殘酷，也沒有人比將士們和邊塞百姓懂得天下一統的重要性。

打仗，在最前方捨命的永遠是將士，他們今日捨命，是為了來日自己的子孫不必再捨命。

白卿言不急不躁瞧著這些只敢低聲怒言的學子們，緩緩開口：「定盟、修好、停戰，都是短暫的，你們也讀書也讀史，應當知道……列國盟好都是為了利益而盟好，利聚而來利盡而散，終究是治標而不治本，即便是列國國君都不喜開戰，和平定盟，那這些國君的子孫後代呢？誰能保證這一紙盟書能夠千秋萬代？」

學子們手心收緊，若是盟約管用，何來那麼多戰爭殺伐……

就拿晉國來說，曾與列國定下的盟約沒有一千也有八百，最後呢，還不是打來打去！

學子們在沉默中，陷入了深思。

白卿言這才接著說：「今日諸位與我來辯女子是否可以科舉、為官之爭，與當初的寒門與士族之爭其實並無區別，上品無寒門，下品無士族，科舉證明了寒門能出人才，出大才！如今許女子參加科舉入仕，我深信也能如同當初科舉一般……為大周選拔大量人才，壯大大周！」

「列國之中，有平定天下志向之人何其多，可又能出幾個平定天下的不世之才？如今燕國蓄勢待發，野心勃勃意欲一統天下，大周雖然眼下實力最強，卻也不敢說便能成為最後一統之國，所以大周取人才，不拘男女，不拘寒庶，大周才能戮力同心，才能使天下一統，實現真正的太平山河！」

「興辦學堂，使男子女子皆能讀聖賢書，少年發奮，我輩圖強，何愁國家不能興盛？」白卿言雙手抱拳，朝著樓上的生員，和樓下的生員行禮，「敢請諸位，與白卿言一同，共建盛世！」

學子們齊齊起身，長揖朝白卿言行禮。就連最初滿心憤懣不平的薛仁義，此時亦是被白卿言說服，被程遠志一腔熱忱打動，長揖朝白卿言行禮。因為白卿言給他們立了一個新的目標，是天下一統海晏河清，有了共同的目標，細枝末節反而顯得不那麼重要。

蕭容衍立在樹下凝視著白卿言，白卿言那句……即便是列國國君都不喜開戰，和平定盟，這些國君的子孫後代誰能保證這一紙盟書能夠千秋萬代，便已經證明了，白卿言此生必要完成天下一統之願。

他想起昨日白卿言曾言，大周和燕國兩國之間的較量應當是……哪一國的國策，能真正做到富民強國這四個字，哪一國便能名副其實的一統天下。

他閉了閉眼，心中不免有所動搖……

白卿言不在乎誰君臨天下，只在乎誰能富國強民。白家當真是將「護國安民」四個字刻進了風骨裡，白卿言在用她的方式來為百姓爭取最大的利益。

若是燕國的政策能夠讓燕國的百姓比大周的百姓活的更為富裕，他相信白卿言真的敢率大周併入燕國。可若是大周的政策真的強於燕國，慕容衍是真的無法如同白卿言一般，能有那個魄力率燕國併入大周。

最初蕭容衍想要一統天下，是因為母親的遺願……

後來他是眼見各國戰亂不休，或因君主私慾，或因爭奪土地和百姓，以致十室九空，添孤寡，多離亂，他那時才體會到母親想要一統天下的因由，所以立志要在有生之年，完成天下一統，還百姓太平盛世。

而今，白卿言也是為了太平盛世，也是想要一統天下，可她願意與燕國在國策上較量，定輸贏，論成敗，以此來避免戰亂，避免將士流血，避免百姓顛沛流離吃苦受罪。

又或者，白卿言只是有那個自信，政績之上論成敗……大周會贏！

可不論如何，慕容家想要一統天下之心，目標還是在那至尊之位上。

蕭容衍心中也明白，若是真的與大周開戰，搶占地盤……以成敗論誰王天下，必定會使將士流血，使百姓離亂。但，這又是蕭容衍以戰止戰的初衷所在。

畢竟，讓慕容家讓出皇位，為天下百姓俯首……他沒有這個心胸。

同樣做大周人文人雅士裝扮隱在人群之中的李之節，手中緊緊握著鐵骨扇，他瞅著白卿言的方向，久久都未曾再露出平日裡的笑顏。

白卿言明知各國使臣都在大都城，卻在他們大周的國子監裡公然坦誠意欲一統天下之意，藉此為大周學子們樹立一個清晰的目標，讓學子們為此而奮鬥努力，如此便能凝聚人心，如此……她所推行的新政之中，波及或是傷害到大周學子和世族利益的舉措，都能因這個天下一統的目標讓步。

李之節陡然想起一個成語，叫大道至簡……

在他們西涼，要改革要變法，他們西涼女帝一系……還在費盡心機謀劃與世族大姓周旋，千方百計爭取百姓的支持，可白卿言卻用最坦蕩最直白的方式，將國政方針大策告知於國子監的生員們，告知於大周百姓，讓舉國上下奮起為這一目標努力。

但，大周可以用的法子，西涼卻不可以。因為西涼沒有大周這樣的底氣和實力，西涼現在是勉力存國之時……而並非能與大周、大燕相互較量逐鹿中原之時。

如此，李之節更加明白，西涼與戎狄一戰絕不可避免！

要麼西涼滅了戎狄，從此便可勉強形成與大周、大燕三國鼎立的局面。

要麼，就是戎狄滅了西涼，從此戎狄可勉強與大周、大燕三國鼎立。

李之節想到這裡不敢耽誤，轉身就走……

「王爺，我們不等結束嗎？」李之節的下屬問。

「不了，去見柳如士柳大人……帶上厚禮！」李之節想了想轉過頭對下屬說，「將之前給那位富商蕭容衍準備的厚禮，一併帶上給柳大人送去！」

「是！」李之節的下屬抱拳稱是。

李之節回頭又朝著白卿言的方向看了眼，這才帶著自家屬下匆匆離去。

此時，關雍崇老先生也在人群之中，他帶著兜帽……望著他引以為傲的嫡傳女弟子，眉目間盡是淺笑。

曾經，關雍崇老先生與這些學子一般，認為……男女應當各司其職，女子的心胸氣量也就在後宅，可後來……老友白威霆將他的孫女帶到他的面前，請他教授孫女兒學問。而老友這個孫女兒卻做的比誰都好，戰場歸來之後那番話……彰顯其心胸廣袤，連他這個老師都自認不如。

所以，並非女子天生不如男子，而是女子和男子接受的教育不同，這才限制了女子的眼界，限制了女子的心胸。若是大周的女子都能入學堂讀書，將會培育出多少如白卿言一般的女子？正如白卿言所言……少年發奮，我輩圖強，何愁家國不能興盛？何愁不能一統天下！

天下一統啊……

這話，白威霆說過多次，並且一生都在為這件事做準備，至死不渝。

闞雍崇老先生的眼眶有些濕，老友沒有做到的事情，或許……就要在他孫女兒的手上做成了，他希望自己活得久一些，能夠看到天下一統那日。

闞雍崇老先生轉身，身旁小童忙將闞雍崇老先生扶住，要與闞雍崇老先生離開。

沒成想闞雍崇老先生剛走出人群，就看到了在槐花樹下負手而立，眉目帶笑的魏國大儒閔千秋老先生。

閔千秋老先生朝闞雍崇老先生含笑長揖一拜，闞雍崇老先生忙笑著回禮。

只聽納賢館內，又有生員對白卿言說：「敢問陛下，為何要鼓勵寡婦再嫁？女子守貞乃是美德，誰家能接受自家子嗣隨母再嫁成為他家子嗣，誰家孩童又願意與母親分離，故而不佞以為此新法，有違人倫，不應推行……」

兩位老人聽到納賢館內傳來學子恭敬的詢問聲，相視一笑。

闞雍崇老先生為白卿言師長，自是從不懷疑自己的學生，他相信白卿言會說服這群學子，便與閔千秋老先生相攜離去，要找一處清幽之地敘舊。

白卿玦早就看到了闞雍崇老先生，但一直坐在白卿言的身邊未曾出言提醒。

他知道，學子們去請闞雍崇老先生前來，為的是讓闞雍崇老先生以老師的身分斥責白卿言，他也確實為長姐捏了一把冷汗。

如今瞧見闞雍崇老先生離去，便知道……長姐或許是連闞雍崇老先生都說服了。

白卿言從國子監出來時，剛至未時。

國子監祭酒帶著國子監生員們一路送白卿言出了國子監，只聽白卿言同國子監祭酒道：「從下月起，再為國子監的生員們開一門課程，我會安排朝中要員前來講課，與學子們探討國政，這些生員來日都是國之棟梁，早日讓他們接觸這些，對來日步入仕途，為國出力有好處。」

拿時政來同國子監的生員們探討，或許能探討出更多更好的國策方針。這也是白卿言要開設學堂……提倡百姓不論男女都要入學堂讀書的原因，她要為大周選拔人才……

人才對於一個國家來說，永遠是不夠的。

跟隨在白卿言身邊的國子監祭酒點了點頭，應聲道：「陛下放心，微臣一定安排妥當。」

白卿言出了國子監的門，一躍上馬，調轉馬頭離去。

呂太尉等人還在宮內焦急等待著，今日一早他們本來是要跟著白卿言一同來的，可她未曾准許，反而讓呂太尉等朝中重臣處理國政，想來他們已經等的很焦急了。

此時，國子監的事情已了，她得派人先去同呂太尉他們報個信，也好讓他們放心。

白卿玦亦是朝國子監祭酒長揖行禮，上馬帶著禁軍同白卿言一同離開。

今日長姐親自來國子監與生員們正面直言，已經將這些生員們說動，並且為這些生員們立了一個新的目標，讓他們為大周天下一統而努力，想來日後大周朝堂必會形成生機勃勃的新局面。

一行人剛離開國子監沒有多遠，白卿玦就瞧見白家護衛快馬而來。

白卿玦提韁上前同白卿言道：「長姐，是我們白家的護衛，我去瞧瞧……」

白卿言頷首。

見白卿玦快馬上前，那護衛忙下馬，朝白卿玦長揖一禮。

白卿玦不動聲色下馬後，牽著馬示意那白家護衛跟上他，不緊不慢走至偏僻處，將道路讓開，不妨礙禁軍和白卿言一行人通行。他問白家護衛：「神色匆匆可是出事了？」

白家護衛點了點頭：「七公子，盧平大人從朔陽回來了，結果剛剛入大都城在回白府的路上……遇到白氏宗族一婦人身邊的丫鬟，那丫鬟向盧平大人求救，說是她家主子守寡已久，聽聞大姑娘頒布新法鼓勵寡婦改嫁，昨日回去後便向婆母提了要改嫁之事，沒想到婆母和公公大怒，將她家主子關了起來，要在今日午時末沉塘，此刻就在城外。」

白卿玦面色陰沉，明知長姐正在推行新法，身為白氏族人……這個頭要是讓他們開了，長姐所推行的新法必定會受阻。

那護衛聲音極低：「盧平大人已經帶著人趕過去阻止，特來請示大姑娘，應當如何處置。」

「你去告訴平叔，不論如何都要將人救下來！再告訴白氏族人，若誰敢在陛下推行新政之時，違法抗法，不但要依法處置，且白氏宗族不容！」白卿玦低聲道。

「是！」白家護衛抱拳稱是，匆匆離開。

白卿玦沒有耽誤，一躍上馬，加入到行進隊伍之中，快馬上前同白卿言說：「長姐，白氏宗族那邊兒要將準備改嫁的寡婦沉塘，此刻就在城外，平叔已經趕過去了，長姐可要過去看看？」

新法剛剛推行，白氏族人就如此迫不及待的挑戰她的底線！

白卿言還正想如何為新法立威，甚至還想到了以身試法……來為新法立威，讓百姓知道法為何物，知道天子犯法與庶民同罪。誰知，白卿言還未想好如何實施，白氏族人便一頭撞了上來，她就只能勉為其難用他們為新法立威了。

白卿言握著韁繩的手收緊：「去看看。」

話音一落，白卿言一夾馬肚迅速衝了出去，禁軍見狀連忙加快速度跟上。

城外，原本準備悄悄將自家兒媳沉塘的白氏族老手握拐杖，面色陰沉，他眼睜睜瞧著盧平帶白家護衛將他兒媳從河裡撈出來，又把人從豬籠裡放出來，這會兒更是將人護在身後，頓時氣不打一處來。

原本這族老是打算夜深人靜的時候，悄悄將人沉塘了事，可她的老妻說……他們一家來大都城之後，她認識了一位仙姑，說那仙姑算命極準，就是那仙姑同她說，會有人給他們家送宅子，後來果不其然便有人來給他們家送宅子了，那位仙姑還說了自家兒媳是個大富大貴的命，能興家宅。

族老的老妻不免擔心，兒媳的命格如此好，就這麼將兒媳沉塘會不會家宅不寧，便去找仙姑送上大禮，那位仙姑說……她家兒媳陽壽未盡，若強行沉塘怕是會心有不甘化作惡鬼作亂，讓他們家宅不寧，便說他們若非要將此婦人沉塘，便要在午時末、未時初，驕陽大盛欲轉衰之時行事。

這族老怕引人注目，早早便將兒媳弄來人跡罕至的河邊，帶著自家族人，連族長白岐禾都瞞著，預備等到午時和未時交接之時，將兒媳沉塘。

誰能想到，這白家的護院盧平帶人趕到不說，還弄出這麼大的動靜將周圍勞作的百姓都引了過來看熱鬧，這下家醜要藏不住了。

那被從豬籠裡救出來的女子，劫後逢生哭得上氣不接下氣，面色慘白，她以為自己要溺死在水裡了，她身旁的丫鬟接過盧平的披風，道謝後披在年輕婦人身上，將婦人裹住，哭著用力揉搓那年輕婦人的雙臂：「小姐，對不起，是我來晚了！是我來晚了！」

年輕婦人眼淚吧嗒吧嗒往下掉。若非參加宮宴回來，她聽公公說白氏一族要不遺餘力支持陛下新政，以此來在大都城立穩腳跟，又聽婆母說……改日要回娘家勸她母親，讓守寡又無子的庶弟媳改嫁，她也不敢同婆母和公公說想要改嫁一事。

誰知她剛將話同公公和婆母說完，就被婆母打了幾個耳光，大罵她是蕩婦……要將她沉塘。

那族老的老妻，惡狠狠指著被護衛護在身後，站都站不起來的兒媳怒罵：「你個不要臉的小浪蹄子，黑心肝的小娼婦！下流胚子！我兒子才死幾年你就想著改嫁，就知道和別的男人勾勾搭搭，不和男人睡你個小娼婦就活不成是不是！我那可憐的兒……說不準就是你這個賤人和土匪勾搭害死的！」

被白家護衛救下的年輕婦人氣得渾身打顫，怎麼也想不到自家婆母這樣一個富家老太太，這樣的穢語汙言竟然能從她的嘴裡說出來，簡直與市井潑婦別無二致。

年輕婦人被氣得渾身亂顫，明明滿腔憤怒，卻一個字都說不出來。

將年輕婦人緊緊抱住滿臉淚水的婢女，實在是氣不過，撕心裂肺喊道：「舉頭三尺有神明！你如此汙衊我們家小姐就不怕被雷劈嗎？我們家小姐嫁入白家這麼多年，日日盡心盡力侍奉公婆，從無半點不盡心，你們口口聲聲視我們家小姐為親女兒，就是這麼對待女兒的?!」

「呸！你個不要臉的腌臢貨！我要是有你這麼個女兒，早就掐死了，還容得她苟活！」族老的老妻面子也不要了，扯開嗓門大罵。

眼見已經聚集了不少看熱鬧的百姓，紛紛站在河邊張望議論，族老知道……這一次是無法將兒媳沉塘了，畢竟現在白卿言在推行新法，他們要是強行將人沉塘，以白卿言六親不認的作風，必會拿他們家開刀。

「行了！」族老深深看了眼盧平，開口道，「這件事……就這麼算了！」

「老爺！」族老的老妻睜大了眼，不能相信丈夫竟然真的讓這麼算了，「她要改嫁啊！」

族老雙手握著拐杖，看向全身顫抖不止的年輕婦人道：「你既然鐵了心不想做我白家婦，那我便成全你，替我兒給你一封休書！」

那白氏族老雖然不得不低頭，可仍然氣不過，慢條斯理開口：「我白氏一族如今已經是皇親國戚！你今日離開白家，希望你來日不會後悔！我將話放在這裡……你母家得罪不起我們白家，你被休棄之後母家定然是回不去的！且日後……不論你嫁於誰，白家都不會忘記這奇恥大辱，不會讓你們的日子好過，這話……傳到你表哥的耳朵裡，希望你表哥還有這個能耐敢娶你！」

那族老話音剛落，就聽見背後傳來怒馬嘶鳴之聲。

族老轉頭一看，帶頭快馬而來的就是白卿言，頓時慌了神，忙拽著自家老妻和自家僕從下跪相迎，頓時滿腦門子的汗。

不是說今日白卿言要去國子監嗎？多少百姓都去國子監看熱鬧了，怎麼白卿言又出現在這裡了？

「恭迎陛下！」白氏族老忙叩首高呼，姿態尊敬。

看熱鬧的百姓也沒有想到，大周女帝竟然會親臨，紛紛下跪叩首相迎。

盧平見白卿言到了，亦是帶著白家護衛，單膝跪地行禮：「陛下！」

「平叔辛苦了，起來吧！」白卿言說著看向被白家護衛護在身後，哭得不能自已，緊緊抱在一起的主僕兩人，「先扶你們家主子上馬車，將濕衣裳換了。」

那年輕婦人回神，忙帶著看呆了的婢女朝白卿言叩首：「多謝陛下！」

白岐禾緊趕慢趕，還是比白卿言晚了一步，他到的時候，正好瞧見那年輕夫人被扶上白卿言命人帶來的馬車，立刻下馬向白卿言行禮。

「此事，族長可知？」白卿言視線落在跪地叩首的白岐禾身上。

「回陛下，白岐禾剛剛才得到消息。」白岐禾知道自己這又失職了，忙向白卿言叩首，「白岐禾身為族長未曾管理好族人，還請陛下降罪！」

「族長先起來吧……」白卿言手握馬鞭負手而立，冷淡的目光睨著跪在地上的族老，「明知如今新法鼓勵寡婦再嫁，身為白氏族人，不但不擁護新法，還要將欲再嫁的婦人沉塘，族老……是要同大周新法作對嗎？」

白卿言語速輕緩，每一個字卻都似有千金重，陡然壓垮了那族老的脊梁，族老連忙叩首，聲音帶著幾分顫抖：「回……回陛下，雖有國法，但族有族規，我按族規處置並無錯處！」

「族規……」白卿言瞇了瞇眼，「白氏族規……不許白家寡婦改嫁？」

白岐禾連忙上前：「回陛下，並未有過，族法規定……女子不守婦道與人通姦，當沉塘！若女子與族內之人或家僕通姦，則兩人一同沉塘。」

「陛下！」那族老再次叩首，「將此賤婦沉塘，並非因為此賤婦要改嫁，而是這賤婦還未改嫁便與她表哥勾勾搭搭，與旁的男人不清不楚，壞我白家聲譽，按照族規……此等賤婦應當沉塘。」

白卿言踱著步子走到那還掛著水草的豬籠旁，問：「可捉到姦夫？姦夫何人？」

族老壓根兒就沒有料到這件事情會鬧大，他也是剛聽到白卿言問話，這才隨口說了這個理由。

「陛下，她要改嫁她喪妻的表哥，還不算是實證嗎？他表哥喪妻……我兒子也死於非命，說不定……就是她和她表哥聯手，害死了我兒子，害死了她表哥的妻室！」族老的老妻哭著喊道，「陛下，您可要為我們做主啊！」

白卿言凝視那豬籠，眸色越發的冷：「實證呢？」

族老不敢抬頭跪地轉過身來，朝白卿言叩首，全身顫抖不止：「還……還沒有拿到實證。」

「未曾拿到實證，便是私自用刑，草菅人命了。」白卿言轉過頭來看向族老，手指摩挲著烏金馬鞭，「以族法族規處置，那是族長的權利，可你等在這裡私下處置白家婦人，白氏一族族長卻不知道……」

「違抗新法、草菅人命、意圖殺人、條條當誅！」白卿言抿了抿唇，視線看向哭啼不休的族老和族老的老妻，「來人，把他們給我綁了，送到京兆尹府，依法從嚴處置！」

盧平立刻帶人上前，將那族老一把提起。

族老喉頭一陣陣發緊，狼狽哭著開口：「陛下，我那兒子成親之後，他是為了我那兒媳婦兒和未出世的孩子拼搏出一份家業，這才出遠門的！結果我兒子死在了土匪的手中，我孫子也沒了！我那兒子是真的喜歡這個媳婦兒，我這個當爹的不能眼睜睜看著兒媳婦兒改嫁啊！」

族老的老妻也聲嘶力竭的哭了起來：「這是什麼新法，憑什麼非要逼著寡婦改嫁啊！那是我兒子的女人啊！」

「對啊，新法為什麼要逼寡婦改嫁？」

「就是，這要是我媳婦兒在我死後帶著我的孩子改嫁，我可真要死不瞑目了！」

圍觀看熱鬧的百姓議論紛紛。

白卿言望著說說笑笑，用汗巾抹著臉上汗水的百姓。

今日在國子監，那些生員也問了白卿言這樣的問題，為何要鼓勵寡婦再嫁。

對那些學子們，白卿言說得很清楚，其實數百年來列國打來打去，爭的……便是土地和人口，人多了才有生產力，有了生產力才能民富國強。

白卿言只要稍微點出，學子們便立時明白白卿言鼓勵寡婦再嫁是為了增加人口，其目的最終還是要富民強國，依舊是在為一統天下做準備。可這些學子們聽得懂，不見得百姓能聽得懂。

「沒有人逼我改嫁！是我自己想要改嫁的！我不想一個人就這麼過一輩子！」剛才被沉塘的年輕婦人已經換了一身衣裳，她頭髮是濕漉漉的，可在聽到她的婆母在喊新法逼著寡婦改嫁，還是沉不住氣從馬車裡出來。

那年輕婦人立在馬車車頭，滿身的狼狽，見這河邊已經聚集了不少看熱鬧的百姓，她不免害怕……害怕這麼一鬧，白卿言覺得這條新法推行有難度，便改了……不再許寡婦再嫁！那便會有更多如同她一般的女人被困在牢籠裡，連她也出不去！所以她願意站出來。

年輕婦人下了馬車疾步上前，在白卿言面前跪下，淚流滿面：「陛下，沒有人知道寡婦的日子有多難熬，丈夫死了……孩子沒了！我不想這樣一輩子，我還想有自己的孩子！我還想當娘！我不能就這麼在白家磋磨完我這一輩子！所以新法鼓勵寡婦再嫁的時候，我……我真的想好好給陛下叩首謝恩！」

「我們女人不是男人擺在家裡的一個物件兒！我們也是人！也有感情！怎麼能守著牌位過一輩子！有孩子也就罷了，守著孩子過日子總沒有那麼難過！可如今這日子……簡直是生不如死！」

年輕婦人痛哭流涕，「我被關在那個家裡，不允許出門，連家中男性僕從都不允許見！說是寡婦門前是非多！我就成日被關在那個小院子裡……」

「憑啥我們有孩子的女人就不能改嫁！」扛著鋤頭前來看熱鬧的寡婦聽到險些被沉塘的年輕婦人如此說，放下臂彎裡挎著的籃子，和肩上的鋤頭，不服氣道，「我沒了男人，又要下地幹活，又要照看娃娃，你一個富家太太……有丫鬟伺候著，好意思說生不如死，我們窮苦人家這些沒了男人的寡婦，連死都不敢死，死了……娃娃沒人照看，保不齊就要被人生吞活剝了！那些實在過不下去的……都是帶著娃娃一起死了！」

那前去勞作的婦人說到了傷心處，用衣袖抹了抹眼淚，哽咽難言：「我這都算好的，家裡有兩個男娃娃，族裡還算是肯幫扶，我表姐嫁到臨縣去……她男人和我男人都死在了戰場上，可她男人只給她留下了一個小丫頭，家裡的田和房子都被族裡霸占，實在是活不下去帶著娃投河了！」

白卿言望著來看熱鬧的百姓因為那婦人的話安靜下來，這才緩緩開口：「這些年列國伐戰頻頻，將士也好、百姓也好，死傷無數……有許多正值生育年紀的好姑娘，因為舊時禮教被束縛，有很多連自己的新婚丈夫都沒有見過，便抱著牌位過完一生。」

她的話說到了很多婦人心坎上，只見許多女人家紛紛點頭。

「還有許多女子因為丈夫離去，家中耕種這樣的體力活一人無法支撐，勞作致死……留下孤苦孩童的更是比比皆是。」白卿言視線掃過那些表情麻木的男子，「只有鼓勵寡婦再嫁，使家中有壯勞力，有男人幫扶寡婦養育子女，才能減少母親帶著孩童一同自盡的慘劇發生！以保證失去父親的幼童能夠順利長大。」

話說到這裡，已經有男子緩緩點頭。即便是自己留下的血脈只是女娃娃，那也是他們的血脈，他們要是真的沒了……自然是希望自己的孩子能夠平安長大。

「再往大了說，寡婦再嫁生育才能使國家人口增多，家裡人多了勞動力多了，閒置的耕地減少……百姓家中才能有富裕的存糧！民富國強，這就是為何新法會鼓勵寡婦再嫁的因由。」白卿言語聲徐徐。

推行新法立在百姓，只有百姓富裕了，一個國家才能強盛！

白卿言說完，視線落在那位要將自家兒媳沉塘的族老身上。「在新法推行期間，公然違抗新法，草菅人命，送到京兆尹府，讓京兆尹嚴查嚴辦！」白卿言看向白岐禾，「國法、族法，先國後族，族法當以國法為基準，該改的地方……就要改。」

「是！白岐禾領命！」白岐禾忙長揖道。

白卿言上前，將那跪地的白氏一族的年輕婦人扶起，又吩咐盧平：「盧平，先將這位安頓在大都城白府，她的婚事……白府來承辦！」

「是！」盧平抱拳領命。

白卿言望著眼前的年輕婦人，輕輕拍了拍那婦人的手：「放心，喪夫之後再嫁，合情、合理、合法，今日你所受的委屈白家必會加倍補償，定要讓你風光大嫁！」

「多謝陛下！多謝陛下！」年輕婦人跪下再拜。就連那年輕婦人背後的丫頭也跪下重重朝白卿言叩首：「多謝陛下救我家小姐！多謝陛下！」

不到太陽落山，白卿言在國子監與學子們辯駁之言傳遍了大都城。加上白家護衛大張旗鼓將白氏族老和族老的老妻一同送往京兆尹府，引得百姓圍觀，送去白氏族老和族老老妻的護衛明言，白卿言希望京兆尹嚴查嚴辦，要讓一切違抗新法，違背新法之人，從此引以為戒。

大周女帝護新法的決心，在白家護衛將白氏親族送到京兆尹府，要求京兆尹嚴懲之時，百姓們便明白了，新法不可違。

而正因白家這位守寡不久的寡婦，敢邁出這一步，想要改嫁，且白卿言還承諾要讓白家這位寡婦風光大嫁……

大都城內不少守著夫君牌位過日子的寡婦聽了後，難免心動，紛紛試探著想要邁出再嫁那一步。窮苦人家的夫妻和達官貴族的夫妻還是有所不同的，窮苦人家的幾乎都是盲婚啞嫁，大多數人一輩子為生計，為綿延血脈而奔波，夫妻之間能日久生情……且情深到生死相依的並不多。

且即便是夫妻有感情，喪妻之後男子都會覺得日子難挨，無人相伴太過清苦，再娶續弦，而女子喪夫便需要守貞到死，多少女子心中不忿，卻又無可奈何。

而今有新法做依仗，她們或是為了自己一人無法養育的孩子，或是為了不想再忍受孤寂，思量著想要勇敢踏出那一步，有人已經大著膽子先同母家商議起再嫁之事。

自白卿言國子監舌辯學子，處置要將自家兒媳沉塘的白氏族老之後，新法的推進速度逐漸快了起來。大都城內的勳貴望風而動，紛紛放自家守寡的兒媳回母家，許其再嫁。

董長元抓住機會，與大都城內的媒人都通了氣兒，讓媒人著重為寡婦作媒，做成一樁姻緣，便賞媒人三金。一時間，寡婦倒成了炙手可熱的説親物件，尤其是年輕還在生育年紀的，幾乎被媒婆踏破了門檻。

李之節看著推行新法進行的如火如荼的大周，心裡十分不安。從白卿言登基到現在，大周朝廷也沒有給出來一個明確的回覆，到底是……和戎狄定盟，還是和西涼定盟，兩邊都拖著。

且那位戎狄的鬼面王爺不走，李之節也不敢離開……

李之節歪軟榻之上，手肘撐著薑黃色繡合歡花的隱囊，凝視隨風輕輕搖曳的薄紗幔帳，有一下沒一下用扇子敲著掌心，眉目冷肅：「我們已經來大都城整整十八天了，大周女帝登基也已經八天了，可到現在盟約無法定下來，諸位有什麼建議？」

李之節帶來的西涼謀士，分列坐在李之節兩側，對於此事顯然也束手無策。

「聽說這位主持和談的柳如士柳大人，將那日王爺給他送去的厚禮，一股腦交到了呂太尉的手中，看起來此人十分頑固。」

「這位柳大人將我們西涼使臣和戎狄使臣聚在一起，不就是想要價高者得盟約麼，可如今我們西涼願意割讓二十座城池，珍寶賠付不計其數，可大周女遲遲不與我們定盟，某倒是覺得……大周女帝似乎有意要在西涼和戎狄開戰之時，插一手！」李之節身邊的謀士分析。

「若真是如此，我等當立即回國，與西涼共存亡！」又有西涼謀士道。

李之節用扇子敲擊手心的動作一頓，抿了抿唇開口：「莫急，派個人回去送信給陛下，就說大周似乎無意與我們西涼定盟，大周這邊兒還未得到確切消息，我們便不能走！」

李之節身邊年紀最長的謀士面向李之節開口：「王爺或許可以見一見大燕的九王爺，若是最後大周真的要同戎狄一同攻打西涼，看看大燕願不願意在晉國西面掣肘大周。」

這個辦法，李之節早在白卿言登基大典結束那日便想到了，只是……這是萬不得已才能用的法子。眉目深沉的李之節，放下手中的扇子端起茶杯，抿唇不語，顯然現在還不想用此招。

「王爺，以在下愚見，不如單刀直入去見那位戎狄的鬼面王爺，戎狄其實與我們西涼並無深仇大恨，要攻打西涼怕是與之前王爺說得一般，想要戎狄儘快形成同大周、大燕三國鼎立的局面。」

那謀士見李之節並沒有出言反對，便接著道，「他們無非是為了搶地盤，我們將原本割讓給大周的土地盡數給戎狄，求一個喘息的機會，爭取拖過大燕和戎狄盟約的三年之期！等和戎狄盟約確立，戎狄要是再來攻西涼，便名不正言不順，我們到時候再請燕國幫忙就順理成章了！」

李之節抬眼，眸色越發寒涼：「照你這意思，不如我們西涼對大燕稱臣納貢……是不是更穩妥一些。」

瞧出李之節這是在說反話，那謀士連忙跪下請罪：「屬下失言……」

「起來吧！」李之節語聲沉穩，擱下茶杯後坐起身，「我親自去求見大周女帝，此次必要大周女帝給我們西涼一個準話，定下了和大周是打……還是和，隨後再來商議應對之策。」

「王爺英明！」謀士們朝著李之節長揖一拜。

李之節並不覺得自己英明，如今西涼的實力實在是太弱了……

當初先帝在世時，西涼國力鼎盛，自覺可以和晉國抗衡，儘管李之節也曾勸過，可是先帝一意孤行，非要同南燕一同攻打晉國，可結果呢……

將西涼十幾萬精銳盡數折在了南疆戰場之上，西涼百姓聽聞白家軍的名號瑟瑟發抖。

那一戰，讓西涼由盛轉衰，至今還未緩過神來。

若是沒有南疆那一戰，如今的西涼何懼戎狄?!

第八章　長盛不衰

柳如士正坐在白卿言的下首，向白卿言回稟此次與戎狄和西涼定盟之事。

白卿言拎著茶壺為自己倒了一杯茶，將手中的竹簡放在一旁，認真聽柳如士說話。

「雖然下官按照陛下的吩咐，未曾回覆戎狄和西涼與誰定盟，可……這樣拖下去不合適，畢竟兩國邦交並非兒戲。」柳如士一向是無所畏懼，所以大著膽子同白卿言道，「陛下，微臣知道陛下與西涼雲破行有深仇大恨，但……對兩國邦交來說，如今西涼給出的條件的確是於我大周有利，陛下不妨考慮考慮！」

魏忠親自端著熱茶給柳如士上了茶，又退到一旁，低聲吩咐小太監將宮殿內的燈芯都挑高些。

「我們大周完全可以等西涼和戎狄兩敗俱傷之後，再漁人得利……」柳如士怕白卿言心裡放不下白家的仇恨，便道，「與西涼定盟，復仇只是晚一兩年，卻可以削弱戎狄和西涼的兵力！屆時我們大周再出兵……便可以避免將士無謂的傷亡，微臣以為這是兩全其美之策。」

柳如士並不知道戎狄如今盡數被白卿瑜掌握在手中，已經是大周的囊中之物，身為大周臣子柳如士有這種想法並不奇怪。

可阿瑜的身分，白卿言暫時還不能向柳如士透露，白卿言只道：「之所以讓柳大人拖住西涼炎王李之節，是因我們在西涼打探消息的人被抓了，但如今並不清楚是因為身分暴露被抓，還是因為別的！白卿琦已經啟程前往西涼，盟約簽訂與否……交由白卿琦全權作主，但……在一切塵埃落定之前，李之節得先留在大都城。」

柳如士一怔，隨即點了點頭：「陛下如此說，我就明白了，可……西涼炎王李之節入大都城是為賀陛下登基之喜，冒然將李之節扣在大都城，怕是會遭人非議。」

「李之節在盟約敲定之前是絕對不會離開大都城的，他只有三條路，要麼同大周定盟，要麼便會選擇同那位戎狄的鬼面王爺攜手共抗強國，要麼……就是要與大燕的九王爺定盟，一旦戎狄西涼開戰，要讓燕國掣肘我們大周！」

柳如士正要開口，便見白卿言擺手示意他聽完：「我們大周的目的是一統天下，所以絕對不能看著西涼和戎狄任何一國滅了其中一國，與我們形成三國鼎立的局面，否則那時要一統天下的難度便要比今日更大！」

柳如士耿直，他知道白卿言所言是從大局出發，但……柳如士以為即便是為了大局，也不能捨棄道義二字。「微臣沒有站在陛下的高度，所以不懂陛下對全域的布置把控，但陛下的話微臣還是聽得明白的。」柳如士態度十分嚴謹，「儘管如此，微臣還是要向陛下進言，若是他人阻西涼炎王離開大都……也就罷了！可我們大周泱泱大國，若是挾持來恭賀使臣不許其離開大周國都，傳出去必會受人非議！失道義於西涼，又如何得西涼？還請陛下定要三思而行！」

柳如士話音剛落，就聽外面來報，說戶部尚書魏不恭求見。

柳如士起身，走至大殿中央朝著白卿言長揖一拜：「微臣便先告辭了。」

「柳大人，還有一事想要託付於你。」白卿言眉目淺含笑意，看向柳如士，「下月開始每三天朝中便會派遣一位要員，去與國子監的生員們探討國政，柳大人先去……與生員們探討探討，是否該與西涼和戎狄定盟。」

柳如士沒有想到白卿言竟然要他拿國政大事去與學生們探討，但還是應了下來，長揖告退。

大殿外柳如士與魏不恭遇上，兩人相互行禮，剛寒暄了兩句，就見白錦瑟帶著湯羹和點心來見白卿言，忙側身讓開大殿門口，讓白錦瑟先進。

去賑災回來後的魏不恭人黑瘦了不少，他一回大都城就知道了白卿言要在各地興建學堂的事，這事白卿言讓儘快著手去辦。要出銀子的事情，最先動起來的就是拿銀子的戶部，魏不恭這幾日也是不眠不休精打細算，將所需耗費的銀錢全都算了出來，特來求見白卿言。

白卿言的意思是每一個縣，都要設立男學堂和女學堂，可目下國庫一時拿出這麼多銀子還是有困難的，魏不恭想來同白卿言商議商議，想要將學堂的數量消減一半。

聽完魏不恭的意思，白卿言突然想起祖父還在世時，為白家軍傷亡將士討撫恤金回來，氣惱地摔了馬鞭，說過這樣一句話……

祖父說，說各國的戶部尚書管著一國的錢袋子，可要說誰最會哭窮，那各國戶部尚書稱第二絕對沒有人敢稱第一。

爹爹端了茶安撫祖父，說戶部尚書也有戶部尚書的難處，管著一國的錢袋子，可並非那麼好管的，這話還是曾經祖父教導他們的，怎的越老越回去，倒顯得比阿寶一個孩子還要孩子氣。

祖父無言以對，氣惱地指著父親……說爹爹胳膊肘往外拐。

回憶起舊事時，她沒有忍住淺淺低笑了一聲。

跪坐在軟榻上面向白卿言垂眸的魏不恭不知所措，抬頭朝著白卿言看去。

白錦瑟瞧見了，將湯羹放在白卿言的手邊，同魏不恭道：「長姐想來，應當是想到祖父曾言……戶部尚書最會哭窮之語。」

見白卿言點了點頭，魏不恭哭笑不得，只得同白卿言說：「陛下，興辦學堂畢竟並非十分要緊之事，可以稍微放一放，下官這才斗膽來向陛下進言，還請陛下三思。」

「將這點心分一半給魏大人端去，湯羹也給魏大人端過去。」白卿言眉目含笑，「魏大人想來還未曾用膳，先將就用點心墊墊，我們一邊吃一邊說。」

魏不恭什麼時候見過如此隨和的皇帝，忙叩首稱不敢。

「魏大人不必如此拘謹，雖說是為公事，也不能廢寢忘食……你要是真的熬壞了身子，我上哪兒再找一個戶部尚書！一起用一點吧，君臣之間雖說要守禮，也不必太過苛刻！」

白卿言從國子監回來到現在也沒有歇下，也未曾用膳，所以白錦瑟才過來給自家長姐送吃食。

魏忠端著點心和湯羹送到魏不恭面前的桌几上，魏不恭連忙道謝，瞧見白卿言用銀筷子夾了一塊點心，一邊吃一邊翻看他送上去的詳細帳目，這才用筷子夾起點心小口小口的吃著。

不多時，白卿言看完了魏不恭送上來估算的詳細帳目，她放下手中茶杯：「嗯，我看完了……」

正在吃點心的魏不恭聽到白卿言這話，連忙放下筷子，朝白卿言行禮，話還沒說出口，就被點心噎住了，用力吞咽了一下，才道：「陛下，這還是微臣從工部尚書那裡借了人，按最節儉的方式估計出所需的銀錢，大周初立百廢待興，應該緊著頭等大事先來。」

白卿言點了點頭，又將一旁的竹簡展開，道：「魏大人覺得，建學堂和修建皇陵相比……修皇陵是頭等大事？」

魏不恭抬頭看向白卿言，滿臉不解，這自然是頭等大事……

歷朝歷代皇帝登基開始，便要進行皇陵的選址開始修建皇陵，這都是定數，白卿言又是大周的開國皇帝，按照章程……這就是大周的頭等大事。

「皇陵關乎來日國運，自然是頭等大事。」魏不恭鄭重道。

「若是皇陵真的能讓來日國運昌盛，為何晉國最後還是沒落了呢？」白卿言將魏不恭遞上來的竹簡捲起放在一旁，「真正能讓國運昌盛的，不是皇陵……而是人，是即將長成的少年才俊。」

白卿言曾在蕭容衍派人送來姬后所留下的書籍著作上，看到過這樣的內容……

姬后如此寫道，少年強則國強，若要少年強，則需更多的少年開智，需要更多的少年發奮讀書，開闊眼界和思想，從百家諸子所遺留的精粹之中，取其精華去其糟粕，領悟他們所認為的興國之道，再集思廣益，通過不斷實踐來摸索適合一國的興邦之法，如此終而復始……一代又一代的有志之才孕育而生，一國……才會順應時局世道的改變而變，生生不息。

白卿言深以為然，所以她以為……興辦學堂，讓少年讀書，讓少年啟蒙開智，開闊眼界和思想，才是大周的頭等大事。

魏不恭頭一次聽到一個皇帝說這樣的話，忍不住抬頭朝著坐於几案前眉目含笑的大周女帝望去。

「大周初立……求賢若渴，為何？因為賢才稀缺！人才、大才，魏大人說不重要嗎？若是不重要當年列國為何對他國而來的學子許以高位，留住人才？開設學堂，是為了開民智，讓更多的大周少年去學習古之聖賢風骨，從而立心、立志，學習聖賢留下的書卷文章，掌握利國、利民的治世手段！」白卿言舉起魏不恭送上來關於設立學堂花費的竹簡，「這是為了給大周來日培養英才，就是為大周在培養來日，這才是國運，而不是……皇陵！」

白卿言的話讓魏不恭目瞪口呆的同時，卻又不知為何，心底似翻湧起滔天巨浪，猶如醍醐灌頂，彷彿打開了一種新的格局和觀念。

是啊，想將一國建設強大，需要有人才，與其招攬人才，不如對症下藥，為自家培養人才。

白卿言再道：「試想一下，我大周國若是人人識字，人人都是人才，都是大才，大周將會如何強盛？國之本，為民也！民強……則國強！當每一位大周百姓，都有為天地立心，為生民立命，為往聖繼絕學，為萬世開太平的領悟，何愁不能天下一統？所以魏大人說說，這辦學堂和修皇陵，哪一件……才是頭等大事？」

白錦瑟這也是頭一次聽自家長姐說起辦學堂的意義所在，竟然被說得熱血沸騰，彷彿已經看到了未來強大而強盛的大周。

人人識字，人人都是人才……

讀聖賢書，承襲聖賢風骨，立志、立心，百姓不再在雞毛蒜皮上計較，不再僅僅只關心自己的一畝三分田，萬眾一心，為國家強盛而出力，這大周將會是另一番天地，另一番模樣。

魏不恭誠心實意朝白卿言一拜，不知為何眼眶泛紅，鄭重道：「陛下目光之長遠，微臣所不能及，今日聽陛下一言，猶如醍醐灌頂，必定會將興辦學堂之事辦妥，力求滴水不漏。」

「如此，便辛苦魏大人了……」白卿言將竹簡遞給魏忠，讓魏忠送去給魏不恭。

「但陛下，修建皇陵之事，按照舊例……」

「我還活得好好的，有那些修建皇陵的銀子不如用來多開設些學堂，它日若我真的不在了，入白家祖墳便是了。」白卿言語速輕緩，「我並不是故作清高，更不是高尚，都是身在紅塵都是俗人……誰坐上這個位置，內心……也不可能對修建皇陵一事毫不在意，只是比起奢華的皇陵，我更想同我的親人們在一起。」

「可陛下……」魏不恭抬頭還想再勸，想起這位女帝說一不二的脾性，終於還是叩首，接過魏忠遞來的竹簡，恭恭敬敬退下。

從大殿內出來，魏不恭眼眶濕紅，他是真的沒有想到這輩子會遇到一個女皇帝，這女皇帝並非如他想像中那般只會打仗，這位女帝的思想和眼界遠遠要比他想像中的更為遠大超前。

白錦瑟跪坐在白卿言身邊，替白卿言斟了一杯茶：「看來長姐已經找到了治理大周之道了。」

白卿言搖了搖頭，抬手揉了揉白錦瑟的髮頂：「哪有那麼容易！」

「長姐意在開民智，為生民立心、立志，培養賢才……這還不算？」白錦瑟問。

「我們讀了那麼多各學派所流傳下來治國治世的書簡，或曰……弱民強國，或曰……仁德治國，可看來看去都沒有找到想要的，甚至不知道這些傳承下來的百家精粹思想和理念中，哪些才是最適合大周的。」白卿言看向白錦瑟，語聲中帶著疲憊，遠遠不如往日那般胸有成竹，「其實，到現在長姐都不清楚，治理大周……需要我們和滿朝有才能的大臣在時間行進中慢慢摸索。」

「但……唯有開設學堂培養後繼英才，長姐敢肯定一定是對的！大周有了足夠多的人才，總能有人才、大才在歷史向前推進或是改變之時，敏銳察覺到，迅速調整大周國策，知道大周國策應當怎麼變如何變，如此大周才能長盛不衰！」

這世道時時刻刻都在變，唯一不變的就是改變，所以白卿言時時惕厲，不敢有絲毫懈怠。

祖父和父親曾經教導過白家所有子嗣，他們在邊塞護衛生民……一寸不能退，不僅僅是因為要護這山河，更是因為數萬生民在後，他們一退，數萬生民無人護。

而如今，白卿言的背後是整個大周的百姓，她更是不敢怠慢。因為她遠沒有自己所展現出來的這麼胸有成竹，她害怕，會讓祖父失望……會讓父親失望，會讓弟弟和妹妹們失望。

白卿言望著白錦瑟唇角勾起，低聲道：「路漫漫其修遠兮，吾輩當上下而求索……」

「長姐的話，小七都記住了！上下而求索治國興國之道……吾輩責無旁貸！」白錦瑟朝著白卿言一拜。

見白卿言點頭，白錦瑟將茶杯遞給她，低聲道：「長姐喝杯茶，也該歇歇了！明日等白府安排妥當，春桃姐姐和佟嬤嬤她們也就能入宮來照顧長姐了。」

白錦瑟早慧，所以白卿言在她面前說話，從來都不曾藏掖，瞧著妹妹目光堅毅的模樣，她心中甚為感動，抬手揉了揉妹妹的髮頂，接過茶杯。

「陛下，西涼炎王求見……」魏忠上前低聲道。

「都這個時辰了，炎王還來求見沒說是什麼事嗎？」白錦瑟眉頭緊皺問。

自從長姐登了這帝位，比以前還忙……忙得連一口飯都吃不上。

手中攥著茶杯的白卿言唇角淺淺勾起，看來……李之節這是著急了。

「告訴西涼炎王，今日太晚了，明日早朝後，再請他相見。」

「是！」魏忠緩緩往大殿外退。

白卿言垂眸看著杯中漂浮的茶葉，明日見了李之節……便可以順勢見一見阿瑜。

畢竟戎狄和西涼都想要同大周定盟，而盟約未定，李之節前來面見大周女帝，戎狄的鬼面王爺自然也要見一見才是。

白卿言將杯蓋蓋上，用力攥緊手中的茶杯，決定讓人去給阿瑜傳個信，可以在她見過李之節之後……來一趟，最好趕在她和阿娘在一起的時候。

「等等……」她抬頭看向魏忠，「讓李之節明日早朝一下就過來，就在……我去陪母親用早膳之前見一見他。」

「是！」魏忠應聲。

只要將這個消息放出去，阿瑜便知道李之節出宮之後，她會同母親在一起用早膳，那個時候過來……可以見到母親。阿瑜一定會來的。

白卿言昨日讓李之節今日早朝之後再來，李之節不敢耽誤，早早便來到白卿言書房外候著，還帶上了那隻羽毛鮮亮的鸚鵡。

白卿言登基那日，李之節因借給白水王的殺手被發現，惶惶不安，以致於也未曾提起將鸚鵡送給白卿言的事情，今日再來見白卿言，他便將這隻鸚鵡帶上了，也算是來見白卿言的一個由頭。

半晌，魏忠從書房走出來，笑著同李之節行禮，道：「炎王，陛下有請……」

李之節頷首道謝，塞給了魏忠一個分量不輕的荷包，說是請魏忠喝茶，這才隨魏忠一同進了書房。

見白卿言正坐在軟榻之上，李之節忙上前行禮，讓人將鸚鵡帶上來，笑著道：「原本陛下登基那日便想將這鸚鵡獻給陛下，誰知出了白水王的事情，外臣惶恐不安，便將此事給忘了！」

白卿言還是頭一次見體型如此巨大的鸚鵡，通體藍羽頸部有著黃色羽毛，即便是在大殿內……都能瞧出這羽毛流光異彩，的確是品相上乘難得一見。

李之節見白卿言正看著這隻羽色乾淨鮮亮的鸚鵡，笑著道：「陛下不妨讓奴才給這鸚鵡喂一點東西，會有意外之喜。」

魏忠見白卿言朝他頷首，拿了瓜子，走至鸚鵡面前，給鸚鵡喂了一顆，那鸚鵡立刻扯長了脖子尖聲喊道：「大周女帝最美！大周女帝最美！」

就連魏忠都驚訝了。

瞧見白卿言略顯吃驚的表情，李之節又道：「有勞公公，再喂一下這畜牲。」

魏忠又喂了鸚鵡，這鸚鵡吃了後又扯著嗓子尖聲喊著：「大周女帝萬歲！大周女帝萬歲！」

李之節深深看了眼給他長臉的鸚鵡，轉過身來朝白卿言一拜：「小小畜牲，為博女帝開懷一笑，還望女帝收下。」

白卿言對魏忠頷首，示意魏忠收下：「那便多謝炎王了，給炎王賜座……」

李之節長揖道謝，坐下後才又悠悠開口：「記得初次見到大周女帝的時候，是在秋山關，遙遙瞧見女帝騎馬而來，英姿颯颯……外臣驚為天人，現在想來那時或許天神便是在提醒外臣，將來改天換日，陛下將會是那萬里江山之主。」

白卿言笑盈盈瞧著李之節：「炎王此來，應當並非只是為了送鸚鵡，誇讚我幾句吧！」

李之節起身一拜：「西涼還是希望能與大周結盟，但……此事遲遲沒有定下，外臣這才斗膽前來請見陛下。外臣知道……當年雲將軍對白家十七公子所作之事，的確是讓陛下傷心，陛下心中記恨也是理所應當的，雲將軍其實回去後也後悔不已，否則不會讓自己的嫡長孫前來，想著為白家十七公子償命，我們西涼女帝也不會割捨如此多的城池。」

白卿言端起茶杯，徐徐往茶杯之中吹了吹，低頭喝茶，並不應聲，想著如何從李之節這裡試探，他是否知道錦桐的身分。

李之節見狀，咬了咬牙接著道：「西涼能給大周的，要遠勝戎狄，大周可不費吹灰之力……

取得二十幾座城池，這已經相當於大周打了一場勝仗，且不戰而勝！」
「戎狄有的戰馬，西涼也有……只不過是西涼如今要備戰，一時間拿不出那麼多馬匹！只要大周能和西涼簽訂盟約，等大戰之後，戎狄如今給大周多少馬匹，西涼如數奉上！」李之節語聲徐徐，「這對大周來說，是一筆十分划算的買賣。」
「可戎狄給的駿馬立時就能到，而西涼許諾大戰之後……對大周來說，不過是一紙空文。」白卿言摩挲著手中茶杯，「若是西涼敗了呢？豈不是……口惠而實不至？大周想要西涼的城池不假，可戰馬對大周來說亦是十分重要，有了戰馬……大周又是猛將如雲，西涼主力被戎狄牽制，二十幾座城池大周奪下來想必也不在話下，炎王說呢？」
李之節拳頭收緊，強撐著笑了笑，正在心裡組織語言，可還不等他再次開口，就聽白卿言接著道：「盟約遲遲未定的原因，炎王真的不知道嗎？」
「請陛下明示！」李之節行禮。
「西涼的公主李天馥派人前往朔陽刺殺，如今……炎王來到大都城後上竄下跳，將西涼殺手借給白水王，在朕登基那日意圖生亂，西涼如此不安分，又對大周懷有如此大的惡意，這盟約大周如何敢簽？」
「陛下！」李之節脊背冒出微汗，忙起身長揖行禮，「公主派殺手之事，外臣一無所知！白水王造反，外臣從未參與其中，更未曾借予白水王西涼殺手，還請陛下明鑒！」
「李之節……」白卿言擱下茶杯，望著似誠惶誠恐的李之節，「雖然殺手都死了，可白水王還活著，你真的以為你能抵賴的過去？朕如今還肯見你，已經是給了西涼天大的面子，該怎麼議和……西涼該拿出什麼樣的誠意，你最好派人回去問問西涼女帝！」

話說到這一步，西涼若是將錦桐當做一張賭本來用，此時應該亮出來了。

「陛下……」李之節抬頭，即便竭力也掩飾不住心慌。

「你放心，鬼面王爺只要被大周穩在大都城不回戎狄，戎狄便一日不會對西涼開戰，大周雖然穩不了多久，可讓炎王派人回西涼雲京再折返大都城的時間還是有的，再長……大周就不能保證了！自然了，西涼也要保證在此期間，不能攻打戎狄，否則……戎狄鬼面王爺是大周留在大都城做客的，我們盟約還未定，西涼卻因鬼面王爺不在而攻打戎狄，大周自然是不能袖手旁觀。」

李之節從大殿內出來時，脊背已經濕透，心卻放下了不少……

聽白卿言這意思，就是不滿意西涼給大周的城池，想要藉著此次西涼助白水王之事，從西涼要更多好處，白卿言怕他做不了主，才給他時間讓他派人回雲京詢問女帝，為了這些好處……白卿言願意替西涼將鬼面王爺穩在大都城。

所以，白卿言還是想要同西涼議和的，無非就是覺得好處太少。

李之節拳頭緊了緊，罷了……至少白卿言還有心要議和，且如能拖一天是一天，正好也給了他時間籌劃，看看若最終與大周無法定盟，該如何救西涼。

李之節抬頭，望著被初晨驕陽大盛的金光籠罩其中的大都皇宮，紅牆碧瓦熠熠生輝，心裡著實替西涼捏了一把冷汗。未曾來大都城見到大周女帝之前，不曾知道大周女帝的種種舉措之前，李之節滿心以為西涼如今在變法，不久的將來一定會重新躋身強國之列，哪怕不如大周和大燕……至少要讓大周和大燕都不敢輕易與西涼開戰。

可如今方知自己簡直是井底之蛙。

一步錯，步步錯……要不是當初西涼強行攻打晉國，折損十幾萬精銳，與這位大周女帝結仇，而是與燕國一般暗自圖強，如今還會懼怕戎狄嗎？

可惜，這世上從無後悔藥。

雖說西涼女帝登基之後，推行了各種舉措來強大西涼，但……有八大姓氏掣肘，西涼變強的速度，遠遠跟不上大周變強的速度。

大燕、大周都有吞併天下之心，如今的西涼……如砧板之肉，該如何救西涼，該如何救啊！

李之節心痛難當，陡生一種無能為力之感，心中悲涼不已，不知應當再施展何等計策才能救國於危難，不知西涼的出路在哪裡……

見李之節站在大殿門口久久未動，有小太監上前低聲問道：「炎王可是還有什麼事兒？」

這西涼炎王出手一向闊綽，所以小太監們都喜歡往炎王身邊湊，總能得到一兩個賞錢，且分量都是足足的。可這次，李之節回神，卻只是深深看了那小太監一眼，抬腳朝著高階下走去。

小太監沒得到賞，有些納悶，歎了一口氣回到自己的位置上守著。

李之節剛剛出宮上了馬車閉目沉思，就聽自家護衛低聲在他馬車旁道：「王爺，鬼面王爺似乎也要入宮求見去了！」

李之節聞言睜開眼，用鐵骨扇將簾幔挑開，正正好瞧見那位戎狄的鬼面王爺從高馬之上下來，視線似乎朝著他的方向看來，帶著森森寒意。他握著摺扇的手一緊，乾脆大大方方朝鬼面王爺頷首，而後才放下馬車簾幔，臉上的笑容也沉了下來。

他前腳剛來見了大周女帝，後腳戎狄人也來了，來幹什麼的顯而易見。

看來，李之節得再派個人回去詢問女帝是否還能在盟約讓步之餘，做兩手準備。

白卿瑜昨夜得到消息，大周女帝要在早朝之後……陪太后用早膳之前，見李之節，他便明白，長姐是在給他找一個名正言順的機會，去見阿娘……見阿姐。

所以從得到消息李之節入宮開始，白卿瑜便坐立不安，他擔心若是阿娘讓他摘下面具，他該如何用這殘破不全的臉，去面對阿娘，他不想看到阿娘和阿姐落淚的樣子。

在宮門前等待的時間，對白卿瑜來說十分難熬。

可儘管，滿心的不知所措，還是無法按捺住他想要見阿娘和阿姐的心，所以他還是來了。

白卿瑜跟著前面帶路的太監，走過長長的宮道……

想起曾經，無數次隨祖父和父親還有叔父、兄弟們走過這條通道，望著這通道兩側半人高的燭亭，瞅著這紅牆碧瓦，可沒有一次如同今日這般心情複雜。

小太監們瞅著這位戴著面具，卻顯得氣宇軒昂的鬼面王爺，不免低聲議論，又將這鬼面王爺同大燕的那位戴面具的九王爺作比較。

而在壽和宮等待的董氏，從早朝之前便坐立不安，昨夜白卿言來與她說了，今日或許可以讓她見阿瑜一面，董氏幾乎一夜未眠，精神狀態稍顯憔悴。

白卿言見用早膳的阿娘攥著筷子，不住的往外瞧，轉頭示意秦嬤嬤讓其他宮婢都出去不必在身邊伺候，白卿言才低聲道，「阿娘，你這心緒表露的太過明顯了。」

見宮婢和太監已經退出大殿，這大殿內一空，董氏便將筷子放了回去，用帕子沾了沾嘴角，眼眶發紅，還嘴不承認說：「就是阿玦、和小五、小六、小七他們即將要去南疆，我這是捨不得他們罷了，哪有什麼情緒？」

「既然如此，阿寶給您帶來了這麼漂亮的鸚鵡，您好歹看一眼……」白卿言朝著廊下掛的鸚鵡瞧了眼，只見那鸚鵡撲扇著翅膀，在陽光下羽色絢麗，引得那些小宮女和小太監都紛紛注目。

白卿言又往外看了眼，瞧著殿內外都沒有什麼人，這才低聲開口叮囑董氏：「阿娘，雖然可以見，但阿娘不能過分露了情緒，這宮中的宮婢和太監們都精明著呢，為了阿瑜的安危，阿娘還是要克制，只要能見到阿瑜，知道阿瑜康健便好，就是秦嬤嬤……也不能透露阿瑜的身分！」

董氏立刻打起精神，事關兒子的安危，董氏不論如何都要克制住自己的情緒，就如同宮宴那日。

「阿娘能見到阿瑜，心中已經很滿意了！」董氏忍住眼淚，含笑同白卿言說，「阿娘會克制住情緒，保准連秦嬤嬤……都不讓她看出端倪。」

白卿言握住董氏的手：「阿寶相信阿娘！阿娘先吃點兒吧！今兒個一早起來就去上朝，阿寶這會兒已經餓得很了，阿娘不動筷子，阿寶可是萬萬不敢動的。」

董氏被白卿言逗笑，抬手戳了一下白卿言的腦門，起身親自為白卿言盛了一碗粥：「秦嬤嬤早上起來熬的，說是怕你上朝辛苦裡面還加了點天麻碎末，多喝點兒。」

「好……」她笑著點頭，從阿娘手中接過粥碗。

一碗粥還未喝完，外面就來報說已經將鬼面王爺帶過來了。

白卿言看了眼手中的粥碗，同魏忠道：「我這兒和阿娘還未用完早膳，你去問問這戎狄的鬼面王爺，看看他要不要一起進來用一點。」

魏忠頗為詫異，抬頭看了眼董氏，見董氏眉目含笑並未反對的模樣，連連應聲退出去請鬼面王爺進來。

白卿瑜緊緊攥著身側的衣裳，側頭吩咐阿普魯在殿外候著，便抬腳跨入了壽和宮的門檻。

「您這邊請……」魏忠對白卿瑜做了一個請的姿勢，引著白卿瑜跨入大殿。

「外臣見過大周太后、陛下！」白卿瑜嘶啞難聽的嗓音響起，驚得廊廡下那隻羽色鮮亮的藍色鸚鵡拍翅扯長了嗓子驚叫。

「秦嬤嬤，將這畜牲拿遠……」董氏沉不住氣，發脾氣掩蓋自己的心疼。

秦嬤嬤忙應聲進來，命兩個小太監將李之節送的這隻鸚鵡抬遠。

董氏緊緊攥著自己的衣擺，看向白卿瑜竭力克制情緒。

「王爺坐吧！」白卿言對白卿瑜做了一個請的姿勢。

白卿瑜低垂著眸子不敢去看自家阿娘的眼，在圓桌旁坐下。

圓桌之下，白卿言握住了董氏顫抖的手，同白卿瑜道：「不知道王爺用過早膳了嗎？若是不嫌棄一同用一點？」

「多謝陛下，外臣用過了。」白卿瑜不敢在母親和長姐面前揭開面具，不敢讓她們看自己這張臉。

董氏卻以為白卿瑜是為了隱藏身分，點了點頭：「既然王爺用過了，那也就不勉強了。」

「王爺來此可是為了兩國定盟之事……」白卿言做出一本正經的模樣問。

「正是，外臣聽說今日一早西涼炎王李之節前來拜會，外臣便也坐不住了。」白卿瑜道。

白卿言用帕子擦了擦嘴，同魏忠道：「將這些都撤了，帶人退下吧。」

魏忠明白白卿言這是要私下密談，便喚著宮婢和太監們將早膳撤下去，人也都撤出殿外候著。

大殿的門一關，董氏的眼淚便再也忍不住了，凝視白卿瑜直掉。

白卿言用力握住母親的手，董氏這才用帕子掩唇不敢讓自己哭出聲來。

四目相對，白卿言的雙眼亦是通紅，見阿瑜擱在腿上的手緊緊攥著，她輕輕拍了拍阿瑜緊攥的手，又輕輕握緊，一切盡在不言中，能活著……能見面就好。

「阿娘、阿姐……」白卿瑜本就嘶啞的嗓音越發低沉。

這一聲「阿娘」如千仞萬刀凌遲著董氏的五臟六腑，讓她痛徹心扉，卻連哭……都不敢哭。她的兒，是那樣一個清新俊逸兒郎，他的聲音原本那樣的好聽，怎麼就會成這個樣子，但難過之餘，董氏又不免感激上蒼，能讓阿瑜活著，能讓阿瑜回來……

白卿言眼淚如同斷線，她用力攥著阿瑜的手，強撐著露出笑顏，感激白家的列祖列宗在天上護著白家諸子，感激上蒼……讓阿瑜回來！她想摸一摸阿瑜的臉，可他臉上被面具蓋著。

白卿瑜反握住白卿言的手，用力攥了攥，含淚起身，朝著母親和阿姐長揖一拜，又撩開衣裳下擺跪下，重重叩首。

白家五子白卿瑜，平安還都……

這幾個字是白卿瑜最想說，也是白家人最想聽的。

可此時……白卿瑜無法說出口，他只能對著阿娘和阿姐三叩首。

董氏再也忍不住，起身衝到白卿瑜的身旁，明明已經是淚流滿面卻死死咬著下唇不讓自己哭出聲，她伸出顫抖的手，想要去摸一摸兒子的臉，卻又不敢摘下兒子的面具，怕若是有人進來瞧見了，只能用力將兒子抱在懷中，用力抱緊！生怕兒子會再次消失，生怕這只是一場夢，醒來後什麼也沒有，只剩她自己。

白卿瑜死死咬著牙，抱住自己的阿娘……

離家的時候，阿娘想要抱抱他，他卻覺得自己長大了，不耐煩阿娘抱。

可後來，身處戎狄，他每每午夜夢迴，都是阿娘的懷抱，都是阿姐的笑顏。

今日，他終於回來了，但如今還不是說平安還都的時候。

他會以戎狄和西涼為阿姐登基的賀禮，到天下一統那日……他必定回來堂堂正正的跪在阿娘和阿姐還有白家人面前，說一句……平安還都。

白卿言不忍心打斷母親，看著母親抱著阿瑜無聲流淚，隱隱啜泣的吸氣聲，忙擦去淚水，低聲道：「好了，好了……都起來吧，一會兒讓外人看到了，對阿瑜不好。」

董氏聽到這話，連忙鬆開阿瑜，用帕子擦了擦眼淚，點頭。

兒子好不容易回來了，可千萬不能因為她這裡忍不住，露了兒子的身分。

她的女兒建立大周，她的兒子在戎狄為一統而謀劃，她這個當娘的即便是幫不上忙，也堅決不能給兩個孩子添亂。

白卿言扶著董氏起身坐下，擺手示意阿瑜坐下，許多牽腸掛肚的話都不能說，前塵往事也不能問，問了……今日這壽和宮怕是要被水淹了。

「今日你進宮不能久留，阿姐便撿重要的同你說……」白卿言定定望著白卿瑜，「錦桐在西涼被下獄了，阿琦已經奔赴西涼去救錦桐，但如今我們並不知道錦桐在西涼布置了什麼，更不知道錦桐是為什麼被下獄的，所以不能冒然公布錦桐的身分！」

董氏頗為意外，她早就察覺錦桐可能根本不在大長公主身邊，卻怎麼也沒有想到錦桐去了西涼。

「因為情況不明，所以需要將李之節扣在大都城，今早李之節前來時，我以西涼定盟所能給大周的好處不多為由，讓李之節派人回去問問他們的西涼女帝，還能給大周什麼，若西涼將錦桐當做籌碼，此時也該亮出來了，可李之節宛若不知，我答應他……會將戎狄鬼面王爺穩在大都城，給他的人往返雲京和大都一個來回的時間。」

白卿瑜頷首後又道：「就怕西涼藉機要做別的動作，我若不在西涼攻打戎狄，戎狄怕會亂……」

「我正是擔心這個！」白卿言定定望著白卿瑜，「需要辛苦你，早日做好防範，甚至……必要的時候逼西涼一把，若是西涼真的動了，我已同李之節說過，是大周將戎狄鬼面王爺留在大都城的，若是西涼藉機生事，大周自然也會負責到底。」

白卿瑜明白了自家阿姐的意思，救白錦桐是重中之重，所以……她先將李之節留在大都城，一來……是找一個藉口留住李之節，不讓西涼和大周此時就撕破臉面，於救白錦桐無利。

二來，鬼面王爺在大都城，西涼難免不會蠢蠢欲動想要先下手為強，可是西涼若是動了，便給了大周名正言順與戎狄合兵攻打西涼。

白卿瑜唇瓣微張，卻沒有再出聲，他怕他的聲音再次惹得阿娘落淚，半晌……沉默著點了點頭。

白卿言瞧著阿瑜緊緊攥著自己衣擺的模樣，視線望著阿瑜的頸脖上未能遮擋住的燒傷疤痕，眼淚就在眼眶中打轉，忍不住抬手摸了摸阿瑜的髮頂，又扣住阿瑜的肩膀，垂眸不敢再看，語聲哽咽道：「讓你受苦了！」

白卿瑜死死咬著牙，才勉強未曾讓自己哭出聲來，他緊緊攥著衣裳，喉嚨像是被堵了一塊蘸醋的棉花，脹疼的厲害。

他受苦不算什麼的，他很難想像當初白家逢難，阿姐是怎麼撐起這個家，走到今天這一步的。他沒有能照顧在母親、嬸嬸和阿姐、妹妹們身邊，愧對祖父和父親的教導，心裡很是難過。未見之時，曾以為滿腔的話要在見了阿娘和阿姐時說，可是見了面……竟發現最親的人，你什麼都不用說，彼此什麼都懂。如今他嗓子成了這個樣子，一開口阿娘就要落淚，就要心痛，他更是不敢說。沉默了半晌，白卿瑜終於還是開口。

「阿娘，阿姐……」白卿瑜聲音壓得極低，「如今祖父和父親不在了，阿瑜即將及冠，還請……阿娘和阿姐為阿瑜取字。」

女子及笄，男子冠禮，當取表字。白家的傳統，雖不是長輩賜字，可父親和叔父們，還有白卿言的字都是祖父取的，當初祖父也曾說過……等阿瑜及冠之時，定要為阿瑜取個極好的表字。

父親字是九如……

白卿言字是鳴山……

董氏唇瓣動了動，忍著眼裡的淚水，開口道：「就叫子安，阿娘……希望你能永遠平安。」不是取自哪個典故，就是取自一個母親最純樸的希望，她希望兒子能永遠平安。

白卿瑜眼眶酸脹的難受，起身一拜：「多謝阿娘賜字。」

董氏忙偏過頭去，用帕子沾去眼淚，已是竭力克制……卻也沒能克制住哭腔，用極低的聲音抽泣著，脊梁都在跟著顫抖。

為了避免不必要的麻煩，白卿瑜在這壽和宮留了不過一盞茶的時間便起身離去，董氏調整好自己的情緒，在白卿瑜離開之後至少在表面上，沒有露出任何情緒，只說……不喜歡西涼人送來的那隻鸚鵡，讓白卿言送走。

西涼使團得到消息的時候，慌成一團。

大周的太后與陛下，請戎狄的鬼面王爺一同用早膳，而後大周太后又命人將李之節送的鸚鵡挪走，這都是大周親近戎狄的苗頭，甚至可以說是實證了。

「不要危言聳聽！」李之節穩坐在胡椅上，「本王前腳去見了大周女帝，戎狄鬼面王爺得到消息便隨後趕去，正巧大周女帝與太后用早膳，依照禮儀總不好讓戎狄的鬼面王爺在外面等著！」

「至於說大周太后不喜西涼……」李之節抬頭看向自家的使臣們，「若是你們的丈夫和兒子都死在了和大周之戰中，你們能喜歡大周嗎？一樣的道理！憑什麼人家太后就必須喜歡西涼……」

「白卿言如今已經是大周女帝，她不會讓自己局限在私仇之中，她今早透了話……目的無非就是想要為大周爭取更多的城池和好處！」李之節用扇子敲了敲腦袋，疲憊的閉上眼，「臨走時，陛下曾叮囑我等，只要能與大周定盟，命本王自行估量西涼可付出的代價，但還是需要派人回一趟西涼，將此事告知於陛下，至少……大周可以為我們穩住這位鬼面王爺一段時間！」

「王爺的意思，是想要趁著這位鬼面王爺在大都之時，派人回去同陛下送信，讓陛下發兵攻打戎狄？」

「此計可行！戎狄的悍將雖然多，但都是不講兵法布陣，而這位鬼面王爺……也算是戎狄百年來出的一位奇人，有傳言說……這位戎狄的鬼面王爺，母親是燕國人，幼年曾在燕國生活過一段時間，後來又來了晉國，在晉國學習得了兵法所以才會如此厲害……」

「所以，王爺，只要這位鬼面王爺不在戎狄，戎狄還有何懼？趁著大周為我們穩住戎狄，先下手為強！」

李之節一臉煩躁地展開扇子，搧了搧風：「大周穩住鬼面王爺在大都城，西涼攻打戎狄，大周便會立刻同戎狄攻打西涼。」

「王爺，某以為……大周女帝不過就是想要為大周要好處，我們西涼給就是了，只要好處給的足夠多，難道大周女帝還能不要嗎？」有使臣道。

李之節聽著吵吵嚷嚷七嘴八舌的使臣團，腦子裡卻都是在國子監聽到白卿言說的那番言論，大周……想要一統天下，那就勢必要滅了西涼……滅了戎狄啊！

李之節閉上眼，陷入兩難之中。大周和燕國都想一統天下，那麼按照道理說戎狄和西涼應該合力抗強，那戎狄是瘋了嗎？為什麼要咬著西涼不放，又沒有什麼深仇大恨。

可對於西涼來說，只有滅了戎狄……才能形成同大燕、大周，三國鼎立的局面，才能在來日爭得一席之地，甚至與大周和大燕共同逐鹿中原。

但……作為如今的強國，大周和大燕，絕不會看著西涼坐大！該如何救西涼呢？

李之節被自家使團吵得腦仁兒疼，起身徑直朝著門外走去，不顧背後使團的喊聲，煩躁搔了搔頭，望著這大都城的似火驕陽，恨不得此刻就能來一場雨，將他淋清醒一些。

李之節剛走下樓，在花園裡轉了一圈，忽而聽到一陣琴聲，聞音而尋，竟看到了在荷花池旁的涼亭內賞花撫琴的大燕九王爺。

李之節腳下步子一頓，立在樹影婆娑的桂花樹下，靜靜聽著大燕九王爺的琴聲，風過……香甜的桂花落了一肩都恍然不知。

一曲接近尾聲，李之節望著盤腿坐在象牙席上撫琴的大燕九王爺，視線又看向那紅泥小爐子上的茶壺，又瞧了瞧大燕九王爺的面具，似是恍然一般垂眸低笑一聲，在琴音嘎然而止的那一刻，抬腳朝著八角亭走去。

「九王爺好雅興。」李之節含笑朝著大燕九王爺拱手。

伺候在大燕九王爺身邊的護衛替李之節撩開雲霧紗帳，李之節凝視大燕九王爺，脫了鹿皮短靴踩在那象牙席上，與大燕九王爺相對而坐：「李之節三生有幸，竟然能聽到九王爺的琴聲。」

大燕九王爺將古琴擱在面前的小几上，抬眸望著李之節，笑道：「還以為此時的炎王應當是焦頭爛額，沒想到還有心情欣賞本王的琴音。」

「大燕九王爺在這裡撫琴……」李之節視線又看向小爐子上的茶壺，笑著展開摺扇慢條斯理搧著，「又是烹茶，不是正在等我，打算為我西涼排憂解難嗎？」

李之節不傻，九王爺戴著面具從不對外露真容，這大庭廣眾之下，怎麼喝茶？定然是知道他出門了，在這裡撫琴引他過來罷了。

面具後，傳來大燕九王爺的低笑聲，示意僕從將小几上的古琴收走，用帕子隔著茶壺的拎柄將茶壺拎起來，為李之節倒了杯茶推到李之節的面前：「炎王說的不錯。」

李之節端起茶杯，徐徐往茶杯中吹了一口熱氣，問：「大燕已經與戎狄簽訂了盟約，不知大燕能如何解我西涼之危，又需要西涼付出什麼樣的代價？」

大燕九王爺慢條斯理將茶壺放回小火爐之上，壺內茶水再次滾沸，撲出些許。

「炎王可知，這戎狄的鬼面王爺……和大周女帝關係匪淺？甚至可以說這戎狄已經是大周的囊中之物，所以……炎王你說，大周會真的同西涼定盟嗎？」

李之節端著茶杯的手一緊，並未抬眸，略作思索之後，笑著道：「這話九王爺怕是玩笑了，戎狄的鬼面王爺若是和大周女帝關係匪淺，大周女帝應當在戎狄與大燕的三年之約還在期限內時，便與戎狄一同攻打西涼，何苦……要在這裡白白耗費時間。」

「這也正是本王百思不得其解的地方！」大燕九王爺語聲之中似帶著幾分困惑，「不過，據我們大燕得到的消息，白家剛剛回歸的白家三子白卿琦已經離開大都，瞧著方向應當是去南疆的，或許已經在備戰了。」

李之節做出一副沉穩的模樣，抬頭望著大燕九王爺：「本王今日剛剛進宮見過大周女帝，大周女帝是希望我們西涼拿出更大的誠意，才能簽訂盟約而已。」

「為何炎王不覺得這是拖延的說辭呢？」大燕九王爺動作散漫依著身側的隱囊，「炎王仔細想想那戎狄突然出現的鬼面王爺，恰巧是在白家南疆一戰之後，其行軍打仗排兵布陣和用兵手段，頗有白家之風，而這鬼面王爺的行事作風……」

大燕九王爺低笑了一聲，看向李之節：「按常理，弱國應當是聯合抗強才是，為何戎狄竟然與大燕簽訂了這樣的盟約，非要打西涼？戎狄就不怕與它緊緊相鄰的大周不能坐視它強大起來，在戎狄舉全國之力同西涼廝殺之後，吞下戎狄嗎？還是戎狄就如此相信大周不會，可這信任又是來源於哪裡？」

李之節攥著茶杯的手不住收緊，內心頓感慌張。

大燕九王爺看著湖面上開著正豔麗的荷花，餘光卻不著痕跡打量著李之節，隨手把玩隱囊上的流蘇：「亦或是，這戎狄本就是在為大周拿下西涼？」

「怎麼就沒有可能，是戎狄瞧出了大周和大燕都有吞併天下之心，可戎狄又並非是這兩國的對手，想要吞下西涼，來與你們形成三國鼎立之勢呢？」李之節問。

大燕九王爺輕笑一聲：「還是那句話，大周會坐視鄰國西涼強大與它形成三國鼎立之勢嗎？

大周女帝雄心壯志，目標是一統天下！目前大周不能攻打燕國，是因為燕國在收復南燕……滅魏國之後，國力大增，大周不能冒然出手！

「且若是大周對燕國出手，那這場仗必定是曠日持久的！這……便會給戎狄和西涼兩個弱國留出喘息時間，誰也不能保證西涼或是戎狄不會同燕國一般逆轉局勢。」

「要想一統天下，大周應當做的……是吞併西涼、戎狄，最後滅燕！對燕國來說也是一樣的，要做的是吞併西涼和戎狄，而後滅大周！」大燕九王爺說的十分坦誠。

李之節緊咬著牙關，弱國便是強國砧板上的魚肉……

「所以，大燕九王爺今日引我前來，不會就是為了告訴……大燕和大周一樣，都想要滅西涼吧？」李之節放下手中茶杯，故作輕鬆對大燕九王爺淺淺笑著。

「本王想給西涼指一條生路。」大燕九王爺慢條斯理開口，「西涼……對大燕稱臣、納貢，如此便可存國。」

李之節聽到這話頓時怒火攻心，拍案而起，難見的臉上露出怒意：「九王爺好大的口氣。」

「炎王勿惱，本王此言並非是為了羞辱西涼，畢竟……曾經的燕國，便是這樣過來的。」大燕九王爺聲音徐徐，倒是讓李之節怒火平息了不少。

「能存國，才有一線生機！也只有如此……西涼才能圖來日。」大燕九王爺說著起身，朝著李之節長揖一拜，「炎王還是好好想想本王的話，當然了……若是西涼向大周稱臣、納貢也是一樣的，但西涼的雲破行可是與大周女帝有私仇的。」

大燕九王爺朝著李之節一禮，走至李之節的身邊輕輕拍了拍李之節的肩膀，走出涼亭穿上鞋履，正欲款款離去，卻又像是想起什麼似的，停下步子。

他轉過頭來，隔著搖曳的薄紗，道：「聽說……百姓捨棄耕種如今熱衷於織翡翠錦、獵猛獸皮毛，西涼可要多謝大周的勳貴們喜歡這些物品，畢竟大周境內無織就翡翠錦的能力也沒有西涼的獸皮，這可是讓西涼發了一筆大財啊！」

李之節聽到這話脊背挺直轉頭看向大燕九王爺，只覺大燕九王爺這話裡有話，可不等他再問……大燕九王爺已經先行離開。李之節閉上眼，耳邊是爐火上茶水被煮沸的聲音，只覺如今的西涼便如這茶壺，真真正正是被架在了火上。

那鬼面王爺，真的是……白家的人嗎？這個消息是否可以利用？

很快，這一點就被李之節否定了，聽說如今戎狄完全被這位鬼面王爺把控，有人想要見戎狄王沒有這位鬼面王爺的允許，誰都見不到，名義上是保護戎狄王，實際上早已經將戎狄王架空。

若這位戎狄的鬼面王爺真的是大周白家的子嗣，那麼……西涼的周圍就真的是群狼環伺，危在旦夕了。

雖然大燕九王爺的話說得不錯，當初大燕就是這麼過來的，也只有存國才能圖來日，可是當今天下的形勢，與燕國那時已經大不相同。大燕弱時，那時列國林立，相互牽制，相互掣肘，而今……列國都沒了，只剩下大周、大燕和西涼，還有或許已經在大周囊中的戎狄，西涼如何在兩個都有一統天下雄心的強國之中求存，求強國？

其實李之節對大燕九王爺的話並未全然相信，畢竟……以大周如今的實力，若戎狄已是大周的囊中之物，大周如今應當讓戎狄先行與西涼打，待西涼的兵力被削弱之後，便一舉滅了西涼。

但是，眼下大周女帝白卿言卻在幫著西涼拖延時間，這一點……李之節百思不得其解。

看來得派個人去查一下白家三子白卿琦，去南疆到底是做什麼，只要弄清楚了這個……想來事情就明朗了。

大燕九王爺回到小院之中，不許任何人跟著，推門而入，瞧見蕭容衍正立在桌几前練字，關了門，走至几案前對蕭容衍長揖行禮：「主子，該說的都說了。」

蕭容衍頷首，直起身看了眼自己的字：「就端看李之節想不想得明白……商人逐利的本性，被大周給利用妥當了，將來可是能不費吹灰之力滅西涼的。」

「若是西涼女帝和炎王夠聰明，就應當歸順我大燕。」

蕭容衍聽到這話，只笑不語。

元和初年七月二十九、三十，肖若海與白卿琦先後到達雲京。

先一天到達的肖若海帶著陳慶生一同來客棧見白卿琦，此時情況未明，白卿琦還未冒然以大周使臣的身分去見西涼女帝。

陳慶生看到白卿琦鬢邊的白髮，先是一怔，隨即又是熱淚盈眶。

白卿琦坐在胡椅上，手摩挲著座椅扶手，靜靜望著還在說事情來龍去脈的陳慶生。

陳慶生如今已經蓄了鬍子，整個人看起來穩重不少。

「那日毫無徵兆，幾個大掌櫃的回來正與鳳年公子對帳，宮裡突然派人來了家裡，說陛下請鳳年公子入宮，可那日也並非是陛下同鳳年公子說好，要入宮講奇聞異事的日子，但來人拿著西涼宮中權杖，鳳年公子讓我照顧好幾位掌櫃，主持對帳，便隨西涼皇宮來的人離開了！」

陳慶生語速沉穩，交代白錦桐被下獄的事情：「到了夜裡鳳年公子還沒有回來，我將對帳的事情交給方大掌櫃負責，帶著厚禮前去了平日裡與鳳年公子交好的西涼皇親貴族那裡打聽消息，但都是一頭霧水一問三不知。」

「三日前……小的又以對帳結束，給西涼八大家族送紅利的藉口各府都走了一趟，但八大家族那邊兒都是說，女帝承諾雖扣押公子，但不會遷怒公子在西涼的生意，至於公子如何得罪了女帝不得而知，不過想來西涼女帝已經將鳳年公子關了這麼些日子，應當用不了多久就會將鳳年公子放出來，他們讓小的不必擔心便將小的打發了，小的無能……到現在都不知道鳳年公子為何被下獄。」

白卿琦眉頭緊皺，搖了搖頭，手指有一下沒一下敲著身旁桌几：「話不能這麼說，你能打聽到西涼的皇族勳貴都不知道西涼女帝為何將鳳年公子下獄，這也算是一條線索了。」

來之前白卿言同白卿琦說過，這個陳慶生……在人脈方面天賦卓絕，三教九流……只要陳慶生想要結交都能結交，且打探消息是一把好手。陳慶生若是打聽到西涼皇親勳貴都不知道白錦桐為何被下獄，那想來……便是西涼女帝未曾對外透露過一個字。

陳慶生顯得有些懊惱，大姑娘讓他來跟著三姑娘，就是希望像這種關鍵的時候，他能夠打探來可靠的消息，可是他竟然到現在連三姑娘因何入獄都打探不到。陳慶生懊惱道：「銀子也花了，關係也託了，但到現在為止也見不到鳳年公子，只打聽到鳳年公子被關在天牢之中，西涼女帝中間去探望過三次，小的連鳳年公子受刑與否都沒有能打探到！實在是慚愧。」

白卿琦沉住氣，端起手邊的茶杯，又問：「鳳年公子在西涼的生意，自入獄之後可是真的未曾受影響？」

「果真未曾！」陳慶生老實回答，「起初，幾個掌櫃建議先關了鋪子，可小的以為……開著鋪子才能證明鳳年公子問心無愧，且……一旦鋪子出了問題，便表示鳳年公子那裡出了大問題，小的想著……若是西涼女帝未曾對鋪子動手，想來……鳳年公子那裡不至於太艱難。」

已經在雲京調查了一番的肖若海開口：「也說不定，畢竟……鳳年公子從天鳳國帶來了造紙的技術，還有翡翠錦的製造技術，如今大周勳貴之間盛行翡翠錦，翡翠錦價格高昂且西涼的皮毛在大周的價格也是十分高昂，以往西涼耕種的百姓……能依靠糧食獲利。」

「可如今西涼百姓通過製造翡翠錦捕獲獵物剝其皮毛交於鳳年公子的商鋪，再由鳳年公子的商隊運往大周，從大周獲重利，曾也有人想從鳳年公子的生意裡分一杯羹，可大周那邊和大燕那邊兒還有天鳳國那邊，幾個收翡翠錦和皮毛的大商人，只收鳳年公子的貨。」

「而因天鳳國的造紙技術先進造價又極低，燕國需要的數量極大，西涼幾大世家貴族都在鳳年公子這裡出銀子參與了造紙，徵召百姓造紙，送往燕國獲利！可以說鳳年公子的商鋪在這短短的時間內，能夠滲透到西涼百姓的生計之中，即便是西涼女帝要難為鳳年公子，也不能輕易的動鳳年公子的商鋪。」

白卿琦敲桌几的動作一頓，像是陡然抓住了其中關竅，如此他便明白白錦桐在西涼是要做什麼。白錦桐參與到了西涼百姓的生計之中……

是要以商道來弱化西涼，捏住西涼人口糧的命脈。

「鳳年公子可還做糧食生意？」白卿琦問。

陳慶生頷首：「鳳年公子將從大周和燕國收來的糧食，賣給西涼人……」

白卿琦腦中思路越發清晰，追問：「所獲利潤如何？」

陳慶生似是也想到了點兒什麼，他望著白卿琦道：「鳳年公子將糧食分別運到天鳳國和西涼，天鳳國的糧食生意倒是賺的，但……西涼的糧食生意，是正正好可以收支平衡。」

肖若海之前便有所懷疑，此時已經能肯定三姑娘被抓，約莫就是因為這件事……

白卿琦薄唇緊抿著，想來這位西涼女帝怕是也派人去調查過了，甚至想到了白錦桐要用這種方法來弱化西涼，所以才將錦桐抓了起來。

看來這位西涼女帝，讀了買鹿制楚、買狐降代的故事，對白錦桐生了戒心。

肖若海望著陳慶生又問：「那麼，其他生意呢？鳳年公子高價收購翡翠錦和皮毛送往晉國的生意可曾獲利？」

陳慶生看向肖若海連忙點頭：「是賺的，而且是重利！」

肖若海轉頭，看向白卿琦，長揖一禮：「三公子，若海以為……鳳年公子並無錯處，畢竟……商人逐利，既然翡翠錦和皮毛，還有紙張可獲得重利，鳳年公子自然是想要更多的西涼百姓參與到其中，糧食價格低一些，百姓願意花費更多的時間在翡翠錦和皮毛之上，鳳年公子所得利潤自然也就多了。」

「是啊！商人逐利這是最正常不過的！」陳慶生道。

白卿琦點了點頭看向陳慶生：「你們鳳年公子肯定也是如此說的，否則……便不僅僅只是關押這麼簡單。只不過……如今西涼女帝將你們鳳年公子關押的時間太久了，這西涼八大家族大約是見你們鳳年公子在大獄之中，這商鋪在你手中運轉的仍然很好，他們利益未有絲毫損害，故而對八大家族來說你們鳳年公子便顯得可有可無，便不會去西涼女帝面前去為你們鳳年公子爭取。」

陳慶生面色一白，忙長揖向白卿琦告罪：「是小的考慮不周，還請三公子責罰。」

「你是按照你們鳳年公子命令行事，鳳年公子不在時你能將商鋪運轉的如此之好，可見能力非同尋常，是有功的！」白卿琦敲了一下面前的桌几，撩起直裰下擺，翹了二郎腿，端起茶杯，面色沉著冷肅道，「今日起……逐步將糧食的價格抬高，每日翻倍，其他做糧食生意的商人總會望風而動，總有西涼女帝著急的時候！再派個人回大周，傳令即日起邊關嚴查糧商出入，找個由頭扣了尤其是往西涼方向！」

「公子……」陳慶生同白卿琦交實底，「鳳年公子在西涼的生意做的如此順風順水，與西涼的八大家族有脫不開的關係，早在鳳年公子讓八大家族的人參與到這生意之中時便說了，翡翠錦、皮毛和紙張會給八大家族分利，可最重要的是要等到西涼農田無耕……百姓對糧食的需求旺盛之後，八大家族可以將屯糧以高價售糧，如此西涼百姓用翡翠錦、皮毛和紙張賺來的銀子，便會不費吹灰之力進八大家族的口袋，就相當於西涼百姓如今忙忙碌碌，都是為八大家族在賺銀子！」

「所以八大家族都有屯糧，且屯糧數目不少，若是我們開始將糧食提價，八大家族必然也會開始售賣糧食，若是比我們低上那麼一點點，我們的糧食可就沒人買了。」

「若是如此，我們繼續將糧食價格翻倍，八大家族逐利……必然會繼續跟的！將糧食提價，是為了讓西涼女帝看到她抓了鳳年的代價，從而逼著西涼女帝放鳳年出來穩定糧食價格……」白卿琦語速平緩，「我們的目的在於救出鳳年公子，讓鳳年公子回大周。」

「是！」陳慶生連忙站起身行禮，「小的這就去傳令安排！」

白卿琦站起身，端起身旁小几上的茶杯，語聲冷肅：「別急，你派些人……將西涼缺糧，糧價大漲，大周百年城守將接到上命，即日起要扣了送往西涼的糧食，待個把月後西涼國內糧食快要耗盡之時，大周便會舉兵攻打西涼的消息……也同時送去大燕。」

白卿琦垂眸喝了一口茶，將杯蓋蓋上，視線看向豔陽高照的窗外……

八大家族都是逐利的，否則也不會和崔鳳年「同流合汙」，用這種幾乎要把西涼百姓逼到死路的方式斂財。

逐利之人大都貪心，白卿琦也很貪心……

雖說這次主要是來救錦桐的，而在他看來錦桐此次入獄是危急，卻也是機會，他想要的是趁著這次機會，將大燕拉下水。

這個消息送到大燕，無非是兩種結果，燕國的商人不貪心……會趁此機會將糧食運過來，以西涼每日見漲的市價賣給西涼百姓謀利。

要麼，就是燕人貪心，準備囤積糧食，等到西涼糧絕之時，再以高價賣給西涼。

不過白卿琦猜大燕那位九王爺，必定會給西涼供糧，哪怕是高價……

因為大燕和戎狄簽訂了盟約在先，不能毀約又不能眼睜睜看著大周和戎狄滅了西涼，如此便會讓大周更為強大，來日燕國想要一統天下難度就會更大。

所以，大燕一定會助西涼渡過難關，定然會准許燕國商人將糧食運往西涼，高價賣給西涼……

屆時，燕國糧食價格大漲，只要大周派商人前去大燕略高價收糧，為生計而奔波的百姓就會為利所動而賣糧，燕國商人見有利可圖，為逐利……必會跟風高價在燕國收糧又以更高的價格賣給西涼。如此，大燕為西涼提供大量的糧食，又從西涼處得到高額的財物來弱化西涼，使西涼斷斷續續吊著一口氣，不能讓西涼緩過神來，又不至於讓大周用糧食掐住西涼的咽喉。

因為大燕最想要的，是讓西涼拖過燕國和戎狄的三年盟約，屆時便可以與戎狄、大周同分西涼。

此事一旦成了，對燕的策略就要改。

大周與戎狄定盟，掐住西涼的糧食，襄助戎狄的同時，派少量兵馬與戎狄一同攻打西涼，如此西涼百姓更無法安心耕種……怕到頭來白勞作一場，給敵軍種了糧食，燕國為利也好……為使西涼能夠苟延殘喘也好，必會繼續將糧食不斷送往西涼。等到大燕的糧食往西涼送的差不多，新的糧食又未曾接上之時，大周掉頭攻燕，那麼糧草輜重……便是燕國最大的軟肋。

那個時候，戎狄和大周是盟友，且戎狄本身自己就缺糧，大周攻燕必是不能為大燕提供糧食，如此燕國這塊兒最難啃的硬骨頭，大周打下它便指日可待。

白卿琦在燕軍之中待了兩年，雖然未曾參與收復南燕之戰，卻參與了滅魏之戰……他知道，燕國的糧食一向短缺，是在滅了魏國之後才稍有好轉，燕國每次攻入一個城池最先去檢查的便是糧倉。

三年內，大燕先是逢災，後又處於戰亂之中，可以說擴張了土地得到了魏國的城池、人口和存糧之後，才緩了過來，可魏國曾經的大部分糧倉，卻因糧食陳陳相因，致腐爛而不可食。

這主要是因為魏國當時的地理位置可謂是地利，少有戰端，百姓安居樂業……所以存糧也就沒有怎麼動過的緣故。

燕國的滅魏之戰打到今歲的四月份才算結束，燕國人心惶惶耕種者極少，可燕國卻正好趕上了魏國五月份和六月份豐收，但……以魏國的糧食養整個大燕，還要給西涼糧食，一旦大周掉頭來打燕國，燕國糧食……可就要吃緊了。

趁此機會，大周即便不能滅了大燕……也要將大燕打殘！打得大燕再無能力同大周抗衡，如此一統之路將會容易許多。

白卿琦下了決定後，迅速寫了一封信，吩咐暗衛將信送回大都城給白卿言。

白卿琦到的頭一日，西涼雲京崔家所有糧食商鋪的糧食價格陡然翻了三倍，百姓聞訊……紛紛轉而去其他商鋪購買糧食，同行聽聞崔家商鋪糧食陡然翻了三倍，一時間也是惶恐不安，猜測崔家商鋪是不是掌握了什麼要緊的消息他們還不知道，見來買糧食的西涼百姓越來越多，數目越來越大，有的糧食商鋪乾脆掛了牌子歇業一日，有的乾脆跟風而動，也將糧食的價格翻了三倍。

糧食商鋪齊齊漲價關門，百姓聽聞也慌了……此時不知是誰又放出風聲來，稱明日糧食還要翻一翻。一時間，家中沒有多少存糧的百姓們惶恐不安，竟然匆匆去糧食店鋪門口排隊購買糧食。糧食店鋪見來的百姓數目如此之多，紛紛仿效同行漲價，有的乾脆直接將店鋪門給關了，這下……百姓們更是慌張無措。

自從西涼百姓因為翡翠錦、皮毛和紙張富裕起來之後，耕地本就少的西涼百姓，便更不願意費力去耕種，轉而都去在翡翠錦、狩獵和造紙上下功夫，又因糧食的價格便宜而且供價還穩定，百姓便覺得耕種糧食收益不高，久而久之耕地便荒廢了。

可就在這時，雲京的糧食店鋪突然漲價不說，又突然一個接一個的關門不對外售賣，糧食乃百姓的頭等生計大事，百姓奔波可不就是為了溫飽，糧食漲價就如同掐住了西涼百姓的咽喉，這讓百姓如何能不慌？

第九章　虎視眈眈

已是深夜，西涼女帝坐在翠玉珠子穿成的珠簾之後批閱奏摺，女帝將一頭長髮束於頭頂，頭戴玉冠，做男子裝扮，可那眉目卻美的濃烈，猶如在錦繡盛世裡綻放的牡丹花王，光豔攝人。

兩位大臣跪於輕微晃動的珠簾之外，同西涼女帝稟報今日雲京糧食陡然漲價引發的亂象，雲破行強忍著咳嗽，面色凝重立在一旁始終不語。

西涼女帝得到消息時，反倒一副意料之中的模樣，放下筆，端起茶杯，露出一小節白皙的皓腕，抬頭朝著前來稟報消息的戶部尚書和戶部侍郎看去：「終於還是來了……」

只是可惜，她和朝廷的官員們察覺的稍微有些晚，崔恭行又抵死不承認。

但，古有一句話，叫做亡羊補牢。越早發現這個問題，就越是能夠及時補救，雖然這個窟窿已經很大了，總比一直看著它越來越大的好。

在上個月將崔恭行抓入大牢之後，西涼女帝便發布了一系列的詔令，鼓勵農耕，可是收效甚微。

西涼女帝想下狠心收拾掉崔恭行的那些商鋪，可如今西涼百姓可以說大多都以翡翠錦為生計，少數是依靠皮毛，而在西涼收購量最大的便是崔恭行的商鋪。

若是冒然將崔恭行的商鋪給關了，西涼沒有這麼大的商賈可以吞下百姓們每日都在造的翡翠錦，會斷了百姓生路。再者崔恭行是個聰明人，她的生意大……且還拉了西涼最有勢力的八大家族參與其中，雖說八大家族兩族已經不成氣候，可其餘六族的勢力不容小覷。

這其中關係錯綜複雜不說，崔恭行此人在西涼勳貴和幾大家族的幫扶之下，已經成為為西涼提供糧食的最大商販，這也是西涼女帝遲遲沒有殺崔恭行的原因，殺了崔恭行……西涼一半的百姓恐怕都要喝西北風。

從前輕商、賤商的西涼女帝，是因為崔恭行能為她講晉國風情，和她遊歷列國還有出海時遇到的奇聞異事，崔恭行不輕賤女子，言語間更有男女平等這樣的言語，十分得西涼女帝的心，所以……到後來，即便是西涼女帝未曾將崔恭行視為知己，也是視為一個可以說話的人。

沒想到，就是這樣一個人……竟然包藏禍心要害西涼。

果然就如同父親說的那樣，晉人……和燕人，都是最詭計多端的。

也是因為這些年西涼如同列國一般，太過輕賤商人，以致於從未將一個小小商人放在心上，沒想到這商人竟然也能有如此大的能量，悄無聲息中能弱一國。

在崔恭行被下獄的這段日子，不斷的有八大家族來求情，後來還是得到了西涼女帝的承諾，稱不會去干涉崔恭行名下商鋪生意影響八大家族收益，八大家族這才消停。

「明日，將朕之前命戶部尚書從大燕運來的糧草，以正常市價售賣給百姓……」西涼女帝說完，又問雲破行，「大將軍以為，如此持續一段時間，可否將糧食的市價調整回來？」

雲破行用力忍住咳嗽，轉身朝著珠簾內的西涼女帝行禮之後道：「陛下，老臣以為……當務之急應當是放了崔鳳年，崔鳳年與八大世家利益盤根錯節，這段時間因為未曾影響到八大家族的生意，一切都還好說，如今崔鳳年的人提高糧食價格，就怕只是開始，若是還不放崔鳳年，定然還有下一步舉措，或許會是翡翠錦。」

西涼女帝抿住唇，漂亮而濃豔的眸子半垂著，語聲帶著幾分笑意：「想不到，我西涼曾經叱吒風雲的大將軍，竟然也會懼怕八大家族。」

「咳咳咳……」雲破行再也忍不住咳了幾聲，又繼續忍，忍得臉頰通紅，「老臣不是怕，而是通過這件事，明白了這八大家族……懂得了藏勢讓步，並非如老臣和陛下所想的那般，拔擢寒素已經起了作用，可以與八大世家抗衡，還不是時候啊。」

西涼女帝不忍心雲破行強撐著和她說話，示意身邊伺候的太監給雲破行賜座奉茶。

雲破行接過茶杯喝了兩口，輕咳兩聲，將咳嗽壓了回去，接著道：「比如此次……若非八大世家被利益誘惑，遮住了滿朝的視線，誰又知道本就少有農田的西涼，百姓竟紛紛捨棄耕種，都去織什麼翡翠錦，去獵野物了！咳咳……咳咳咳……」

雲破行咳嗽嚴重，忙掏出帕子掩著唇，越發撕心裂肺。

「大將軍快坐！」西涼女帝很是擔憂雲破行的身子，瞧見雲破行實在撐不住坐下，西涼女帝這才緩緩開口，「國之利益，還不如他們賺銀子重要！朕想……八大家族此次故意瞞報，是看重了這翡翠錦能夠帶來重利，更是看重了……翡翠錦之後，能用糧食將百姓手中用翡翠錦賺來的銀子，再次搜刮到他們的口袋裡。」

良久，西涼女帝睜開眼：「若是朕料想的沒有錯，這八大家族的手中怕是有不少屯糧！八大家族等的就是糧價突然翻倍的這一天，又怎麼會在意一個崔恭行的死活。」

不是崔恭行這個商人本事大，而是八大家族太過貪。

雲破行頷首：「正是如此，若是朝廷將糧食按照平日裡的價格賣出，怕是不等百姓買到手，八大家族便已經先行將糧食買走了，再高價賣出，白白便宜了八大家族，實惠到不了百姓手中，可若發放糧食到百姓手中，又恐怕助長了百姓們荒廢耕地。」

西涼女帝拳頭緊緊攥著，心中滿是憤怒。

崔鳳年……崔恭行！用一個利字，利用八大家族……將整個西涼玩弄於股掌之中，雖然崔恭行不承認，可西涼女帝敢斷定，她不是大燕的人，便是大周的人，為的就是用這樣的方式拖垮西涼啊。可八大家族這些見利忘義之徒，全然不顧家國大義，只顧著為自己斂財，甚至不考慮一下如今西涼已經在滅國的邊緣，只想私利。

「朕，這就去見崔恭行！」西涼女帝無力道，「如今只有放崔恭行出去，讓崔恭行來穩定糧食價格，還得繼續想辦法來鼓勵農耕，絕不能因為糧食被他人掐住喉嚨。」

「微臣愚見……」戶部尚書突然開口，「倒認為此次的事情是個好事，百姓們知道了手中若無糧，賺到的銀錢會因為糧食價格的變動成為糧商的銀子，便會明白糧食的重要性，定然會有百姓繼續耕種的。」

雲破行也跟著點了點頭：「正是如此，如今西涼危如累卵，即便是陛下懷疑這崔鳳年是大燕或是大周派來，亂我西涼的，早前未曾發現，如今倒是動不得了，只能慢慢來！」

慢慢來……

大周、戎狄、大燕，這三國哪一國，能容得西涼慢慢來？

西涼女帝的心裡……卻從未這麼憋屈過。自從坐上這個位置，她一心想要重現西涼往日輝煌，可這八大家族卻如同附骨之疽，在整個西涼各方都有他們滲透盤踞的勢力，不能輕易拔除。

西涼女帝只覺自己好似被一張無形的大網網住，不論怎麼掙扎，都無法掙脫，甚至無法同八大家族真正意義上鬥一個你死我活。

大獄之中，所幸西涼女帝還念舊情，對白錦桐還算是照顧。至少已經入獄這麼久，白錦桐身上的衣裳還算乾淨整潔，牢房裡的被褥還算乾淨，平日裡吃食上也不曾怠慢不說，白錦桐想要個什麼書和筆、墨，獄卒都給的很痛快。

今日白錦桐更是從來給她送飯的獄卒嘴裡知道，今日糧價都漲了……

白錦桐算了下時間，心中已經篤定，定然是長姐已經知道她被下獄的消息，派人來了西涼，且人已經與陳慶生碰面了。

以西涼的八大家族逐利的本性，絕不可能為了她一個崔鳳年，在現在這個時候開始提高糧價。

畢竟現在還未曾到西涼百姓手中存糧耗盡的時候，八大家族可是為了利益連西涼這一個國都不顧了的，又怎麼會為她「崔鳳年」讓自己的利益受損。

而，按照陳慶生的性子，定然是會將商鋪經營的好好的，越是打探不到消息，他便越是小心謹慎，斷不會做出這種冒然提高糧價的舉動來。

除非是……陳慶生接到了誰的命令。會是誰？難道柳先生回來了？

不……柳先生雖然是智者，但是曾與白錦桐有言在先，他是看在大伯白岐山的分兒上，所以願意出山助白錦桐出海，作為白錦桐的嚮導，甚至可以任由白錦桐驅使，但……白錦桐若是出了事，他老人家不會救，只會腳底抹油，畢竟還有孫子要養，不敢死。

那麼就只能是長姐派來的人，可長姐派誰來能直接命令陳慶生？難不成……是二姐？

想到這裡，白錦桐又不免擔心，如今西涼百姓手中的存糧還未徹底消耗完，還是……長姐現在就要發兵西涼了？白錦桐的手心收緊，應當再等等的……哪怕再等一個月，都會更為穩妥些。

聽到有腳步聲靠近，坐在方桌搖曳燭火旁的白錦桐拿起竹簡，裝作讀書的模樣，餘光朝著牢房門口看去。

半晌之後，一身男子裝扮的西涼女帝緩緩走了出來，她負手立在牢門口，望著鎮定自若坐在黑漆方桌旁專注看竹簡的白錦桐，輕輕踱了幾步開口：「沒想到這個時候，恭行還能沉得住氣看書。」

白錦桐唇角勾起，起身朝西涼女帝一拜：「不知陛下駕臨，有失遠迎。」

西涼女帝轉頭示意獄卒打開牢房的門，從牢房之外走了進來，視線落在黑漆方桌上的竹簡，笑著將竹簡拿起來隨意翻看，問道：「恭行啊……你還不打算與朕說實話嗎？」

白錦桐又恭敬朝西涼女帝行禮：「陛下，恭行就只是一個商人，只知道如何逐利而已，是真的沒有陛下說的那麼多心思，且恭行的身世可查，陛下想來也派人去恭行的老家查過了，否則現在怕是也不能同恭行在這裡說話。」

西涼女帝美豔的眉目笑意越發濃郁，搖曳燭火之下，如同盛開的錦繡繁華：「你來我西涼，與八大家族攪和在一起，又與八大家族以利益捆綁在一起……穩紮穩打的，倒不像是為自己逐利，倒像是幫著八大家族逐利，這……可不符合商人本性啊！」

「陛下，恭行初來乍到，深覺西涼八大家族勢力盤根錯節，恭行要想在西涼謀利，那……便必須拉上西涼的八大家族，雖說在西涼……恭行將利潤都讓給了八大家族，看似白忙活一場，可在西涼卻有了人脈，能在大周、大燕和天鳳國，可以出海……去那些島國做生意，謀大利！」

白錦桐見西涼女帝點了點頭，踱著步子繞她而行，含笑面對西涼女帝小步挪著恭敬轉身，始終讓自己以最為恭敬的姿勢面對西涼女帝……

「再比如，在西涼……如今應當已經無人不知我崔鳳年，崔鳳年隔三差五便被西涼女帝召入宮中常坐長談，這在西涼不是什麼秘密，自然在各國也不會是什麼秘密，那麼崔鳳年不論走到哪裡，都會成為他國座上賓。」

白錦桐笑了笑，謙卑道：「這一點……恭行還是同天下第一義商蕭容衍取了經。」

西涼女帝腳下步子一頓，視線望著從狹小高窗照射進來的月光低聲道：「朕……接觸了你很長一段時間，甚至視你為友，覺得你藏的很深，與朕……有很多相似的地方，年紀不大……沉得住氣，背後似乎還藏著秘密，令朕十分好奇。」

白錦桐連忙長揖，連聲地稱不敢。

西涼女帝聞言低笑一聲，「崔鳳年，崔恭行……朕派人查了，的確有這麼一個人，也的確說是出海做生意去了！」西涼女帝臉上的笑意緩緩沉了下來，她隨手將竹簡擱在方桌上，轉而用冷肅的目光看著白錦桐，「可崔鳳年……可是個男人！」

西涼女帝撩開衣衫下擺，在方桌前坐下，帶著睥睨天下的氣勢，望著白錦桐：「恭行，已經到了今天這一步，你還不說實話嗎？是打算……讓朕在這牢裡將你驗明正身？」

白錦桐唇角勾起笑了笑，亦是撩開衣裳下擺在西涼女帝的對面坐下，眉目清明沒有絲毫怯懦慌張，只道：「陛下既然知道了，恭行便也不瞞著陛下，同為女子……陛下當知道女子立世的艱辛，都是不得已而為之。」

「那麼，恭行……姓甚名誰，家住何處，可否明言？」西涼女帝定定望著敢與她平視的白錦桐。

「陛下，在下姓崔……名鳳年，既然陛下派人去查過鳳年，應當知道鳳年的母親早年差點兒慘遭休棄，若非生下了鳳年這個兒子，我那父親就要扶外面養的那外室……為正房了！」白錦桐聲音徐徐，「這……便是為何恭行明明是女兒家，卻要扮做男子的原因，後來嘛……自然是為了不讓家中產業被族裡占了去，再後來……便是為了出外行走方便。」

這個理由倒是能說的通，若是西涼女帝記得不錯，晉朝男尊女卑最為嚴重，女子全然依附男子而活，很少會出類似大周女帝那樣的巾幗人物。

可問題是，西涼女帝找來了崔家族人，那日西涼女帝專程派人將崔鳳年接入宮，就是為了他們二人見上一面，可崔鳳年不識崔家族人，崔家族人更是指認她並非崔鳳年。

崔恭行……沒有說實話啊！但這話西涼女帝卻沒有當白錦桐的面說出來，西涼女帝就當相信了崔恭行的話……然後放她出去，隨後再派人留心崔恭行屬下的來往行蹤，再結實的牆也會透風，再結實的紙也包不住火。

「恭行，朕……給你一次機會，如今晉國已經改了大周，不如……你成為西涼人如何？」西涼女帝試探道。

「陛下，母親的墳還在大周，恭行不敢不孝。」白錦桐婉拒。

西涼女帝點了點頭：「好吧，就當是朕多心了，如今你被朕扣在這裡這麼久，外面糧食鋪子便亂套了，的確是不能再將你留在這裡了，朕已經派人去崔宅通知了你那個管家，此刻……馬車已經在大牢外候著你了，去吧……」

白錦桐也沒有矯情，站起身朝著西涼女帝長揖一禮：「恭行，多謝陛下！」

西涼女帝擺了擺手，見白錦桐隨太監一同離開大獄，回頭睨著黑漆方桌上白錦桐留下的竹簡書籍，隨手拿起來坐在燈下翻看了起來，慢條斯理開口道：「派人盯緊崔鳳年，和崔鳳年身邊那幾個得力的大掌櫃。」

「是！」跟隨西涼女帝而來的太監長揖應聲。

白錦桐身側拳頭緊緊攥著，克制著自己的步子從那泛著霉味和潮濕的大牢內出來，一跨出大獄的正門，迎面撲來的涼風裡帶著牢獄裡不曾有的清新之感。

「鳳年公子！」陳慶生一看到白錦桐出來，拎著直裰下擺迎了上去，含笑對送白錦桐出來的兩位獄卒行禮，遞上兩個牛皮錢袋子，「辛苦！辛苦！這點兒小意思，請兩位兄弟喝茶！」

獄卒掂了掂手中的錢袋子分量不輕，笑著揣進懷裡，朝陳慶生笑道：「陳掌櫃客氣了！這段日子陳掌櫃總來，可我們兄弟是真的得了上命不得透露崔公子的事情，還請陳掌櫃海涵。」

「哪裡哪裡！二位兄弟先忙，我先送我們家公子回去！」陳慶生只笑著拱手，而後扶住白錦桐的手肘，朝臺階下走去。

白錦桐垂眸看著臺階，一邊往下走，一邊問：「是你將糧食的價格提上來的？」

「公子先上馬車，我們回去再說……」陳慶生態度恭謹，扶著白錦桐走下臺階，忙示意馬夫將馬凳端過來，低聲叮囑，「公子一會兒上馬車，千萬不要太過驚訝！」

白錦桐聽陳慶生這麼說，心頭陡然一緊，頷首踩著馬凳跨上馬車……

榆木裹銅的精緻馬車，四角懸燈，簾幔被掀開的那一瞬，白錦桐瞧見茶案對面的軟墊上正坐著一氣宇傲岸，風骨清雋的男子。

黃澄澄的暖光，從白錦桐挑起的簾幔外照射進來，落在男子墨青色長衫之上，偏偏將那男子英俊疏朗眉目隱沒，他食指壓住唇，對白錦桐做了一個悄聲的動作。

這內斂而沉靜的男子，在入目的一瞬，險些逼出了白錦桐的淚水。

白錦桐不敢猶疑進入馬車內，跪坐於白卿琦對面，眼淚如同斷線的珠子，竭力克制著自己的哭聲。

馬車外傳來陳慶生的聲音，他囑咐車夫去前面牽馬，他要親自為公子駕馬車，那馬夫應了一聲。

白卿琦瞧著一身男裝跪坐於自己對面，英姿颯颯的白錦桐，含笑的眼眸發紅，抬手摸了摸白錦桐的髮頂：「錦桐……長大了，沒想到三哥走了幾年，錦桐已經能給長姐幫忙了。」

「三哥……」白錦桐一開口便忍不住哭腔，她想到了長姐會派人來，猜測長姐或許會派二姐來，甚至是長姐自己為了救她涉險而來，卻從未想過……她的三哥竟然活著回來，還來西涼救她了！

她以為三哥沒了！她以為……她再也見不到三哥了！

「三哥……」白錦桐喚著白卿琦，淚水不斷模糊視線，「三哥你終於回來了！三哥……你都不知道，祖父、叔伯和父親……還有你們戰死的消息傳回來的時候，他們都欺負我們家！長姐……長姐有多難才撐起我們白家！」

自從出了家門，白錦桐便一次也沒有哭過，大風大浪不是沒有經歷過，海上險些喪了命她也咬牙挺過來了。可不知道為何，反而在見到了自家三哥，竟然如此沉不住氣，明明見到三哥還活著是應當高興的事情，可她竟然滿腔的委屈想同三哥說。只是如今她已經大了，不再是小時候的姑娘可以肆意的奔進三哥的懷裡，否則她當真想在三哥的懷裡痛哭一場。

「是三哥回來晚了！三哥對不住你們！」白卿琦克制著情緒，鼻息卻還是有些顫抖。

白錦桐用衣袖抹了把眼淚，眼前卻還是不斷被霧氣模糊，緊緊咬著下唇，哪裡還有一點平日裡沉穩幹練的模樣。

馬車四角搖晃的燈光將馬車內映得忽明忽暗，白卿琦將給白錦桐斟的茶推到白錦桐的跟前，低聲同白錦桐道：「西涼這個地方，你不能久留，陳慶生已經安排妥當，一會兒回了崔府，陳慶生便會安排你先前往城西的農宅，明日一早你便隨陳慶生離開雲京，一路疾行前往秋山關。」

「三哥呢？」白錦桐追問。

「我留在西涼還有事要做，另外我讓陳慶生帶了一封信給沈昆陽將軍，你們到了秋山關將信交於沈昆陽將軍，讓沈昆陽將軍依計行事！」

「三哥……」白錦桐抿了抿唇，「我知道三哥是擔心我的安危，可三哥……我還不能走，我若是一走，難保這西涼的八大家族和西涼女帝不會拿崔家商社出氣，崔家商社經營到今天這一步，白家在這其中投入了太多銀錢，如今已經到要能看到收益的時候了！」

白錦桐眸色堅毅：「西涼這一國要亂，可該我們賺的銀子……也不能少！三哥你相信我！」

白錦桐在離家後的這短短幾年裡都經歷了什麼，白卿琦已經聽陳慶生說了，他很難想像……在他們這些當哥哥的不在了之後，妹妹竟然幾經生死。

不論是長姐也好，還是妹妹們也好，她們都是拿命在為白家搏出路。

白卿琦突然恨自己，為何當初未曾早些回來。

半晌，白卿琦緩緩應聲：「好，我們兄妹便齊心，為大周拿下西涼。」

西涼女帝放出了被扣押在牢中已久的崔鳳年，指望著崔鳳年能夠將雲京糧食的價格降下來。可，約莫是因為經歷了糧食價格陡然翻倍，糧食鋪子稍微將糧食價格降下來一些，百姓們便蜂蛹而來搶著購買糧食。

崔鳳年與八大家族齊齊通氣兒，統一市價……每日都在將糧食的價格往下降。

果然連降了三天，再來購買糧食的百姓就更少了。等到糧食價格降到第五天，先前高價購買了糧食的百姓都是悔不當初，只覺白白浪費了銀子，對囤積糧食的熱情顯然不如之前那麼高漲。

白錦桐知道李之節前往大都城求和，戎狄對西涼開戰在即，大周必定是要插一手的，既然要將燕國拖入戰局之中，那便需要讓西涼的糧食儘快出現問題。

白錦桐正琢磨著怎麼去同這八大家族說，可以讓他們悄悄派人去收百姓手中的糧食，沒成想西涼的八大家之首齊家的人便親自登門了，說是來探望受了牢獄之苦的崔鳳年，實際上……是對此次突然將糧食價格降下來心有不滿。

白錦桐順勢便將低價收回百姓手中糧食的事情同齊家人說了：「如此，糧食接連降價，甚至降的比之前還低，去收糧食百姓才不會將每天都在降價的糧食攥在手裡，但此事若是讓女帝知道了，怕是就辦不成了。」

齊家的人含笑，端起茶杯，慢悠悠道：「如今這個生意，八大家族都參與其中，只要八大家族不想讓女帝知道，女帝便不知道……」

白錦桐垂眸淺笑出聲應和了一聲，又道：「不過，恭行還是有所擔憂啊！畢竟現在戎狄對西涼虎視眈眈，西涼與大周的盟約未定，若是真的西涼開戰，那麼……如此斂財，怕是會讓西涼潰敗。」

齊家人用茶杯杯蓋壓了壓漂浮的茶葉，似笑非笑轉而看向白錦桐……

白錦桐忙笑著拱手道：「齊兄諒解一二，恭行是個商人，若是西涼倒了，沒有了西涼和大周或是戎狄或是大燕的國界之分，我這生意……」

齊家人似乎也覺得白錦桐沒有什麼威脅，不過是一個逐利的商人，便透了些許口風：「放心吧，此次你也算是幫了我們八大家族大忙，將來你在西涼的生意必不會有問題！」

「敢請齊兄指教一二！」白錦桐起身長揖，態度十分恭敬，「也好為小弟解惑。」

齊家人低笑了一聲，隨手將茶杯放在身側小几上，開口：「你可見過西涼八大家族什麼時候如此齊心過？我們西涼八大家族，都是西涼的子民，哪一個家族會希望西涼成為他國，若是如此……我們西涼八大家族可就要遠離權利中心了！所以……你把心放在肚子裡，八大家族絕不會允許這樣的事情發生。」

說完，齊家人起身對白錦桐道：「你的法子很好，來日若是事成，少不了你的好處。」

白錦桐忙笑著道：「我送齊兄。」

目送齊家人上了馬車離開，白錦桐轉身回府，笑容沉了下來……她疾步入正廳，看到白卿琦已然坐在正廳之上，白錦桐道：「三哥，西涼……恐怕是要變天了。」

白卿琦頷首。從齊家人那句……西涼八大家族什麼時候如此齊心過，白卿琦和白錦桐便都明白，西涼這是要變天了。

八大家族如此做，是為了將西涼女帝拉下帝位，然後換一個人上去。

因為西涼女帝的種種新詔，都傷及了八大家族的利益。

而前一陣子……看似八大家族受到了重創，實則……八大家族不過是以退為進，聯合崔鳳年這個商人，擾亂西涼。等西涼大亂之後，八大家族便可以順理成章將這罪過都推到西涼女帝的頭上，稱這是西涼女帝推行新政給西涼帶來的災禍，如此……便可理所當然將女帝拉下帝位。

可是八大家族會推舉誰登上那個帝位？炎王李之節？

最初就是炎王李之節擁護西涼女帝登基的，當初李之節沒有趁亂登上帝位，如今便不會。

白錦桐猛然想到了一個人：「三哥，西涼的先帝……可不僅僅只有西涼女帝這一個女兒。」

聽說自從李天馥被李之節從晉國帶回來之後，在西涼便一直安分守己，縮在宮中不出來，成日的守在太后身邊，伺候太后和西涼女帝……

而能讓西涼女帝這樣的人物不設防的，怕也只有這位一母同胞的妹妹，李天馥可以隨意進出西涼女帝的書房，可以在女帝與朝中重臣探討新政舉措施行的時候在一旁聽著，然後將消息送到八大家族那裡。

雖然西涼外患交迫，可對於八大家族來說……西涼女帝的新政仍然對他們這些世族大家的利益迫害巨大，八大家族反對西涼女帝的新政，所以才會以這種方式讓西涼陷入混亂之中，趁機推翻西涼女帝奪權。

估摸著八大家族心裡對戎狄要攻打西涼，大周虎視眈眈有所忌憚，所以應當是想等李之節與大周簽訂盟約之後，且在李之節還未回雲京之前動手。

白卿琦和白錦桐一對視，便明白了其中關竅，白錦桐冷靜道：「三哥，得給長姐送個信回去！」

可如今白卿琦想的是，在這種情況下還能不能順利將燕國拉下水。

若不能趁這個機會，除去燕國這個大周一統之路上的最大絆腳石，來日等拿下西涼、大周再回過頭去處理燕國，這場仗就難打了。

白卿琦坐了下來，手肘擔在扶手上靜思：「這個消息得設法讓西涼女帝知道！」

這個消息能促進西涼內亂的形成。白錦桐知道這話不能她去說，她去說恐怕會被西涼女帝認為是別有用心，萬一西涼女帝直接抖出是她說的，反倒連著八大家族一起得罪了。

「要是李之節在，只要稍微不著痕跡透露一點口風，李之節便會去同西涼女帝說，李之節的話……西涼女帝還是會重視的，但我的話……就不一定了。」白錦桐眉頭緊皺。

白卿琦秘密進入西涼，其實手中還握有大周使節的符節和文書，白卿琦倒是可以入西涼皇宮提醒提醒這位西涼女帝，可僅僅如此還不夠……

白卿琦看向白錦桐：「你可知，這八大家族將存糧都放在了哪裡？」

「派陳慶生去查了，到現在只查出了五家的糧倉……」白錦桐道。

白卿琦想了想：「讓陳慶生和肖若海一起去查，務必要將其他糧倉查出來，速度要快！」

肖若海在白家軍中時，查糧倉畫地圖就是一把好手，就算是放在白家軍之中這方面能比得過肖若海的都是鳳毛麟角。陳慶生此人，又是三教九流的人和八大家族的僕從都能搭上話。

他們兩人聯手，查出其餘幾個糧倉不是什麼大問題。

等肖若海和陳慶生查清楚了糧倉，白卿琦便以大周使節的身分入宮，對西涼女帝稍作提點，等西涼女帝出手之後，他們再讓人燒了八大家族的糧倉，等西涼徹底沒有了糧，戎狄大周再向西涼開戰，大燕絕不會坐視西涼就這麼因為糧食……被掐住咽喉。

而戎狄得到西涼糧食沒了的消息，也必定會儘快攻打西涼，如此……只要戎狄西涼打起來，整個戰局的速度就會加快。

「還有一事！」白錦桐望著白卿琦，「西涼女帝在組建一支類似於白家軍虎鷹營的軍隊，我曾經派人暗中跟隨去送補給的隊伍，去打探試探了一番，也算是巧了……我派去的這幾個白家護衛之中，有一位便是虎鷹營受傷之後退下來的老兵，他發現西涼這支叫做火雲軍的軍隊訓練方式，是按照我們虎鷹營的訓練方式來的！」

這件事臨走前，白卿言同白卿琦說過……

白錦桐眉頭緊皺：「之前一直沒查出來，那日從大牢出來，我知道長姐的乳兄肖若海來了，便託付肖若海先去查，想著這件事兒要是能查出眉目來再同三哥說，可現在顯然讓肖若海去查糧倉的事情要緊，但虎鷹營的事情也不能放鬆，我倒是有一個新辦法，不知道合不合適，還請三哥聽聽。」

白卿琦望著白錦桐，手心不免收緊，虎鷹營是他父親創辦，虎鷹營的人可以說是他們一個一個選的，虎鷹營的漢子都是站著死絕不跪著生的，他不相信虎鷹營之中會出現叛徒，為苟活而教授這些曾經殘殺他們百姓的敵人。

他對著白錦桐點了點頭：「你說……」

「讓肖若海去查糧倉的同時，讓三哥身邊的人去查火雲軍的事，不要害怕露馬腳，三哥現在有大周使臣的身分，目下西涼還不敢給大周找不痛快，若是三哥身邊的人能在肖若海查出糧倉之前，查出來這火雲軍是怎麼回事兒最好！」

「若是查不出來……三哥以大周使臣身分入宮面見西涼女帝之時，問一問這西涼女帝，看看這訓練火雲軍的人……是不是我們白家人，三哥可以詐一詐這位西涼女帝，西涼女帝想要與大周盟約，便不敢不放人！」白錦桐眸色鄭重，「因為如今的西涼，沒有和大周抗衡的資本，西涼女帝抗衡不起……」

白卿琦心中一動，如此也可以掩飾白卿琦此次雖是大周使節卻悄然入雲京之事，讓大周女帝以為……白卿琦剛剛回到大周，便即刻前來雲京，為的就是火雲軍之事。
白卿琦轉頭看向自家幼妹清明的眉目，心中不免感慨，幼妹長成……
三妹錦桐，已不再是曾經那個在學堂上答不出先生問題，需要白卿琦打掩護的小姑娘了。或許曾經的妹妹便是心中有謀算之人，只是有家中兄長和姐姐庇護，她樂得做被庇護的那個，後來白家逢難，便不得不長大。
不知為何，白卿琦倒是期待起見到小四白錦稚那日，不知道……白錦稚是否已經改了那風風火火的脾氣，是否也如同白錦桐一般成長為可以襄助長姐的白家女兒郎。
兩日後。雲京安山客棧，肖若海快馬而來，馬還未停穩便一躍下馬，匆匆朝著客棧內跑去。
西涼女帝派人監視了崔府，白卿琦和肖若海為了方便便搬出了崔府，暫時在客棧居住。
脊背和胸前全都是汗的肖若海不敢耽誤，徑直朝著白卿琦所住的院子跑去。
陳慶生這兩日按照正常生意流程行走，卻有意偶遇或是巧遇八大家族管理生意的那幾人，稍作打聽，梳理出有用的消息，派人將消息傳遞給肖若海。
肖若海又通過地形和一般選擇糧倉的規律，還有隱秘程度，加上陳慶生的消息來判斷，兩日之內便找到了八大家族的所有糧倉。
聽說肖若海回來了，白卿琦坐不住迎到了院子門口，瞧見肖若海……白卿琦讓人給肖若海備茶備點心。
「三公子！」肖若海氣喘吁吁朝著白卿琦拱手。
「辛苦了，進屋說！」白卿琦拍了拍肖若海的肩甲，轉身帶肖若海朝屋內走去。
一進門，肖若海便將繪製好的地圖遞給白卿琦：「三公子，這是八大家族藏糧食的地方，屬下讓人在這八處候著做好準備後靜待時機，只要三公子一聲令下，立刻可以燒毀。」

白家護衛端了茶上來遞給肖若海，肖若海用衣袖擦了把額頭上的汗，道謝後接過茶杯咕嘟咕嘟一飲而盡。

白卿琦看完肖若海繪製的詳細地圖，抬頭鎮定自若同肖若海道：「今日我便以大周使臣的身分進宮面見西涼女帝，既然八大家族將糧倉藏在城外，今夜燒完八大家族的糧倉之後，你帶人先回秋山關。」

「是！」肖若海領命。

「你好好歇一歇，吃點兒東西，還得辛苦你帶著曾從白家軍虎鷹營退下來的白家護衛，走一趟火雲軍的訓練地。」白卿琦定定望著肖若海，「你再派人在通往火雲軍大營最快的路上設伏，若是在我進西涼皇宮之後，有人要去火雲軍大營報信，格殺勿論！一個都不允許放過去！」

肖若海頷首：「三公子放心！肖若海必不會放一人通過！」

當日，大周使臣已經抵達雲京的消息著實讓西涼女帝和八大家族深感意外。

如今西涼上下最想的就是想同大周簽訂盟約，李之節那邊兒還未有消息，這大周使臣卻到了，不免讓西涼朝廷猜測紛紛。

這位大周使臣的來頭不一般，他是白家子嗣，大周女帝的堂弟，是曾經南疆一戰殺西涼悍將無數的白家少年將軍虎鷹營……白卿琦。

御醫剛為雲破行診脈，雲破行這是咳疾未癒，腰上的舊傷又復發了，御醫告誡雲破行要好好歇息，消息便傳到了雲府，雲破行大感意外，那日大周女帝登基之時，白家軍存活的幾位少年將軍都在當日回歸大周的事情，西涼也是幾日前才知道，誰知道後腳白卿琦便以大周使臣的身分到了。是為什麼呢？若是為了定盟之事，西涼已經派遣炎王李之節去了大周啊！

雲破行不敢耽誤，雙手撐著軟榻邊緣要站起來，第一次卻沒有站起來……

老僕從看到連忙放下手中的茶壺去扶雲破行：「大將軍，您要什麼吩咐老奴就是了，御醫囑咐了您要好好歇著！」

雲破行扶著老僕從的手勉力站起身來，道：「更衣，我得入宮一趟！」

「大將軍……」老僕從滿臉愁容，「您……您這還沒喝藥呢，二爺正在給您煎藥，還得過一會兒才能煎好，您再歇一歇，等喝了藥再走不遲！」

「不了！拿官服……」雲破行道。

換了官服，雲破行已經咳得滿頭細汗，老僕從遞上拐杖：「大將軍，拄著拐杖您能輕鬆些。」

雲破行唇瓣緊抿著，用帕子擦了擦自己的額頭，不想服老，推開了老僕從遞來的拐杖：「我還沒老！」

他攥緊拳頭疾步朝著府外走去，正要上馬車，雲破行的二兒子便端著藥碗追了出來，將藥碗高高舉起遞到雲破行的面前：「阿耶……阿耶！阿耶……您喝了藥再走！」

已經跨上馬凳的雲破行端起藥碗，咕嘟咕嘟一口飲盡，皺著眉頭將藥碗遞給兒子，這才彎腰坐進馬車裡。

雲破行坐在馬車內，想到了自己隻身去大周赴死的嫡長孫，得知白卿言並未要自己孫兒的命，雲破行又高興，又心酸……

若是孫兒死在大周，那麼大周就徹底沒有了攻打西涼的理由。他只能期望，此次這位大周使臣白卿琦入西涼是來和談的，哪怕要了他雲破行的命都行，西涼是真的打不起了！

然而，當雲破行驅車趕到皇宮求見時，西涼女帝身邊的大太監卻將雲破行攔在殿外，讓他稍等，因為這位大周使臣要單獨見西涼女帝。

知道雲破行腰上的舊傷犯了，女帝身邊的大太監讓人給雲破行端來了椅子，讓雲破行坐在外面候著，可雲破行卻如坐針氈。

因祖母仙逝還在孝期，白卿琦的衣著極為素雅，他跪坐在西涼女帝下首的位置，一身傲骨，氣質從容沉穩，眉目疏朗，五官精緻而挺拔，哪怕是他鬢邊生了華髮，也絲毫不影響他俊美的容顏。

他語聲徐徐同西涼女帝說起西涼的火雲軍之事，話音一落轉，而看向西涼女帝。

西涼女帝手心微微收緊，可那雙明豔逼人的雙眸卻依舊含笑，不動聲色望著白卿琦：「聽說貴使是在大周女帝登基那日才回到大周的，想來……來西涼的日子並不長，如何知道火雲軍之事。」

「既然，女帝知道外臣是在大周女帝登基那日才回到大周的，就沒有想過……外臣未回大周之前的這些日子，或許會在西涼嗎？」

白卿琦平淡的視線亦是看向西涼女帝，明明看起來是個淡漠又冷情的人……

即便他話鋒銳利並不客氣，可或許是因為那張溫其如玉的面容和從容的氣魄，依舊讓人覺得此人風度翩然。

西涼女帝手心略微收緊，裝作一副平靜的模樣，笑容更深：「貴使倒是坦誠。」

白卿琦淺淺朝著西涼女帝頷首：「外臣也不是有意為難陛下，也並非捨不得白家軍虎鷹營的訓練方式外傳，只是……白家軍絕不允許同袍被強行扣在他國！白家軍一向護短，還望陛下能夠理解！若是誤會……派人帶著外臣的下屬去火雲軍訓練之地找一找，若是真的沒有，外臣和大周女帝都會記住西涼女帝這分人情。」

西涼女帝心中清楚，火雲軍大營的位置白卿琦剛才說得準確無誤，想來早已經調查過了，如今前來就是找一個名正言順將人要回去的藉口罷了。

白卿琦剛剛折返大周，不等李之節與大周簽訂盟約，便以使臣的身分悄然入了雲京，或許……就是為了此事。

「自然了，若是西涼女帝不允許，這也在情理之中。」白卿琦唇角似勾起了極為清淺的笑容，「外臣不是不能理解，但難免也會……記住。」

這就是威脅了。西涼女帝想起曾經秋山關與晉國簽訂的盟約，頓感恥辱。

國弱，沒有與強國討價還價的餘地。

她突然想起那時李之節從秋山關拿著議和盟約回來，曾言白卿言說……屈膝求和就要拿出求人的態度，不要在勝者面前擺什麼姿態，弱者……沒有這個資格！她還說若西涼亡國世上不存，還哪來的臉面與底氣，談什麼辱不辱的話來！

弱國，是沒有這個底氣和臉面，同強國談什麼恥辱。

可今日之恥，她記住了，西涼這個爛攤子……她一定要撐起來，她一定要讓西涼重新回到強國之列，強到能與大周和大燕爭雄，與他們共逐中原。

西涼女帝撐著笑意，頷首道：「既然貴使不放心，派個人走一趟也並非不可以。」

白卿琦朝西涼女帝行禮：「外臣帶來的人如今正在宮外候著，勞煩陛下即刻便遣人帶他們走一趟，如此外臣才能安心。」

得寸進尺……然而，西涼式微，她毫無辦法只能轉頭同身邊的太監道：「去告訴雲將軍，帶大周使臣的人走一趟火雲軍大營，讓大周使臣的人瞧瞧……咱們火雲軍裡，到底有沒有白家軍的人，好讓大周使臣安心。」

西涼女帝含笑望向白卿琦，白卿琦從容挺直腰脊，頷首向西涼女帝致謝。

「是……」小太監應聲退出宮殿。

宮殿外，雲破行聽完小太監的傳話，立時就明白了西涼女帝的意思。

他沒想到這白卿琦才剛來西涼，便已經知道了火雲軍，他抿了抿唇，抬手示意小太監靠近，低聲在小太監耳邊道：「去傳令李將軍，迅速前往火雲軍大營，絕對不能讓人看到雲嵐……」

「是！」那小太監立刻小跑離開。

雲破行瞧見小太監跑遠，這才不緊不慢吩咐身邊的禁軍：「你去一趟雲府，就說是我的命令……讓雲府的二爺親自帶著大周使臣去一趟火雲軍大營。」

「是！」

雲破行轉而看向那雕花木門緊閉的大殿，心中不免覺得沉重。

大殿內，白卿琦再次對西涼女帝一禮，道：「陛下投之以桃，大周自然報之以李，有一事說與陛下聽一聽，但絕無壞西涼朝廷之意……」

「貴使請講！」西涼女帝正色看向白卿琦。

「西涼炎王前往大周，以厚禮……欲與大周簽訂盟約，可我大周女帝之所以遲遲未曾答應，是因……西涼八大家族曾遣人秘密入晉求見太子，想與晉國定盟，在西涼推舉新帝登基，請求晉國助西涼一臂之力，可恰巧那時事情還未定下，便出了梁王生亂之事！」

西涼女帝眉目清明望著白卿琦，似在判斷白卿琦話的真假。

「陛下應當是知道，我大周女帝未曾登基之前，晉國太子凡事必與我大周女帝商議，故而……這才是我大周擔憂，遲遲不能與西涼定盟的緣由！」白卿琦望著目光平靜毫無波瀾的西涼女帝，接著道，「大周女帝此次遣外臣入西涼雲京，給了外臣可自行決定……是否定盟之權，所以外臣到了雲京之後，未曾及時請見，是在考慮……女帝能否真正把控住西涼。」

「即便是西涼這帝位有變……」西涼女帝唇角勾起，「不論何人登上西涼帝位，必然都是十分急迫地想與大周定盟，難不成……大周女帝，是害怕若西涼有變……朕這個西涼皇帝許諾割讓的城池，會被繼任皇帝收回不成？貴使這話……大有挑撥朕與八大家族關係之意。」

西涼女帝像是突然想到什麼似的，眉頭抬了抬：「又或者，貴使將此事告知於朕，是為了讓朕與八大家族鬥起來，引我西涼朝廷內亂？」

白卿琦淺淺含笑，直起腰脊朝著西涼女帝一拜：「女帝慧眼如炬。」

西涼女帝沒有想到白卿琦竟然就這麼輕而易舉承認了，坦誠的……簡直出乎她的意料。

或許……這就是因為大周是強國，所以他不懼西涼，更不懼她這個女帝。

「那麼貴使此番，出現在這西涼皇廷之中，是要與西涼定盟，還是……只為挑撥西涼朝廷內亂？」西涼女帝又問。

「自然是若能挑撥西涼朝廷內亂，便用不著定盟了，若是挑撥不了……那便定個日子，與貴國主持和談之事的使臣商議和談之事。」白卿琦道。

「貴使……還真是坦誠的讓朕措手不及！」西涼女帝笑著道，「定盟之事，宜早不宜晚，先請貴使回驛館歇息，朕即刻安排議和大臣與貴使商議議和之事。」

白卿琦頷首，剛準備起身行禮告辭，就聽西涼女帝問道：「既然貴使意圖挑撥西涼朝廷內亂，可否告知……你原本預備告訴朕，八大家族想要推舉何人為帝？難不成……是遠在大周的炎王李之節嗎？」

白卿琦淺笑道：「西涼先帝的骨肉，可並非只有陛下一人，若是要將陛下拉下皇位，推平陽公主自然是情理之中的事情，陛下若追問……外臣自然會說平陽公主。」

西涼女帝唇角勾起極淺的笑意，點了點頭。

望著白卿琦的背影離開大殿，西涼女帝臉上的笑容終於還是沉了下來。

白卿琦越是這樣坦然承認他是來挑撥的，西涼女帝心中便越是疑竇叢生。

雲破行與從大殿之中出來的白卿琦打了一個照面，看到白卿琦雲破行手心收緊，緩緩從座椅上站起身來。

雖然未穿戎裝，可雲破行身上的威嚴卻沒有絲毫減少，那是軍人鐵血百煉成鋼，在屍山血海裡淬煉出的威武之氣，即便因為病痛腰身略顯佝僂，也無法掩藏。

白卿琦的視線落在雲破行身上，幾年未見……雲破行相比之前在戰場之上蒼老了不少，或許對雲破行而言，戰場……要比這雲詭波譎的雲京，更為合適，在這裡……雲破行身為西涼的世族大臣，既是八大姓氏之一出身，又是西涼女帝新法的擁護者。雲破行夾在八大家族和西涼女帝之間，小心翼翼拿捏著兩方的分寸，這比起他在戰場之上捨命拼殺，路……更為如履薄冰。

對白卿琦來說，他與雲破行是私仇，恨雲破行戰場上的卑劣手段，尤其是小十七之事……白卿琦恨不能將這雲破行剝皮拆骨。

可於西涼來說……雲破行是個忠臣，雖然稱不上是千仞無枝，在西涼是他用自己年邁的身軀撐著西涼女帝腰桿子，讓西涼女帝能夠挺直脊梁。

忠臣之路上，雲破行足以得到白卿琦的敬重，他眼底無法掩藏恨意，但還是朝雲破行行禮。

雲破行略感意外，錯愕間還未來得及還禮，就見白卿琦已直起身隨小太監朝高階之下走去。

他以為以白家對自己的恨意，這白卿琦應當恨不得將他生吞活剝了才是，瞧著他的眼神分明也是這般的，他還以為白卿琦即便不能在這西涼皇宮對他出手，或是怒罵，至少也是將他視如空氣。

他怎麼都未曾想到，白家這南疆戰場之上存活下來的子嗣，即便大周如今有著絕對的優勢，完全有這個資本和資格對他動手，也還保持著自己的風度。

相比較自己曾經對白家子嗣所為，尤其是……那個白家的十七子，日日盤踞在心頭的愧疚，沒有一刻比此時更讓他揪心。雲破行拳頭一緊，向前追了兩步，高聲道：「白將軍，白家十七子之事，雲破行……在這裡，告罪了！」

雲破行說著，長揖朝白卿琦告罪，因腰傷發作險些摔倒，幸虧被眼疾手快的西涼禁軍扶住。

雲破行的聲音從背後傳來，白卿琦並未回頭，他手心收緊……

小十七的仇，並非一句告罪便可以煙消雲散的，祖父和叔伯、父親的仇……小十七的仇，白卿琦要在戰場之上堂堂正正的報回來，只有如此才能告慰小十七和祖父他們的在天之靈。

雲破行目送白卿琦走遠消失在視線之中，這才轉過身來，同大殿門前的太監道：「稟報陛下一聲，老臣求見！」

「大將軍，陛下已經去後宮見平陽公主了。」小太監畢恭畢敬說道，「陛下說了，讓奴才先請雲將軍在殿內歇息。」

雲破行心中略有不安，這女帝剛見過大周使臣便去見平陽公主，難不成這白卿琦還同陛下說了平陽公主什麼？

不等雲破行跨入大殿，就見兩隊腰間佩劍的禁軍匆匆朝後宮的方向小跑而去，他陡然覺著情況不對，心頭如被烏雲蓋頂。

「大將軍，請……」小太監畢恭畢敬請雲破行入內。

雲破行眉頭緊皺，抬腳跨入大殿之中。

懷香宮寢室內，李天馥遣走了宮婢和太監，一人獨處抱著陸天卓的舊衣貼在臉上，默默垂淚。很快了，很快……她便能坐上帝位，為陸天卓報仇！

李天馥吸了吸鼻子，又將陸天卓的衣裳擱在窗上，用手小心翼翼將衣裳撫平，喉頭酸脹難忍，低聲道：「就快了，我一定會……殺了白卿言，滅了白卿言的大周國，為你報仇！」

聽到珍珠簾子被人挑開發出的輕微響動，李天馥連忙扯過薄被將陸天卓的衣裳蓋住，高聲訓斥：「不是說了讓你們在殿外伺候，哪個狗膽包天敢闖進來?!」

李天馥隔著水色的雲錦紗，隱約看到有人挑開自楠木橫梁上垂下的一道道輕紗垂帷，朝她走來，全然未曾因她的呵斥而止步。

李天馥手摸入繡著摩羯花紋的枕下，握住了她一直擱在枕頭下……陸天卓送她的那把匕首。

直到她看清楚西涼女帝隱約的輪廓，李天馥才鬆開匕首，站起身喚道：「阿姐？」

最後一層雲錦紗被挑開，西涼女帝只深深看了李天馥一眼，便抬腳朝李天馥的床邊走去……

女帝在李天馥的床邊坐下，李天馥緊張的瞧了眼被錦被蓋住的地方，一如往常般露出嬌俏的笑意：「真的是阿姐，阿姐你怎麼這個時候過來了？不是說在前面見大周使臣嗎？」

西涼女帝側目看著那條亂了一頭的錦被，又瞧了眼李天馥……她的妹妹還是記憶中那副看似天真無邪，又帶著幾分嬌俏的模樣。不論如何西涼女帝也不能相信她唯一的妹妹，這世間最願意信任的人，會和八大家族聯合要將她拉下皇位。

她轉頭凝視著被李天馥拉開了一半的錦被，低聲喚李天馥的乳名：「嬌嬌，阿姐有話問你……」

李天馥的手心收緊，輕快應聲：「阿姐想問什麼儘管問就是了！」

西涼女帝唇角勾起笑了笑，伸手將錦被揭開看了眼，看到陸天卓舊時的衣裳她閉了閉眼，又將錦被放下，好似什麼都沒有看到似的，轉而瞅著笑意已不如剛才那麼自然的李天馥，儘量讓自己語氣顯得平靜：「嬌嬌，你想要這個帝位？」

李天馥聽到女帝如此說，臉上的笑意漸漸沉了下來：「阿姐你都知道了……」

果然如此，西涼女帝的心頓時沉了不少，大周的使臣白卿琦的確沒有無的放矢。

「自小，嬌嬌想要什麼，阿姐都會竭力滿足，因為你是我唯一的妹妹，這個帝位……你想要阿姐並非不能給！可如今的西涼，內……政局不穩，外……群狼環伺，若是這個皇位交給你來坐，嬌嬌可已胸有成竹能夠把控局面？又要用什麼樣的手段去把控局面？」西涼女帝緩緩開口問。

李天馥唇角勾起低笑一聲：「阿姐這話說得……好似我能說出如何把控局面，就會心甘情願將皇位讓給我一般。」

「是，只要你能把控局面，只要你有乾坤手段解西涼危急，只要你能不讓你自己成為八大家族的傀儡，你便比阿姐強，這個皇位你來做，阿姐沒有半分怨言。」西涼女帝坦然直言，皆發自肺腑。

李天馥的笑容一僵：「阿姐話說起來容易，做起來難，即便是阿姐……如今有乾坤手段能解西涼危急嗎？阿姐這不過是一個話說的漂亮的偽君子罷了。」

「你真的以為，阿姐真的願意坐這個皇位嗎？」西涼女帝露出疲憊之色，「握住權柄之時是暢快的，可隨之而來的責任擔子，如同山一般沉重，想想曾經的阿耶……在阿耶還未曾登基之前，雖然疲憊可大多數時候還能在阿耶臉上看到笑顏，可後來……」

後來，她便再也無法從阿耶的臉上看到笑容，每每和阿耶在一起，聽到的都是阿耶沉重的歎息，即便是一家人湊在一起，阿耶臉上有短暫的笑意，但很快也會被歎息和緊皺的眉頭取代。

阿耶為如同藤蔓依附攀爬在西涼這棵參天巨樹上的八大家族發愁，八大家族的藤蔓牢牢纏繞在西涼樹幹之上，無法輕易剔除！

阿耶也為西涼耕地太少，想拓土強國而發愁，為無法匹敵耕地最為肥沃的晉國發愁。

再後來……阿耶的笑容便只存在於她的記憶中，如今阿耶人已去，可阿耶留在她心中的卻只剩下眉頭緊皺的模樣。

從最開始，她便認為這皇位……會奪走人的快樂，所以她不願意要，可阿娘說這是她作為西涼嫡出公主的責任，說她是被阿耶抱在懷裡從小以奏摺為啟蒙的皇長女，她就應該挑起阿耶肩上的擔子，撐起西涼。

也只有她坐上這個位置，才能保護阿娘和嬌嬌不會受欺負。

所以這個皇位，她坐了。而到如今，八大家族蔓草難除，強國欺壓外患交迫，可最令她心寒的……還是這個唯一的妹妹，竟然要夥同西涼八大家族將她拉下皇位，她們是親姐妹！

「你要這個皇位，若是為了想握住高高在上的權力，阿姐告訴你……坐上這個位置，你才會體會其中艱辛，處處被掣肘，處處被牽制，連自由都沒有……」西涼女帝語聲徐徐，希望能勸動自己的妹妹。

「這個位置嬌嬌沒坐過，怎知阿姐是不是在騙嬌嬌？」李天馥挺直後脊，似乎已經不再怕西涼女帝。她與八大家族準備到了今日，就差最後一擊，她還會怕嗎？

「阿姐今日來示弱，應當是已經知道回天乏術了吧！」李天馥唇角勾起笑意，嬌豔的如同晨光中初次綻開的牡丹，「若非阿姐非要推行新政，與八大家族為難……弄得西涼內亂，嬌嬌也沒有這個機會，看到阿姐對嬌嬌示弱的一天。」

西涼女帝閉了閉眼，又問：「你老實回答朕，要這個皇位……是因為不滿朕的新政，還是……還是因為想要發兵與大周魚死網破，給這個太監報仇？」

話音一落，西涼女帝一把掀開錦被，將陸天卓舊時的衣裳掃落地上，語聲暴怒。

李天馥看到陸天卓的衣裳被掃落，臉色笑容亦是沉了下來，她彎腰撿起陸天卓的衣裳抱在懷中滿目憤恨看向西涼女帝：「我就是要為陸天卓報仇！若非你和母后非要讓我嫁去晉國，陸天卓怎麼會同我去晉國?!怎麼會喪命！我要整個西涼都幫我為陸天卓復仇！」

西涼女帝被李天馥的話激怒，起身揚手一個耳光打得李天馥跌到在地，一張臉火辣辣的疼。

「李天馥！你是西涼的公主！從小錦衣玉食是百姓給你的！你即便是要反我，為了百姓，為了朝局穩定！我和阿耶都會欣慰！至少……你在承擔你的責任！」西涼女帝發紅的眸子盯著李天馥懷裡的衣裳，「可你……居然是為了一個太監！為了一個死透的太監你不顧祖宗基業，連整個西涼的百姓都不顧了！你配為西涼公主嗎？」

李天馥嘴角嘗到了腥味，她低低笑了一聲，轉頭看向怒火中燒的西涼女帝，用手背擦去唇角鮮血：「什麼百姓，什麼朝局！什麼責任！什麼擔當！阿姐……那都是母后說出來哄著我們當她手中棋子的！讓我嫁去晉國……說什麼生下晉國未來的儲君，晉國就有我們西涼一半！」

李天馥抱著陸天卓的衣裳，目光直視西涼女帝，纖細的手臂撐起自己的身子，那視線如同毒蛇一般狠辣，帶著讓人毛骨悚然的惡意，冷笑高聲道：「再看看你……聽母后的話做一身男子打扮，不男不女！」

「你以為你穿上男裝，朝臣就會把你看做皇帝……當做男人了嗎？」李天馥發出輕蔑的嗤笑，「永遠不會的……」

西涼女帝雙手顫抖，又是一耳光狠狠打在李天馥的臉上，這一次……李天馥向後踉蹌了兩步卻沒有倒下，她用怨毒的眼神望著西涼女帝：「如今八大家族聯合，很快……這西涼就要易主了，希望那個時候……阿姐還能用如此氣勢打我！」

西涼女帝臉上血色褪去，整個人猶如置身於寒冬臘月的湖水之中，涼的徹底。

半晌，西涼女帝抬眼看向自己的胞妹，語聲比她此時的感受更為寒冷：「來人……」

很快，懷香宮的殿門猛然被撞開，帶著熱浪和濃郁香氣的風陡然湧入，殿內層層疊疊的雲錦紗猛然被風撩起，半透薄紗胡亂搖曳的盡頭……站著相對而立的西涼女帝和李天馥。

李天馥看了眼西涼女帝，幾乎是慢了半拍才緩慢轉頭，從被風高高拋起在兩側飛揚的紗帳中，她瞧見兩排戎裝佩劍的禁軍大步跨了進來，氣場淩厲朝著她們的方向走來，臉色大變。

再回頭……只見自家阿姐已經不願意再同她說什麼，只垂著眸子轉身，抬腳走向那層層飛揚深深淺淺的水色紗幔之中，與疾步而來的兩排禁軍擦肩，頭也不回。

「阿姐！」李天馥驚恐之下下意識喚了一聲西涼女帝。

西涼女帝腳下步子一頓，拳頭緊緊攥住，眼眶濕紅……目光有些許猶疑。

那被風灌起的紗帳緩緩落下，內室裡傳來李天馥的怒喝聲，和禁軍捉拿李天馥鎧甲摩擦之聲，西涼女帝再抬眼，淚水從眼角滑下，可眼神中已沒有了任何猶疑，跨出懷香宮。

一直守在懷香宮門外手裡捧著聖旨的小太監，見西涼女帝獨自一人出來，恭敬行禮，待西涼女帝離開之後，小太監雙手高高捧著聖旨跨進了懷香宮。

雲破行人在大殿之內等了許久，凝視著大殿兩側搖曳的青銅鸞鳥燈，心裡越發沒底。

不多時，面色深沉的西涼女帝跨入大殿，雲破行忙扶著桌几欲艱難起身，西涼女帝對雲破行擺了擺手：「大將軍不必多禮，坐吧……朕有話要同大將軍說。」

雲破行實在是腰疼難忍，便點了點頭，順從的坐下。

「大將軍滿肚子的疑惑吧？」西涼女帝就立在雲破行對面，神色凝重開口，「八大家族與商人崔鳳年勾結，意圖……引西涼大亂，將此亂推到新政頭上，將朕……拉下皇位，擁立平陽公主為帝。」

雲破行驚得睜大了眼：「什麼?!」

雲破行也是八大家族之一的雲家人，可是他一點兒風聲都沒有聽到。

西涼女帝轉過頭來看向雲破行：「剛才我去了懷香宮，平陽公主已經承認了……」

雲破行喉頭發緊，半晌說不出話來，只直愣愣望著西涼女帝，他承認新政是有些問題……可哪一國的朝政不是在錯誤之中更正的，新政是傷害到了八大家族的利益，可不破不立，如今西涼已經危如累卵，若是不大刀闊斧的改制圖強，不是被大周吞了，就是被大燕吞了，甚至會被戎狄吞了！國若是都沒有了，依靠著西涼的八大家族，還如何能存續？他們這是要往死路上走嗎？

皮之不存，毛將焉附的道理，八大家族為何就不明白！

如今犧牲小小的家族利益，換來它日西涼的強大，還愁八大家族沒有利益可得？

西涼女帝垂下眸子，雖然極力克制卻還是露出難過的情緒來：「她是……朕最信任的胞妹，若是她是因為反對朕的新政，覺著新政真的對西涼不利，有想法強大西涼，她要將朕拉下皇位她來坐，朕……會高興，可如今她……」

西涼女帝閉上眼：「她為了給一個太監復仇，竟要拉上整個西涼，她坐上這個位置是為了同大周開戰！是要亡國啊！哪怕……她是要為阿耶向大周白家復仇，朕……」也不會這麼難過。

此事雲破行知道，李天馥回來之後，便曾在西涼女帝面前跪求了一天一夜，請求西涼女帝發兵攻打晉國，說晉國欺人太甚。但李之節同雲破行說過，李天馥瘋了……她為了一個太監不管不顧，要同晉國開戰，甚至在和晉國太子的婚宴上刺殺白卿言，這才被李之節帶了回來。

可雲破行沒有想到李天馥會瘋到這個程度，竟然要將如此疼愛她的姐姐拉下帝位，就為了讓整個西涼同大周開戰。然而，此時與大周開戰無異於以卵擊石。

雲破行明白這個道理，西涼八大家族能人輩出……必然也明白這個道理，恐怕他們是為了扶一個傀儡上位，平陽公主根本就是被騙了。

半晌，西涼女帝開口：「不能再猶豫了，再拖下去，必然會讓西涼大亂，屆時……不必等戎狄和大周、大燕來攻，西涼內亂便會讓西涼分崩瓦解！」西涼女帝下定了決心，心中全都是狠意：「哪怕……讓我青史留惡名，八大家族的人也是留不得了！」

「陛下！」雲破行明白西涼女帝想要做什麼，驚得挺直疼痛的腰脊，「八大家族勢力盤根錯節，不是殺一些人就能解決的事情！」

「八大家族鑽了新政扶持商人的空子，鼓勵百姓將精力全都用在翡翠錦、皮毛和造紙術上，西涼本就少有的良田無人耕種，八大家族企圖用糧食謀利的同時亂我西涼，若是再等下去……百姓就要喝西北風了！」西涼女帝語聲沉著，透著股子殺伐決斷的狠勁兒，「沉痾下猛藥，今日之事，雲將軍同意也好，不同意也罷，朕……都要做了！」

「陛下！」雲破行心中不免慌亂，「如此或許會讓雲京大亂啊！」

「八大家族既然想要扶持一個傀儡皇帝，朕……又為何不能在八大家族之中扶持朕的傀儡，殺了那批不聽話的，留下那些聽話的……臣服的！又有何不可！」

「咳咳咳……」雲破行急得咳嗽不止，「如此凌厲手段，將來恐會反噬啊！咳咳咳！」

「我的大將軍啊！」西涼女帝轉而看向雲破行，語聲淡漠，眉目深沉，眼底裡全是荒涼，「再這麼下去，西涼還有將來嗎？只要西涼能存，將來不論如何反噬，就是讓朕下地獄……朕也算是對得起西涼臣民，對得起父皇，對得起祖宗了！」

西涼女帝不再遲疑，下令太醫院所有太醫前往壽安宮，太后身體大恙……請太后母家八大家族之一的翟家速速入宮。
西涼女帝知道，若是太后不行了，翟家人紛紛入宮，八大家族定然會坐不住跟著入宮探視。
她已經下令不許平陽公主被抓的消息外傳，只要八大家族的人一入宮……便不要想出去了。
雲破行沒吭聲，從來沒有如此膽戰心驚過……如今已經風雨飄搖的西涼，國都雲京卻正在醞釀一場新的風暴，這位登基幾年致力於推行新政的女帝，終於要對肘腋之患下手。

雲破行的二兒子雲凌志接到宮中傳來的命令，帶人快馬趕到宮門口，請肖若海等一眾人隨他一同前往火雲軍大營。
雲凌志猜到父親敢讓他帶大周使臣的人去火雲軍大營，應當是已經做好了準備，他只需要稍微拖慢一點時間，帶著他們繞一繞路，給大營將雲嵐帶走的時間便夠了。
肖若海身邊帶著的白家護衛，便是曾經受傷之後從虎鷹營退下來的兄弟，只要在火雲軍走上一圈，若有白家軍的人定然能認出來。
畢竟虎鷹營是白家軍最鋒利的刀刃，統共也就那麼多……
若是訓練虎鷹營的是白家的少年將軍，那更不用說了，必定都認識。
肖若海帶人騎馬隨雲凌志一路前往火雲軍大營，走到山間小路的三叉路口，見雲凌志似乎想帶著他們繞路，肖若海勒馬。
雲凌志調轉馬頭，笑著同肖若海拱了拱手：「大人可是累了想要歇歇？」

「倒並非累了……」肖若海唇角勾起淺淺的笑意，用手中烏金馬鞭指了指最右側那條路，「雲大人怕是帶錯了路，應當走這邊更近些。」

雲淩志心中警鈴大作，他只接到父親的命令，讓帶著大周使臣的人去火雲軍大營，卻不知道……這大周人已經摸清楚了火雲軍所在的位置。

雲淩志心中咯噔一聲，猜測這大周人會不會已經發現了雲嵐的身分。他原本的主意是將大周的人引到這最險峻的路上來，大周派來的人要是一不小心摔死一兩個，能在火雲軍大營找人的人，也就少幾個，等到夜裡……更是難尋人影，誰料這大周人竟然知道路，他不免心中有些慌。

如今的西涼得罪不起大周，若是大周的人已經掌握了火雲軍大營位置，知道了雲嵐的身分，今日若是找不到雲嵐會不會給西涼帶來麻煩?!雲淩志憂心不已，面上不顯，笑著道：「這條路雖然近，但是路崎嶇了些，尤其是有一條路一側是峭壁，險了些，這邊這條路雖然繞了一點兒……可路途能稍微坦蕩一些!也怪我未曾為大人提前解釋，依照大人的意思……走哪條路合適?」

肖若海敲打雲淩志的目的已經達到，便不再堅持，道：「那便聽雲大人的，請雲大人帶路吧!」

雲淩志含笑應聲，扯著韁繩調轉馬頭在最前帶路，拽著韁繩的手汗津津的。

一入高樹林立的小道，層綠疊翠的密密枝蔓遮天蔽日，幽深的彷彿沒有盡頭，偶有星點金光穿隙而過，斑駁落於昏暗森涼的小道之間。

跟隨雲淩志快馬而行，遠遠瞧見這林道口的亮光越來越大，雲淩志的馬蹄反倒是慢了下來。

出林道，金光大勝，耀目的讓人睜不開眼，蒼綠的林徑被拋在身後，眼前的路也變窄且十分險峻，馬兒走得十分謹慎，可還是難免腳下打滑，劈里啪啦的碎石子往峭壁之下滾去，十分駭人。

肖若海盯著雲凌志的背影看了眼，視線又轉而觀察四周的環境，這座山，崖壁陡峭，倒真是訓練虎鷹營的好地方。他悄然在心裡描繪起西涼這座落霞山的地圖，以備來日若真的同西涼開戰，或許能用得到，不……是定然用得到。

在這峭壁的位置走了約莫一柱香，才看到前面窄路變寬的跡象，馬和人也被這似火驕陽烤灼的汗流浹背，口乾舌燥。一行人行至寬路之上，大周的人沒有跌下去，倒是出乎雲凌志的意料之外，他為了拖延時間又放慢速度與肖若海並行：「大人，要不要歇歇？」

「還是快些趕到火雲軍大營的好！雲大人若是累了……可以在此歇息。」肖若海將這裡的地形已經摸透，「我也並非不認識路，雲大人將權杖給下面的人，我們前去就行了。」

雲凌志只得笑了笑：「哪裡，我是怕大周的諸位大人累了，大人既然不累，那麼我們就加快速度，爭取在太陽落山之前趕到。」

「請……」肖若海做了一個請的姿勢。

雲凌志只好在前面帶路，不多時……便有藏在隱蔽處的火雲軍暗哨攔住了雲凌志的去路，雲凌志亮了權杖，一行人這才得以通過。

一路一共設有六處哨點，過了第六處哨點總算是聽到了軍營裡訓練的呼和聲。

走出下坡深林，軍營頓時出現在眼前，肖若海瞧見那軍營正對面那片被夕陽餘暉映成火紅色……如同烈焰燃燒的絕壁之上，幾百將士憑藉繩索從峭壁之上俯衝下來，密密麻麻，一組將士衝下去，第二組緊接著從峭壁上往下俯衝，速度快到如同雄鷹撲食，彪悍的讓人震撼。

這……是白家軍的虎鷹營無疑了！

「肖大人！」曾為虎鷹營的白家護衛提韁上前，心中熱血翻湧，定定望著肖若海，恨不能現在就衝進去看看是不是他們虎鷹營的哪位將軍還活著！

「不知，訓練這火雲軍的將軍……姓甚名誰？」

肖若海用力攥住轠繩，沉住氣，含笑問雲凌志。

「都是我們雲家的子嗣，說來慚愧……這是仿照白家軍虎鷹營組建的軍隊，大人若對訓練人感興趣，一會兒雲某可為大人引薦。」

白家軍的護衛險些大罵放屁，這分明就是虎鷹營的訓練方式，你們雲家那些廢物能訓練出如此驍勇的悍將?!

肖若海轉頭對白家軍的護衛使了一個眼色，白家護衛會意頷首。

一行人一進軍營，白家護衛軍便四散開來，雲凌志正要阻止，便聽肖若海道：「我們大周使臣對西涼女帝說的便是在這大營裡走一走找一找，若是沒有……我們便回去！既然來了雲大人也要讓我們安心才是。」

雲凌志想著父親應當已經安排妥當，便笑著稱是：「這是自然！」

肖若海未曾下馬，同雲凌志道：「那麼，雲大人……就將訓練你們虎鷹營的雲家子都叫過來，讓肖某人認識認識。」

白家從虎鷹營退下來的護衛目標十分明確，朝著峭壁的方向而去，都是當過兵的，這一到訓練場裡……誰是訓練的將軍一目了然。

白家護衛目標明確，在火雲軍中將士們的矚目之下，快馬直奔訓練地。

騎在馬上的白家護衛，瞧見遠處一身白色勁裝，用手中竹刀挨個矯正一排雙手握竹刀的將士們，那些將士直對著從峭壁之上俯衝而下的悍兵，隨時等待與那些悍兵拼死搏殺，而立著位身著黑色勁裝的男子，他雙手握著竹劍劍柄以劍撐地而立，分明就是這一次訓練的將軍。

「闕將軍！」白家護衛瞧見人，只覺眼眶發熱，聲嘶力竭喊道，「快去稟報，是闕將軍！」

那雙手握著竹劍而立的將軍聞聲抬頭，瞧見朝他騎馬飛奔而來的白家護衛，抬手用竹劍指著白家護衛，威嚴十足訓斥：「下馬！軍營之中誰許你們馳馬狂奔的！」

「闕將軍！」白家護衛不等馬停穩一躍下馬，眼眶發紅看向闕章寧，「闕將軍，我們奉三公子之命……來接你回家！」

闕章寧看著那幾個紛紛下馬立在他不遠處，眼眶通紅的白家護衛，錯愕之餘露出茫然的表情：「你們是什麼人？」

白家護衛抱拳朝著闕章寧行禮：「我等皆是從白家軍退下來白家護衛軍，我是從虎鷹營退下來的。」

很快，肖若海聞迅疾馳而來，一躍下馬，瞧見闕章寧眼眶頓時紅了。

來之前，肖若海抱著希望……希望這裡訓練虎鷹營會是白家的少年將軍，如今看到闕章寧雖然有些失落，可能找回闕章寧將軍，對白家軍和白家來說也算是喜訊。

「闕將軍！」肖若海下馬，含淚朝著闕章寧一禮，「我是曾經跟隨白家軍副帥的肖若海，不知道闕將軍是否記得我？」

肖若海抬頭，瞧見闕章寧將疑惑的目光投向跟隨肖若海而來的雲淩志身上，心裡疑惑，探究的目光看向雲淩志。

雲淩志深深凝視闕章寧，面色十分難看，不知道為何父親竟然沒有讓人將雲嵐轉移走。

「二哥？」闕章寧滿目疑惑喚了雲淩志一聲。

肖若海眉頭一緊，轉而看向已經下馬的雲淩志。

雲淩志背在背後的手心收緊，只得同肖若海道：「這位……是去年我們雲家本族的族叔帶回來的族弟，說是從外面救回來的，覺得有緣分便認作自家孩子，也算是我們雲家子。」

「二哥？你說什麼呢？」關章寧眉頭緊皺，隨手將竹劍插在一旁，「我是父親和母親親生的，戰場上受傷被我爹帶回來的，怎麼成了認作兒子？」

「雲大人……」肖若海輕喚了一聲。

雲淩志手心收緊，只瞧了關章寧眼，立時露出尷尬之色。

「將軍可是傷好之後，不記得前塵往事了？」肖若海問出了心中的疑惑。

關章寧用戒備的目光打量著肖若海，抿唇不語。

「關將軍，你被西涼騙了……」肖若海毫不留情面，當著雲淩志的面對關章寧開口，聲音平靜，「西涼應當是想利用你為他們練兵，所以才告訴你，你是雲家的人，你並非雲家人，你姓關……家在豐縣，當年就是為了抵禦西涼人才加入白家軍，關將軍的妻兒便是死在西涼人的刀下的！」

關章寧原本被曬得黑紅的臉色煞白，又看向雲淩志：「二哥?!」

雲淩志看著關章寧，點了點頭。

關章寧僵立在原地一動不能動，似這消息宛若晴天霹靂一般。

「關將軍！」肖若海上前試探著伸手想要扶住關章寧，「小白帥已經登基為帝了！現在晉國已經是大周國，小白帥派了三公子前來……接你回家！」

雲淩志深深看了關章寧片刻，垂下眸子將路讓開，不打算再阻攔。

「關將軍，我們回家……」肖若海扶住關章寧語聲鄭重。

關章寧從肖若海的手中抽出胳膊，道：「我要回雲家問清楚。」

「雲嵐……不用問了！」雲淩志望著關章寧說，「你就沒有想過，為什麼我們雲家你的名字和我們兄弟們都不一樣嗎？我們都是姓雲……取淩字，可你……叫雲嵐。」

林中微風一過，樹葉婆娑作響，烏金已墜，黑雲從東面不急不緩帶著星辰點點壓了過來。

關章寧唇瓣緊緊抿著，神色被隱於黑暗之中。

只聽雲淩志說：「回去吧！如今西涼無法對抗大周，所以……只能放你走了！也多謝你為西涼訓練了這火雲軍。」

「關將軍，走吧！」

這夜，肖若海帶著關章寧疾馳前往秋山關。

這夜，西涼太后病重，懿旨請八大家族領頭人進宮，託付身後事。

這夜，雲京城外的八處糧倉齊齊起火，雲京城皇宮內……血流成河。

頭戴玉冠的西涼女帝就坐在太后寢宮之內，看著西涼銳士將八大家族這些所謂領頭人斬盡殺絕，太后的宮殿頓時慘叫不斷。西涼女帝面色陰沉如水，鮮血噴濺在西涼女帝腳下鑲嵌著明珠的聚雲履上，她垂眸瞇了眼，只覺那鮮紅太過刺眼。

八大家族族長和反抗的男人們被殺盡，只留下了滿身是血在屍體堆裡瑟瑟發抖的婦人和孩子。

「李天驕！你今日殺了我們八大家族的族長和家眷又有什麼意義！」雲家族長之妻懷裡抱著

幼子，緊緊將幼子護在懷中，瑟瑟發抖，哭喊著，「族長都是八大家族推著前行的，你以為殺了一個族長，殺了族長的家眷八大家族會散嗎？不會的！」

「所以……」西涼女帝李天驕抬頭看向那雲家族長的妻子，「我扶持你兒子當族長，你覺得如何？」

「什麼？」雲家族長之妻似乎沒有想到李天驕會如此說，表情詫異。

李天驕轉頭示意身邊的禁軍統領，那統領帶著捧著兩杯蜜露的太監上前，二話沒說掰著那雲家族長之妻的嘴，將蜜露灌了進去，又命禁軍將雲家族長之妻扯開，捏著那哭啼不休孩子的臉，將蜜露灌了進去。

「啊！啊！」雲家族長之妻，看到自家兒子小胳膊小腿拍打著禁軍統領的手臂，卻還是被灌進去了蜜露，尖叫著哭喊出聲，不知道哪裡來的力氣推開將她拉住的禁軍，衝過去一把奪回自己的兒子，顧不上自己也被灌下了蜜露，伸手去摳孩子的嗓子眼兒：「吐出來！快吐出來！」

孩子哭著掙扎。

「放心……不是什麼立時就能要命的東西！」李天驕語聲淡漠，「你讓他吐出來了，還得辛苦再灌，何苦？」

「李天驕！你不得好死！」那雲家族長之妻歇斯底里哭罵著。

「都喝了吧！以後只要你們乖乖聽話，每月都有解藥，若是不聽話……便等死！」李天驕這是將曾經給皇家死士用的秘藥用在了八大家族的身上。

「這秘藥的調製方法只有太后知道，你們若是有信心說服太后，為你們殺了朕……可以試試不聽話！反正八大家族人多的是，對朕來說扶持誰上位都一樣！」李天驕嗓音淡漠又涼薄。

「李天驕，你如此殘暴，殺人如麻……你一定不得好死！」有人高聲咒罵西涼女帝。

李天驕垂眸，不過瞬息，鮮血噴濺……那婦人便倒地不起。

殺雞儆猴，大殿內頓時安靜無聲。

沒想到八大家族對她這個西涼女帝的敬畏之心已經全無了，幸虧啊……今日她下定了決心，否則還不知道來日會釀成什麼樣的大禍！

「這八大家族願意交出糧倉，以後乖乖聽話的就留下，不願意的……就送他們全家一起上路！」李天驕說完，站起身朝外走去。

八大家族剩下這些人臣服的很快，有的知道自家糧倉在哪兒紛紛告知，不知道的也稱回去之後問出立刻來報。可他們的速度遠遠沒有肖若海的速度快，天將放亮之時，一夜未睡的西涼女帝接到消息，八大家的糧倉被燒了。

西涼女帝驚得站起身來：「你說什麼?!」

滿身煙黑的報信將領抬頭：「八大家族的糧倉被人澆上猛火油，又放了把火，我等原本是趕去接管的，救了一夜的火，糧食……怕是不能吃了！」

李天驕拳頭緊緊握住：「八個糧倉，全都燒了？」

「是!全都燒了!八大家族的人也趕去救火……可還是沒有能救下來！」

這動作如此之快，除了崔鳳年……李天驕不做第二個懷疑。最初李天驕就覺得這崔恭行是夥同八大家族來攪亂西涼風雲的，也是她給八大家族出主意鼓動百姓放棄農耕，將精力投入到翡翠錦、皮毛和造紙上，又讓八大家族用必不可少的糧食來收割百姓拼盡全力賺來的銀兩。

所以，若說有誰能是除了八大家族之外知道八大家族糧倉所在地的，那便只有崔鳳年。

又有誰，會在這個節骨眼兒上燒了八大家族屯糧的糧倉，也只有……可能為敵國細作的崔鳳年！

李天驕拳頭緊緊握住，高聲道：「來人！去將崔鳳年給朕抓了！若遇反抗格殺勿論！」

「是！」

西涼禁軍統領率五百人前去崔府捉拿崔鳳年，將崔府圍的水泄不通，禁軍撞門而入，崔府的下人們從睡夢中驚醒，衣裳都沒有穿好，出門就看到高舉著火把的佩刀禁軍闖進崔府，各個嚇得如同鵪鶉立在原地不敢動。

「陛下有旨，捉拿細作崔鳳年！崔鳳年在何處……速速將人交出來！」禁軍統領高聲喊道。

火光搖曳之中，崔府的下人大著膽子上前，低聲道：「這位大人……公子昨夜去大周使臣那裡赴宴，未曾歸來！」

禁軍統領一聽這話，頓時愣住，禁軍不敢冒然前去大周使臣那裡要人，只能派人回去稟報西涼女帝，看此事應該如何處置。

李天驕聽完之後，閉目在龍椅上坐了良久，之前想不通的終於也想通了。

這崔鳳年或許就是晉國派出來的，她想要利用八大家族分化西涼的細作，可沒想到大周取代了晉國，如今崔鳳年在火燒糧倉立功之後，這才去找大周使臣投誠。

她低低笑了一聲，滿身的疲憊感壓來，她險些撐不住被壓垮，她不知道如今她應該怎麼做，若是阿耶還在，阿耶又會如何做。

半晌之後，李天驕又打起精神，道：「備車，朕要去見大周使臣。」

李天驕更衣，輕裝簡行悄然出宮，決定要親自會一會這兩位。

昨夜聽說西涼太后病重恐撐不過當晚，有懿旨請八大家族之一的翟家入宮託付身後事，八大家族聞風而動，紛紛攜家眷入宮，白卿琦和白錦桐便察覺到了不同尋常的味道。

白卿琦思慮再三，決定讓白錦桐光明正大來他這裡，畢竟他現在是大周使節，而崔鳳年以前是晉民，現在是大周的百姓，白卿琦護住崔鳳年在情理之中。

西涼女帝突然便裝來到驛館，剛下馬還未跨進驛館正門，禁軍統領便快馬來報，稱炎王李之節從大都城送回來了新的消息。

李天驕聞言腳下步子一頓，立在驛館門前，伸手從禁軍統領手中接過裝著密信蠟封的信筒。

她打開信筒，從裡面倒出兩張薄薄的羊皮紙，將信筒丟給禁軍統領便立在驛館門前細細看了起來。看完信後，半晌李天驕都未曾緩過神來，禁軍統領瞧著女帝的模樣，小心翼翼問了一句：「陛下……是不是炎王出了什麼事？」

她將信重新疊好，在手心裡用力攥了攥，將信放進心口的位置，未曾回答，轉身跨進驛館。

李天驕一身窄袖素衣，頭戴白玉冠，負手而行，即便是穿著打扮像個平常人家的英俊公子，仍然掩不住那通身逼人的威勢。

她到達正廳外時，白卿琦和白錦桐已經早早立在門前迎候，雖然白卿琦鬢邊已經生了華髮，可絲毫不掩蓋其出色的外貌，他眉目冷清，氣質說不出的飄逸深沉。

李天驕瞧見白錦桐站在白卿琦身後一步的位置，瞧見了她，忙率先長揖行禮：「見過陛下！」

她腳下步子一頓，看了白錦桐一眼，視線又落在白卿琦身上，在心裡猜測白卿琦是否已經知道這崔鳳年是個女子。

白卿琦理了理衣袖，這才對李天驕行禮：「不知陛下駕臨，有失遠迎……還望陛下恕罪。」

李天驕唇瓣緊抿，抬腳跨上高階，徑直朝著廳內走去。

白卿琦這才直起身，與白錦桐對視一眼，跟在西涼女帝的身後一同跨進了正廳。

李天驕動作颯爽利落落坐：「坐吧！」

白卿琦和白錦桐應聲，在李天驕的下首坐了下來。

李天驕視線來回在白錦桐和白卿琦之間看著，半晌之後才開口：「今日，朕一人前來，有一句話想要問清楚……」

「陛下儘管問。」白卿琦頷首，一派淡然。

「恭行，你我相交，可以稱作是友，今日我想問你一句，你到底是晉國派來的細作……」李天驕含笑垂著眸子，撩起長衫下擺，翹起二郎腿，手肘擔在座椅扶手上，抬眸再看向白錦桐的視線暗藏殺機，「還是大周女帝提前安排派來的細作？」

李天驕用的是我，而並非朕。

白錦桐起身，朝李天驕一拜：「陛下，崔某人只是一個商人罷了！」

李天驕望著白錦桐只笑不語，半晌才問白卿琦：「周使可知崔鳳年是個女子？」

白卿琦淺淺頷首：「昨夜，恭行已經據實相告外臣，畢竟這世道對女子不公，女子在外行走多有不便，倒是能夠理解。」

「是了，是朕忘了……」李天驕低笑了一聲，「百年將門白家，是從不輕看女子的，否則……

又怎麼會出大周女帝這樣的人物，戰場上算無遺策，戰無不勝。」

同為女人，李天驕知道白家在晉國的事情，故而……十分傾佩白卿言，將白家從搖搖欲墜，推著走到了今天的位置。可論起推行新政，在大周的阻力的確是要比西涼更少。

「朕還想問問周使，八大家族糧倉起火之事，貴使可知道？」李天驕又問。

白卿琦點了點頭：「昨夜恭行的下屬來報便知道了，不過只知道雲家和翟家的糧倉起火，正是因此……我才將恭行留在了驛館。」

「這麼說，火……果真是崔鳳年放的了？」李天驕看向白錦桐。

「陛下……」白錦桐再次朝著李天驕一拜，「恭行的下屬，因為和雲家還有翟家打交道多，所以知道雲家和翟家糧倉的位置，曾經還幫忙運過糧食，昨日因為雲家的人手不夠，我的下屬就幫忙將糧食運過去了，又留在那裡和守糧倉的僕從喝了點兒酒，沒想到要走的時候雲家的糧倉著火了，他們人手太少……糧倉又被澆了猛火油，他們只得去向離得較近的翟家糧倉求援，誰知翟家糧倉也著了火，他們察覺不對勁，便立刻來報……」

白卿琦跟著點了點頭：「當時我們正在宴飲，還有幾位雲京的勳貴在，陛下可以問一問，後來八大家族糧倉都著火的消息入城，恭行怕被牽扯，惶惶不安，外臣想著……不論如何恭行如今已經是大周的百姓，外臣作為大周使臣，總不能看著大周一個本本分分的生意人被牽扯其中，便做主將恭行留下了。」

李天驕眸子瞇起，笑意越發森冷：「這麼說，周使的意思，是要護住崔鳳年了？」

「這是自然！」白卿琦語聲沒有絲毫猶豫，淡漠而決絕，「若是陛下知道白家和白家軍，就應當明白……我們大周女帝當初推翻晉朝登基，便是為了護住我們大周百姓，白家軍征戰四方也是為了護住百姓！所以……大周的百姓，一個……都不能受他國欺淩。」白卿琦這話的意思帶著點兒威脅的意味在，若是西涼真的敢將這崔鳳年如何，大周絕不善罷甘休。

李天驕低笑一聲：「好……很好！崔鳳年大周可以帶走，大周和西涼的盟約能定嗎？」

李天驕的意思，若是定不了，大周非要開戰，那麼崔鳳年和白卿琦都別想走了。

如今西涼已經危如累卵，李天驕只想做最後一搏，哪怕是敗了……也認了。

「我大周女帝的意思，自然也是想定盟，端看西涼拿出什麼樣的誠意了……」白卿琦語聲淡漠。

「二十五座城池……」

「陛下，外臣以為，西涼若是能夠向大周稱臣、納貢，最為妥當，畢竟如今戎狄虎視眈眈，大燕只等與戎狄的三年之期一到，便會撲上來，憑藉西涼……能抵抗嗎？定然免不了被分而食之的命運。」白卿琦說。

李天驕手心驟然收緊，怒火直沖天靈蓋，她強行將自己心中的怒火壓下來，控制不住自己的表情：「這和要亡了西涼有何區別？」

「區別就在於，西涼還是陛下您自己治理，不過是稱臣、納貢而已！如此還能免百姓遭受戰火……」見西涼女帝面色肅殺，白卿琦抿了抿唇，又道，「若是如此，西涼百姓便是我大周百姓，大周可為了百姓……忍下當年雲破行對我白家諸子，和我十七弟的所作所為。」

李天驕用力攥緊座椅扶手，緩緩站起身來，冷眼睨著白卿琦：「癡人說夢……」

「若是陛下如此說，那……外臣便要收拾收拾回大周了。」白卿琦也站起身來。

「你以為……你走得了？」李天驕眸色陰沉。

白卿琦聽到這話，淡漠的臉上居然勾起了極淺的一抹笑意：「外臣要是走不了，怕是西涼炎王也從大周回不來，哦……女帝還可以派人去銅古山探一探大周軍隊的動向，看看是不是已經朝著邊界逼近了。」

李天驕頓時一身殺氣，轉而看著白卿琦。

「戎狄看到大周一動，又是否會動呢？」白卿琦據實同李天驕分析，「陛下，外臣以為……如今的西涼並沒有選擇的餘地，可謂四面楚歌！自十幾萬精銳盡數折損南疆戰場之後，人口本就不多的西涼如何能再徵召一支攻必克守必堅的軍隊？火雲軍雖然驍勇，可到底是仿照白家軍的虎鷹營而訓練，真正碰上虎鷹營的將士不堪一擊！」

白卿琦挪動步子，走到西涼女帝面前：「而八大家族之前在南疆戰場上也是損失慘重，若是有戰，他們定然是在保存自家實力的同時再談應戰，你們西涼的兵……能夠齊心協力全力應戰嗎？而大周吞下大樑之後，兵力強健，又遇到了大周女帝這樣出身將門為將領的皇帝，新法推行自然是對將士們有利，如今百姓們紛紛入伍，將士們嗷嗷待戰，為的就是立軍功得爵位，陛下……西涼敢戰嗎？」

李天驕咬緊了後槽牙。

白卿琦句句中要害，李天驕之前接到密探快馬送回來的大周新法，當時李天驕便感歎……白卿言不愧是將門出身，又是帶兵打仗的能手，所推行新法的確是能夠激勵將士們勇戰奪功。

白卿琦朝李天驕長揖一禮：「並非外臣要在這裡數落西涼，可陛下細想，西涼如今就是大燕、戎狄和大周眼中的肥肉，即便是陛下有通天之能，可八大家族如同西涼附骨之疽，西涼已經病入膏肓，陛下要救談何容易。」

李天驕瞳仁輕顫，她何嘗不知道，這壓力已經壓得她晝夜無法入眠了。

西涼絕不能稱臣納貢，而如今大周的使臣和崔鳳年……不能扣下。

「若是西涼不稱臣納貢，大周便會攻打西涼嗎？」李天驕問。

「不然欺瞞陛下，若是不稱臣納貢，即便是大周收下城池，盟約簽訂，等到戎狄打散了西涼的兵力，燕國攻打西涼的時候，大周必然不會坐視，那個時候……即便是西涼想要稱臣都來不及了。」白卿琦說。

「戎狄……和大周，不就是一家子麼！那位鬼面王爺，不就是白家人麼！」李天驕冷冷笑著。

白錦桐一臉錯愕，白卿琦也是措手不及，頗為意外……

李天驕瞧著白卿琦的表情不像是知道的，心裡對李之節送回來的消息有了疑惑，信裡……李之節說，大燕的九王爺同他說，戎狄鬼面王爺是白家人，但這位周使白卿琦也是白家人，他看起來也像是頭一次聽說。人初次聽到一個消息，那一瞬的表情和眼神做不了假。

白卿琦想到了自家長姐登基那日，他曾對長姐表達沒有護住阿瑜的愧疚，可長姐卻說阿瑜還活著，只是目前還不能回來。

白卿琦當初並未認真留心那位鬼面王爺，現在回想起來，似乎……是有那麼一點相似。

但，既然長姐說……阿瑜還不能回來，不管這位鬼面王爺是不是，白卿琦都不能承認。

「外臣也希望這位鬼面王爺是白家人！比陛下還希望！」白卿琦抬眸定定望著李天驕。

「可這純屬無稽之談！如今鬼面王爺把控整個戎狄，戎狄的風俗……一向是強者為尊，按照道理說，這位鬼面王爺即便是要取代戎狄王，也是輕而易舉的事情！若這鬼面王爺是白家人，應當稱王之後率戎狄歸順大周，即便是不歸順大周……自己稱王為來日回歸大周打下基礎不好嗎？」

白卿琦眉頭緊皺，「沒有人比白家人更希望有更多的白家子回歸，白家人在看到大周女帝登基時昭告四海的詔書之後，誰又能忍住不回大都城……」

話說完，白卿琦又道：「外臣還會在雲京逗留一日，若是女帝願意稱臣納貢，便皆大歡喜，若是不願意……外臣回大周之後，便只能將女帝的意思轉告於我們陛下。」

李天驕深深看了白卿琦一眼，轉而抬腳朝著大廳外走去，語聲堅定：「貴使不必再等了，西涼是絕對不會納貢稱臣的。」

驕陽炫目，李天驕的臉色卻十分不好看。

大燕給的條件，也是納貢稱臣，大周給的條件也是納貢稱臣，西涼能選的就是對大周稱臣，或是對大燕稱臣，好似除了稱臣這條路，西涼已經無路可走了嗎？

目送李天驕離開，白錦桐一把抓住了白卿琦的衣袖：「三哥，真的嗎?!戎狄的鬼面王爺……是白家的人？是誰?!」

白卿琦眼下也不敢確定，便道：「或許……是阿瑜，長姐說阿瑜還活著，只是如今還不能回去，西涼女帝定然是接到了什麼消息，她絕不會無的放矢。」他轉過頭看著白錦桐，不免攥緊了自己身側的衣裳：「若鬼面王爺真是白家子，應當就是阿瑜了！」

白錦桐緊緊咬著牙，想笑可表情比哭還難看，五哥還活著……那太好了！

這樣的驚喜，白錦桐一點兒都不嫌多，她甚至希望所有的白家人都能回來！

「收拾收拾!!」白卿琦看著情緒難忍的白錦桐，抬手摸了摸她的髮頂，笑著道，「我們回家了……」

第十章　嚴於律己

白卿言要興辦學堂，大都城作為國都，最先將女子學堂開了起來。

因著用的是大都城郊外，晉朝勳貴人家剛剛重新修建好的宅子，工部稍作修葺之後便能使用，所以女子學堂進行的十分順利，於元和初年八月十三，朝中大臣紛紛將自家姑娘送去學堂。

沈天之正坐在白卿言對面，同白卿言一同用午膳，一邊説著此次女子學堂的盛況。「朝中重臣官員家的姑娘先去，隨後等女子學堂擴建，便可以容納更多的女子來學堂……」沈天之道。

白卿言點了點頭：「擴建的事情，還請沈大人多多費心……」

「陛下……」魏忠邁著碎步湊到白卿言身邊，低聲道，「西涼炎王請見，似乎是想要辭行回國。」

沈天之見狀，忙放下手中的筷子，用帕子擦了擦嘴，起身走至大殿中央朝白卿言行禮：「陛下，微臣吃好了，這就先行告退……」

白卿言頷首，拿起帕子擦了擦嘴：「擴建的圖紙，還請沈大人多費心，我就不再過目了。」

沈天之忙朝白卿言長揖行禮，而後退出大殿外。

「收了吧！」白卿言放下帕子，接過春桃遞來的蜜露漱口。

稍作整理，佟嬤嬤和春枝伺候白卿言更衣後，由魏忠和春桃陪著去了前殿接見西涼炎王李之節。

大殿內，李之節緊緊握著自己的摺扇，今日便是他為西涼的最後一搏，既然燕國敢同他說戎狄那位鬼面將軍是白家的人，他又為何不能將這個消息告訴大周女帝呢？若是能挑得大周和大燕打起來，西涼至少能暫時安穩。拼盡全力試一次，若是實在不行，他得要回西涼再另想辦法了。

聽到太監唱報聲，李之節起身朝著殿外長揖行禮。

白卿言瞧了眼垂著眸子，面色並不怎麼好看的李之節，抬腳跨入門檻，道：「炎王不必多禮，聽說炎王是來辭行的？」

李之節恭敬彎著腰，直到聽到白卿言落坐，這才挺直了腰脊，點了點頭道：「如今燕國留在大都城，是為了聯姻之事，而西涼留於大都城是為了定盟之事，可……外臣得到了一個消息，遲疑猶豫了近一月，還是決定向女帝辭行，若女帝真的願意同西涼定盟，請女帝派遣使臣隨外臣回雲京簽訂盟約。」

她看著李之節一本正經拿捏著腔調的模樣，低笑一聲問：「可是因為……大燕九王爺告訴你戎狄鬼面王爺是白家人之事？」

李之節猛然抬頭……

看著李之節意外的表情，她手指摩挲著座椅扶手，笑著開口：「大燕因為與戎狄簽訂了三年內不可攻打西涼的盟約，得以讓大燕的軍隊歸國，所以沒有名正言順的藉口攻打西涼，我來猜猜……大燕那位九王爺，是否告訴你……西涼得以保全的方法，就是對大燕納貢稱臣？」

李之節手心起了一層細汗，甚至懷疑在他和九王爺談話之時，白卿言派人在一旁偷聽。

「炎王這是被大燕九王爺嚇唬之後，打算回國同西涼女帝說要向大燕納貢稱臣了嗎？」她似笑非笑的接過春桃遞來的天青色甜瓷寬口茶杯，瞧見春桃同她使眼色，擺了擺手示意李之節坐，「炎王坐下，喝口茶再說。」

李之節立在原地不動，十分抗拒，她也未曾勉強，只笑著道：「且先不說，若是西涼要納貢稱臣西涼女帝會不會答應，真正掌握著西涼的八大家族會同意嗎？就算……真的按照大燕九王爺所言，戎狄鬼面王爺是我大周的人，那麼……真的要納貢稱臣，西涼對大周納貢稱臣豈不是更好？」

聽到這裡，李之節那種砧板之肉的感覺更甚，他抿了抿唇，終於還是在白卿言下首的位置落坐。

「炎王如何想啊？可以說來聽聽……」白卿言笑著道。

李之節只覺如今的西涼已經是內憂外患四面楚歌，苦笑著抬頭朝白卿言看去，道：「想來，如今陛下議和的條件又要變了吧？」

她笑著頷首：「既然戎狄都是我大周的，大燕都能提出讓西涼納貢稱臣，大周又為何不能呢？」

李之節閉了閉眼，滿腹都是……大燕九王爺害我這幾個字。

「納貢稱臣國將不在，李之節不敢做西涼的千古罪人！」李之節挺直腰脊，朝著白卿言一拜，「故而，外臣只能向陛下告辭，回國與西涼共存亡。」

「炎王不必著急，我已派遣我三弟白卿琦去西涼雲京，與西涼女帝談定盟之事，算日子想來已經在返程途中，炎王可先在大都城與我靜候消息。」白卿言笑著說。

李之節一怔，這才想起之前大燕九王爺說，大周女帝剛剛回來的堂弟白卿琦奔赴南疆方向的事情，原來……竟是去西涼了！

「為何，之前未曾聽陛下提起？」李之節皺眉問道。

「自然是，為了防止大燕探聽消息……」白卿言將手中茶杯擱下。

「陛下派去的使臣，若是……要讓我們西涼納貢稱臣。」李之節定定望著白卿言，「那麼，外臣便可以肯定的告訴陛下，我西涼女帝是絕不會同意的。」

「能否同意，我們靜待就是了！畢竟即便是如今炎王回國也於事無補，留在大都城……還能與大燕周旋周旋，哦……或者與戎狄的鬼面王爺商議商議，戎狄和西涼之戰能否避免。」白卿言一副絲毫不在意的模樣，徐徐往茶杯之中吹了吹，「炎王嘗嘗吧，這是蕭先生送來的雲霧茶，我記得西涼蕭先生的商鋪沒幾個，應該沒有將這樣的好茶送過去。」

白卿言看似不經的話，讓李之節心頭陡然一動……

或許，可以嘗試和戎狄鬼面王爺談一談定盟之事，按照道理說弱國就是應該聯合以抗強，可為何戎狄要咬住西涼不放，大燕的九王爺正是利用了這一點，讓他相信這戎狄的鬼面王爺便是白家的人。枉他自詡睿智，竟然從未想過在戎狄的鬼面王爺面前認真的問一問此事。

想到此處，李之節強作鎮定站起身，慢條斯理朝著白卿言一禮。抬頭後，李之節緩緩開口：「既然如此，那外臣便等周使回大都城之後，再來向陛下辭行！」

她淺笑著頷首：「好……」

春桃瞧著李之節的背影，手不斷的搓著，顯得有些著急。

直到李之節跨出大殿，身影完全消失在視線裡，白卿言才問：「怎麼了？」

春桃忙同白卿言道：「大姑娘，蕭先生來了，說要求見姑娘。」

在春桃看來，雖然幾次白家逢難蕭容衍都曾出手相助，可難免過於孟浪，是個能做出闖她們家姑娘閨房行徑的登徒子。可春桃聽說似乎大姑娘已經和這位蕭先生定親了，也不知道是真是假，她這段日子一直在學宮中規矩，還未曾問過大姑娘。春桃心裡有些著急，現在大姑娘已經登基為帝了，若是真的和這位蕭先生有情，應當儘快成親，如此也就再不怕被別人說閒話了。

白卿言猶豫了片刻，點頭，坐直身子理了理衣袖道：「請蕭先生進來吧。」

蕭容衍被春桃請進殿中，春桃正要跟著進去，卻被魏忠伸手攔住：「春桃姑娘，我們這些做奴才的還是不要進去了。」

春桃初到宮中來佟嬤嬤叮囑過，她不熟悉宮中的規矩，讓她在大姑娘身邊伺候一切聽魏忠的，瞧見殿門被四個小太監拉上，春桃雖然焦心，卻還是點了點頭同魏忠一同守在門外。

大殿內，白卿言正襟危坐，見一身霜色直裰白玉腰帶的蕭容衍從殿外走進來，畢恭畢敬朝她行禮，端起茶杯開口：「坐吧！」

「和李之節談妥了嗎？李之節更願意歸順大周，還是願意歸順大燕？」蕭容衍拎著衣裳下擺，抬腳朝著白卿言走去。

「他應當更想和戎狄和談，聯合戎狄抵抗大周和燕國。」白卿言擱下茶杯。

蕭容衍在要同李之節挑破戎狄鬼面王爺是白家人時，蕭容衍已派月拾進宮把信送到了白卿言手上。白卿言惱火了片刻，很快便讓自己平靜下來，事情發生生氣惱火是最無濟於事的，她得儘快想對策和後招，靜下心來想好怎麼扭轉乾坤，將此事轉化為對大周有利的局面。

而後，白卿言又派盧平親自去見阿瑜將此事告知他。

對白卿言來說，如今阿瑜人已經在大都城，即便阿瑜是白家人的身分傳回戎狄，大不了便是大周發兵強奪戎狄。且戎狄一向是強者為尊，鬼面王爺振臂一揮跟隨者必然眾多。

如今大燕因為和戎狄的盟約不能對西涼下刀，自然是想盡辦法給大周找些事情，最好在這三年內……讓大周和戎狄對上，如此西涼得到喘息之機，能頑抗到三年之後，大燕便可對西涼出手。

蕭容衍作為大燕九王爺，如此做無可厚非。

她能理解蕭容衍，可這也讓白卿言對蕭容衍生了警惕之心，這段日子蕭容衍三番兩次求見，她都遲遲未見，有因推行新法之事和學堂之事忙的不可開交的緣故，也有白卿言要重新梳理對燕策略的緣故。

曾經白卿言覺得，征戰損將士們性命，使百姓顛沛，她的許多新政出自姬后，但有些觀念又與姬后不同，加上蕭容衍的緣故，故而對燕國的情感也不同。

她本是想，以來日兩國政策五年為期，哪一國國策更能富國強民，兩國合而為一，便以哪一國為尊，如此便可以實惠百姓，也可避免將士無謂送命。

但……她忘了，慕容家世代為燕國主宰，其壯志雄心亦是一統天下，慕容一家的為百姓謀利，前提是慕容家為至高無上的統治者為前提。

曾經是白卿言天真了，這也是因白卿言自小生在白家，所受教導是護民安民以民為重，而蕭容衍是生在皇家，所受教育乃是穩固皇權，如何權衡朝局如何御民。

對燕國的一統策略定錯了，白卿言不怕，能及時察覺錯誤及時更改才是最重要的，這一次也算是給白卿言敲了一個警鐘，能讓白卿言及時更正對燕策略，她應該將這個問題搬到明面兒上來，與慕容衍這位大燕九王爺深刻的談一次，以大周女帝的身分。哪怕大燕九王爺慕容衍有這個自信能勝過她，將她的設想能定下來，正式簽訂盟約，大周也要做好與燕一戰的準備。

蕭容衍從心口掏出給白卿言的藥，放在白卿言面前的桌几上，同白卿言道：「阿寶，你我曾言……若遇大事，不以感情衡量，我是大燕九王爺，以燕國之利為重，抖出這位鬼面王爺是白家人的事，對燕國有利，所以我做了！」

「可捫心自問……我並非未曾考慮過這位鬼面王爺的安全！」蕭容衍以為白卿言這幾日不見他，是因為在生氣的緣故，「如今鬼面王爺已經把控了整個戎狄，戎狄王能見到誰……能聽到誰的聲音，全都在這位鬼面王爺的掌控之中，你是因為關心則亂，太過憂心了，你應該相信白家人的能力。」

「且，將此事告訴西涼炎王李之節，要麼……就會逼著西涼對燕國稱臣，要麼就是逼著西涼對大周稱臣，如此便會加快天下一統的腳步，即便是不成……也算是一種嘗試，再打不遲。」蕭容衍語聲從容。

白卿言放下手中茶杯：「這幾日不見你，並非是因為生氣的緣故，你身為燕國九王爺做有利於燕國的事情，無可厚非！我作為大周女帝，自然也要靜下心來改變對燕策略，思考什麼樣的對燕策略於我大周有利！你先坐下……我們談談，以大周女帝和大燕九王爺的身分。」

蕭容衍見白卿言黑白分明的眸子從容和平和，目光裡並未夾雜對他的情愫。

白卿言向來說一不二，蕭容衍也覺得此事需要同白卿言好好談一談，頷首：「我也正有此意……」

「那就請九王爺先落坐，我們來詳談。」白卿言說。

蕭容衍含笑點頭，轉而在白卿言的下首坐了下來。

「燕國的志向同大周的志向都是一統天下，如今燕國躋身強國之列，雖說與大周實力還有相差，但雄心不減，不知道……大燕九王爺，是要同大周打，還是同大周和？」

「女帝曾言，以兩國國力強盛來定輸贏，恕慕容衍不敢苟同。」蕭容衍淺淺朝著白卿言頷首，

「慕容家數輩人篳路藍縷所得之基業，慕容衍絕不敢拱手……」

「如此說來，九王爺不確定燕國的國策，可以勝過大周！」白卿言撐在几案上的手有一下沒一下敲著，「所以……九王爺更偏向於以武力定輸贏。」

白卿言並非沒有搜集大燕的治國策略，大燕的治國政策是在原本大燕的國策律法上，按照姬后的治國方針取對皇室有利的，即便是蕭容衍心裡清楚，也不願意更改。

蕭容衍要的是天下太平，天下一統，而白卿言想要的是天下一統之後，百姓富強，認為民強則國強。蕭容衍也不相瞞，卻也不想承認，他只道：「大周可逐鹿，大燕亦可逐鹿，畢竟……如今鹿死誰手，不到最後誰都不知道。」

白卿言點了點頭：「九王爺既然不贊同我提出的以國策論輸贏的方式，那從今日起，便各憑本事了！」白卿言是錯在未曾學習過帝王之術，錯在以為和蕭容衍志同道合……忘記了蕭容衍出身皇室。這都不要緊，所幸……白卿言醒悟的夠快。

「陛下……」春桃在殿外喚了一聲。

「進來……」

春桃聞聲，將殿門推開一條縫隙，抬頭見白卿言和蕭容衍各自坐在席位上，那蕭容衍更是規規矩矩的，這才放心，邁著小碎步走至白卿言的身側，單手掩著唇，低聲說：「戎狄的鬼面王爺求見，魏大人將人請到了偏殿喝茶。」

鬼面王爺的身分春桃至今都還不知道，瞧見那青面獠牙的鬼面面具她心裡難免害怕。

春桃雖然不清楚為何魏忠要將敵國的王爺帶到後殿去，可知道魏忠這麼做一定有魏忠的道理。

阿瑜應當是聽說李之節入宮，所以這才匆匆前來，正巧她也有話要同阿瑜說。

「你說，魏忠將人帶到偏殿去了？」白卿言倒是有些意外，看起來關於阿瑜的身分魏忠似乎是知道了些什麼。

「嗯！」春桃點了點頭。

白卿言看了眼蕭容衍，說：「你去將人請進來……」

「好！」春桃行禮後，邁著碎步朝偏殿走去。

不多時，戴著青面獠牙鬼面面具的白卿瑜被魏忠恭敬請入大殿，瞧見蕭容衍也在大殿中，坐在自家阿姐下首的位置，白卿瑜錯愕的表情被掩在面具之後，撩起鴉青色滾雲暗紋的長衫，進殿朝白卿言一禮。

「王爺不必多禮，坐……」白卿言一看到風骨傲岸的阿瑜，眉目間露出幾分溫潤的笑意。

白卿瑜頷首一副倨傲的模樣，看都不看蕭容衍，在白卿言另一側落坐。

「不知王爺進宮，可是有什麼事？」白卿言笑著問白卿瑜。

白卿瑜餘光瞧了眉目深邃的蕭容衍一眼，沉聲道：「我王派人來傳信，西涼軍隊動向不明，命外臣回戎狄備戰，外臣特來同陛下辭行……」

說完，白卿瑜又一本正經看向蕭容衍：「沒想到這位大魏……大燕第一富商在這裡。」

「今日也算巧合，不如就重新為王爺介紹一下這位天下第一富商蕭先生。」白卿言視線看向蕭容衍，「這位便是大燕九王爺……慕容衍。」

白卿瑜眉心一跳，手心下意識抓緊了衣擺。這麼說……阿姐真的是在知道這蕭容衍是大燕九王爺的情況下，承認了與蕭容衍是未婚夫妻，阿姐對這大燕九王爺真的有情？

還是……這大燕九王爺故意，騙了他阿姐。

「曾有幸同鬼面王爺在襄涼見過，定下了燕國三年內不可染指西涼的盟約，算得上是舊相識了。」蕭容衍笑容更深了些，挺直腰脊，朝著白卿瑜一拜，他對這位戎狄鬼面王爺的真實身分也好奇得很，「既然今日我已坦誠身分，不知……鬼面王爺又是大都白家的哪位將軍，也好讓衍心中有個數？」

當初這位大燕九王爺曾經捨命前往登州和戎狄交界救大燕的和親公主，能從排兵布陣之中看出蹊蹺也不足為奇。後來襄涼相遇……兩人簽訂協約時，這大燕九王爺同他說過……看在阿姐分兒上這樣的話，他還以為這大燕九王爺知道了他的身分，看來高看他了。

白卿瑜緊攥著衣擺的手緩緩鬆開，他篤定長姐即便是和這位大燕九王爺生情，也堅決不會主動告訴這位大燕九王爺他的名字，想來這位九王爺只以為他是白家人罷了。

白卿瑜慢條斯理道：「九王爺高看我了，我只是白家軍中一員而已……」

這話不算是假話，白卿瑜從生下來便是白家軍。

蕭容衍轉而看向白卿言，見白卿言端起茶杯喝茶，又聯想到白卿琦回來時的那番話……雖然畢竟，憑蕭容衍對白卿言的瞭解，若是這位只是普通的白家軍，白卿言在登州那日……來問對白卿瑜的身分還是存疑，卻也沒有再揪著不放。

他關於與這鬼面將軍交手細節之時，為何會那麼失態。

蕭容衍不願意再細揪，點了點頭。

「既然如此……」白卿瑜薄唇抿了抿，抬眸定定望著蕭容衍，「作為白家軍，我們也算得上是小白帥的親人，斗膽問九王爺一句，大燕有一統天下的壯志雄心，來日燕國與大周對立面，不知九王爺該如何做抉擇？是打，還是和？」

「大燕……絕不能臣服他國。」蕭容衍轉而看向白卿言，「但，衍……可以入贅。」

「這是九王爺的交換條件？」白卿瑜沙啞的煙嗓發出一聲嗤笑，神態輕慢調整了坐姿，帶著幾分倨傲之意，「你燕國有一統天下的決心，我大周……亦有平定天下的壯志！且我大周已經將戎狄攥在手心之中隨時可以納入周土！」

「再說國政，相比燕國所制定的國策，我大周的國策更有利於百姓，燕國將皇權放在第一位，而大周是將百姓民生放在第一，就說……登基之後不修皇陵，將銀子省下來用在建學堂之上，大燕皇帝能做到嗎？」白卿瑜嗓音難聽，但字字鏗鏘，「用你一個人……換我大周偌大山河？九王爺可真看得起自己。」

「大周國策新政將百姓放在第一位，衍承認！白家愛民之心衍更是敬佩不已，可建立學堂使百姓讀書這件事，我母親姬后在小範圍的實踐過，發現並不見得是好事！商子的馭民五術……第一條便是愚民，百姓眾多一旦都讀聖賢書，有了自己的思想，如何把控？」

「老子也曾言，古之善為道者，非以明民，將以愚之。民之難治，以其智多。故以智治國，國之賊；不以智治國，國之福！」蕭容衍看向白卿言，「不論燕國也好，還是大周也好，天下一統為的是天下太平，可若是百姓所學太多，便會思考的更多，無法將百姓的思想統一……怎麼統一國上下？」

「拿大周來說，此次女帝登基，許女子讀書、科舉、為官，這樣的大事發生，最先聚集到武德門準備死諫的，便是那些讀書的學子！這還好阿寶說服了那些學子，可若是往後每一次國家推行新政……難不成都要當朝皇帝去同學子解釋一次嗎？否則便來死諫那一套，多了……阿寶青史上會留何名？」

蕭容衍幽邃的目光越發深黑，他搖了搖頭：「想要御民，便要愚民，我母親實踐之後曾言，在將來的某一日，這個世道……一定是人人都能讀書的，但不是現在！現在這個世道不需要百姓知道太多，只要能讓他們溫飽，沒有戰亂，才是皇帝對百姓最大的照顧。」

白卿言靜靜望著蕭容衍，未曾打斷他，洗耳恭聽。

白卿瑜也是頭一次聽這些有關帝王之術的東西，他承認白家在這方面的確是沒有經驗，所以他願意聽蕭容衍多說一些。

「讀書人要有，因為偌大一國，不能缺能士幫皇帝治理，但決計不能是百姓皆讀聖賢書！」

蕭容衍也並未藏私，權術、御民這都是曾經慕容皇家子的必修課業，都是慕容家祖祖輩輩積累下來的治國經驗，而白家並沒有過如此經驗，緊憑著一腔護民安民的使命感，是遠遠不夠的。

「再說一句冒犯的話，白家軍中有幾個是讀過書的？正是因為白家軍中未曾讀過書的將士們眾多，所以相對容易管控，再加上……白家軍至死不忘護民安民的初衷；白家軍的軍歌；白家軍將軍們為護百姓誓死不退的決心！」

蕭容衍手指在桌几上點了點：「這些可以說……都是白家對白家軍灌輸的思想，讓他們以護民安民為己任，並且以此為榮！」話說完，蕭容衍似乎覺得不妥當，又朝著白卿言和白卿瑜拱了拱手：「我這話並非說這是白家人故意為之，衍所見……知白家人赤子之心，愛民護民……可為民捨生忘死，南疆一戰帶給衍的震撼，衍至今難忘！」

「衍的意思，是白家人在無意之中的行為，其實……也是帝王家御民御人之術的一種。」

蕭容衍內心對白家是真的十分敬佩。白家的愛民之心要比帝王之家更為純粹，想要一統天下的目的也比帝王之家更為乾淨，就像……白卿言敢說以兩國朝政為賭注定輸贏，他不敢。

白家人許多順應其心的行為，其實都誤打誤撞……用的是帝王之術，即便是出發點不同，可方式是一樣的。

「可若是阿寶你將這些講於讀書人聽，有幾個能夠真正做到如白家軍般的？仗義每多屠狗輩，負心多是讀書人，百姓書讀多了，並非好事！」

「或許阿寶會說這次大周國子監生員鬧事，阿寶以為你出現在國子監與學員們一辯便能平息，是因為學子們讀書明理的關係嗎？」蕭容衍搖了搖頭，語聲平淡，「之所以能平息，除了是因為阿寶身為帝王禮賢下士的態度，和你的品格之外，更多的是因為你給他們定了一個目標，便是天下一統……你告訴他們開設學堂，甚至是女子學堂，許男子女子都能讀書、科舉、為官，是為了為天下一統爭取更多的人才！如今大周上下都在為這個目標而努力！其餘一切皆可讓路。」

「可若是，天下一統之後呢？百姓讀書的變多了，思想變多了……朝廷還能好好管制嗎？不能好好管制，那便失去了天下一統的意義，紛爭多了之後……緊接著便會有如同白家這樣有號召力和兵力之人生亂，防不勝防。」

「關心百姓的民生，這是每一個皇帝都應該做的，這無錯！」蕭容衍望著白卿言，「可不能讓百姓太強，百姓強……則國弱！燕國實踐出來的治國理念，與阿寶所言民強則國強的說法，南轅北轍！」

蕭容衍輕聲道：「帝王之路上，阿寶還處於摸索的階段，可能是之前……派人送來我母親所遺留下的書籍太多，那裡面聞所未聞的平等之語……影響了你。」

白卿言聽蕭容衍說完，才徐徐開口：「初讀《道德經》這一篇時，我與大燕九王爺所想是一樣的御民之術便是愚民之術，但……後來再反覆研讀《道德經》通篇，再去理解聖賢心中大義，私以為……聖賢老子所言……這愚……乃是指淳樸、敦厚之意，而智……則是指謀略詭詐之術！」

白卿言眸色清明望著蕭容衍：「其意乃是說……君王不要用謀略來治理，而要以淳樸、敦厚為民著想的方式來治國，才是國家之福！如此才合老子主張無為而治、不言之教，在權術上，究物極必反之理，白卿言自幼讀《老子》，至今仍不敢離手，推行新政之時，每每讀來都有收穫，故……不敢苟同九王爺所言。」

話剛說完，白卿言心臟突然猛烈跳動了一下，撞得她心口突然沒由來一窒，心臟撲通撲通快速跳著，像要衝出胸腔一般，她撐著几案的手一緊，強撐著平靜的模樣。

蕭容衍含笑道：「大燕和大周治國理念不甚相同，就如同對聖賢所言……皆有不同的理解，且都以為自己的治國方式才為正道，既是如此……大周和燕國之間一戰想來不可避免。」

大周和大燕之戰無可避免，兩國治國理念上尖銳的矛盾不可調和。

白卿言贊同姬后所留書籍中說……要為百姓開智的重要性。

可燕國卻以為應當以愚民的手段來御民。

白卿言忍著胸腔的不舒服，點了點頭，道不同不相為謀，如此便只能較量誰的拳頭硬了。

「既然如此，我想與大燕九王爺做一個君子協定。」白卿言緊緊攥著拳頭，盡力讓語聲澄澈，「攻城掠地可，但絕不屠城傷及百姓！」戰爭對百姓的傷害本就巨大，燕軍之中並非沒有破城之後便屠城的先例，白卿言此言是為了防患於未然。

蕭容衍略作思索之後，抬頭望著白卿言，見白卿言臉色蒼白，正要撐著几案起身，餘光就瞧見對面的鬼面王爺亦是有了跟著他起身的動作，只得又坐回去，對著白卿言頷首：「攻城掠地，絕不屠城！」

此次來大都的西涼和大燕之中，論私……大周同燕國的關係更近一些，可沒想到卻未能定下盟約，反倒是最先下了戰書的。

既然已經確定站在了對立面，那從今往後……便是各憑本事，能者一統了。

「阿寶？」蕭容衍看著白卿言的臉色心提了起來。

白卿言擺了擺手，示意自己沒事，調整坐姿，竭力保持表情正常，可心口劇烈的跳動並未停下，好似隨時都會炸開，她道：「大燕是最值得大周敬畏的對手，大周必竭盡全力，還請九王爺不要容情。」

蕭容衍見白卿言無恙，用眼神詢問，見白卿言淺笑頷首，又盯著白卿言看了片刻，見她眉目舒展沒有異常，這才稍稍放鬆了挺直腰脊，頷首：「陛下放心，定當如此。」

兩國既然要戰，原本聯姻之事自然告吹，這也合了蕭容衍本身就打算讓「九王爺破壞燕周聯姻之事。而今日這一番談話中，蕭容衍的話又給了白卿言很多啟發……

比如，蕭容衍說如今大周上下能夠一心，是因為白卿言給國人樹立了目標，所以才能讓大周上下放下細枝末節為同一目標而努力。

在這條摸索治國之路上，白卿言需要打起萬分精神和警惕，時時糾正。

白卿言閉了閉眼，耳邊只剩下心臟不斷跳動，血液奔湧的聲音，隨著心臟跳動血液一陣陣朝頭頂急湧，意識也跟著閃閃爍爍，眼前逐漸發黑。

兩人坐下來相談將話坦白說出口，達成一致，蕭容衍心中的石頭反而放下了，他看向白卿瑜，道：「以大周女帝和大燕九王爺的身分說完了正事，再來說說你我之間的私事……」

蕭容衍話是對白卿言說的，目光卻是望著白卿瑜的，分明是希望白卿瑜識趣一些先行離開。

白卿瑜裝作未曾看到蕭容衍的目光，垂眸拍了拍鴉青色長衫上並不存在的灰，大有坐在這裡不走的意思。

見白卿瑜裝傻，蕭容衍笑著補充了一句：「另外，今日進宮還想去拜見太后，一來是向太后坦誠身分，二來是向太后表明對阿寶的心意。」

「九王爺您這公私倒是分明的很……」白卿瑜語聲裡帶著幾分諷刺之意，「又要敵對兩國交戰，又捨不下兒女情長，九王爺就不怕太后會覺得九王爺太過貪心令太后生厭？。」

「肩有重擔，不敢辜負皇兄託付，心有阿寶，亦是堅決不能放手對阿寶情誼。」蕭容衍朝白卿瑜的方向頷首，「還請五公子海涵。」

白卿言用力眨了眨眼，視線模糊，呼吸越來越困難，汗水順著頸脖後緩緩流入衣領之中，已經做不出鎮定的模樣。

白卿瑜轉眸看向蕭容衍，眼底盡是肅殺之氣。

蕭容衍眉目帶著笑意，從這位鬼面王爺踏入大殿開始，蕭容衍就在觀察他，他對白卿言的態度來看，應當並非是白家的長輩，否則以白卿言的性子即便是登上帝位也不會受這一禮。

他又故意提起太后，若是尋常白家的子嗣，提起太后應當是敬意大於親密，而這位鬼面王爺的語氣並非如此。

再觀這位鬼面王爺的氣度，聯想到當時在襄涼初見時這位鬼面王爺給他的感覺，蕭容衍更傾向於這位是白卿言的親弟，當今大周太后的親子，大都白家的嫡支正統傳承……白卿瑜。

白卿瑜心中已起殺意：「蕭先生聰明的……怕是不想走出這個大殿了。」

話音剛落，白卿言案桌上的甜瓷茶杯陡然落地碎開，茶水濺了一地。

蕭容衍轉頭，只見剛還一副鎮定自若模樣的白卿言，不知什麼時候緊捂著心口站起身來，如陡然被人抽走了魂魄一般，竟直愣愣朝著瓷片碎開的方向倒去。

「阿寶！」蕭容衍睜大了眼身體比喊聲反應更快一步，一個健步上前，幾乎是撲身過去，才勉強用手接住了白卿言險些碰上碎瓷片的頭顱，碎裂的瓷片狠狠扎入蕭容衍的手背和胳膊之中，他疼得悶哼一聲。

白卿瑜驚得站起身來，三步併成兩步，朝白卿言跑去：「阿姐！」

蕭容衍咬牙單膝撐起身子，將面色慘白毫無血色的白卿言抱在懷中：「阿寶！阿寶！」

他此刻才發現白卿言的後背已經濕透，咬牙抱起白卿言高聲道：「快叫洪大夫！」

「阿姐！」白卿瑜本想一把推開蕭容衍，可此時阿姐要緊，他即便是對蕭容衍敵視也不想耽誤時間。

門外，春桃聞聲顧不上佟嬤嬤的叮囑，衝到門前一把將門推開，還未看清楚是怎麼回事兒就見蕭容衍抱著白卿言從門內跨出來。

「大姑娘！我們大姑娘這是怎麼了?!」春桃眼淚都要嚇出來了，一路小跑跟在蕭容衍和白卿瑜背後，「大姑娘！」

「快！速速將洪大夫背到偏殿！快！」魏忠高聲吩咐身邊的禁軍，他跟著跑了兩步，又回頭道，「再去將太醫院院判黃太醫一同請來！快！快！快！」

大周女帝在與蕭先生和戎狄鬼面王爺相見之時，暈厥過去的事情很快便傳遍了皇宮。

董氏正和白家二夫人劉氏、三夫人李氏和四夫人王氏、五夫人齊氏湊在一起，逗弄小八，順便同董氏說說這段日子母家不斷派人送來的消息，同董氏說各家往女子學堂送去生員的事情。

乍一聽白卿言在大殿中暈倒的事，嚇得手中的茶杯都給脫手了，撒了一身的水。

「我就說不能讓阿寶太操勞！不能讓阿寶太操勞！阿寶之前身子就弱！」三夫人李氏急得眼眶發紅，轉身同身邊的嬤嬤道，「你去！將之前家裡派人送來的那幾根百年山參拿來，指不定用得上！」

董氏嚇得血色褪盡，卻還算穩得住，問道：「洪大夫過去了嗎？」

「魏公公已經派人去請洪大夫和黃太醫了！」前來報信的小太監聲音裡透著惶恐。

她放下茶杯，汗津津的手扶著秦嬤嬤站起身：「我先過去看看！」

「大嫂，我也去！」二夫人劉氏也忙跟著站起身，手死死揪著帕子。

五夫人齊氏也將自己手中的八姑娘遞給了貼身嬤嬤：「我也去瞧瞧！」

董氏擔心白卿言心切，也沒有攔著……扶著秦嬤嬤的手拎著裙裾下擺就往外走，二夫人、三夫人和四夫人、五夫人紛紛跟上。

蕭容衍顧不上自己鮮血直往外冒的手臂，將白卿言擱在軟榻之上，鮮血淋漓的手去摸白卿言頸脖處的脈膊，能感覺到白卿言的脈膊強勁有力，但是……太快了！

難道是……中毒?!蕭容衍記得皇兄發病時，脈膊便極快！

白卿瑜轉頭吩咐：「將窗戶都打開！快！」一回頭，白卿瑜見蕭容衍伸手去解白卿言的衣領，白卿瑜一把扣住蕭容衍的手腕，眸色陰沉。

「我這是在救人，不是輕薄！」蕭容衍一把甩開略有遲疑的白卿瑜，動作迅速忍著疼痛，稍微將白卿言的領口解開。

春桃跪在軟榻旁幫不上忙，正不知如何是好，猛然就看到了白卿言後衣領上的鮮血，春桃嚇得一下哭出聲來，驚慌失措抱住白卿言的雙腿：「血！大姑娘後頸脖上全都是血！大姑娘！大姑娘……這可怎麼辦！」春桃轉頭哭著朝門口方向看去，又回頭看向白卿言，無措地哭喊：「洪大夫！洪大夫怎麼還沒有來！洪大夫救命啊！快來救命啊！」

「阿寶！阿寶！」蕭容衍低聲喚著白卿言，只恨自己為何不懂醫術。

洪大夫一把老骨頭趴在禁軍的背上，一路急奔衝到偏殿，下了氣喘吁吁的禁軍脊背就往裡衝。

春桃看到洪大夫，哭著爬起來往前奔了兩步，跪下哭喊：「洪大夫快救救大姑娘啊！」

一看到洪大夫，白卿瑜眼眶都紅了，恨不能快兩步衝過去將洪大夫抬到阿姐面前。

見洪大夫來了，蕭容衍這才起身從軟榻旁讓開，同洪大夫道：「脈膊極快，與我兄長中毒時情況相似！可未曾吐血！」

「大姑娘後頸脖都是血！洪大夫……」春桃壓抑著哭聲說著。

這話將面色凝重的洪大夫嚇了一跳，他踩著踏腳，將白卿言的頭側過去檢查，白卿言腦後有血，但並非是白卿言受了傷，洪大夫視線落在蕭容衍正向下滴答著血，微微發顫的手，便明白是怎麼回事兒，吩咐跟在他身後的小銀霜：「去給這位蕭先生包紮傷口。」

說完，洪大夫直接在踏腳上坐下為白卿言診脈。

蕭容衍將受傷的手挪到身後，眉頭緊皺：「還請洪大夫先為大姑娘診脈。」

銀霜死死拽著藥箱的背帶，一動不動，她懷裡鼓鼓囊囊的還揣著好吃的點心，剛才聽說要來見大姑娘她還給大姑娘帶了好吃的點心呢，大姑娘怎麼就一動不動的躺在那裡了？

「大姑娘……」銀霜低聲呢喃著從胸前將點心拿出來，走到床邊，展開油皮紙，喊白卿言，「大姑娘……吃！好吃！」

「去給蕭先生包紮傷口，老頭子說話不好使了?!」洪大夫凶了銀霜一句。

銀霜將點心放在白卿言的枕邊，這才應了一聲，轉過頭上下打量了這蕭先生一眼：「包紮傷口！」

洪大夫摸著白卿言的脈象，一直沒有吭聲，能清楚感覺到白卿言脈膊的速度緩緩在降低……趨向平穩。

春桃跪在一旁，哭都不敢哭出聲，怕影響了洪大夫。

不多時黃太醫也到了，黃太醫見洪大夫已經在給白卿言診脈，接替了粗手粗腳的銀霜替蕭容衍包紮傷口。

許是洪大夫診脈的時間過久，白卿瑜焦急不已，問道：「洪大夫……」

洪大夫抬手，示意周圍的人不要出聲。

大殿內寂靜無聲，已經止住血的蕭容衍見洪大夫滿是溝壑褐色斑痕手搭在白卿言的手腕兒上一直未動，向黃太醫道謝後……便從黃太醫手中接過紗布自己隨意纏了兩圈，起身走了過去。

誰知還未靠近，就見洪大夫陡然抬眼，轉頭朝他看來，眼神不善，帶著幾分凶惡之意。

蕭容衍腳下步子一頓，又朝著洪大夫走去：「大姑娘這是怎麼了?是不是中毒？」

不等洪大夫發火，就聽白家二夫人劉氏的聲音從偏殿外傳來：「阿寶怎麼樣了?!洪大夫可到了？」

白卿瑜手心一緊，轉頭瞧見母親董氏扶著秦嬤嬤的手跨進大殿，負在背後的手收緊。

偏殿內的宮婢太監跪了一地。

「怎麼回事兒?!」董氏進門，視線落在跪於一旁的春桃身上問。

春桃這會兒難受的跟剜心似的，哭著說：「奴婢在殿外守著，不知道是怎麼回事兒！早知道……早知道會出事，奴婢死都不會離開大姑娘半步！」

身上帶血的蕭容衍怕董氏不明情況更擔憂，便鄭重朝董氏長揖行禮：「大姑娘正與容衍……還有戎狄鬼面王爺說話，突然就倒下了，還請大夫人……太后勿憂，洪大夫已經在給大姑娘診脈了。」

洪大夫深深看了蕭容衍一眼，起身朝著董氏長揖一禮，道：「大夫人放心，大姑娘已經沒有什麼大礙了，不過……」

「不過?!」一直不停撥動佛珠的四夫人王氏手一頓，緊緊攥住佛珠，「不過什麼?!」

洪大夫咬牙切齒朝著蕭容衍看了眼，再次長揖後道：「大夫人，借一步說話。」

蕭容衍手心收緊，不明白洪大夫為何突然似對他恨之入骨一般。

董氏心提到了嗓子眼兒，點頭與洪大夫走到大殿一角立著三十二頭纏枝燈的角落，洪大夫才道：「大夫人，大姑娘……是有孕了。」

董氏睜大了眼，震驚望著洪大夫，腦子嗡嗡直響，下意識朝著蕭容衍看去，見衣袖被鮮血染紅大半……受傷纏著紗布的蕭容衍正俯身給白卿言蓋薄被，又沉住氣問洪大夫：「可是，不是說阿寶那個身子，子嗣……」

「子嗣艱難，但不代表沒有可能，更何況……大姑娘的寒症其實已經好了。」洪大夫表情凝重，「但，大姑娘的身子如今還不太適合孕育，加上一直未曾休息好，操勞過度的原因，這才會心悸暈厥。」

「可……可會有危險？」董氏嗓子一陣陣發緊，名節什麼的董氏可以不在意，阿寶現在已經是大周女帝，多少人盼著阿寶立皇夫，誕下子嗣，但她不能不在意阿寶的身子！

自古以來女子懷孕就如同一腳踏入鬼門關，更何況她的阿寶身子早年受傷，洪大夫又說不適合孕育，她這個做娘的如何能不憂心。

這個殺千刀的蕭容衍，若非他曾對白家有恩，董氏真怕自己會忍不住現在就讓禁軍把他丟出去！董氏拳頭緊緊攥著，回頭瞧見幾位弟妹正眼巴巴望著她，滿目的擔憂，董氏硬是讓自己忍下情緒，同洪大夫道：「此事，先不要張揚。」

「老夫明白輕重。」洪大夫頷首。

董氏長長呼了一口氣，抬腳朝著白家幾位夫人的方向走去，道：「洪大夫說，阿寶無事……不過是這段日子操勞過度，睡一覺就好了，你們都別守在這裡，先回去吧！等阿寶醒了……我派人告知你們，五弟妹……快回去照顧小八吧！」

「可……」三夫人李氏正要開口，就被五夫人齊氏一把拉住。

五夫人齊氏何其聰明，若是阿寶真的是操勞過度，洪大夫何須借一步說話，想來大嫂是要將她們先行支開有話要說，隨後大嫂定然會和她們通氣兒的，不急在這一時。

「大嫂說的是，我們這麼多人杵在這裡也沒什麼用處，大嫂先照顧阿寶，若是需要……遣人來告訴我們一聲。」五夫人齊氏朝董氏行禮。

目送幾位夫人離開，董氏又看向自家兒子白卿瑜，外人在……她不能表現的太過明顯，便對白卿瑜說：「王爺，陛下已經無事，王爺還是早些回驛館歇息，今日讓王爺受驚了。」

白卿瑜負在背後的拳頭緊緊攥著，朝董氏行禮：「如此，本王便先告退了！」

董氏頷首，依依不捨目送兒子離開，臉色頓時沉了下來，看向蕭容衍。

蕭容衍立在軟榻旁，瞧著董氏看向他的目光，便知道董氏有話要同他說。

「魏忠……我有話要同這位蕭先生說，你將所有人都帶出去，洪大夫留下便是了！」董氏冷肅開口，威嚴十足盯著蕭容衍。

蕭容衍手心微微收緊，恭敬退到一旁，做出晚輩……悉聽長輩教誨的姿態。

董氏咬著牙走至白卿言軟榻旁坐下，摸了摸白卿言的額頭，替白卿言蓋好被子，眼睛一下便被霧氣模糊了。以前因為阿寶子嗣艱難的事情，她不知道在背後偷偷掉了多少眼淚，如今阿寶有孕了……董氏又憂心不已。

萬一因為此次有孕，讓阿寶有一個萬一，董氏寧願阿寶這一輩子都沒有孩子！

董氏想著淚水就忍不住掉了下來，她用手背抹去，滿目憤恨看向蕭容衍：「你何時……同阿寶有了夫妻之實？」

蕭容衍瞳仁一顫，目光落在白卿言蒼白的臉上，想到剛才洪大夫的反應，和此刻白卿言母親的反應，蕭容衍心中隱隱生了一個念頭。

不見蕭容衍回答，董氏咬緊了牙，再也忍不住，拎著裙擺上前揚手就給了蕭容衍一個耳光，打得蕭容衍半張臉火辣辣的疼。

董氏眼淚如同斷線，咬著牙怒問：「什麼時候?!」

蕭容衍喉頭翻滾，幾乎是電光石火的一瞬便什麼都明白了。他後退一步，撩開直裰下擺在董氏面前跪了下來，對董氏鄭重叩首：「今日，原本衍是要親自前往太后宮中，與太后坦誠，蕭容衍……本名慕容衍，是大燕九王爺，燕國先帝慕容彧的胞弟！」

董氏睜大了眼，陡然覺得眼前的男人陌生了起來。

「慕容衍……初見大姑娘是在蜀國皇宮，對大姑娘十分欣賞，而後……大姑娘帶著大都白家絕處求生之餘，更不忘白家世代人為之奮鬥的志向，心生敬佩。大姑娘早便知道慕容衍的身分，卻未曾揭發，曾言……俠之小者，拔刀助弱，俠之大者，匡救萬民，大姑娘以為慕容衍能匡救萬民。」蕭容衍眼眶發紅，一字一句皆發自肺腑，「慕容衍敬佩之餘更是心生傾慕之情，此生……非大姑娘堅決不娶妻！」

慕容衍再抬頭，眼底已有熱淚：「慕容衍與大姑娘兩情相悅，於慕容衍而言……大姑娘便是我的妻，此生……唯一！還請……夫人成全！」

董氏聽完慕容衍的話，腳下步子踉蹌一退，跌坐在軟榻上：「你說……你是大燕九王爺，阿寶……也知道你是大燕九王爺！」

慕容衍望著董氏，頷首之後，又向董氏叩首：「還請大夫人成全。」

洪大夫亦是一臉意外，他知道這位蕭先生不簡單，更是知道這位蕭先生同大燕關係密切，甚至猜到蕭容衍是燕國派往魏國的細作……

可萬萬沒想到，他竟然是慕容彧的胞弟，是那位……手段毒辣的大燕九王爺。

董氏坐在白卿言身旁，望著態度誠懇請求她成全的慕容衍，帶著滿腔的怒火問：「你想讓我怎麼成全？讓阿寶……帶著大周嫁於你？還是……你離開燕國，與我阿寶在一起？」

慕容衍半晌未曾開口，反倒是董氏先說：「你說你非阿寶不娶，然……大燕幼主登基，你是大燕的攝政王，讓你放下燕國同我阿寶在一起，丟下你的侄子不管，你能做到嗎？」

「阿寶現在是大周的女帝，有雄心壯志想要富強大周百姓，她不可能捨棄大周，你告訴我……你們兩個人這樣的身分，現如今大周和燕國的局面怎麼在一起？」董氏心中悶疼。

若是兄長還在，慕容衍為了白卿言，為了白卿言腹中的孩子……定然會選守在白卿言身邊。

可阿瀝還小，他得扶著阿瀝前行，直到燕國一統，完成母親和兄長的遺願。

但如今，他更放不下如今懷有身孕的白卿言。

「衍……」慕容衍喉頭翻滾，對白卿言的情是真，此生非白卿言不娶是真，想與白卿言廝守更是真，然，如今這樣的身分……如今這樣的局面，他該怎麼做才能兩全？

他所傾慕的白卿言，並非普通女子，她心志不輸男子，她有自己的理想和抱負……

阿瀝年幼，燕國離不開他！

可阿寶有孕在身，身為人夫、人父他不能陪在阿寶和孩子身邊，又怎麼可以?!

更別說阿寶這身子本就弱……

「阿寶身子一向羸弱，現在的這個身子未曾恢復好不說，整日操勞，本不適合孕育，可你們……」董氏抿住唇不想說那些於事無補事後抱怨的話，眼下最重要的還是如何去解決這個問題，「外面都在傳你和阿寶有婚約，阿寶在國宴之上也未曾否認，如此……你便以蕭容衍的身分同阿寶成親，隨後回你的燕國去，阿寶腹中這個孩子不管能不能生下來，都和你慕容衍無關，是我們白家的孩子！」

大周女帝初立，後宮的制度章程也未曾定下來，此時這個狀況，後宮制度參照西涼便好，皇夫除了大節慶一般不輕易露面。「只是，你蕭容衍的身分既然成為了大周皇夫，便不能再用蕭容衍的身分四處行走招搖撞騙，蕭容衍此人要徹底消失在這個世上！」董氏餘怒未息，說話自然不好聽，「如此，便也算是兩全了。」

皇夫的位置定下來，朝中大臣也就不會再想著法子給阿寶送青年才俊的畫像，逼著阿寶選皇夫，如此應付這些過於熱心的朝臣……比如董氏的兄長董清平，阿寶也能輕鬆許多。

可蕭容衍關心的並非是身分，或是這個孩子的歸屬，蕭容衍更在意白卿言的身體狀況，他早已說過，他是求妻而非求子，他怕白卿言的身子受不住。

洪大夫拳頭緊緊握著，想著白卿言的脈象一顆心就七上八下的，若是按照洪大夫來看……這個孩子來的不是時候，不應該要，隨著孩子月份越來越大，對白卿言自身消耗也會越來越大，若是身體強健的女子自然是無恙，可白卿言這身子……

董氏眼含熱淚，咬牙看著蕭容衍之時，餘光見白卿言動了動似乎要轉醒，忙用帕子擦去眼淚，轉頭朝白卿言看去，替白卿言掖了掖被角，瞧見女兒眼睫顫了顫似乎要轉醒，董氏忍住眼淚，唇角勾起淺淺的笑意，摸著白卿言的小臉和腦袋，滿目的憐愛。

白卿言緩緩睜開眼，模糊的視線緩緩變得清晰，她先是瞧見高几上琉璃罩子裡搖曳的燭火，又聽到阿娘低聲喚她的名字，這才看清楚眼前眼眶發紅輕輕撫著她面頰的阿娘。

聽到白卿言醒了，蕭容衍想要上前，可瞧著董氏的模樣，蕭容衍鬆了一口氣，跪在原地未曾挪動。

她抬手……輕輕將手心覆在阿娘手背上，孩子氣的臉在阿娘手心裡蹭了蹭，低聲叫她：「阿娘……」

「哎！阿娘在呢！」董氏低低應聲，忍著聲音裡的哽咽道，「你可嚇死阿娘和幾位嬸嬸了！

讓你好好休息就是不聽，那國事千頭萬緒的靠你一個人能做得完嗎?!」

怕董氏擔憂，白卿言避重就輕，未曾同董氏說自己失去意識前的不舒坦，只道：「讓阿娘擔憂了，我睡了一覺，已經好多了，阿娘勿憂。」

洪大夫也上前，就坐在剛才的踏腳上，給白卿言診脈，眉心緊緊皺著。

白卿言餘光看到跪在一旁的蕭容衍，心中疑惑的同時……也明白蕭容衍大燕九王爺的身分阿娘或許已經知道。原本，白卿言是想找個機會同阿娘說這件事的，可是大周初立百廢待興，國事朝政千頭萬緒，白卿言分身乏術，一直沒有得空同阿娘說。

「脈象暫時平穩……」洪大夫抬眸看著白卿言，將餘下的話咽了回去，起身走至一旁，似乎不願多言。

「洪大夫別生氣，往後我一定會注意休息。」白卿言撐起身子，董氏忙在白卿言的背後墊了一個隱囊。

她看了眼蕭容衍，心裡清楚約莫阿娘已經知道了，便握著董氏的手問：「阿娘，怎麼讓阿衍跪著？」

「阿寶，你感覺好些了沒有？」蕭容衍低聲問，可礙於董氏不敢上前，老老實實跪著。

聽到白卿言稱呼慕容衍「阿衍」，董氏氣得差點兒忍不住，克制著情緒問她：「你知道你有孕了嗎？」

白卿言面露錯愕。

洪大夫清了清嗓子，道：「的確是有孕了，雖然月份還小，可這喜脈……我還不至於摸錯。」

白卿言從未想過自己這輩子能有孩子，她當初受傷，就連洪大夫都說能撿回一條命已經是萬幸，子嗣方面怕是緣分淺薄。她一直以為，子嗣緣分淺薄不過是洪大夫一種委婉的說法，可誰能想到……她不過和蕭容衍有了一次夫妻之實，便有了孩子。

這……她從未想過。白卿言手覆在小腹上，這種感覺非常的奇妙，她腹中有一個全新的小生命，是她和蕭容衍的孩子。

她轉而朝蕭容衍望去……

看到蕭容衍深邃的眸子裡滿是擔憂，覆在小腹上的手又不自覺收緊，她是真的沒想過自己這輩子能有孩子，更沒想到這個孩子會來的如此不是時候。

燕國和大周因為兩國的治國理念和方針國策不同，而不能相容，將來勢必要有一戰，甚至如今就要為兩國來日之戰做準備。

而她身為大周女帝，卻和燕國的攝政王有了孩子，想來此刻的蕭容衍應該陷入了兩難之中。

「如今雖說白家已經不似曾經那般危如累卵，而你也已經登基為帝，可登基為帝之後不是你能肆意妄為之時，你應當更加克己復禮，為大周萬民做表率。」董氏心中怒氣陡增，定定望著女兒，語速又急又快，「涇溪石險人兢慎，終歲不聞傾覆人。卻是平流無石處，時時聞說有沉淪！滿則慮嗛，平則慮險，安則慮危！居高思危，盛滿戒溢！君子以思患而豫防之……可你呢?!你可有做到！」

「如今你以女子之身登基為帝，有多少人不服氣，多少人正眼巴巴的盯著你的小辮子，你倒好……還未成親先有身孕，這要是傳出去，不知會有多少心懷叵測之人以此做文章，設法將你從這高位上拉下去！」董氏因為生氣，語聲極高，「倘若你被拉下來了，你可對得起誓死追隨你的白家軍？對得起擁護你的百姓？如此……你所設想的那個大周還能否到來？白家數代人的志向還能否實現?你的抱負……你的壯志,又如何去實現?你可有想過?!」

訓完白卿言,董氏的眼淚吧嗒吧嗒往下掉。

白卿言抿唇,心中慚愧,自知此次是她情難自已,未曾約束好自己的後果。

「更何況你選的這個男人,還是大燕的九王爺……」董氏心口起伏劇烈,「這讓大周上下如何想?不但會動搖支持你的軍心,更會動搖朝廷和百姓!」

蕭容衍緊緊攥著身側的衣裳,明白他的情動不能自持,的確是給白卿言帶來了極大的麻煩。

「你如今選擇走這一條路,不僅僅只是你一個人在走,我們白家上下都跟著你走!阿娘的母家董家……還有你四位嬸嬸的母家都在跟著你走,每一個人都在拼盡全力的支持你!再往大了說……大周的百姓都在跟著你身後走!阿寶……你如今不是你一個人!」董氏眼眶發紅,用力握住女兒的手,「你是大周萬民的皇帝!是他們的王!但凡坐上了這個位置……便為所欲為的,那是昏君!」

董氏說到這裡,已經哽咽難語,淚流滿面:「阿娘希望能看到你祖父、你父親和你曾經描述的那個太平山河,阿娘不希望你因為一時不慎,捲入與陰險小人爭鬥的漩渦之中,你不該被這樣的事情拖累了腳步!你的心智該用於更廣袤的地方!所以……才更要謹言慎行,嚴於律己!」

從登上帝位之後,白卿言的確是有些失了曾經白家危在旦夕之時的謹慎,或許因為境況不同,所以白卿言的心態也發生了連她自己都未曾察覺的變化,從以前手中全無籌碼,她走得小心翼翼如履薄冰,到後來……手握兵權,再到如今登上帝位,白卿言背後的力量越大,做事便越來越遊刃有餘,隨之而來的便是警惕心的放鬆。

居安思危這四個字,是白卿言懈怠了。她手心收緊,掀開薄被,鄭重跪於董氏面前,叩首:「阿娘教訓的是，阿寶知錯了！往後定當惕厲自省。」

蕭容衍望著語速又快又穩訓斥白卿言的董氏，靜靜跪在那裡望著董氏，心中不知為何生出酸澀之感。蕭容衍記憶中的母親已經離他很遠很遠，甚至腦海裡只剩下一個模糊的輪廓，看著董氏訓斥白卿言的畫面，他心中很是豔羨。

他視線落在白卿言的背影之上，不得不承認董氏說得極對，是他沒有克制住自己，才給白卿言帶來了極大的麻煩。他承認，他也是抱了僥倖的心理，以為……他和白卿言此生不會有孩子，這才過分放肆。

董氏閉了閉眼，看著女兒還未恢復血色的小臉，心疼的將女兒扶起來：「好了！好了！現在不是一個訓斥一個認錯的時候，幸而洪大夫發現的早，為今之計……便是讓你同與我白家有恩的天下第一義商蕭容衍成親，讓蕭容衍成為你的皇夫，如此也算是給孩子一個名正言順！」

扶起女兒將話說完，董氏又看向還跪在地上的蕭容衍：「你若是能放下燕國為阿寶和阿寶腹中的孩子著想，那便讓大燕九王爺『病逝』，自此……你好生生做阿寶的皇夫！不要插手朝政！若是你放不下燕國，那便以蕭容衍的身分與阿寶成親，往後找個機會讓『皇夫』病逝，從此這孩子就是我們白家的孩子，與你再無瓜葛。」

蕭容衍手心收緊，心口如同被壓著千斤重的石頭……

一面是阿寶和孩子，一面是燕國，是母親和皇兄的志向和託付。而以大燕九王爺慕容衍的身分，同白卿言這位大周女帝成親的確是萬萬不能的，怕是大周朝臣都不能同意。

「阿娘，此事說來是女兒的錯，阿娘不要怪阿衍……」白卿言握著董氏的手。

董氏用力握住白卿言的手，用眼神警告白卿言不要說話，董氏要看的……是蕭容衍的態度。

蕭容衍亦是對白卿言搖了搖頭，他鄭重朝董氏叩首，開口道：「白夫人，如今大燕幼主登基，我兄長臨去之前將大燕託付於衍，衍不敢懈怠，更從未忘記過母親和兄長一統天下之志！」

「皇兄之子阿瀝雖然早慧，可到底年幼，再者……燕國內政不穩，而大業未成，衍……不敢辜負母親和兄長，不敢辜負同燕國一同苦出來的百姓！」

曾經為建新軍，為了給他湊去他國周旋的資本，燕國舉國上下捐了家中能捐之物，百姓與皇室每日一餐省銀子。

蕭容衍還記得燕國的一位瘸腿老翁，衣衫襤褸，將剛拿到手……兒子戰死的撫恤金送到捐物處，兄長扶住那老翁，讓那老翁將銀子拿回去，可老翁卻說，雖然未曾讀過書，也知匹夫有責這句話，他是燕人……不能眼睜睜看著燕國沒了，他攥著兄長的手……囑咐兄長，一定要帶領燕國重現輝煌，如此他們這些燕人才能死的瞑目，那時……蕭容衍就在兄長身旁。

蕭容衍語聲誠懇，抬眸望著董氏：「而阿寶……對衍來說，亦是畢生所求，堅決無法放手！如今阿寶有孕……衍不論是為人夫還是為人父，都不能對不起阿寶和孩子！」

曾經蕭容衍有那麼一個父親，辜負了他的母親，他雖然從未想過自己會遇到阿寶，也從未想過自己會有孩子，可在遇到阿寶之時……他便告誡自己，絕對不能對不起自己的妻，而如今阿寶有孕……他更是要做一個好父親！

「魚和熊掌不可兼得，若要選擇阿寶和孩子，就要捨棄大燕！若要大燕，從今往後阿寶和孩子便與你沒有任何干係，孩子的父親是天下第一義商蕭容衍，在和大周女帝成親後不久就病逝，從此……你再也不許出現在我阿寶和孩子面前！」董氏的意思很明確，若是蕭容衍選了燕國，這個孩子永遠都不會知道父親是誰。

「阿娘，我有我的志向和抱負，阿衍……也有他的志向和抱負，我不能以孩子為籌碼捆住他的手腳，我之所以傾慕他，便是因為他的抱負他的志向，和他敢為此努力的魄力！」白卿言轉而看向蕭容衍，「若是將他捆在我的身邊，讓他只做一個圍著我轉的男人，慕容衍……便不再是我傾慕的慕容衍了！」

蕭容衍深邃的眸子，望著坐於軟榻上靜靜瞧著他的女人，心中暖流翻湧，愧疚猶如大網將他籠罩其中。

「大燕先帝慕容彧曾經替姬后將留給兒媳的寶物送給了我，我也……敬了大燕先帝茶，喚了大燕先帝兄長，對阿寶來說……喚燕帝兄長之時，阿衍便已經是我的丈夫了。」

聽著白卿言不急不緩的清亮嗓音，蕭容衍閉了閉酸脹的眸子，想起兄長臨去之前答應了他……要替他來白家求親之事。

「我和阿衍有過君子之約，將來天下一統……若是燕得天下，我便嫁於他為妻，若大周得天下……他便入贅為白家婿，有過……遇大事國事不論私情之約。」白卿言對蕭容衍露出淺淺的笑意，轉而又看向自己的阿娘，「阿娘，女兒頭一次傾慕一個人，在情愛方面懂的不多，不論是以前還是現在女兒總把更多的心思用在白家，用在大周之上！女兒也不知自己想的對不對，可……女兒看著阿娘和爹爹的感情，總覺得真正的傾慕和愛，不應該是以愛的名義，斬斷他的志向和翅膀！就像阿娘即便是多不捨，都會送爹爹上戰場是一樣的。」

蕭容衍深沉的眸底情愫湧動，紅了眼眶，得妻如此……夫復何求！

董氏心疼的看著自己的女兒……

白卿言眼眶發紅：「女兒很高興有阿衍這麼一位愛侶，他理解女兒的志向，未曾以相愛為名逼著女兒非要嫁於他！女兒也理解他的，不願以愛和孩子為理由逼他非要二選其一，我們相知，又都將彼此視為可以相互較量的對手！」

她看著母親逐漸鬆動的眼神，又朝著蕭容衍望去：「而且，如今大燕和大周以兩種相似……卻又不甚相同的理念國策去治理，女兒也很想知道，來日到底是大周的國策更勝一籌，還是大燕的治國手段更符合這個世代！那個時候也就能看出……到底是哪一國的方略對百姓更有利！」

「可你……」董氏看向白卿言的腹部，心口絞疼。

「阿娘，我承認這個孩子來的不是時候，也承認此次是女兒失了往日的謹慎，可孩子既然來了，女兒必會好好護著，來日生下之後……即便是沒有父親在孩子身邊，阿寶也定會悉心教導，等燕國和大周已經分出勝負之時，便是阿衍……以真正的身分走到我們身邊之日。」

那個時候，不管是皇夫，還是王爺……都不重要，慕容衍便只是她的夫君，她孩子的父親。

白卿言今日所言，皆是真心話，正如她從前所言……願與蕭容衍共同逐鹿，看誰能問鼎中原。她也相信，最終能取得天下的強國，定然是民強、兵強、國強，哪怕大周最後要與大燕在兵將之上做較量，那麼……勝出的那國，國策定然亦是勝出一籌！

蕭容衍望著董氏，微微挪動方向，朝著董氏行大禮，叩首：「阿衍斗膽，喚夫人一聲母親，請母親信我，天下大定，不論大周、大燕誰一統山河，阿衍定會守在阿寶和孩子身邊，護他們一世周全！如今阿衍懇請母親成全……讓阿衍同阿寶成親，給我們未來孩子一個名正言順！在完成大業之前，阿衍也必會竭力用更多的時間陪在阿寶和孩子身邊。」

說罷，蕭容衍叩首，董氏此時已經是滿眼淚水。

事情都到了這一步，她不同意又能如何……

阿寶是真的愛慕這位大燕九王爺慕容衍，好在……這大燕九王爺並未說出讓阿寶隨他去燕國，或是讓阿寶帶著大周併入燕國之語，董氏閉了閉眼，想起白岐山來。

最初成親之時，她是真的不想白岐山奔赴九死一生的戰場，可白岐山同她講過他的夢想，白家數代人薪火相傳的志向，和白家軍建立的初衷，所以……她哪怕再不捨，也送他去了戰場，同他許諾……他守百姓，她守白家！

董氏長長呼出一口氣，忍住心頭的怒氣，抽出帕子沾了沾淚水，沒好語氣道：「既然如此，那便擇日成親吧！以蕭容衍的身分，隨後便是皇夫病逝，等什麼時候天下一統，你再用慕容衍的身分回到阿寶和孩子身邊，但蕭容衍的身分是決計不能再用！」

「阿衍，多謝母親！」能得到董氏的同意蕭容衍感激涕零，他再次叩首，「母親，能否讓阿衍同阿寶說幾句話。」

董氏看了眼女兒，又看了眼還跪在地上的蕭容衍，將帕子收起來，道：「你們如今到底還未成婚，不要單獨相處太久，一會兒我便吩咐人傳司徒董大人入宮，商量著著手準備此事，至於蕭家的親族……大燕弄出來的假身分，大燕來想法子！」

蕭容衍忙朝董氏叩首：「母親放心！」

董氏起身甩袖離開。

蕭容衍挺直腰脊，跪地恭送董氏，直到董氏跨出門檻，蕭容衍這才拎著衣擺起身，見洪大夫歎息一聲，亦是要走，蕭容衍忙朝洪大夫長揖一禮：「洪大夫，不知道阿寶此時孕育孩子，對阿寶的身子可有什麼大的影響？」

洪大夫聽到蕭容衍如此問還算關心白卿言，心裡總算是痛快一些了，道：「影響自然是有的，別說是我們大姑娘早年本就身體孱弱，就是身體強健的女子有孕，都會有影響。」

「洪大夫……」蕭容衍朝洪大夫再次鄭重一拜，「敢問，是否會危及阿寶？」

「危及倒不至於，只是如今大周新朝初立百廢待興，我們大姑娘有多忙有目共睹，這孩子……若是按照大姑娘此等勞累程度，必會加重大姑娘身體負擔。」洪大夫眉頭緊皺，看向正望著他的白卿言。這孩子真的是洪大夫的意料之外，哪怕白卿言的寒症已經有所好轉，可在洪大夫看來白卿言這輩子是很難有孕的，若是不要這個孩子，說不準白卿言這輩子都不能再有孕了。

且落胎的藥物大多猛烈且都極寒，大姑娘的寒症才剛剛好轉……一副藥下去，孩子沒了，大姑娘的身子也沒了。洪大夫也陷入了兩難之中，若大姑娘身體強健，什麼都好說，問題就在於大姑娘身子本就不好。

蕭容衍聽到這裡，身側拳頭緊握，垂眸猶豫片刻，對洪大夫再拜：「洪大夫，衍不能時時陪在阿寶身邊，若是此次阿寶能順利孕育這孩子便好，若是傷害到阿寶……請洪大夫務必以阿寶為先！」

白卿言覆在小腹的手輕輕收緊。

洪大夫看著蕭容衍，不知為何陡然想起秦朗來，記得他頭一次聽到孩子和妻室之間……讓以妻室為先是秦朗同他說的，那時二姑娘早產，胎位不正，秦朗拉住他請他不論如何以二姑娘為先。

洪大夫此刻瞧著蕭容衍順眼了不少，他點了點頭：「這是自然！」

蕭容衍恭敬長揖送洪大夫出了殿門，轉身眼眶發紅看向白卿言。

「阿寶……」蕭容衍緩緩走至白卿言面前，單膝跪在踏腳上，握住白卿言的手輕輕一吻，又抬手扣住白卿言的後頸脖，和她額頭相抵，閉著眼哽咽道歉，「對不起！對不起……」

「即便沒有你陪在身邊，我也會照顧好自己，你不必覺得有歉意，我們都有太多的事情要做，沒有時間傷春悲秋。」白卿言垂眸看向小腹，「孩子來了，不管是不是時候，我都會對孩子負責，這也是我自己一時沒有能克制住的後果，我總要為自己過錯承擔。」

她抬頭定定望著蕭容衍，語聲平靜而認真：「不亂於心，不困於情，不畏將來，不念過往。阿衍……你我要走的路還很長，如今天下並非已只剩大周、大燕兩國，我說過……西涼女帝絕不能輕視。」

而更重要的，是大燕被與戎狄的盟約捆住手腳不能動西涼，這是大周騰出手腳對西涼出手的好時機，這也就是為什麼阿瑜至今未曾帶著戎狄併入大周的原因。

白卿言現在等的……是白卿琦平安將白錦桐帶離西涼，便要向西涼下刀，為復仇……亦是為天下一統。白卿言將白家軍的調度之權全部交給白卿琦，便是希望……白卿琦和白錦桐一越過西涼和大周邊境便開始為來日之戰做準備。

如今白卿言坐於大周，等的……是小四回來，等的……是白錦繡在韓城能順利將新法推行下去。只要新法推行順利，國家朝政一切按照法度運行，即便是她這位女帝不在，一國依舊能夠正常運轉。

二月初二，是白卿言曾困住雲破行，又放走雲破行的日子，也是白卿言定下正式與西涼開戰的日子，一天都不能晚。所以，白卿言給自己定下將新法完全推行，使新法在大周國運轉起來的日子，便是明年二月初二之前。

三年之約一到……白家現存於世的子嗣，都會奔赴南疆戰場，兌現……白卿言曾經許諾白家軍，帶他們報仇雪恨的承諾。

曾經迫於各方壓力，白卿言選擇留下雲破行，為白家軍和白家爭一條生路。

而今，她要堂堂正正在戰場上，向雲破行復仇。

蕭容衍望著眸色堅韌的白卿言，那一瞬甚至覺得白卿言的內心要比他更為強大，許是白家對自家子嗣的教養不同於尋常人家，更不同於帝王之家的緣由。

蕭容衍環抱住白卿言的細腰：「等天下一統之後，不論是大周、燕國、西涼，誰最後得天下，我都放下權力，入贅白家，白家家風浩然，我很是豔羨敬佩，希望我們的孩子不論男女都能如阿寶一般，承襲白家風骨，成為頂天立地之人。」

白卿言聽到蕭容衍這話，眉目間染上淺淺的笑意：「君子一諾……」

「絕不反悔！」蕭容衍鄭重道。

董氏和洪大夫立在大殿門口商議此事，董氏的意思辛苦洪大夫之後的日子裡，就在白卿言附近居住，有備無患，以免再次發生此次的事情，讓人措手不及。

聽到偏殿門緩緩打開，董氏和洪大夫回頭，見蕭容衍緊張兮兮扶著白卿言走了出來，董氏立時收起剛才對洪大夫商量對外説辭時平和恭敬的容色，繃著臉看向白卿言和蕭容衍。

蕭容衍看到董氏鬆開白卿言，再次朝董氏跪地一拜，道：「母親，阿衍與阿寶已經商議妥當，對外就稱……蕭容衍病重，命不久矣，阿寶情重願與蕭容衍成親，如此婚事倉促也就有了合理的解釋，至於病重此事阿衍一定妥當處置，絕不會使阿寶名聲受損半分，今夜蕭容衍便會病重，請黃太醫親自前來診脈，坐實命不久矣之事。」
董氏聽到蕭容衍這話，心裡才算是真的鬆了一口氣，畢竟阿寶是女帝……大婚並非那麼簡單，程序繁複，她還真是很擔心，若是蕭容衍病重一切從簡，日子倉促便都能說得過去。
再者，蕭容衍病重，阿寶依舊願意同蕭容衍成親，對阿寶的名聲還是有好處的。
董氏歎了一口氣，再看自己女兒正笑盈盈望著她，氣得董氏想狠狠揍女兒兩下，礙於這是在大殿外又不能真的對她動手。
董氏清了清嗓子，冷聲道：「如此，便回去準備吧，別出紕漏。」
蕭容衍對董氏叩首：「多謝母親！」
「快走吧……」董氏似是不想再看到蕭容衍一般催促。
「阿衍，告退！」蕭容衍起身，恭敬再拜，回頭深深看了白卿言一眼，這才離開。
「魏忠！」董氏突然反應過來，高聲喚遠處的魏忠，「快去攔住去請董司徒和禮部尚書柳大人的人！」
魏忠正要走，就見白卿言示意魏忠不必著急。
「阿娘！我倒是覺得不必如此，可以讓舅舅和柳大人一同前來商議商議，阿娘著急我的婚事是理所應當的，藉著這一次阿寶勞累過度……阿娘想著阿寶成親了，便能分分心，能好好休息休息，請舅舅和柳大人商議著出一個章程，誰知蕭容衍突然病重……那一切都不顯得刻意。」白卿言說。
她挽住董氏的臂彎：「雖然連舅舅和柳大人都誆了阿寶也過意不去，可……此刻將人召回，緊接著蕭容衍病重，未免太過明顯，聰明人……甚至是別有用心的聰明人或許會瞧出其中玄機，再者……阿娘想辛苦洪大夫在阿寶身旁，也得有個合適的名目，阿寶以為……蕭容衍離世，阿娘擔憂阿寶的身子，是個好理由。」

「你這會兒倒是腦筋清楚了！」董氏心裡還有氣。

「阿娘，阿寶真的知道錯了！今日阿娘點醒了阿寶，日後……阿寶定當謹言慎行，嚴於律己！」白卿言向後退了一步，對董氏長揖行禮。

瞧著女兒這模樣，董氏心裡就算是有再大的氣這會兒也消了大半，她扶起女兒，拉著女兒的手一邊往正殿走，一邊道：「不過，你這是有雙身子的人了，國事再繁忙，還是要好好歇息……」

廊下隨微風搖曳的六角宮燈，晃動的燈影之下，白卿言挽著母親的胳膊，隨母親一同往正殿走，聽著母親細碎的叮嚀，她眼眶微濕。

宮燈黃澄澄的燈光，讓董氏想起她初次懷孕的時候，想起自己的丈夫……

曾經多少個夜晚，白岐山輾轉難眠，背著董氏偷偷抹淚，後悔自己曾經讓女兒跟隨他一同上戰場，又沒有能護好女兒以致女兒此生無法再有子嗣，雖然這個孩子來的不是時候，可董氏還是忍不住想，若是丈夫知道阿寶有孕了，不知會多高興。

當天，董清平和柳如士被請入宮，坐於白卿言和董氏下首，聽董氏提起白卿言大婚之事，讓兩人商定流程，著實讓董清平和柳如士鬆了一口氣。

兩人從大殿之中出來，柳如士笑著同董清平道：「司徒這段日子，可是辛苦了！」

董清平知道柳如士說他到處找青年才俊畫像，張羅白卿言婚事之事，道：「如今陛下登基，多少人都盼望著陛下成親，早日誕下皇嗣。」

「誕下皇嗣……」柳如士拳頭緊了緊，清風掃過柳如士的面頰，他碎髮飛揚，低聲道，「可陛下到底是女子，自古生育都是一腳踏入鬼門關，微臣……難免擔心。」

自從白卿言登基，柳如士看到了朝政清明的局面，看到白卿言的辛勤，甚至十分欣賞在新政之上……白卿言敢於放權的魄力，這樣坦蕩又明智的君王作為朝臣遇到了便是此生之幸事，雖然知道自己這麼想不對，可柳如士真的害怕失去這位君主。

董清平望著柳如士唇瓣微張，他明白柳如士在想什麼，作為朝臣……能遇到白卿言這樣的君主，是此生大幸……

「現在想這麼多還早，畢竟……陛下的身子大都城的人大都知道，皇嗣……也只是我們的期盼，能不能有還得看天意。」董清平笑著拍了拍柳如士的肩膀，「禮部尚書，陛下大婚之事，還需要靠你規畫出流程。」

見董清平抬腳朝高階之下走去，柳如士微怔瞧著自己曾經的上司，忙撩起官服去追：「太后不是讓大人同下官一同負責嗎？」

「你現在才是禮部尚書，禮部你最大……此事自然是你來負責。」

「話不能這麼說啊！董司徒……您可是陛下的親舅舅！」

董清平和柳如士兩人一個走一個追，爭辯著朝宮外而去。

蕭容衍剛回到驛館，正準備回去同下屬安排今夜病重之事，突然聽到背後傳來腳步聲，他眸色陡涼，腳下步子一頓，反應極快轉身，抬手便攔住了朝他襲來的拳頭，袖口滑出利刃正要朝來人襲去，定睛一看是帶著青面獠牙面具的白卿瑜，蕭容衍忙收住刀勢。

「你……」

蕭容衍話未說完，白卿瑜一拳狠狠打在蕭容衍臉上，打得蕭容衍踉蹌退後，撞在樹幹上。

白卿瑜拳頭緊緊攥著，心口起伏劇烈。

蕭容衍脊背抵著大樹，將匕首收了起來，問：「你真的要在驛館同我大打出手？」

在這裡，白卿瑜可以大打出手，多餘的話卻不能說……

作為鬼面王爺在這裡對蕭容衍動手也並非全無理由，可以說……在大周宮中為各自國家的利益爭執，蕭容衍為大周女帝的未婚夫婿占據優勢，又因為大周女帝暈倒而爭執之事不了了之，鬼面王爺氣不過在驛館對蕭容衍動手，合情合理。

想到此處，白卿瑜未曾遲疑再度向蕭容衍出手，白卿瑜拳頭砸在樹上，樹葉嘩啦啦往下掉，紛紛揚揚落進映著半圓皎月和銀白月輝的水面，激起無數明暗交錯的清淺漣漪。

剛剛躲開白卿瑜拳頭的蕭容衍還未站穩，白卿瑜的腿就朝他側臉襲來，蕭容衍餘光見到有人影過來，一把扣住白卿瑜的腿，語速極快道：「蕭容衍今夜便要病重，而後同大周女帝成親，你此時動手讓人看到了，是打算讓蕭容衍的死……和戎狄牽扯上關係嗎？」

怒氣填胸的白卿瑜聽蕭容衍如此說，頓時便明白阿娘和阿姐是要如何處置這件事。

餘光又看到了人，白卿瑜這才收了腿，理了理自己的衣裳下擺。

端著晚膳的僕從對白卿瑜和蕭容衍行禮後，一溜煙從木質拱橋之上通過，不敢逗留。

待到人走遠了，白卿瑜才開口：「你該死！」

「此事是我的錯……」

「你該死！」白卿瑜緊攥的拳頭顫抖著。這一路阿姐走得太難，若這位大燕九王爺真心想同阿姐在一起，禮數齊全，白卿瑜不會說一個不字！可兩國……將來必有一戰，他怎麼敢！

蕭容衍朝著白卿瑜長揖一禮：「我與阿寶已有約定，天下大定必定守在她和孩子身邊！還望……成全。」

白卿瑜緊攥著拳頭靠近蕭容衍，壓低了聲音在蕭容衍耳邊道：「蕭容衍死後，離我阿姐遠些……」說完，阿瑜狠狠撞著蕭容衍的肩頭離開。

蕭容衍望著白卿瑜的背影，明白白卿瑜的憤怒，可當務之急是怎麼讓蕭容衍病重，他未曾逗留，拎起衣裳下擺，朝著燕國使臣居住的院落走去。

「王爺，恕屬下不能贊同王爺之言。」一直假扮大燕九王爺之人驚得起身，一把攥住蕭容衍端起藥碗的手，同蕭容衍道，「王爺幼小離國，好不容易將大燕的情報網絡拉起來，蕭容衍若是有事……」他聲音頓了頓接著道：「蕭容衍同大周女帝成親後，所有網路在大周都無法再用！更別說如今我們在西涼才剛剛打開局面，蕭容衍一死……我們之前鋪排計畫了那麼久，投入了那麼多人力物力的西涼策略，就等於白做，需要從頭再來！畢竟西涼八大家族只認蕭容衍！」

蕭容衍抬眸看著緊緊攥著自己手腕兒的下屬，將他的手掰開，聲音沉著：「本王……這是命令，不是商量！」蕭容衍說完，仰頭將藥一口飲盡。

月拾忙將帕子遞給蕭容衍，悄悄瞧了一眼一直假扮自家主子的下屬，心裡感歎這簡直是個傻孩子……既然都知道主子和大周女帝有情，難道就猜不到大周女帝人家可能早就知道自家主子的身分，人家登基後，難道不會處理？那些鋪子……早就無用了。

蕭容衍接過月拾遞來的帕子擦了擦唇角：「在大周的情報網已經重新開始布置，至於西涼……

就給蕭容衍找一個外甥或是侄子，接替蕭容衍的生意。」

「西涼八大家族會認蕭容衍的侄子嗎？」假扮九王爺的下屬心中不忿，深覺蕭容衍這是為私情誤國。

「這不是你該操心的事情……」蕭容衍將帕子丟在小几之上，「還是……讓你假扮九王爺，你便真的以為你是大燕的攝政王了？」

下屬一驚，忙跪下：「屬下不敢！」

蕭容衍看了眼跪下的下屬，半晌之後才起身走至他面前將他扶起：「本王知道你的忠心，但……凡事本王都有打算，你依計行事便是給本王幫了大忙，可明白？」

下屬瞧著態度已經溫和下來的蕭容衍，眼眶一紅，抱拳道：「屬下記住了！」

就在柳如士連夜召集禮部相關官員，商議要定下女帝和未婚夫婿蕭容衍婚期時，驛館內傳來消息……蕭容衍出宮回去之後突發高熱暈倒。

女帝聞訊，在得知太醫院太醫已經趕往驛館之後坐立不安，又派遣了洪大夫和黃太醫一同前去驛館替蕭容衍診治。

太醫院太醫同洪大夫一同診治，皆說蕭容衍情況不妙，其鄭重聞所未聞。

第二日，蕭容衍高熱退後，人倒是清醒了過來，可脈象卻十分混亂，洪大夫更是斷言蕭容衍怕是撐不過一個月，幾位太醫院太醫亦是跟隨點頭。

消息傳到大周女帝處，大周女帝下旨將蕭容衍接入宮中調養，又招呂太尉、沈司空、董司徒、禮部尚書柳如士入宮，商議儘快與蕭容衍成親之事。

董清平和柳如士都十分意外，昨日太后和陛下才將他們傳入宮中，讓他們去準備陛下成婚之事，怎麼今日就要提前了？

而後，太后董氏才解釋，蕭容衍病重……洪大夫和太醫們束手無策，以為蕭容衍怕是撐不過一月，白卿言想提前成親，也算是沖沖喜，說不定蕭容衍能好起來。

柳如士一怔，自古都是旁人給皇家沖喜的，還頭一次聽說，皇帝成親給未來皇夫沖喜的。

不過，柳如士也是性情中人，倒是很敬佩白卿言的勇氣，率先應了白卿言：「只是陛下，太后所言三日之內，恐怕來不及！光是陛下的禮服和皇夫的禮服，即便是織室所有人不眠不休，怕也趕不出來。」

「一切從簡，容衍的身子拖不起，三日內懇請幾位大人將此事準備妥當。」白卿言對幾位大人一拜，「辛苦幾位大人了。」

呂太尉一行人連忙起身行禮，忙說不敢。

就在昨日還在操心女帝婚事的大臣，陡然聽說女帝要三日內成婚，一個個目瞪口呆，而後聽說女帝此舉是因為蕭容衍的身子怕是不行了，想要沖沖喜，眾臣想起蕭容衍曾對白家有恩之事，紛紛稱讚白卿言知恩圖報。

STORY 080

女帝 卷九

作者　千樺盡落
主編　汪婷婷
編輯協力　謝翠鈺
企劃　鄭家謙
美術設計　卷里工作室　季曉彤

董事長　趙政岷
出版者　時報文化出版企業股份有限公司
108019台北市和平西路三段二四〇號七樓
發行專線——(〇二)二三〇六六八四二
讀者服務專線——〇八〇〇二三一七〇五
(〇二)二三〇四七一〇三
讀者服務傳真——(〇二)二三〇四六八五八
郵撥——一九三四四七二四時報文化出版公司
信箱——一〇八九九　台北華江橋郵局第九九信箱

時報悅讀網　http://www.readingtimes.com.tw
法律顧問　理律法律事務所　陳長文律師、李念祖律師
印刷　勁達印刷有限公司
一版一刷　二〇二四年七月二十六日
定價　新台幣三八〇元
缺頁或破損的書，請寄回更換

時報文化出版公司成立於一九七五年，
並於一九九九年股票上櫃公開發行，於二〇〇八年脫離中時集團非屬旺中，
以「尊重智慧與創意的文化事業」為信念。

女帝 / 千樺盡落作 . -- 一版 . -- 臺北市 : 時報文化出版企業股份有限公司 , 2024.07-
冊 ;　14.8×21 公分 . -- (Story ; 80-)
ISBN 978-626-396-498-3 (卷 9 : 平裝). --

857.7　　113009177

ISBN 978-626-396-498-3
Printed in Taiwan